Venganza en Tierra Firme

LETICIA TELLO

Venganza en Tierra Firme

Grijalbo

Papel certificado por el Forest Stewardship Council®

MIXTO
Papel procedente de
fuentes responsables
FSC
www.fsc.org   FSC® C117695

Penguin
Random House
Grupo Editorial

Primera edición: octubre de 2022

© 2022, Leticia Tello Sainz
© 2022, Penguin Random House Grupo Editorial, S. A. U.
Travessera de Gràcia, 47-49. 08021 Barcelona
© Risconegro, por el mapa

Printed in Spain – Impreso en España

ISBN: 978-84-253-5987-3
Depósito legal: B-13.736-2022

Compuesto en La Nueva Edimac, S. L.

Impreso en Romanyà Valls, S. A.
Capellades (Barcelona)

GR 5 9 8 7 3

Dedicado a las dos
grandes mujeres de mi familia,
mi ama *y mi* amama

Que es mi barco mi tesoro,
que es mi dios la libertad,
mi ley, la fuerza y el viento,
mi única patria, la mar.

Espronceda

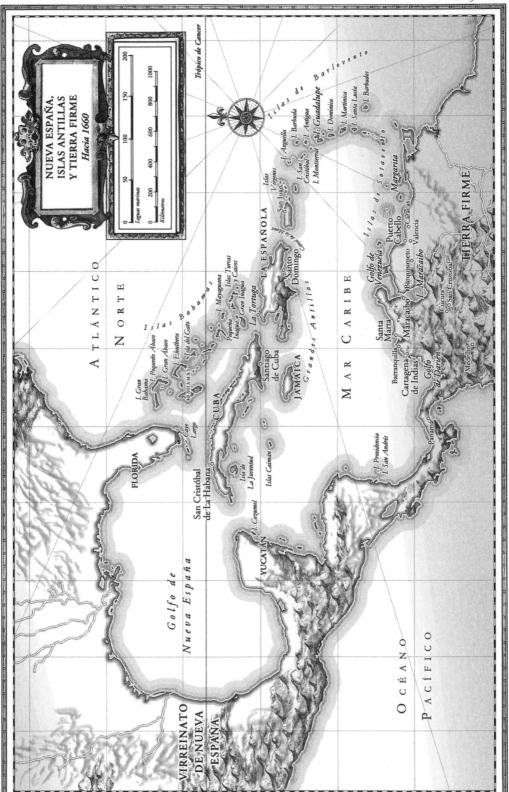

NUEVA ESPAÑA,
ISLAS ANTILLAS
Y TIERRA FIRME
Hacia 1660

Leguas marinas

Kilómetros

Trópico de Cancer

ATLÁNTICO NORTE

Islas de Barlovento

I. Anguilla
I. San Cristóbal
I. Montserrat
I. Barbuda
I. Antigua
I. Guadalupe
I. Dominica
I. Martinica
I. Santa Lucía
I. Barbados

Islas Bahamas

I. Gran Bahama
Pequeño Abaco
I. Gran Abaco
I. Eleuthera
Isla del Gatto
BAHAMAS

I. Mayaguana
Islas Turcas
y Caicos
Pequeña Inagua y Gran Inagua

Islas Vírgenes
San Juan

LA ESPAÑOLA
Santo Domingo

La Tortuga

Cayo Largo

CUBA

Santiago de Cuba

JAMAICA

Grandes Antillas

MAR CARIBE

Islas de Sotavento

I. Margarita

Puerto Cabello
Caracas
Valencia

Golfo de Venezuela

Santa Marta
Maracaibo
Barranquilla
Cartagena de Indias

L. Maracaibo
Barquisimeto

Cúcuta
San Cristóbal

TIERRA FIRME

Medellín

Golfo de Darién

FLORIDA

Isla de La Juventud

Islas Caimán

I. Cozumel

YUCATÁN

I. Providencia
I. San Andrés

Panamá

San Cristóbal
de La Habana

Golfo de
Nueva España

VIRREINATO
DE NUEVA
ESPAÑA

OCÉANO PACÍFICO

Prólogo

Ahora, echando la vista atrás, me percato de cuán caprichosa es la fortuna, que nos maneja y nos guía sin que tan siquiera nosotros lleguemos a atisbar qué nos deparará.

La historia que me propongo relatar no es otra que la de Carolina Arroyuelo, hija de un marino mercante y de una antigua regente de un lupanar en Maracaibo, en las tierras descubiertas la centuria pasada y llamadas Tierra Firme; la historia de cómo esa joven se vio obligada a tornarse en Ponce Baena, conocido posteriormente como Ponce el Berberisco, célebre capitán al frente de un portentoso galeón inglés de nombre Venator. Esta es, por tanto, su historia. Mi historia.

1

Todo comenzó aquella funesta noche, cuando un ruido fuerte me despertó.

Se contaban nueve días del mes de septiembre del año de 1667, y yo, adelantando que la jornada siguiente iba a ser luenga, había resuelto acostarme temprano. Mas, como digo, un ruido intenso me sacó de mi soñera en un santiamén. Sentía el corazón desbocado a cuenta del sobresalto, así que permanecí sentada en la cama, a la espera de un nuevo golpe que no tardó en llegar. Posé la vista más allá de mi ventana, en los faroles escasos y tenues que aún quedaban encendidos en el puerto, unas calles más abajo. Sus luces macilentas me indicaron que pasaban varias horas de la medianoche. ¿Quién en su sano juicio se atrevía a pulular por las calles a horas tan intempestivas?

Cierto era que si de algo podía presumir Maracaibo era de no ser una ciudad sin ley, como muchas otras del Nuevo Mundo, que de tranquilos asentamientos se habían tornado de la noche a la mañana en nidos infestados de gentes de la peor ralea. Sin embargo, gracias a su estratégico enclave y a su pujante comercio marítimo, la villa había cobrado bastante relevancia de un tiempo a esa parte, lo que la dotaba de gran atractivo para los delincuentes. De esta forma, como suele suceder en cualquier lugar, las calles de Maracaibo ya contaban con sus cuatreros y aprovechados, maleantes que se ocupaban de que transitar por ellas pasada la medianoche —como sin duda alguna había hecho mi impávida (o insensata) visita— resultase tarea ardua.

Volvieron a oírse los golpes por tercera vez, coreados en esta ocasión por unos bramidos asustados. Los ruidos que a mí tanto me habían inquietado habían obrado el mismo efecto en los animales, a los cuales oí agitarse desde el piso superior.

Por la fuerza de la llamada, debían de estar aporreando la puerta con los puños.

Preguntándome dónde estaría Chela y por qué demonios no había salido a atender aún a tan inapropiado reclamo, me calcé, prendí una lámpara y bajé las escaleras. Tal vez así me enterase de qué era aquello tan importante como para sacar a alguien de la cama a esas horas.

¿Se trataría de padre? No, me dije de inmediato. Todavía estaría mareando, dado que no fondearía en la villa hasta el amanecer. Sería entonces cuando, tras varios días de ausencia, me estrecharía al fin entre sus brazos.

Bajé aprisa y llegué hasta la entrada. Chela ya se hallaba allí, mirando la puerta cerrada con preocupación. Se estremeció al oírme llegar.

—¡Señorita! —chilló.

La insté a guardar silencio con un ademán mientras, de puntillas, me aproximaba al portón. Apoyé la oreja sobre la madera. Nada. No se oía nada.

Esperé unos segundos. Los golpes no se repitieron. «A buen seguro que se trata de algún borracho al que han timado a los dados, que, enojado por ello, se desquita contra la primera puerta que ha encontrado».

Con esa idea en mente, hice amago de regresar a mi cuarto. Sin embargo, cuando ya enfilaba mis pasos hacia los escalones, dos nuevos golpazos resonaron por la casa. Tal fue mi susto que pegué un respingo y dejé escapar un chillido leve.

—¡Maldición! —mascullé. Ahora sabrían que había alguien al otro lado.

Me debatí entre abrir al desconocido o retornar a mi estancia. Sentía curiosidad por ver de quién se trataba, pero si lo hacía ya no habría vuelta atrás, y en la casa únicamente nos hallábamos nosotras dos y...

—¡Miguel! Llámalo. Que venga aquí de inmediato —le pedí entre susurros a mi criada.

Además de las dos plantas de la vivienda, la hacienda contaba con un huerto amplio y bien surtido, un modesto parterre (sobre el que mi madre había depositado sus esperanzas e ilusiones) y unos establos, en donde teníamos dos jumentos, un caballo, una cabra y algunas gallinas. De las tareas del hogar se ocupaba Chela, del cuidado del jardín se encargaba mi madre y para atender el huerto y a los animales teníamos a Miguel. Él era nuestro mozo de cuadra... Y el único hombre en la casa en aquellos momentos.

La rolliza mujer no esperó a que se lo dijese dos veces, y enseguida la vi serpentear por el huerto y el parterre en busca de Miguel; su cuarto quedaba al fondo, junto a los establos.

—Señorita Carolina, ¿estáis ahí? —preguntó desde el otro lado una voz de hombre que sonaba angustiada.

Esa voz... Expectante, aguardé junto a la entrada.

—¡Abridme, por favor! ¡Señorita Carolina! Es muy...

En cuanto reconocí a su propietario, me abalancé sobre el clavo del que colgaba la pesada llave de hierro y abrí la puerta. Frente a mí encontré el rostro avejentado de Pedro, marinero al servicio de mi padre en el Esperanza. Su cara había adquirido la palidez de la cera, tenía las ropas empapadas y no cesaba de retemblar.

—¡Pedro, por Dios! —exclamé al ver el estado en el que se hallaba—. Pasad.

Con premura eché de nuevo la llave y guie al hombre hasta la mesa de roble en la que mi familia y yo acostumbrábamos a hacer las comidas. Con un gesto le invité a sentarse, cosa que hizo de buen grado.

Avergonzada por haberle tenido en demasía esperando en la calle, traté de rehuir su mirada. Pero el hombre estaba tan alterado, fatigado y muerto de frío que no pude evitar mirarlo.

Miguel, azadón en ristre y a medio vestir, irrumpió en la sala. Chela, con más miedo que curiosidad, se asomaba por detrás de él.

—Está bien, Miguel —dije al hombretón—. Es Pedro. Es un amigo.

Me giré hacia el viejo marino. Las preguntas se me agolparon en la garganta: qué había sucedido, por qué estaba tan asustado, qué hacía ahí, dónde estaban mis padres. Con todo, al ver su estado, decidí concederle unos segundos, tiempo que aproveché para pedirle a Chela que fuese al piso de arriba en busca de una manta.

Miguel, aún con restos de sueño en la cara, murmuró unas palabras. Dejé que se retirase. Él también debía levantarse temprano, y fuera lo que fuese lo que había llevado a Pedro hasta la hacienda, a él no le incumbía. Mientras el mozo regresaba en silencio a su cuarto, entre Chela y yo cubrimos a Pedro con la manta y le arropamos los hombros. Esperé unos minutos más, pero él seguía temblando tanto como al principio.

Al final, cedí a la impaciencia.

—¿Dónde están padre y madre? —inquirí tomando asiento al otro lado de la mesa. Coloqué la lámpara entre ambos, para que iluminase nuestros rostros—. ¿Y cómo es que habéis fondeado de noche?

Pedro iba con mis señores padres en la nave, por lo que si él estaba en tierra, ¿por qué motivo no habían regresado ellos a casa?

—¿Qué ha sucedido? —le rogué, e ignorando cualquier protocolo de educación, envolví sus manos frías y temblorosas con las mías—. Decidme, Pedro.

—¡Ay, señorita! —habló por fin, a punto de llorar.

Pese a que mi familia se hallaba a leguas de poseer un título de hidalguía, tanto Pedro como muchos otros marineros al servicio de mi padre siempre nos daban ese trato. Por tal motivo, en mi caso, por más que pidiese que se refirieran a mí como «Carolina», casi siempre me trataban de «señorita»; a veces incluso de «doña». «Como hija de mi señor maestre que sois, no podéis ser merecedora de inferior trato», solía replicarme Pedro a cada insistencia mía.

Viendo su gran aflicción, mudé de sitio para situarme a su lado.

—Me acongoja mucho veros en este estado, Pedro —dije posando una mano sobre su hombro.

Al viejo Pedro y al resto de los marineros que formaban la dotación del Esperanza los conocía desde hacía varios años. Cuando yo contaba trece, mi madre, cansada de las trifulcas día sí y día también en la mancebía, así como de las inspecciones de los comisarios, los cuales sospechaban que el negocio no había sido levantado de modos del todo lícitos, decidió deshacerse de él. Después de tantos y tan buenos dineros que le había reportado el lupanar, ya contaba con bastantes reales como para vivir con holgura lo que le restase de vida. Como consecuencia, mi padre, llevado por esa misma abundancia, dispuso dejar su modesto puesto de escribiente y hacerse con una preciosa urca de treinta y tres varas de eslora a la que rebautizó Esperanza, nave con la que se propuso mercadear el mar Caribe portando en las bodegas productos como especias, aceite, miel, sal, tejidos, ceras o vinos. Ya que el dinero era de mi santa madre, la única condición que le impuso ella fue que le permitiese acompañarlo en algunas de sus travesías, sobre todo en aquellas en las que tuviese intención de abastecerse de telas.

Por otro lado, mi padre, sin hijos varones y poco conforme con la educación insustancial asignada a las mujeres —así como por el hecho de no querer separarse de mí demasiado tiempo—, desde un principio me permitió ir con él en sus viajes. En ellos fui haciendo migas con los marineros a su cargo, además de iniciarme tanto en el arte de la espada como en el de la navegación. Pedro, siempre que sus faenas se lo permitían, aderezaba mis noches en el navío con epopeyas de tesoros y criaturas que habitaban esas aguas transparentes y cálidas, seres que eran mitad fémina y mitad pez; relatos que, a pesar de haber dejado atrás la niñez, yo escuchaba con gusto hasta altas horas. No obstante, durante los últimos años, muy a pesar mío, mi padre tendía a dejarme en la hacienda, a la espera de su regreso. La razón, según trató de explicarme en su momento con el mayor número posible de detalles y aclaraciones —suponía yo que para evitar que mi enojo pasase a mayores—, atendía a que cada vez eran más frecuentes los ataques de corsarios, bucaneros y filibusteros a los navíos mercantes que mareaban por esas aguas. Ataques que, eso sí, no evitaron que mi madre lo siguiese acompañando de cuando en cuando.

Por eso me hallaba sola en la casa esa noche de septiembre, esperando con ansia el retorno de mis padres a la mañana siguiente; y por eso había decidido acostarme temprano, para acudir al puerto con las primeras luces del alba. Quería que mi rostro fuese lo primero que viesen al desembarcar. Quería abrazarlos y que me abrazasen y me contasen todo lo que habían visto y vivido durante la travesía. También estaba ansiosa por fisgar lo que traían de vuelta las bodegas de la urca: especias de Jamaica, telas y miel de Cartagena de Indias, algún vino de Málaga, chocolates de Santa Marta... Manjares y tesoros que me moría de ganas por ver y probar.

—¡Ay, señorita Carolina! —sollozó Pedro de nuevo.

Desde hacía unos minutos la angustia se me había alojado entre pecho y espalda, y me temía lo peor. Con todo, decidí darle unos segundos más para que se calmase, pues veía que estaba en verdad indispuesto; y después de toda una vida de vivencias tanto fuera como dentro de los mares, Pedro no era de los que se alteraban por cosa nimia. Quería saber dónde estaban mis padres, por supuesto. Pero en vista de que en ese estado no iba a sacarle nada, decidí no insistir.

—Aún falta rato para que amanezca. ¿Por qué no descansáis? Chela —llamé a la criada. Solícita, permanecía de pie a pocos pasos de la mesa, lo suficientemente lejos como para darnos intimidad a Pedro y a mí y, a la vez, lo suficientemente cerca como para atender cualquier labor que le pudiese encomendar—. Ya me lo relataréis al alba. Podéis acostaros en...

—No, señorita Carolina —me cortó él—. Ya me estoy demorando demasiado en decíroslo... Permitidme que...

Se desanudó el pañuelo rojo que llevaba al cuello y lo estrujó entre unos dedos temblorosos. Al fin, cogió aire y comenzó a hablar:

—Se trata de vuestro padre y de vuestra madre, señorita. Ellos han... han...

Chela dejó escapar un grito demasiado agudo, aterrada por lo que las palabras del viejo parecían insinuar. Ignoré a la mujer y, con un gesto de mi brazo, alenté a Pedro a continuar. Pero él guardó silencio.

—¿Qué estáis diciendo? Por el amor de Dios... —Las lágrimas me cerraron la garganta y me impidieron seguir.

—Lo siento muchísimo, señorita.

Esa frase, en apariencia inocente, cayó sobre mí como si de una sentencia se tratase.

Por fin se desvelaban mis peores temores. Por mucho que en el fondo de mi ser lo hubiese sospechado, era algo que no podía creer. Que no quería creer.

La habitación quedó en silencio unos instantes. Después me llevé ambas manos al rostro y rompí a llorar. Ya nadie me abrazaría, nadie me consolaría.

Lloré como nunca, pues, si bien es cierto que la muerte de mi padre, el capitán Bernardo Arroyuelo, y de mi madre, Ana Cerdán, no era la primera que acontecía en mi familia, ahora me había quedado sola. Completamente sola.

Pedro fue a abrazarme. Yo, desesperada y fuera de mí, me agarré a él con fuerza. Ahora el suyo era el único rostro amigo que me quedaba en Maracaibo. Los sollozos de Chela, a coro con los míos, fueron lo único que se escuchó en la hacienda durante largo rato.

No sé cuánto tiempo permanecimos abrazados el viejo Pedro y yo. Solo cuando notó que me serenaba un poco, tuvo a bien separarse de mí.

—Referídmelo todo, Pedro —dije sorbiéndome la nariz y limpiándome las lágrimas con la manga de la camisola—. No omitáis nada, hacedme la merced, por muy desagradable que sea.

Así, sentados a la mesa, Pedro comenzó a relatarme cómo había ocurrido el desastre: un navío, sin bandera ni pendón alguno que se avistase desde la cofa del Esperanza, los había estado siguiendo durante las últimas jornadas.

—¿No probasteis nada contra la nao? ¿No disteis cañonazo? —inquirí, interrumpiendo su relato.

—Eso sugirió Damián, mas vuestro padre señaló que sería en balde. —Se encogió de hombros—. Ya conocéis cómo se las gastan los filibusteros, que no tardan en izar bandera amiga para engatusar a los incautos.

Con una gran pena en el corazón, no pude más que darle la razón. Tras la interrupción, le insté a que siguiese.

—Con todo, como hombre cauto que es... era —se corrigió.

Tragué saliva con esfuerzo; se me había formado tal nudo en la garganta que desatarlo me llevaría años.

—Vuestro padre encomendó a los arcabuceros y los mosqueteros mantenerse ojo avizor ante lo que pudiese suceder —continuó—. Mas nada sucedió, ni en la primera jornada ni en las sucesivas. Y cuando ya nos creíamos a salvo por hallarnos a pocas leguas de puerto, el navío comenzó a dispararnos grandes bolas de hierro. Como teníamos viento a favor, el señor Bernardo mandó soltar velas y escapar a todo trapo. Pero ellos fueron más rápidos y no tardaron en alcanzarnos. La urca apenas tuvo tiempo para virar y... nos envistieron por estribor. ¡Qué azar, señorita! Su espolón casi nos atraviesa de lado a lado. El Esperanza, a barlovento, se desniveló y encallamos en el arrecife.

Enmudeció de pronto. Dudaba si continuar o no.

—Ahora... Ahora viene lo peor, señorita —musitó al fin.

—Eso poco importa. ¿Qué hay peor que perder a tu familia en una noche...? Como ya os he dicho, no omitáis nada, Pedro. Quiero tener cuenta de todo lo que esos perros les hicieron a mis padres.

—Pues...

—Os abordaron, ¿es eso? —me adelanté.

—El señor Bernardo, al ver que el navío no se hundía pero que tampoco iba a ser posible moverlo de cuán ladeado estaba, mandó arriar los bateles —explicó—. Yo era uno de los que los arriaba cuando vi caer sobre nosotros a todos aquellos rufianes... Felipe, Marcos y Juan —eran los tres mosqueteros de mi padre— poco pudieron hacer por contener el asalto. Fueron los primeros en morir —susurró.

—¡Malditos bellacos! —maldije entre sollozos—. ¡Malditos y mil veces malditos!

—Lo cierto, señorita, es que ellos y otros tantos compadres fueron los que mejor estrella tuvieron.

—¿Por qué decís eso? —inquirí, sin saber a qué demonios atenerme ya.

—A los pocos que nos libramos de acabar con una bala en el pecho o con el cuello cercenado, entre los que se encontraban vuestro padre, Antón o yo mismo, nos pasaron como rehenes a su navío. Allí, en la cubierta, nos pusieron en fila y de hinojos. Y así nos mantuvieron hasta que la nave se hubo alejado un poco del Esperanza y del arrecife. Fue entonces cuando nos interrogaron... Hasta que vieron que no éramos más que simples marineros mercantes, sin relación directa con la Corona. Después procedieron al salvajismo y... mientras torturaban a los nuestros, el capitán eligió a uno de nosotros para algo que en un primer momento no comprendí, pues hablaban en jerigonzas.

—Mas... Si les dijisteis todo, ¿por qué os torturaron?

—¡Rediós! Les soltamos todo: nombre, condición... ¡Incluso les dijimos el número de pelusas de nuestros ombligos! Pero que me lleve el diablo si no es cierto que los piratas solo ambicionan causar destrucción y muerte.

—¡Perros ingleses! —bufé sin dudar.

Los filibusteros que surcaban esas aguas eran en su mayoría flamencos e ingleses; pero los segundos eran los que más acosaban y apresaban navíos españoles, embarcaciones que simplemente transitaban por las rutas comerciales de las Indias.

—No, señorita Carolina, esos no eran ingleses.

—¿Llegasteis a saber qué fue del elegido? —indagué, retomando su relato.

—Sí, aunque hubiera preferido mil veces no haberlo sabido.

—¿Y qué fue de él?

—Al... Al parecer, su capitán, un tal Lolonis, lo descuartizó y le arrancó el corazón para luego comérselo.

—¿¡Qué decís!?

No daba crédito. Viviendo donde vivía no eran pocas las ocasiones en las que había escuchado historias terribles propiciadas por piratas sangrientos. Empero, nunca habían llegado a mis oídos cosas tan salvajes. ¿¡Cómo alguien podía arrancarle el corazón a otra persona y luego comérselo!?

—¿Quién fue el elegido? —pregunté, presa del terror.

Al ver que no obtenía respuesta, me levanté, lo agarré por la camisa y lo zarandeé. Su silencio no presagió nada bueno.

—¡Decídmelo! —sollocé—. ¡Os lo ruego!

—Fue el señor Bernardo, señorita —confesó al fin, con el rostro hundido entre los hombros.

Sus palabras cayeron como una losa.

—¡Por vida de...!

Las piernas dejaron de sostenerme y caí de bruces contra el frío suelo de piedra.

El último recuerdo que conservo de aquella noche es el de Chela saliendo despavorida de la estancia.

Cuando desperté, vi que me hallaba tumbada en mi cama, cubierta hasta el pecho con una fina sábana de lino blanco. Al instante me vinieron en tropel imágenes de un abordaje, torturas, un hombre arrancando el corazón a otro... Deseé con todas mis fuerzas que tan solo hubiese sido un mal sueño, convencimiento que albergué durante escasos dos minutos, el tiempo que tardó Pedro en presentarse en mi cuarto.

Con el viejo marinero plantado bajo el dintel no me quedó

más remedio que encararme a la realidad cruda y descarnada. Y, frente a ella, solo pude romper a llorar; llorar por mi padre, por mi madre, por Marcos, Juan, Antón, Felipe y el resto de los hombres que conformaban la dotación del Esperanza. Lloré por mi familia y por todos y cada uno de los amigos que acababa de perder.

—Dejadme sola.

Sin mediar palabra, el viejo salió cerrando la puerta tras de sí.

Desconozco el tiempo que transcurrió; puede que una hora, puede que cinco… El caso es que el sol ya estaba en lo alto del firmamento cuando Pedro regresó a mi cuarto con una escudilla de caldo entre sus callosas manos de marinero.

—Vuestra criada dice que os lo toméis todo. —Se forzó a sonreír, pero, dada la situación, el resultado tuvo más de mueca grotesca que de gesto tranquilizador—. A mí me ha preparado otro igual.

Algo más sosegada, coloqué el almohadón contra la pared para recostarme. Después, acepté el alimento humeante que el hombre me tendía.

—¿Mataron a todos?

—A todos —confirmó con la voz ahogada.

—¡Maldita la hora y maldita la estampa que…! —Intenté dominarme—. Mi madre… —De pronto me acordé de ella. A cuenta de las barbaridades relatadas por Pedro durante la noche, ni tan siquiera me había parado a preguntar por la autora de mis días—. Decidme que no…

—A la señora Ana la mataron de un pistoletazo; ni sufrió ni llegó a ver lo que le aconteció al señor Bernardo.

Exhalé un suspiro de alivio. Que mi madre hubiese tenido una muerte rápida y sin apercibirse de todo lo que pasó después, dadas las circunstancias, era lo más piadoso que me podía conceder Dios en esos momentos.

—Y entre tanta atrocidad, ¿cómo es que vos lograsteis escapar sin un rasguño?

—Lo desconozco. Aproveché que mis ropas estaban teñidas de sangre, de cuando me agaché a auxiliar a uno de nuestros compadres, para hacerme pasar por muerto. Imagino que me dieron por tal, ya que, sin hacer ninguna comprobación, ellos mismos me lanzaron por la borda.

—¿Y nadasteis hasta la villa? —me sorprendí.

Pedro sacudió la cabeza.

—Yo quería nadar, llegar a puerto, pero los años se han llevado casi todas mis fuerzas… Pasé varias horas en el agua; aguardando algún milagro, supongo. Y al final unos pescadores me vieron y me recogieron en su bote. —Tras unos minutos de silencio, agregó—: Lo lamento, señorita. Siento no haber podido salvar a vuestros padres. O haberlos vengado después, al menos.

—No, Pedro, obrasteis bien —admití—. Os hubiesen dado muerte como a los demás. —Me forcé a sonreír, pero yo también fracasé—. Lo importante es que estáis aquí ahora. Conmigo.

Volví a llorar. Muertos mis padres ya no me quedaba familiar alguno hollando la tierra. Y solo tenía a Pedro, el único superviviente de los cuarenta y siete hombres que formaban la tripulación del Esperanza.

Mi padre siempre me decía que todo hombre debía ser fuerte y que yo, por mi condición de mujer, tenía que demostrar mi fortaleza más que nadie.

«Nunca permitas que te vean con la guardia baja —solía decirme cuando entrenaba con la espada sobre la cubierta de la urca—. Decide siempre la parte de ti que quieres que vean los demás. ¡Sé osada, Carolina, sé osada!».

Y en verdad que yo hacía lo indecible por ser fuerte en aquellos funestos momentos, pero era tal la congoja que sentía que no podía con mi alma. ¿Cómo se suponía que iba a seguir adelante después de aquello? Ni siquiera tenía un lugar al que poder ir a llorar a mis padres... Hasta eso me habían arrebatado.

Los días siguientes a aquella aciaga noche los pasé sin apenas salir de mi alcoba. Tenía a Miguel y a Chela para lo que pudiese precisar. Con todo, Pedro insistió en quedarse conmigo, y solo me dejaba al atardecer, cuando abandonaba la hacienda para regresar junto a su familia, unas calles más abajo. Siempre le agradeceré su comprensión y el hecho de que no me avasallara; yo únicamente necesitaba estar sola y pensar. Por su parte, Chela decidió imitar al viejo, y tan solo pisaba mi cuarto para subirme las comidas, las cuales casi ni tocaba.

Al quinto día, cuando al fin me vi con fuerzas y una duda no dejaba de rondarme el entendimiento, me esforcé por lavarme en la jofaina y vestirme. No obstante, ni el aseo ni la ropa limpia lograron ocultar las secuelas de las emociones vividas. Aunque ya no me quedaban lágrimas por verter, tenía los ojos tan enrojecidos e hinchados como el primer día.

En cuanto me hube recogido la cabellera oscura y calzado unas alpargatas, bajé en pos de Pedro. Lo encontré en la cocina, relatándoles a Chela y a Miguel alguna historia curiosa de sus viajes junto a mi padre, recordando los buenos tiempos.

—¡Oh, señorita Carolina! —se sorprendió—. ¡Qué alegría veros recompuesta!

Miguel se levantó y, como no nos habíamos cruzado desde la fatídica noche, se acercó enseguida a mí para darme sus piedades.

—Buen día —saludé después a los tres.

Ellos corearon un «Buen día, señorita».

A pesar de la sonrisa amplia con la que me recibieron, los ojos de Chela indicaban que había estado llorando hasta hacía nada y el rostro demacrado de Pedro dejaba entrever los horrores presenciados en el ataque pirata.

—¿Sabéis dónde se halla ahora el Esperanza? —pregunté al curtido marinero.

Él abrió mucho los ojos y me miró sin comprender.

—¿Dónde se halla? No se ha movido, señorita.

—¿No lo han traído a puerto?

—No. Sigue encallado, con las bodegas aún a rebosar.

—¿No saquearon las bodegas? —me extrañé.

—No, señorita. Los piratas se alejaron de la urca en cuanto nos tomaron como rehenes; no mucho, solo lo suficiente para que su nao no encallase también.

—¿Qué les da a ellos entonces atacar naos mercantiles? Todas esas vidas perdidas y... ¿¡y todo para qué, si luego no se llevan nada...!? —aullé, presa de la frustración.

—Como ya os dije la otra noche, en la naturaleza del pirata, más que saquear y robar, prima el matar —sentenció—. Son seres salidos del mismísimo infierno.

—¿Creéis que podríamos llegar hasta él? —quise saber, con una nueva determinación.

Me miró de hito en hito.

—¿A-al Esperanza? Señorita, no creo que...

—Me gustaría verlo por última vez.

2

Estaremos de vuelta dos días después de la Natividad de María —me había prometido mi padre antes de embarcar en el que sería su último viaje por los mares.

Nunca faltaba a su palabra. Al menos, no cuando iban dirigidas a mi madre o a mí. Ya podía estar el tornaviaje sembrado de tormentas y vientos huracanados que él, fiel a su palabra, echaba el amarre el día convenido. Por eso sabía que, de no haber sido por esos malnacidos, el Esperanza habría llegado a puerto con las primeras luces del 10 de septiembre.

Ese era el motivo por el que la urca se hallaba a tan poca distancia de Maracaibo cuando sufrió el ataque, y gracias a eso Pedro pudo ser rescatado por unos pescadores. No era tan descabellada, por tanto, mi idea de acercarnos hasta la nave. Si un bote había traído al viejo marino hasta la villa, otro bastaría para acercarme a mí.

Con tal resolución en la cabeza, Pedro y yo salimos de la hacienda con la intención de allegarnos hasta el puerto, varias cuestas más abajo.

Inspiré hondo. A esas alturas, aquellos que conocían a mis padres debían de saber ya de la triste ventura del Esperanza. Qué digo, a esas alturas todo Maracaibo tendría ya cuenta de lo sucedido. Inspiré con fuerza una vez más. No había pisado la calle desde aquella noche nefasta, así que era probable que muchos vecinos quisiesen acercárseme y darme sus piedades.

No me equivocaba: durante el camino fueron varias las personas que, sabiendo de quién era hija, se me aproximaron. Cuando llegamos a nuestro destino, aquellos gestos me habían provocado más cansancio que agradecimiento.

El sol comenzaba a despuntar sobre la villa y la ciudad iba despertando poco a poco. Con todo, el lugar era ya a esas horas un auténtico pandemónium.

Tras preguntar en varios puestos y ofrecer una generosa paga, no nos fue arduo conseguir un bote y unos remeros dispuestos a llevarnos esa misma mañana hasta el lugar en el que yacía el Esperanza. Aun así, tuvimos que aguardar un rato hasta que el patrón del batel logró reunir a sus hombres; a los dos primeros tuvo que sacarlos a rastras de un lupanar que estaba dos calles más arriba, y a otro par los encontró durmiendo sobre el mostrador de la taberna situada justo enfrente de los puestos.

Una vez que tuvo a sus siete hombres reunidos y despejados, entre remilgos de unos y quejas de otros subimos a bordo.

—¡Bogad, vamos! —gritaba el patrón, que remaba sin distinción junto a ellos.

Los ocho, cuatro a mi diestra y cuatro a mi siniestra, se afanaron en remar al unísono, de espaldas a mí. Pedro iba a mi lado, en la proa.

Apenas doblamos un recodo, la urca apareció ante nuestros ojos, encallada en el arrecife. Sentí tal agitación que me puse en pie con brusquedad. Al hacerlo, el batel se balanceó más de lo debido y, de no haber sido por mi buen amigo, quien con celeridad me sujetó de las ropas, hubiese perdido pie y caído a las aguas.

El Esperanza se hallaba inclinado de costado, con el mástil y la entena partidos. Las antaño velas blancas ahora no eran más que jirones de tela amarillenta, casi parduzca. Por el amplio boquete en el casco se divisaba gran parte de su mercancía: cajas y toneles que debían de guardar jamón, sebo, especias, aceite, cueros, las telas de madre...

Me fue imposible retener las lágrimas. Ese navío había formado parte de mi pasado más reciente; en él mi padre me enseñó las constelaciones, cómo interpretar las cartas de marear o los secretos que podían guardar los océanos. También en él di mis primeras estocadas. Asimismo, albergaba un recuerdo cálido de aquellas noches veraniegas que parecían no tener fin, en las que me tumbaba en cubierta, junto a los marineros, para contemplar las estrellas y escuchar historias con las que, con el rumor de fondo del agua rompiendo contra el casco, conocíamos otros mundos.

La ira me dominó. El Esperanza estaba más cerca de puerto de lo que pensaba. ¿¡Por qué demonios nadie había acudido en su auxilio!? ¿¡Por qué el gobernador permitía que se asaltasen navíos tan cerca de la costa!?

No era extraño que las ciudades costeras del Caribe sufriesen cada cierto tiempo asedios piratas, pero sí que Maracaibo fuese una de ellas, ya que contaba con la particularidad de su golfo, lo que hacía que su salida al mar no fuera directa, y eso la protegía de muchos ataques.

Desconozco si fue por gracia divina o por mera suerte, mas el caso es que no vimos ningún cuerpo; supuse que todos aquellos desdichados que tuvieron la ventura de no pasar al barco del filibustero habían sido arrastrados por la corriente y devorados por los peces. Me consolaba saber que esos, al menos, habían sido los más afortunados: habían tenido una muerte rápida.

—Señora, no nos es posible aproximarnos más —dijo el capataz—. El oleaje es más fuerte conforme nos acercamos al arrecife y corremos el peligro de encallar nosotros también.

—Está bien —convine—. ¡Virad!

Me apenaba alejarme del último sitio que mis padres habían hollado antes de irse de este mundo. Con todo, allí no había nada más que ver. En silencio, el bote comenzó su retorno a puerto.

Una vez que volvimos a pisar tierra firme, Pedro se ofreció a regresar conmigo a la casa. Decliné su oferta y lo mandé a la suya a descansar, cosa que creo que agradeció; ya habían pasado unos días desde el asalto, pero los acontecimientos habían hecho mella en su ajado cuerpo y solo a duras penas parecía mantenerse en pie. Así que ahí mismo, en los muelles, nos despedimos. Él tomó una calle que ascendía por su siniestra y yo enfilé mis pasos por la misma vía que nos había conducido al fondeadero un par de horas antes.

Llegué a mi calle. Para mi sorpresa, delante del portón de la hacienda aguardaba un anciano. Detuve mis pasos en seco. Por la manera de apoyar su peso sobre las piernas y su grado de acicalamiento, tenía buena presencia. Además, iba vestido de negro por entero y con lechuguilla al cuello; es decir, a la vieja usanza castellana.

Por descontado que este no era un vecino más que venía a darme sus piedades.

—Buenos días, señorita Arroyuelo —dijo en cuanto llegué a su altura—. La estaba esperando.

«¿Esperando? ¿A mí?».

—Perdonadme el atrevimiento, señor, pero vos sabéis mi nombre mientras que yo desconozco el vuestro —contesté, lo más cortés que me fue posible.

—¡Oh, sí, sí!

Aguardé pacientemente, pero la presentación no llegó. Así que me limité a mirarlo, hasta que el nerviosismo empezó a hacer mella en él.

Transcurrieron algunos segundos más. Apurado por entero, el hombre acabó por carraspear y expuso:

—Tengo un asunto delicado que comunicaros…, y convendría no hacerlo entre tenderos y mulos —me hizo saber, mirando de reojo la calle e intentando abarcarla con su brazo.

He de confesar que la curiosidad me pudo, por lo que accedí a abrir la puerta y permití que el desconocido entrase detrás de mí.

Aunque tenía a Miguel y a Chela viviendo bajo mi techo, la hacienda se me antojó en esa ocasión demasiado grande y silenciosa. Tan solo los animales, al fondo, arañaron el espeso silencio.

Una vez en la sala, le ofrecí tomar asiento. Chela apareció unos instantes después. Luego, sin que yo obrase nada, se marchó. Regresó al poco con una bandeja.

Sentados a la misma mesa en la que Pedro me comunicó la muerte de mis padres y mientras Chela servía un refrigerio, el misterioso hombre se presentó al fin:

—Mi nombre es Alonso Estrada. Soy escribano, y vengo de parte de los Domínguez. Me envían para advertiros de que debéis poner en marcha el acuerdo que vuestra familia pactó con ellos la estación pasada.

—¿Acuerdo? ¿Qué acuerdo? —quise saber, crispándome de pronto. En el fondo, de algo me apercibía.

Por la cara de desagrado de Chela supe que ella también entreveía alguna cosa, y no precisamente buena. Cruzamos una mirada rápida antes de que volviese a desaparecer.

—Veréis, señorita… —comenzó a explicarme el escribano—. Por si no lo recordáis, vuestro padre rubricó ha más de un año un documento por el cual se comprometía con don Alfonso Domínguez para desposaros con su hijo, del mismo nombre que el padre.

Pues claro que lo recordaba... Era cierto que, tras consultarlo conmigo, mi padre había apalabrado con don Alfonso mi casamiento con su hijo. Así, a los pocos días, se firmó dicho documento, el cual nos llamaba a casarnos en los seis meses siguientes, tiempo suficiente para tener dispuestos todos y cada uno de los preparativos de la ceremonia.

Ni mis señores padres ni yo misma conocíamos a mi futuro marido, pero sí conocíamos su apellido. Todo Maracaibo lo conocía. Y es que los Domínguez, además de ser una reputada familia de comerciantes, pertenecían a la nobleza.

A mí no se me daba nada el casarme, y aunque vivíamos sin estrecheces, mi padre, pensando en mi futuro, me hizo ver que era una buena oportunidad para mí.

Mi mente voló a aquel día. Yo ya estaba acostada y mi padre se sentó a mi lado.

—Hija, siempre he respaldado la independencia de las mujeres de mi familia —comenzó—. ¡Maldita sea mi estampa si obro algo que no es del gusto de tu madre! —dijo riendo, y yo con él—. Por eso jamás te obligaría a hacer algo que no quisieses. Solo te pido que lo medites con tiento: ganarías no solo un título, sino también seguridad económica para el resto de tu vida. Además, con esos caudales, tendrías todo a tu disposición: ropas, libros, filos de buen acero..., tal vez incluso tu propia nao, quién sabe.

—¿Una dueña al frente de una nao? —le rebatí sin perder la sonrisa.

Él, ignorando mi escepticismo, continuó:

—Soy consciente, hija, de que ni lo conoces, por lo que los inicios no serán fáciles... Mas piensa en todo lo que te he dicho.

—Lo haré, padre —convine—; os lo prometo.

Un par de días después de tener esa conversación comuniqué a mis padres mi resolución: aceptaría el compromiso. Me uniría de por vida a un desconocido, sí; pero tampoco podía ignorar que mi padre llevaba razón en sus argumentos, y que aquella era una oportunidad que no debía desaprovechar a la ligera. Debo confesar, de hecho, que incluso me sentí halagada al saber que un joven de tan portentosa familia de Maracaibo mostraba interés en mí, la hija de un comerciante que, aun viviendo sin privaciones, no pertenecía a la casta nobleza.

Al día siguiente, los progenitores de ambos rubricaron los esponsales en el concejo de la villa, bajo la mirada adusta de Alonso Estrada, escribano y ayudante del noble. No obstante, puesto que desconocíamos a mi futuro esposo, mi astuta madre le pidió a mi padre que indagase un poco, ¡y cuál fue nuestra sorpresa al descubrir que me iba a casar con un bárbaro!

Al parecer, mi prometido tenía por pasatiempo pegar día sí y día también a todo el que se interpusiese en su camino. Poco importaba si era su montura, un criado o incluso su propia madre. Y tal bestialidad no acababa ahí, pues, al saber de esto, unimos hilos con un suceso que había sacudido Maracaibo unos meses antes de que don Alfonso Domínguez se personase en nuestra hacienda por vez primera.

Las noticias sobre las desgracias tienden a correr como la pólvora en cualquier parroquia, y la tragedia de los Lozano se extendió sin reparos por la nuestra; de modo que todos los marabinos sabíamos quién era Elisa Lozano y cómo había muerto.

Los Lozano eran una familia como la nuestra, de comerciantes, y su primogénita Elisa fue la joven escogida por los Domínguez como esposa para su vástago. Sin embargo, al poco de firmar los capítulos matrimoniales, Elisa perdió la vida tras ser pisoteada por un caballo desbocado. Esa historia es la que se propagó. Pero nada más conocer la particular afición de don Alfonso hijo, mis padres y yo pusimos al punto rostro a esa cabalgadura enloquecida. Porque lo que había conmocionado a todo Maracaibo era que el cuerpo de la muchacha presentaba una incontable cantidad de golpes y moraduras, pues así lo había afirmado el médico que acudió a la finca.

Los Domínguez, claro está, se habían asegurado de ocultar a mi familia esos pormenores, pues solo buscaban una manera de desentenderse del asesino que tenían por hijo. Y así fue como en nuestra casa al fin pudimos dar respuesta a la muda pregunta de por qué habían buscado una esposa para su hijo fuera de la nobleza.

La ofensa fue mayúscula para mi padre. Y para mí también, por supuesto. Y no era para menos. Asuntos menores que este han causado genuinos escándalos en multitud de villas a lo largo y ancho del Imperio.

El acuerdo matrimonial fue lícitamente deshecho ese mismo día. Por desgracia, como el ardid implicaba a una distinguida familia de Maracaibo, nada más pudo hacerse. Y el asunto quedó convenientemente olvidado entre los marabinos. ¿A santo de qué, entonces, se presentaba ese hombre en mi casa?

—Tengo a bien recordar dicho acuerdo, señor Estrada —repuse—. Mas dejadme que os aclare que quedó anulado el mismo día que mi familia se enteró de que el arreglo había sido llevado a cabo mediante embustes.

—Eso no es lo que aseguran los Domínguez, señorita.

—¿Cómo decís? —inquirí, perdiendo ya parte de la compostura.

Eso era demasiado. Quería que ese escribano saliese de mi casa. Y de inmediato.

—La familia Domínguez me ha encomendado que me allegase esta misma mañana hasta aquí para haceros saber que tenéis un trato que cumplir…, ahora que os habéis quedado sola —agregó.

¡Así que de eso se trataba…! ¡Ahora lo entendía todo! Las nuevas de que mis padres habían perecido en la mar habían llegado también hasta los oídos perniciosos de los Domínguez, noticias que a don Alfonso —desesperado, sin duda, por deshacerse de su sádico vástago—, al parecer, le hacían creer que tenía el derecho de encasquetarme de nuevo a su hijo.

Mi padre ya no estaba para oponerse, pero ni de lejos iba yo a dejarme manejar.

—Os repito, señor —dije apoyando los codos sobre la mesa—, que no guardo ninguna deuda. Es cierto que existió dicho acuerdo, mas fue anulado legalmente cuando se descubrió que la familia Domínguez mentía.

Me levanté dando por finalizada la reunión, y dispuesta a echar al escribano de mi casa si hacía falta. El hombre se levantó también y me miró acusatoriamente.

—Señorita, esta no es forma de proceder. Recordad que os habéis quedado sola, y que ya tenéis una edad… Si no os casáis, y pronto —me amonestó, levantando un dedo arrugado y manchado de tinta, el cual movió delante de mi rostro—, ¿quién cuidará de vos?

¿¡Que ya tenía una edad!? ¡Había cumplido hacía unas semanas diecinueve años, por el amor de Dios!

Cierto que las mujeres de mi misma edad que conocía, incluso de un par de años menos, casi todas se hallaban ya casadas. Pero yo, tras los embustes de los Domínguez, ni buscaba marido ni quería tener uno. No me veía en la necesidad de recurrir a un hombre para sentirme protegida. Aun a riesgo de sonar pretenciosa, diré que yo misma, Carolina Arroyuelo, me bastaba y me sobraba para saberme una mujer hecha y derecha.

Esa era la idea que llevaba repitiéndome los últimos meses. Sin embargo, aquella mañana, tras lo que ese malnacido acababa de decirme, no pude evitar que una parte de mí pensase que si a esas alturas hubiese estado matrimoniada no me estaría sintiendo tan sola y desamparada.

Sacudí la cabeza, tratando de alejar de mí tales pensamientos. El sacramento del casorio solo servía para que tu marido dispusiese a su antojo de tus bienes. Y eso era algo tan cierto aquí, en las Españas, como en la mismísima China.

—Agradezco en el alma vuestra sincera preocupación por mi persona, señor Estrada —dije lo más seria que pude, aunque no sin aplicar cierto retintín a mi voz.

Reí por dentro al ver su cara de espanto ante mis palabras.

—Pero soy hija de mis padres y, como tal, me han enseñado lo suficiente como para cuidarme sola —añadí—. Y ahora, señor, si me hacéis la merced… —Le señalé la puerta con un giro de muñeca.

Una mueca hosca se dibujó en su rostro. Con todo, el escribano giró sobre sus zancajos y se dirigió hacia la salida sin replicar. Yo lo seguí.

Cuando el hombre se hallaba ya en la calle, se me ocurrió algo.

—Aguardad, señor Estrada —le rogué—. Como es de suponer que vais a encontraros con don Alfonso Domínguez tras dejarme a mí, quiero que os aseguréis de dejarle bien claro que ese acuerdo de casamiento no existe. Y si tanta prisa tiene por librarse de ese asesino que tiene bajo su techo, decidle que yo misma le recomiendo que lo meta en una cuba y lo lance a la mar. ¿Creéis que seréis capaz de referírselo tal cual os lo estoy exponiendo? —concluí, luciendo la mejor de mis sonrisas.

El escribano, de hito en hito por mi atrevimiento, no pudo más que asentir quedamente.

—Bien —confirmé—. Que tengáis un buen día, señor.

Y cerré la puerta ante su atónita persona.

El resto de la jornada lo empleé en hacer inventario de los animales y lo que había en la casa, desde lo que se almacenaba en la despensa hasta del mobiliario. Era cierto que no había problema con los dineros pero, sin una fuente de ingresos, estaba claro que en algún momento se acabarían. Algo tendría que hacer, por tanto, si no quería verme en serios apuros en cosa de unos meses. «Tendré que buscarme un oficio», me dije.

Sabía leer, escribir y tejer, por lo que no debería haber impedimento alguno para que me contratasen en el mercado o en alguna casa de posibles de la villa. También contaba con otras habilidades: sabía montar a horcajadas, así como estocar, y tenía conocimientos de la mar y otra serie de labores; pero esas, claro está, por ser poco propias de féminas, dudaba de que me sirviesen para ganarme un sustento. Por otro lado, siendo ahora solo una en la hacienda, contaría con más excedentes de los establos, excedentes que podría vender en el mercado.

Por lo pronto decidí abastecerme de algunas gallinas más aparte de las que ya tenía. El sobrante de leche que cada día nos brindaba la cabra, y que yo me encargaba de vender a nuestros vecinos, nos había reportado buenos dineros durante los últimos meses, por lo que si empezaba a venderles también huevos y pollos, al cabo de unas semanas podría obtener una considerable suma de maravedís.

Claro que añadir más animales a la casa requería de otros dos brazos. Miguel a duras penas daba abasto con ellos, ya que además de atenderlos, sus quehaceres incluían cuidar el huerto y realizar los apaños que fuesen surgiendo en la finca. Por su parte, Chela bastante tenía ya con mantener la casa y alimentarnos a todos. Además, hacía tiempo que llevaba pidiendo una ayudante. «Y el parterre», recordé. También necesitaba que alguien me ayudase a cuidar el modesto jardín trasero que tantos mimos había recibido de mi madre.

Con tales pensamientos en la cabeza, cogí algunas monedas y me dispuse a salir de casa una vez más ese día.

Una vez en la plaza del mercado, que era el corazón de Maracaibo, dejé atrás los puestos de verduras y animales para ir directa hacia los soportales, un hervidero de actividad y bullicio en donde se vendía y compraba otro tipo de género.

Allí las casas con posibles vendían o intercambiaban a sus esclavos, fácilmente identificables por el color oscuro de su piel y sus extremidades atadas; pero también había otro tipo de gente bajo ese pórtico: gente nacida libre que pedía un trabajo. Unos pocos, los que se lo podían permitir, a cambio de una pequeña paga; otros, menos afortunados, a cambio de un techo bajo el que dormir y una comida caliente al día.

Pese a que me gustaba ir al mercado, solía rehuir esos soportales. Sobre todo evitaba dirigir la vista a aquellos cuerpos famélicos y maltrechos, con sogas al cuello y hierros en sus manos o pies.

A diferencia de lo que contaban los marinos que comerciaban con gentes de tierras controladas por otros reinos, donde se masacraba a los aborígenes, para las Españas los indios fueron desde el inicio súbditos de la Corona y, como tales, diezmarlos o esclavizarlos eran delitos muy graves. Con tal objetivo, ya en 1512 se habían promulgado las llamadas Leyes de Burgos, unas ordenanzas que, de manera exhaustiva, velaban por su buen tratamiento; así como abolido las encomiendas treinta años más tarde. Y si bien se vigilaba que estos mandatos se cumpliesen, eso no impedía que se produjese algún que otro abuso, ya que por mucho que las Indias estuviesen perladas de sus veedores, sus comisionados y otros delegados reales, el rey quedaba a un mundo de distancia.

Pero las minas de oro y plata, así como las plantaciones de azúcar, tabaco o cacao, precisaban de mucha mano de obra. Para suplir esa necesidad, el Imperio no tardó en acudir a Portugal, siempre dispuesto y bien abastecido gracias a la ingente red de esclavos que el país había establecido en sus dominios africanos. De ahí que, de todos los que poblaban ese pórtico los días de mercado, los aherrojados fuesen justamente los de piel de ébano.

Aun no disponiendo de título nobiliario, los prósperos negocios de mis señores padres nos habían permitido disfrutar de privilegios que otras familias estaban bien lejos de concebir. Sin embargo, no siempre había sido así, no cuando vivíamos en el arrabal sevillano… De esos años mi familia sabía lo que era la pobreza y vivir al día; y en cuanto a la esclavitud… teníamos una opinión muy concreta al respecto.

Mis ojos saltaron de los esclavos a los nobles que los guardaban: pujaban y se los intercambiaban como si de un pedazo de carne se tratase. «Tanta miseria, tanta infamia…».

Estar de nuevo ahí hizo que recordase el día que conocí a Chela, un año atrás.

Maracaibo acababa de sufrir uno de sus peores ataques piratas. La ciudad, aunque comenzaba a recuperarse, seguía siendo una ruina de destrucción, muerte y desesperación. Gracias a su distancia del centro de la villa, los saqueadores se mantuvieron en todo momento alejados de nuestra hacienda. No obstante, las pavesas de un fuego cercano llegaron hasta ella. La casa no sufrió daños, pero para cuando conseguimos sofocar las llamas, ya era demasiado tarde para los animales y los perdimos a todos. Mis padres, Miguel y yo, que no nos movimos de allí en tanto duró el caos, salvamos la vida. Marta, nuestra criada, a quien el asalto sorprendió en pleno centro de Maracaibo, no tuvo tanta suerte, y jamás volvimos a saber de ella. Para remediar su falta, pasados unos días del ataque, mi madre me envió a esos mismos soportales en busca de alguien que ocupase el lugar de Marta.

Esa mañana del año de 1666, el pórtico, ya de por sí abarrotado los días de mercado, estaba a rebosar; hacía un sol de justicia y todos buscaban guarecerse en la sombra. Entre la infinidad de cuerpos sucios y apretados, una figura solitaria llamó mi atención. Se trataba de una rolliza mujer negra que demandaba trabajo en un rincón. Que no hubiese nadie vigilándola con celo hizo que me decidiese a acercarme a ella. Por la propia mujer supe que se llamaba Chela, que había llegado al Nuevo Mundo hacía más de diez años en una nave que portaba esclavos de África y que, nada más desembarcar, había sido entregada a una de las casas principales de la villa, en la que laboriosamente había servido hasta la muerte de su señor, hacía escasos cinco días.

—Fue en el ataque filibustero —quiso explicarme—. Sobrevivió, mas la metralla se le metió hasta el hueso y se lo pudrió hasta llevarlo a la tumba.

Parecía apenada, y eso me sorprendió. ¿Qué clase de esclavo sentía lástima por su dueño?

—¿Y a quién perteneces ahora? —No había nadie junto a ella, pero lo último que deseaba era verme envuelta en alguna disputa con algún noble de la villa por haberme llevado a la mujer conmigo.

—No pertenezco a nadie, señorita. —Me contestó con voz queda, pero sus ojos destilaban orgullo—. Mi amo, por mi buen servicio, me concedió la libertad en su lecho de muerte.

Unas horas más tarde traspasaba el portón de la hacienda acompañada por la oronda mujer. A modo de acogida, compré un conejo para la cena.

Volví a la realidad cuando alguien me propinó un pequeño empujón. Frente a mí tenía a una muchacha de no más de trece o catorce años, de cara menuda y algo enfermiza. Me resultaba familiar, pero no sabía de qué. Cuando sus ojos vivarachos me contemplaron, esperando algún tipo de respuesta por mi parte, recordé de qué la conocía.

—¿Martina? —Al ver su cara de desconcierto me presenté—: Soy Carolina, la amiga de Isabel.

En realidad, Isabel y yo hacía tiempo que habíamos dejado de ser amigas. De vez en cuando nos cruzábamos por la calle e intercambiábamos algunas frases, pero poco más. Aun así, seguíamos al día de lo que le sucedía a la otra, pues Isabel, además de ser la hermana mayor de Martina, era la primogénita de Pedro.

—¿Qué haces aquí? —pregunté con cierta extrañeza una vez que me hubo reconocido y se disculpó varias veces por haber chocado conmigo.

—Busco trabajo como sirvienta —respondió, sin apenas despegar los labios.

Al decirme aquello, tal como hice con Chela un año atrás, le expuse las labores que debería realizar si aceptaba servir en la hacienda: limpiar la casa, lavar nuestra ropa, ayudar en la cocina, bajar al mercado…, y la soldada que recibiría: ocho reales (272 maravedís) al mes.

—…y podrás volver a casa cada día —terminé.

Tanto Miguel como Chela vivían en la finca porque no tenían un hogar al que regresar una vez acabada su jornada. Sin embargo, ese no era el caso de Martina, quien tendría a su familia esperándola unas calles más abajo.

La niña ni se lo pensó, y con una sonrisa en los labios y los ojos brillantes dijo:

—Acepto, doña Carolina.

Asentí satisfecha. No obstante, levanté un dedo ante la pequeña.

—De «doña», nada, Martina, que aquí nadie es de abolengo. Mas si vas a usar algún tipo de distinción conmigo, mejor un «señorita».

Al igual que les pedí en su día a los hombres de mi padre en el Esperanza, cuando Chela entró a mi servicio le convine a referirse a mí por mi nombre; empero, según ella misma me explicó, escandalizada, su condición de criada le impedía hacer tal cosa. Y dado que para ella nunca dejaría de ser la «señorita Carolina», prefería que Martina siguiese con ese apelativo antes de que le diese por usar otro que a mí se me antojase peor.

Por toda respuesta, la hija menor de Pedro sonrió más si cabía.

Con la muchacha a mi vera, compré las gallinas que había ido a buscar y también un conejo para celebrar, tal como hice en su día con Chela, la llegada de Martina a la hacienda. Después, ambas emprendimos el camino de regreso a casa.

3

Cuando los cuatro nos hallábamos dando buena cuenta del conejo asado que entre Chela y Martina habían aderezado y preparado, unos golpes fuertes resonaron por toda la propiedad, sobresaltándonos.

Mis pensamientos regresaron por un instante a la otra noche. Todo mi mundo había reventado tras unos simples golpazos como aquellos.

—Yo abro, señorita —se ofreció solícita Chela mientras dejaba presta su plato y se levantaba de la mesa.

Curiosa, la seguí hasta la entrada.

Cuando abrió el portón no pude más que pegar un leve grito, pues frente a mí quedó la figura del mismísimo don Alfonso Domínguez. No lo había vuelto a ver desde su vil intento de matrimoniarme mediante embustes con su hijo, hacía más de un año atrás. Tal vez su piel había ganado arrugas; y su barriga, prominencia. Empero, resultaba igual de intimidante a como lo recordaba.

Como yo no obraba nada para con el invitado, Chela, a quien su estampa no le era desconocida, ya que la mujer estaba a nuestro servicio cuando ocurrió aquello con los Domínguez, me miró interrogante. La ignoré y me limité a devolverle al noble su mirada desafiante y mezquina.

Al ver que ni le ofrecía entrar en la casa ni me hacía a un lado del quicio, fue él el que se allegó con paso firme hasta donde yo estaba, apartando en el camino a mi criada con un ademán despectivo. Llevaba capa, sombrero de media ala y espada al cinto.

—¿Cómo osas eludir un justo acuerdo que existe entre ambas familias? —me increpó de sopetón, tuteándome.

—¿Y cómo se atreve vuesa merced a presentarse en mi casa? —repuse a su vez, molesta por la desagradable visita y, sobre todo, por sus malas formas.

—¡Insolente ingrata! —me acusó, hecho una furia.

Una silla, a mi espalda, arañó el suelo. No me hizo falta volverme para saber que Miguel acababa de ponerse en pie con brusquedad. Martina, a lo más seguro, seguiría en su sitio, contemplando asustada la escena. Por su parte, Chela, discreta como era, guardaba silencio a mi lado y miraba a don Alfonso con desprecio. Claro que de eso no se percató el noble, pues alguien como él jamás se dignaría a mirar a los ojos a una vulgar sirvienta, y menos aún si esta tenía la piel oscura.

No obstante, fueron esas miradas furibundas de Chela las que me hicieron envalentonarme. Ese noble podía venir a mi casa, faltarme al respeto, insultarme y todo lo que a él le viniese en gana, que yo no me iba a dejar amilanar así como así. Nunca por ese bravucón que a punto estuvo una vez de convertirse en mi suegro.

—Don Alfonso, os pido que os serenéis —rogué con voz queda, a la vez que intentaba serenarme yo.

—¿¡Que me serene!? —vociferó. Si seguía con esos modos, enseguida tendría a varios corchetes frente a mi puerta, cosa que no deseaba ni por toda la plata del Pirú—. ¿Después de lo que le has dicho a mi escribano?

En verdad llamar «asesino» a su hijo había sido una estupidez. No porque no hubiese verdad en tal afirmación, que bien que la había, sino por la posición de desventaja en la que me hallaba frente al noble. ¿Y lo de lanzarlo a la mar en una cuba? Me arrepentí al instante de haberle hecho llegar tales palabras a través de Estrada.

—Porque eres mujer, que si no ¡bien que te exigía ahora mismo un duelo! —añadió con una mirada cargada de suficiencia y altivez.

¡Eso era demasiado! No hacía ni una semana de la muerte de mis padres y él ya había visto cómo aprovecharse de la situación. Y no solo se atrevía a utilizarme como fardo de desquite para su hijo, sino que encima tenía la desfachatez de insultarme en mi propia casa. ¡Ese hombre no tenía vergüenza alguna!

—Pues sepa vuesa merced que todo lo que he dicho es verdad —me atreví—. Yo no mantengo obligación de ningún tipo de casarme con vuestro hijo.

—¡Ja! ¿Eso es lo que crees? —sonrió con perversidad. El brillo de sus ojos me advirtió de que, fuera lo que fuese lo que venía a continuación, no me iba a gustar lo más mínimo. Mis temores se hicieron realidad cuando gritó—: ¡Comisario!

Por su siniestra apareció otra silueta. La luz exigua de los faroles nos permitió a Chela y a mí ver que se trataba de un hombre. Todo él vestía con ropas cómodas, idóneas para entrar en combate en cualquier momento, ya que, aparte de la capa y el sombrero de pluma, llevaba espada y daga al cinto, botas de montar y espuelas.

El corazón me dio un vuelco.

Miguel, con movimientos lentos y el rostro sereno, se acercó a nosotras. Como Chela estaba junto a mí, él se situó al otro lado.

—El aquí presente es el corregidor de la villa, además de un gran amigo de la familia —anunció el noble.

Hice un gesto de desagrado que no pasó desapercibido a ninguno de los dos, me temo. Pero es que si el comisario de Maracaibo hacía migas con ese rufián, nada bueno me podía esperar de él.

—Señor corregidor —profirió don Alfonso, volteándose hacia él—: estaba pactado que esta mujer se desposase con mi hijo antes de seis meses, y ella ha rehusado tal pacto, convirtiendo esos seis meses en más de un año. Es más: ha renegado de él y lo ha insultado. ¡A mi hijo! ¡Haced algo, por Dios!

El interpelado dio un paso al frente para hablar.

—¿Vuestro hijo desea desposarse con esta joven? —preguntó al noble, el cual aseveró con vehemencia—. Si ese es el caso, las leyes son claras. Señorita —se giró hacia mí—, debéis cumplir vuestra parte.

—¿Qué? —No daba crédito a lo que oía. Por detrás del magistrado vi a don Alfonso mostrar una sonrisa de satisfacción—. Señor, es cierto que una vez hubo tal pacto, mas mi padre, Bernardo Arroyuelo, deshizo dicho acuerdo el verano pasado.

El corregidor se llevó la mano de la espada a su incipiente y castellana perilla de chivo.

—¿En serio? —preguntó con auténtica curiosidad—. ¿Y dónde se halla su señor padre? ¡Que venga aquí ahora mismo y lo demuestre!

—Señor, mi padre ha unos días que perdió la vida en la mar; unos piratas… —le informé apenada.

—¡Vaya! Lo siento en el alma, señorita —me cortó.

—Sí, sí, una lástima —convino don Alfonso con una muy mal fingida pena.

No contaban ni siete días desde que me había quedado huérfana y ellos hablaban de mi pérdida como si del tiempo se tratase. Una mezcla de angustia, pena y odio hacia esos dos hombres creció en mi interior hasta humedecerme los ojos y el rostro.

Le lancé al noble una mirada furiosa y desafiante. El muy canalla me la devolvió sin ningún recato. Por dentro debía de estar disfrutando de mi dolor con auténtico gozo. Apreté los puños. Si no llega a ser por el magistrado, que se encontraba entre ambos, me hubiese lanzado sobre él.

—Pero que eso no nos desvíe de la cuestión... —continuó el corregidor, ajeno a la animadversión entre el noble y yo—. Si tal hombre no se halla presente para explicarse, declaro que el maridaje debe llevarse a cabo, tal y como estaba estipulado.

—¡Pero eso no es justo! —protesté, comenzando a sollozar sin poder evitarlo.

Desde luego, cuánta razón llevan los sabios que enuncian que las desgracias nunca vienen solas...

—¡Tiene que existir un documento que refleje que el casamiento fue anulado! —insistí—. En el concejo.

—No hay constancia, señorita.

No me gustó nada la mirada aviesa que me lanzó don Alfonso, pero mucho menos me gustó su tono.

—¿Vuesa merced tiene alguno, acaso? —siguió socarrón. Aunque fingido, no se me escapó que, ahora que intuía que por fin se iba a salir con la suya, me hablaba con respeto; sin lugar a dudas, a modo de mofa hacia mí.

Ya no lo pude soportar más y me lancé. No a la preponderante panza de don Alfonso, sino a su cara. Por desgracia, ni siquiera llegué a arañarle su acicalado rostro. El corregidor, que me superaba en estatura y fuerza, me sujetó por las muñecas sin que se le moviera siquiera su emperifollado sombrero. Miguel también me retuvo, agarrándome por la cintura.

—Como veo que no anda escasa de dineros —comentó el magistrado mientras alzaba la vista y contemplaba la propiedad—, la dote no será un problema. La señorita Arroyuelo se desposará con Alfonso Domínguez hijo antes de que acabe el presente mes de septiembre —decretó a la vez que me lanzaba una mirada severa. Tras eso, liberó mis muñecas.

«¡No, no! ¡No me puede estar pasando esto! ¡No!».

Su ordenanza caló en mis oídos como una sentencia de muerte.

—Excelente, excelente —dijo satisfecho don Alfonso mientras giraba sobre sus talones y se disponía a marcharse por donde había venido.

Me pareció que el corregidor me dedicaba algunas palabras a modo de despedida, pero ninguna llegó hasta mis oídos. Mi ánima empezaba a envolverse de pensamientos tormentosos… ¡Me daban menos de dos semanas para casarme con el hijo de esa alimaña!

Chela, que había asistido a toda la discusión sin moverse un ápice, fue quien, haciendo un alarde de cortesía que no merecían, despidió a los dos hombres. Luego, rodeándome con sus brazos rollizos, me introdujo con ayuda de Miguel en la casa.

—Señorita Carolina, ¿estáis bien? —preguntó con angustia una vez que el portón quedó cerrado.

Huérfana de padres…, y ahora además casada con un sádico. ¿Qué vida me esperaba de ahí en adelante?

—Echa la llave, Miguel —murmuré—. Por favor.

Encaminé mis pasos hacia la escalera.

—¿No deseáis terminar el conejo? —oí que me preguntaba Chela.

Dejé que su pregunta muriese en el aire y, en silencio, subí hasta mi cuarto. Una vez dentro, cerré la puerta y me apoyé contra ella. Luego flexioné las piernas hasta caer al suelo. Me quedé en esa posición varios minutos, pensando qué debería hacer los próximos días, hasta que la boda tuviese lugar. Sin esclarecer nada, con los músculos entumecidos y la cabeza entre las rodillas, rompí nuevamente a llorar.

Debí de quedarme dormida, ya que, cuando desperté, la noche parecía estar en todo su apogeo; tan solo la luna, en cuarto menguante, aportaba un vago rayo de luz que se colaba hasta mi habitación por la ventana abierta. Me puse en pie y me asomé por ella. Una brisa fina me alborotó la ya de por sí desmadejada cabellera. Cerré los ojos. Me quedé así unos minutos, disfrutando del aire cálido.

A pesar de restar pocos días para entrar en octubre, los tiempos en el Caribe son distintos, y en vez de cuatro estaciones hay dos: la época seca y la época de lluvias; y septiembre, que pertenece a la segunda, es aún un mes bastante caluroso, perlado de fuertes vientos y huracanes. Muchas noches dejaba mi ventana abierta para que la brisa se colase dentro y refrescase un poco el ambiente, tal como estaba haciendo en esa ocasión.

Como la hacienda se erigía sobre una zona elevada, se divisaba todo el puerto. Así que cuando no podía dormir me asomaba a la ventana y me perdía entre sus faroles y el trajinar de los marineros, los cuales ultimaban los preparativos para echarse a la mar al amanecer.

Cuentan que Maracaibo fue descubierta por Alonso de Ojeda, capitán de Cristóbal Colón, en 1499, después de acompañar al descubridor en su segundo viaje a las Indias. A Ojeda se le atribuye también la exploración del lago. Sin embargo, sería un alemán el que diese a la villa su nombre actual, en honor al cacique que por aquel entonces comandaba en la región. Aunque por esa época Maracaibo todavía estaba lejos de ser la próspera ciudad que yo conocía.

—No era más que una aldea de apenas sesenta o setenta hombres asediada por los continuos ataques de los indios —me había contado mi padre.

Los atropellos que los alemanes cometieron contra los pobladores del lugar no hicieron sino aumentar esos ataques, llegando a ser tan constantes que el asentamiento germano apenas llegó al año. Tras su marcha, el gobernador Ponce de León mandó reconquistar la zona, con el fin de pacificar esas tierras y encontrar una ruta navegable que diese acceso a Nueva Granada. El hombre elegido para tal empresa fue Alonso Pacheco, quien le dio a la villa el nombre de Nueva Ciudad Rodrigo. Pero Pacheco abandonaría la aldea unos años más tarde y sería Pedro Maldonado, compañero de Pacheco en una expedición anterior, el comisionado para repoblar el lugar. Así, en el año de 1574, Nueva Rodrigo sería renombrada como Nueva Zamora de Maracaibo, en honor al gobernador Diego de Mazariegos, natural de la Zamora castellana. Sería con esta última fundación con la que Maracaibo comenzaría a crecer y a desarrollarse, hasta convertirse en la población de cuatro mil almas que me había visto crecer.

Gracias a su puerto natural, que desde un principio ofreció protección y abrigo a los navíos, Maracaibo pronto se tornó en un enclave esencial para el comercio. «La villa que había nacido del fondeadero», decía mi padre. Tabaco, trigo, telas, vino, aceite o cacao llegaban desde Cartagena de Indias y otros puertos importantes de Tierra Firme. A su vez, Maracaibo exportaba cecinas y otras carnes en salazón, maíz, leche o cueros.

Fue el comercio lo que dotó a la villa de la distribución que yo tan bien conocía: las bodegas y los almacenes que guardaban los productos que llegaban o partían, abrazando el puerto; las casas de los nobles y gentes con posibles, rodeando la gran iglesia, en la plaza mayor de la villa; el hospital, en sus arrabales.

Claro que tanta prosperidad también había convertido a los marabinos en el punto de mira de los filibusteros…

Mis pensamientos dejaron la villa para regresar al Esperanza. De pronto, me vi arrastrada por una oleada inmensa de soledad. Por unos instantes quise huir. Escapar lejos. Olvidarme de todo.

Volví a contemplar la villa desierta. Con una nueva resolución, me calcé y me puse un chal sobre los hombros. No podría borrar los últimos días de mi vida, mas un paseo me haría bien. La casa, antaño acogedora y familiar, se me antojaba en aquellos momentos demasiado grande, solitaria y fría.

Dejé la hacienda en silencio y, en silencio también, me perdí entre las calles retorcidas y vacías de Maracaibo. Al doblar un recodo y dar a una plaza, un hombre que a duras penas se mantenía en pie se interpuso en mi camino.

Entorné los ojos, intentando situar al hombre a la vez que me situaba yo. Como buscaba paz y tranquilidad, me había guardado de transitar por la zona de las tabernas y los burdeles. Por consiguiente, ¿qué hacía ese borracho ahí, cortándome el paso? Miré a mi alrededor. Sin pretenderlo, había llegado justo al lugar que quería evitar.

—¿Cuánto pides por refocilarnos un rato? —preguntó examinándome como un comprador examinaría en el mercado al jamelgo que está a punto de adquirir.

Evidentemente, ese bribón me tomaba por una meretriz, hecho por el que ni me sentí ofendida ni lo culpé, ya que los pobladores de las calles marabinas en esa zona y a esas horas eran los beodos, los truhanes y las prostitutas.

Con tranquilidad pero sin ambages intenté hacer ver al hombre que yo no pertenecía a lupanar alguno. Tras unos segundos de incertidumbre, se hizo a un lado y me permitió seguir mi camino, no sin soltar a mi paso, eso sí, varios pésetes.

Cuando daba por hecho que ese sería mi único imprevisto de la noche, me volvieron a cortar el paso sin miramientos.

—La bolsa —me soltó con voz áspera otro individuo.

Miré a mi asaltante por espacio de unos segundos. Frente a mí tenía a un hombre menudo pero de aspecto fuerte y embrutecido.

Todo en él me intimidó, desde su apariencia hasta el tono que había empleado. Mentiría si dijese lo contrario. Con todo, no retrocedí ni un paso. Con la muerte de mis padres había perdido gran parte de la libertad de la que gozaba hasta la fecha. El resto me desaparecería en unos días, cuando me atasen de por vida a un hombre al que ni amaba ni sería capaz de amar aun pasasen mil años.

«…antes de que acabe el presente mes de septiembre». Las últimas palabras del corregidor aún resonaban en mi interior.

Si bien no llevaba ni un ochavo encima, no iba a permitir por nada del mundo que nadie, y menos un borracho de tres al cuarto, me arrebatase los pocos momentos de independencia que me restaban. Por ese motivo, en lugar de acobardarme, contesté:

—No.

Otros dos tipejos, surgidos de vaya Dios a saber dónde, se situaron a mi espalda.

Miré en derredor mío. Aparte del trío que me rodeaba, varias personas —blancas, negras, mulatas, criollas, mestizas y cuarteronas— se arracimaban por la calle. Crucé miradas con las que tenía más cerca. Un vistazo me dejó claro que, bien por indiferencia o bien por miedo, no acudirían en mi auxilio. Estaba sola, por tanto.

Cogí aire.

—Dejadme pasar. Por favor.

Dado que tanto el ladrón como sus compañeros aguardaban expectantes, mi voz se escuchó serena y clara.

Esperaba otro comentario brusco y despreciativo por parte del cabecilla cuando, de pronto, este alzó una mano. Para cuando quise darme cuenta de sus intenciones, ya era demasiado tarde. La bofetada fue fuerte y sonora.

De inmediato, un coro de carcajadas rompió la quietud en la que parecía haberse sumido la calle. Yo me llevé una mano a la zona dolorida. Más que por el daño en sí, la cara me picaba de orgullo.

No solo me habían golpeado, sino que también me habían humillado. En plena calle. Sabía que en cualquier parte del orbe aquel momento hubiese sido el idóneo para que cualquiera desistiese de sus propósitos; en mi caso, desprenderme de mi altanería y confesar a esos hombres que no llevaba ni un mísero maravedí encima y después rezar por que me dejasen regresar a casa sana y salva. Sin embargo, no hice nada de eso. Y no me arrepiento de ello, pues de haberlo hecho, de haber suplicado, mi vida hubiese tomado otro curso, uno opuesto al que finalmente tuvo.

«¡Al diablo ese malnacido y todos los demás!», grité en mi cabeza.

El tipo me superaba en fuerza, pero no en altura. Además estaba la sorpresa, la cual jugaba a mi favor. Así que no me lo pensé más y, tal como había hecho con don Alfonso, me arrojé sobre él. Esta vez nadie me retuvo y su cabeza dio un sonoro golpazo contra el suelo cuando lo derribé. Las risas volvieron a dejarse oír, aunque esta vez más comedidas.

El hombre se llevó una mano a la parte trasera de la cabeza y la devolvió teñida de rojo.

—Puta... —rezongó, con el mismo tono brusco y despreciativo de antes.

Yo me alejé un poco de él, todo lo que sus compadres me permitieron, pero seguí mirándolo con fijeza mientras se levantaba.

Una vez en pie, el tipejo amagó con venir a por mí para golpearme de nuevo.

—Ahora sabrás lo que es bueno…

Frenó en seco cuando otro hombre entró en el corro y se interpuso entre nosotros.

—Suficiente, Rodrigo —dijo con voz autoritaria el recién llegado.

—¡Aparta, Vega! —escupió el interpelado.

Ignorándolo por entero, el tal Vega se giró y me lanzó una mirada. A diferencia de los demás, que me miraban con ojos mitad curiosos y mitad jocosos, los suyos transmitían reprobación.

—¿Qué hacéis aquí? —me preguntó.

Sus palabras daban a entender que nos conocíamos. Curiosa, alcé la cabeza para escrutar su rostro. Frente a mí se alzaba un hombre alto, de rostro barbudo, nariz afilada y ojos pequeños. A pesar de su voz joven y grave, las canas comenzaban a vetear su barba alborotada, por lo que calculé que rondaría los treinta y cinco años. A juzgar por su buena pronunciación y por su tono de piel, deduje que tenía por patria la misma que yo. No obstante, su semblante no me era familiar en lo más mínimo.

—¿Qué creéis que estáis haciendo? —insistió—. Regresad a casa. Aquí no se os ha perdido nada.

La curiosidad del encuentro con ese hombre fue sustituida por el enojo y la impaciencia. ¿Quién era ese y por qué se creía con derecho a darme órdenes?

—No —cuestioné por segunda vez esa noche—. No hasta que me digáis de qué me conocéis.

Sus facciones se endurecieron.

—No os expongáis de este modo. —Y bajando la voz agregó—: Hacedlo por vuestro padre.

Al oír aquello me erguí como si me hubiesen pinchado.

—¿Conocíais a mi padre?

Vega dejó escapar un largo suspiro de exasperación.

—Esperad aquí —dijo en respuesta. Y dejándome con la palabra en la boca, se volvió hacia el tal Rodrigo y sus dos perros fieles—. Si apreciáis vuestras manos, ni la miréis —sentenció mientras me señalaba.

Dicho aquello, se allegó hasta la taberna más cercana y desapareció en su interior.

Desconcertada, contemplé el edificio, una cantina de dos plantas y paredes desconchadas. Cuando ya me planteaba olvidarme del tema y regresar a casa, vi aparecer de nuevo a Vega. Traía consigo una botella de vino y dos vasos.

Pensé que se detendría junto a mí pero, en su lugar, me pasó por delante sin aflojar el paso.

—Venid conmigo, hacedme la merced —me pidió.

4

Me quedé en el sitio. Dudaba. No conocía a ese hombre. Podría tratarse de otro ladrón, un loco o ambas cosas. Pero me había salvado del tal Rodrigo y parecía conocer a mi padre. Y si esto último era cierto, yo ansiaba averiguar de qué. Además, puesto que se había detenido un poco más allá, tal vez solo quería que nos alejásemos lo suficiente para hablar con tranquilidad. ¿Qué había de malo en ello?

Tras unos momentos de vacilación, decidí reunirme con él. Sin embargo, Vega echó otra vez a andar en cuanto llegué a su altura.

—Seguidme.

Esta vez no me moví ni un ápice.

—Ni por asomo —protesté. Una cosa era hablar en la calle con un desconocido y otra muy distinta dejar que me condujese a saber dónde—. He hecho lo que me habéis pedido: os he seguido hasta aquí. ¿Quién sois? ¿Qué pretendéis? Si esto es algún tipo de superchería, pod...

Él se paró en seco y desanduvo los pasos que me había sacado.

—Mi nombre es Hernán Vega y conocía a Bernardo, vuestro padre. No trato de engañaros. —Sacudió la cabeza y me señaló un edificio que quedaba a nuestra diestra—. Detrás de esa casa hay unas escaleras. Ahí podremos hablar sin que nos importunen.

Parecía sincero y accedí a acompañarlo. Nos internamos en una callejuela y rodeamos la casa. En efecto, por el otro lado, una escalinata daba acceso a la vivienda. Hernán subió algunos escalones antes de tomar asiento en uno de ellos. Comenzó a escanciar el vino. Yo contemplé la construcción con desconfianza.

—No os preocupéis, lleva años abandonada —comentó, como si intuyese mis pensamientos.

Algo más tranquila, me senté en el mismo escalón que él, aunque brevemente apartada por precaución.

—¿Por qué me habéis traído aquí? ¿Por qué me habéis ayudado?

Dado que me había sentado a cierta distancia, tuvo que estirarse cuando me tendió uno de los vasos.

—¿Acaso preferíais quedaros con Rodrigo y su hatajo de zafios? —dijo riendo. Luego recuperó la compostura para aseverar—: Porque Bernardo era un buen hombre. Y os adoraba. Se lo debía.

Ante aquellas palabras no pude sino volver a compadecerme de mí misma.

Si bien en los últimos tiempos los caudales no escaseaban en la familia, no siempre había sido así. Primero fue el accidente de mi padre, allá en Sevilla...

Bernardo Arroyuelo siempre fue un respetado caballerizo a las órdenes del marqués Juan Francisco de Tarifa, hasta que un mal día un caballo desbocado se le echó encima. A causa del golpe, la pierna siniestra se le quedó totalmente inutilizada. El noble, que si bien lo tenía en consideración y le daba buena paga, nada más enterarse del estado en el que se encontraba, dio orden de echarlo sin miramientos. Al día siguiente, cuando mi padre regresó a la finca para rogarle en persona al marqués un oficio, se encontró con que su señor ya tenía a otro palafrenero.

Tras ese infortunio buscó trabajo en otros lugares, pero como apenas habían pasado seis años de la Gran Peste, la ciudad seguía sumida en la más absoluta miseria. Así que nadie lo contrató; ningún señor quería saber nada de un lisiado. Y al poco pasó lo de mi hermano Martín cuando contaba quince años, el cual, como cada día, se dejaba el espinazo cargando y descargando sacos en el puerto, junto a la Torre del Oro. Un día, según nos dijeron, se desplomó en el suelo, muerto de manera fulminante. Pese a que yo por aquel entonces solo tenía siete años, aún retengo en mi memoria a madre llorando desconsolada e increpando a Dios de tal modo que creí que el mismísimo Señor la oiría y que el cielo se abriría para ella.

Eso ocurrió en el año de 1655, tiempos en los que Sevilla y las Españas gozaban de gran esplendor, tanto que incluso el mismísimo monarca se hacía llamar «Ilustre emperador», aunque sus gentes se morían de hambre y miseria. Además, dado que el trabajo para las mujeres es deshonesto, cuando no pecaminoso, el sustento de mi familia solo podía proceder de las rentas que traían mi padre y mi hermano. Perdidas ambas, nos vimos de pronto en la pobreza.

Ante tal panorama, y con nada más que perder, mi padre, fiándose de las esperanzadoras historias que llegaban sobre el Nuevo Mundo, donde cualquiera podría hacerse rico con solo desearlo, resolvió que embarcásemos en una de las flotas que anualmente partían para esas tierras.

El viaje duró tres meses y fue muy duro: precisábamos de tres pasajes pero, tras la venta de la casa de Sevilla, a duras penas pudimos permitirnos pagar uno, por lo que mi madre y yo tuvimos que viajar medio escondidas en las bodegas, teniendo por única compañía a las ratas.

Gracias a Dios que todo cambió cuando desembarcamos. Mi padre encontró un puesto de escribiente en Maracaibo, villa situada a orillas de un lago del mismo nombre y que comunicaba con la mar a través del golfo de Venezuela (o Venezziola, como aún gustan de llamarlo algunos) y de un estrecho canal, y allí fue donde nos instalamos. No obstante, la labor de escribir las cartas que otros dictaban o de copiar documentos era bastante irregular y apenas daba para sustentarnos. Así que fue mi madre quien, para zanjar la cuestión de los dineros, resolvió levantar de la nada una mancebía. Bueno, quizá no tan de la nada, puesto que su propia madre había regentado una durante buena parte de su vida. Así que alguna que otra cosa conocía ya del oficio, dado que mientras mi abuela gobernaba su lupanar, ella la ayudaba en todo lo que podía, desde hacer los números de los maravedís que entraban y salían hasta organizar la despensa.

Como suele ser común cuando se acomete una empresa, mi madre empezó poco a poco, con unas cuatro o cinco mujeres que recogió de las calles marabinas. Y como sus sueños iban más allá de un simple lupanar, y es bien sabido que los ricos son los que mejor pagan, desde el primer momento se esforzó por darle al suyo un aire aristocrático. Así es como consiguió atraer a los primeros clientes adinerados. Estos, comerciantes casi todos, además del pago de rigor gustaban de regalar pequeñas joyas a las chicas. Con todo, estos mercaderes eran una minoría entre toda la clientela, y el prostíbulo estaba a leguas de ser el negocio próspero y de renombre que mi madre tenía en mente.

Pero enseguida descubrió una forma de pago mucho más valiosa que unos presentes de plata u oro.

—Secretos, hija —recuerdo que me reveló en una ocasión—. Deliciosos y jugosos secretos.

Fue en ese punto cuando estableció que los maravedís que sacasen las mancebas serían en totalidad para ellas si, a cambio, ellas le llevaban algún secreto inconfesable de los hombres que pasaban por sus camas. Traiciones que culminaban en asesinato en un callejón oscuro, codicia sin límites, intentos de sisa al mismísimo Rey de las Españas, depravadas inclinaciones sexuales, juegos de poder que acababan en baños de sangre... Todo valía para Ana Cerdán, dado que todo era susceptible de ser comprado y vendido.

De esta suerte fue como creció la mancebía, con un plantel de clientes que iba desde prósperos comerciantes hasta marqueses; la mejor clientela que mi madre podía desear. Tal fue la fama de mi ilustre autora y del sitio que regentaba que llegó a tener a su cargo hasta un total de cincuenta y tres muchachas. Y en la familia vimos aumentar los caudales como nunca hubiésemos imaginado. Con ellos compramos la pequeña hacienda y nos hicimos con algunos animales.

Apenas recuerdo ya nuestra pequeña casa, torcida y desconchada, de los arrabales de Sevilla, tan distinta a la de Maracaibo. Nuestras ropas también mudaron: las sayas mil veces remendadas dieron paso a los vestidos más suaves y bellos. Y quedaron en el olvido las penurias por las que tuvimos que pasar en busca de una vida mejor, todo lo que trabajaron tanto mi padre como mi madre para sacarnos adelante...

—Vuestro padre estaba en lo cierto. —La voz de Hernán me devolvió al presente.

—¿A qué os...?

—Sois decidida. Y tenéis redaños. Vuestro padre estaba en lo cierto —repitió recuperando la sonrisa.

Al decirme aquello, recordé lo que me había llevado a entablar conversación con ese hombre.

—¿De qué lo conocíais?

Gustaba de acompañar a mi padre tanto en sus travesías como en los intercambios con sus clientes; aunque no siempre, solía hacerlo a menudo, y creía conocer a la mayoría. Por eso me intrigaba tanto el tal Hernán Vega que tenía frente a mí; ni su rostro ni su nombre me decían nada.

En lo que Hernán comenzaba a hablar, probé el vino. Su sabor avinagrado me hizo arrugar la nariz. Aun así, sostuve el vaso entre las manos en lugar de vaciarlo sobre los escalones.

—Vuestro padre estaba muy preocupado por los filibusteros. Pese a las ordenanzas reales, se están volviendo atrevidos, ¿sabéis? —Dio un trago de su chato—. Cada vez son más frecuentes los ataques a las pequeñas naves mercantes.

—Y más cerca de la costa —corroboré.

Hernán asintió con un cabeceo.

—Acudió a mí para que lo acompañase en sus travesías —continuó—. Tenía intención de marinar la urca con artilleros, buenos hombres de armas que supiesen cómo actuar en caso de toparse con los piratas. Acudió a mí para que, en calidad de artillero jefe, le buscase a esos hombres.

—¿A vos? —me sorprendí—. ¿Mi padre os quería a vos como artillero jefe?

Hernán Vega era alto y recio, pero estaba a leguas de parecer un hombre de armas. Vive Dios, ni siquiera daba la impresión de que llevase un mísero puñal al cinto esa noche.

Presa del asombro, ni me di cuenta de que había pasado a un trato más informal, mas a él no pareció molestarle. Sonrió.

—Ya veo que no os andáis con rodeos… —Alzó la mirada hacia mí, pensativo—. ¿Cuál es vuestro nombre?

—Carolina.

—Ah, sí. Carolina Arroyuelo. Ya lo recuerdo. —Volvió a sonreír—. Bernardo me habló mucho de vos.

Iba a preguntarle qué le había contado mi padre sobre mí, pero él continuó:

—Encantado de conoceros, Carolina. Pronunciáis acertadamente el español. ¿Sois mestiza?

—¿Qué os hace pensar eso? —pregunté a mi vez, algo ofendida.

—¿No sois mestiza? —Su rostro mostró desconcierto—. A vuestra madre no tuve el placer de conocerla —se excusó—. Y por vuestra piel oscura pensé que...

—Soy cristiana y española —repuse, alzando la barbilla.

—No dejáis de sorprenderme —dijo ensanchando más si cabía la sonrisa.

Yo me descubrí devolviéndosela. Tras lo sucedido en los últimos días, no creía que en adelante pudiese volver a disfrutar siquiera de un instante de felicidad; pero ese hombre, Hernán Vega, el mismo que me había salvado de Rodrigo y su panda de rufianes, me acababa de mostrar lo imposible.

Me quedé mirándolo unos segundos. Parecía un buen cristiano, y su carácter incitaba a conversar con él.

—Nací en Sevilla, en sus arrabales, pasando el río. Mi piel morena se debe a que vine con mi familia a estas tierras cuando contaba siete años. —«Y sobre todo a las largas jornadas mareando junto a mi padre», añadí en mi cabeza.

—¡Vaya, una joven sevillana!

Di otro sorbo al vino. De pronto caí en la cuenta de que había dejado una pregunta en el aire.

—¿Por qué mi padre acudió a vos?

Hernán agachó los hombros.

—Fui soldado —respondió escuetamente.

Cuando creí que no me daría más detalles, se volvió hacia mí. Seguido, tomó aire y comenzó a referirme su historia.

Me contó que era de Avilés, un pueblecito costero del norte

de España, según me hizo saber. También por él supe que había arribado a Tierra Firme hacía tan solo un año, cuando fue expulsado de los Reales Ejércitos de Felipe IV.

—Quebranté una orden —me explicó cuando le pregunté por el motivo de su expulsión—. Fue en una batalla contra los portugueses. Tras el fracaso de la ofensiva de Juan José de Austria, Su Majestad estaba obsesionado con someterlos, así que muchos acabamos destinados en el frente de Extremadura. Allí mi general, el marqués de Caracena, mandó marchar sobre Vila Viçosa, a unas ocho leguas frontera adentro. La ciudad era el refugio de la Casa de Braganza, así que el marqués dio orden de sitiarla.

Calló un momento para llevarse el vaso a los labios. Luego continuó:

—No esperábamos resistencia, así que la infantería avanzó. Pero las tropas enemigas, capitaneadas por Antonio de Meneses, marqués de Marialva, nos sorprendieron. Diezmaron a nuestros soldados y a nuestra artillería en cuestión de minutos. —Soltó un suspiro profundo—. Aun así, nuestro general decidió seguir avanzando…

»Al ver que los portugueses se proponían rodearnos y que, de conseguirlo, aquello sería una carnicería todavía mayor, di a mis hombres la contraorden. Por eso me condenaron a la horca. Así es como se castiga la insubordinación, ¿sabéis?

»Aquel día se perdieron miles de vidas de los nuestros, pero se hubiesen perdido más si no llega a ser por mi actuación. Muchas más. —En este punto de la historia, la voz le salió áspera y rota; sin duda a causa de recordar los horrores vividos—. Gracias a eso me perdonaron la vida, mas conmutaron mi pena por la expulsión y… aquí estamos —concluyó, alzando su vaso para dar otro trago.

Tras su relato, un silencio quedo se instaló entre ambos. Lo miré de soslayo. Hernán había arrugado el entrecejo y parecía buscar respuestas a preguntas jamás formuladas en el fondo de su chato.

Cavilando cómo romper el silencio, pregunté lo primero que se me pasó por el entendimiento:

—¿Y vuestra familia? ¿Viajó con vos a Tierra Firme?

—Solo mi hijo —repuso—. Mi mujer perdió la vida al dar a luz. Y él, mi único hijo, la perdió al poco de llegar. Fue en la mar.

Le di mis piedades. Después, maldiciendo mi estampa por no saber estar callada, apuré el vino que me quedaba.

—Yo también siento vuestra pérdida, Carolina. No dejo de pensar que si hubiese aceptado la propuesta de vuestro padre, tal vez ellos ahora...

Me apresuré a negar con la cabeza. Un artillero, por muy experto que fuese, jamás hubiese supuesto la diferencia entre la vida y la muerte de mis padres. Lejos estaba yo, por tanto, de culparle de sus muertes. Así que no iba a permitir que se culpase él.

Hernán me rellenó el vaso e hizo lo propio con el suyo.

—He oído todo tipo de murmuraciones sobre el ataque a la urca —comentó—. ¿Sabéis quiénes fueron?

Por segunda vez en escasos minutos volví a sacudir la cabeza. Yo ignoraba la patria de esos malparidos criminales. Lo único que tenía era un nombre, Lolonis, y la creencia de Pedro de que no eran ingleses.

Le relaté a Hernán las malas nuevas que el viejo marino del Esperanza me había traído unas noches atrás. No era mi intención referirle mis penurias al de Avilés; él ya me había demostrado que bastante tenía con las suyas. Sin embargo, necesitaba compartirlas con alguien y no pude contenerme. Eso sí, omití ciertos detalles, como el nombre del capitán pirata o la monstruosa descripción de cómo había muerto mi padre.

Acabé mi relato con el obligado casorio con el primogénito de los Domínguez, al que, por ser hijo de persona principal en Maracaibo, Hernán también conocía de oídas.

—¿Con ese bárbaro pretenden casaros? ¡Pero si dicen que no se separa de su vara ni para hacer de vientre! —se sorprendió—. ¡Vaya! Qué desdicha la vuestra… ¡Por las desgracias, que nunca acuden solas! —dijo alzando la voz y el chato, incitándome a chocar nuestros vasos.

Choqué el vaso, pero no me lo llevé a la boca. No compartía la idea de recurrir al vino para alejar los pensamientos protervos, y no iba a empezar aquella noche. Y menos cuando acababa de descubrir que las palabras podían curar más que la bebida. Además, juzgaba que un vaso era una cantidad aceptable antes de que comenzase a sentir pastosa la lengua.

Me puse en pie, dispuesta a retornar a casa. Tuve que hacerlo despacio, ya que noté un leve mareo al incorporarme.

—Si no os incomoda —profirió Hernán en cuanto se percató de mi intención de irme—, me gustaría que volvieseis a referirme el ataque filibustero a la nave de vuestro padre… —Sorbió pensativo su vino.

Lo miré confusa; no veía motivo para repetir mi desgracia.

—Vuestro amigo…, Pedro, ¿llegó a conocer el nombre del pirata que los atacó?

Asentí.

—Decídmelo, hacedme la merced —me rogó.

—Un tal Lolonis. Pero no creo que ese sea su verdadero nombre, pues hablaban una lengua distinta a la de la Ingalaterra, por lo que me refirió el nombre de oídas. Además, yo nunca he…

Callé de pronto al ver de qué manera se le descompuso el rostro.

—¿Qué os sucede? —me inquieté.

—¿Qué lengua hablaban? —me preguntó a la par, agitado—. ¿No eran ingleses, decís?

—No. Me supongo que si no fueron perros ingleses, flamencos serían.

—O algo peor…

Intrigada por su extraña reacción, torné a sentarme, algo más cerca esta vez. ¿Qué podía ser peor que los filibusteros ingleses y flamencos, siendo como eran el terror de los mares del Caribe?

—No os comprendo. ¿Qué importancia tiene eso para vos?

—Tengo a bien para mí saber de quién se trata —comenzó a explicarme—. Carolina, el nombre del pirata que mató a vuestros padres no es Lolonis, sino l'Olonnois, François l'Olonnois. Como veis, para nosotros suena similar.

—¿Cómo decís que se llama? —pregunté ante su extraña pronunciación del nombre.

—François l'Olonnois —repitió—. Es francés. Aquí se le conoce como el Olonés.

¡Santo Dios! ¡Ese nombre sí que lo conocía!

No habían pasado ni dos años desde que el Olonés se internó por el golfo de Maracaibo y accedió a la villa para su saqueo. Se contaba que entre él y sus malnacidos hombres habían logrado tomar San Carlos, la fortaleza de la villa, en menos de tres horas. Los dieciséis cañones que la defendían poco o nada pudieron hacer frente a la inquina salvaje de los sanguinarios piratas. Una vez conquistado el fuerte y echado el amarre en Maracaibo, se hicieron con viandas y bebidas hasta que no les cupieron más en la nao; destrozaron la iglesia, quemaron casas, destruyeron barcos y mataron animales. Tras horas de miedo e incertidumbre, cuando al fin decidieron continuar con sus saqueos en otro lugar, se llevaron de la villa la suma de veinte mil reales y varios prisioneros de los que los vecinos de Maracaibo no volvimos a saber.

—¿Estáis en vos, Hernán? —No daba crédito a lo que mis oídos acababan de percibir.

Él no pudo más que aseverar.

—Entonces… ¿el que mató a mis padres es el mismo que saqueó Maracaibo?

—Vos seguramente solo tengáis noción de ese ataque, mas el Olonés lleva años sembrando el terror en todo el Caribe. De hecho, tras Maracaibo atacó Gibraltar.

San Antonio de Gibraltar se halla a orillas del mismo lago que Maracaibo, aunque a veinticuatro leguas hacia el sur. Los rumores de su asalto llegaron a la villa cuando nuestras cenizas aún humeaban y el aire seguía hediendo a sangre y destrucción. Lo que ignoré entonces fue que ambos ataques compartían autoría.

—Mandó decapitar al mismísimo Guerrero de Sandoval.

—¿¡Al gobernador!? —me alarmé.

Hernán asintió con vehemencia.

—En nuestras colonias lleva a cabo atrocidades sin fin. Profesa un gran odio a los españoles, ¿sabéis? Algunos hasta comentan que está a las órdenes del rey francés.

Un presentimiento pasó fugaz por mi mente.

—Cuando decís «atrocidades», ¿a qué os referís, Hernán?

—He oído que solo hace prisioneros para torturarlos salvajemente y después les arranca el corazón para comérselo.

—¡Oh, Dios! —sollocé ante tal visión.

—Dios poco o nada puede hacer contra él, Carolina. ¡Es el mismísimo Lucifer!

Rompí a llorar. Mi nuevo amigo se acercó a mí.

—Carolina, enfrentarse a la realidad siempre es tarea ardua, pero vos parecéis una joven resuelta, que sabéis valeros por vos misma —declaró—. Dejad de compadeceros de vuestra fortuna. Así lo último que encontraréis será consuelo. —Hizo una pausa—. Lo sé bien.

—¿Acaso tenéis alguna sugerencia? —inquirí mordaz.

Dudó unos instantes. Luego, con el entusiasmo de haber dado con la respuesta adecuada, dijo:

—¡Podéis cambiar vuestra dicha! Sois joven. Y valiente. ¡Podéis hacerlo, sí!

—¿Cambiar mi dicha? —pregunté escéptica mientras me limpiaba con el dorso de la mano las lágrimas—. ¡En unos días me matrimoniarán con un asesino y nada puedo hacer por impedirlo! ¡Ninguna mujer puede hacer nada por cambiar su sino! —sollocé, alzando la voz más de lo debido.

—Pues únicamente se me ocurren dos obras: que sigáis compadeciéndoos hasta que llegue el día de contraer nupcias o... —me incliné hacia él con auténtica curiosidad por conocer cuál podría ser mi otra opción— podríais haceros con un navío e ir en pos de ese hideputa.

Chasqué la lengua ante la desilusión. ¡Mi vida se hacía pedazos y él me venía con chanzas!

—¿A qué viene esa cara larga? —me preguntó algo escamado por haber desechado sus propuestas con tanta rapidez—. Os lo digo en serio.

La idea que Hernán me proponía era a todas luces descabellada.

—Me parece que ya habéis bebido bastante por esta noche, amigo —le dije mientras afloraba en mis labios una sonrisa cansada y torcida.

—¡Pensadlo! —insistió—. Después del saqueo, muchos son en esta villa los que se la tienen jurada a ese bastardo franchute. Estoy seguro de que no os sería difícil conseguir hombres.

—Como bien sabréis, ni aquí ni en ningún otro lugar del orbe se le permite a una mujer ser dueña de un navío.

—Ese hecho ya lo conozco —indicó.

Asentí conforme, dando por finalizada la conversación. Me dispuse nuevamente a abandonar el lugar, pero justo cuando ya le daba la espalda volvió a insistir:

—¿Dónde queda el problema?

Me giré para mirarlo de hito en hito.

—¿Que dónde queda? ¡Pues en que soy mujer, válgame Dios! —exclamé exasperada.

—Pues no seáis mujer —replicó bajando la voz—. Sed… Ponce, maestre de un navío.

¿Ponce? ¿Quién era el tal Ponce y qué tenía que ver en las locuras de este hombre?

Hastiada, alcé la vista hacia el cielo. Comenzaba a clarear.

—Veo que el jugo os ha nublado el juicio. Con Dios —me despedí.

—¡Esperad!

Con una agilidad de la que no le creía capaz, Hernán extendió un brazo y agarró el mío con fuerza. Me asusté cuando se acercó a mí. Su aliento, con seguridad no muy diferente al mío, apestaba a vino.

—He podido errar en vuestra patria y en vuestra condición, mas no en suponer que poseéis caudales.

Preferí no contestar, temiendo en esos momentos que pretendiese robarme.

—Vos y yo tenemos en común algo más que el estar bebiendo sobre estos escalones, Carolina. Yo… Yo también perdí a alguien a manos de ese bellaco.

¿¡Qué!? ¿A quién? ¿Por qué no me había referido ese hecho antes?

«Su hijo», sopesé, recordando sus palabras de que lo había perdido en la mar al poco de llegar al Nuevo Mundo.

Me dispuse a preguntarle si se trataba de él, pero Hernán continuó con su monserga:

—Pongo la mano en el fuego a que no os costaría haceros con una nave... ¿Me equivoco?

Todavía no estaba segura de lo que se proponía el de Avilés. Con todo, fuera lo que fuese, ese hombre no cejaba en sus intentos.

Medité sus palabras durante unos instantes. Como no estaba al tanto de todo lo que concernía al mundo de la mar, desconocía el valor de un navío. No obstante, por el inventario que ese mismo día había realizado de la hacienda sabía que sí, que no me sería difícil hacerme con uno. Pero ¿qué me daba a mí poseer un bajel? Su propuesta era una auténtica chifladura.

—Yo podría ayudaros con el resto de...

Di un fuerte tirón para que me soltase. Él liberó mi brazo de inmediato.

—Con Dios, Hernán —le repetí de mala gana.

—¡Pensadlo! —oí que me gritaba justo cuando doblaba la esquina de la casa abandonada.

Tras mirar un poco desorientada a ambos lados de la callejuela, caminé presta y vi cómo Maracaibo se preparaba para recibir un nuevo día.

5

Una mano me sacudió el hombro levemente, casi con temor. Poco a poco fui abriendo los ojos. El exceso de luz hizo que me llevase las manos a la cara con el fin de protegerme la vista.

—Señorita Carolina —llamó mi atención Chela. A juzgar por su tono apremiante, la llamada debía de ser por algo importante.

Estaba agachada junto a mi camastro y la miré extrañada y aún somnolienta.

Esa clara mañana de septiembre, ignorando el cielo azul y el trajinar de las gentes de Maracaibo, así como la mirada atónita y un poco reprobatoria que la vieja Chela me lanzó en cuanto hube traspasado el umbral de la casa tras mi conversación con Hernán Vega, subí a mi cuarto sin pronunciar palabra. Todo lo que deseaba en esos momentos era meterme en la cama y dormir lo que restase de día.

Pero mi criada, por lo visto, tenía otros planes.

Hice un esfuerzo por despegarme el sueño de los ojos. A juzgar por la luz que se colaba por la ventana, había dormido demasiadas pocas horas para mi gusto.

Apenas había probado el vino. Pese a ello, por razones que

no comprendí, mi estado al despertar se parecía más al de quien unas horas antes se ha bebido una cuba entera. ¡Con razón Chela me había mirado de ese modo!

—Hay un hombre abajo que insiste en veros...

—¿Un hombre?

Ella cabeceó.

Malhumorada, retiré la sábana y amagué con levantarme de la cama. Chela, por segunda vez en ese día, me lanzó una mirada reprobatoria al ver que me había acostado vestida, sin tan siquiera descalzarme. Con todo, como criada discreta y eficiente que hacía tiempo comprobé que era, se guardó sus opiniones para sí y siguió con el asunto que nos concernía:

—Le he dicho que no podíais atenderlo ahora, que volviese más tarde... —Tragó saliva antes de agregar—: Pero no me ha querido escuchar, señorita, y ha entrado.

—¿¡Cómo que ha entrado!? —gruñí. Eso logró despejarme por completo.

—Lo siento, señorita. Yo...

Resoplé. Como si no tuviese bastante con lidiar con el embotamiento general y el insufrible dolor de cabeza, tenía que hacerlo además con una visita.

Como pude, me atusé un poco la ropa y me aderecé el cabello.

—Tú espera aquí —ordené mientras cogía de debajo de la cama la daga que mi padre me regaló cuando alcancé los quince años—. Voy a ver de quién se trata.

Ocultando la blanca tras mi cuerpo me dirigí hacia las escaleras en busca de la imprevista y misteriosa visita.

Desde el piso superior vi que, de espaldas a mí, una figura de varón, alta y recia, se distraía en contemplar con curiosidad los muebles y los cuadros de la casa. Vestía botas altas, herreruelo y sombrero de ala ancha, los cuales me impedían ver su rostro. Empero, bajo la capa se adivinaban unos hombros robustos y unos brazos fuertes. No reconocí al intruso, lo que me alarmó y me alegró a partes iguales: por un lado, un desconocido se había colado en casa, a saber con qué intenciones; por otro, no era Alfonso Domínguez.

Barrí el piso con la vista en busca de Martina. No la vi por ningún lado, así que, dadas las horas, me supuse que todavía no habría llegado a la hacienda.

De pronto, como si notase mis ojos fijos en su cogote, el hombre se volvió hacia mí. Lo reconocí al instante.

—¡Hernán! —grité sorprendida.

Primero fue alivio lo que sentí, luego temor. Dudosa, repasé mentalmente nuestra conversación en las escaleras. Estaba segura de que no le había dicho dónde vivía. ¿Cómo había dado entonces con mi casa? Que hubiese tratado con mi padre no implicaba que conociese la hacienda.

—¡Carolina! —me saludó efusivo en cuanto me vio—. ¡Cómo me alegro de volver a veros!

Dejé el arma en un mueble cercano y me apresuré a bajar las escaleras. Chela, que ponía el oído asomada a la baranda del piso superior, nos miró con inquisitiva curiosidad.

El de Avilés, tras mirarme de cielo a tierra, no pudo evitar que una pequeña sonrisa se le dibujase en su rostro barbudo. Sin duda le hacía gracia que siguiese con las mismas prendas, ahora arrugadas en exceso.

—¿Qué hacéis en mi casa? ¿Y cómo habéis sabido llegar? —exigí saber mientras me cruzaba de brazos. Al menos así conseguiría que dejase de mirarme. Y de sonreír.

Su actitud campechana me irritó. ¿¡A santo de qué osaba presentarse en mi casa!? Además, que él estuviese esa mañana tan risueño mientras yo sentía cañonazos en la cabeza no ayudaba en nada a mitigar mi enojo hacia su persona.

Hernán, lejos de responderme, me cogió del brazo y, sin miramientos, abrió el portón y me arrastró hasta la calle. Por el costadillo del ojo vi cómo la rolliza Chela bajaba aprisa las escaleras para seguirnos afuera.

—¡Mirad! —dijo él, señalando algún punto en el puerto.

Seguí la dirección de su dedo. Vi fondeados varios navíos de distintas formas y tonelajes, y marineros afanados en sus tareas; nada fuera de lo normal.

—¿El qué? —pregunté pasado el desconcierto inicial.

Hernán dejó escapar un suspiro de resignación.

—Ese navío, el de las velas ennegrecidas.

Me fijé en el que me indicaba, una nao de casco oscurecido y velas sucias y raídas. A causa de la distancia tan solo llegué a sacar en claro que era una embarcación mucho mayor que el Esperanza; debía de tener capacidad para unos doscientos toneles.

—¿Qué os parece?

—Pues qué me va a parecer, que está bastante desmejorado.

—¡Es un galeón, Carolina! —exclamó efusivo—. ¡Un galeón! ¡El orgullo español!

Al fin comprendí lo que me estaba insinuando.

—¿Me pedís acaso que lo compre? —pregunté irónica.

—He oído comentar en la plaza que justo hoy sale a subasta.

Los pequeños ojos de Hernán brillaban de excitación. Yo me limité a poner los brazos en jarras.

—¡Pensadlo!

Ante sus insistencias, sin prometerle nada, acepté bajar al puerto para ver más de cerca la nave. Aunque la idea de hacerme con una nao se me antojaba algo fuera de todo juicio, lo cierto era que una parte de mi ser quería creer ciegamente en lo que mi compadre imaginaba, pues era una alternativa al casamiento con el uxoricida de Alfonso Domínguez hijo. Mi única alternativa, a decir verdad. Y me parecía tan fácil... Un navío con el que izar velas y poner leguas y más leguas entre la familia Domínguez y mi persona. El futuro imaginado por Hernán me prometía libertad; una libertad que para muchos sería tan solo un anhelo.

El ya de por sí transitado puerto contaba esa mañana con más afluencia de la acostumbrada. Los marineros en plena faena seguían suponiendo la mayoría; sin embargo, otro tipo de personas, de esas que lucen ropas elegantes y coloridas, más propias de señores y gentes con posibles, pululaba también por el lugar. Sin duda, esa multitud acicalada y perfumada se había acercado hasta el fondeadero para, al igual que nosotros, examinar con tiento el galeón a subastar.

Lo contemplé. Como bien había señalado el de Avilés, los galeones eran el orgullo de los mares. Y sobre todo el de las Españas.

Con el descubrimiento del Nuevo Mundo, nuestras naves se vieron de pronto tan acosadas que a la Corona no le quedó otra que reformular su arquitectura naval. Así fue como nació este navío, una nave sólida y robusta, idónea tanto para la guerra como para las mercaderías debido a su gran calado, construida en madera de roble y con refuerzos como el alcázar alteroso o las jaretas del combés, elementos que facilitaban la defensa a la vez que dificultaban los abordajes.

Los demás reinos, al saber de la existencia de estas naves, quisieron imitar su robustez. Así nacieron el galeón portugués, el francés, el inglés..., cada uno con sus rasgos y sus particularidades. Si bien todos demostraron ser superiores al resto, ninguno había logrado hasta la fecha igualar la magnificencia del galeón español. No en vano el nuestro fue el escogido para la Carrera de Indias y, más de cien años después, seguía demostrando su poderío.

Volví a observar el navío que tenía frente a mí. Uno de sus tres palos estaba partido; las velas, hechas jirones; y su casco, desportillado. No parecía muy... poderoso.

—Me parece, Hernán, que no está en muy buen estado —comenté.

—Eso es porque su dueño lo ha tenido sin uso varios meses, y la broma le ha comido parte de la carena. —Se encogió de hombros—. Ya conocéis cómo se las gasta ese molusco en estas aguas... Pero no os preocupéis: su apariencia desmadejada propiciará que podamos obtenerlo a buen precio. No obstante, habrá que limpiarlo y calafatearlo a conciencia. Nada que no pueda hacerse —resolvió con optimismo.

—Veo que estáis dispuesto a todo —comenté con una sonrisa en los labios, al ver que ya daba por hecho que lo iba a adquirir.

—No me rindo con facilidad —repuso él, también riendo.

—¿A quién pertenece?

—Pues veréis, Carolina... —comenzó a relatarme—. Tras el ataque del Olonés el pasado año, el conde Pedro de Dabois se ofreció a ir en pos del filibustero. Con él no se topó, pero sí que lo hizo con tres naos piratas inglesas que entraban en el golfo, atraídas por las nuevas del botín que el Olonés había conseguido llevarse, y que se dirigían hacia aquí para terminar de saquear lo poco que quedaba en pie. A pesar de ser tres a uno, el conde los pilló desprevenidos y con un total de catorce cañones por banda no le fue arduo hacer frente a esos perros ingleses, los cuales huyeron como ánima que lleva el diablo y...

—Y este galeón acabó como premio de batalla, ¿me equivoco?

—En efecto —asintió, con un exagerado ademán.

Conforme se acercaba la hora de dar comienzo a la subasta, la concentración de gentes fue en aumento, y tanto mi compadre como yo no tardamos en vernos rodeados de posibles compradores y otros curiosos.

—Así que un galeón inglés… ¿Y cómo es que se desprende de él el conde?

Que fuese inglés, además de que se hallase en ese estado, me llevó a hacer un mohín. Los galeones de la Ingalaterra, concebidos para hostigar a distancia a los de las Españas con fuego artillero en lugar de abordarlos, pues en eso los ingleses tenían las de perder, solían ser de porte más bien mediano o pequeño; ni por asomo tan robustos como los nuestros, pero sí rápidos y maniobreros. Con todo, inglés o español, las características de estas naves las hacían ser las más regias y portentosas. «Prácticamente indestructibles», me recordé.

—Es que no me habéis dejado acabar… —me recriminó a la vez que reía—. El conde, al considerar que no necesitaba un navío más, se lo vendió a un mercader, un tal Francisco. Él es quien se desprende de la nao.

—Veo que, aparte de dispuesto a todo, os habéis informado bien.

Hernán se cuadró ante mi requiebro.

—Al parecer —me susurró con una mano alrededor de su boca—, el susodicho mercader anda en asuntos turbios y se ve necesitado de dineros.

Ante su exagerado gesto de secreto, no pude más que volver a reír.

Observé de nuevo el galeón y, pensando, me perdí entre sus varios agujeros del casco.

El Olonés no solo había asesinado vilmente a mis padres, sino que también había pasado a cuchillo a toda la tripulación del Esperanza, buenos amigos y conocidos míos. Además, cuando atacó Maracaibo, aparte de los muertos y desaparecidos que dejó a su paso, dejó también a muchos vecinos en la ruina, pues sus casas, negocios o animales habían ardido hasta convertirse en cenizas que la brisa del Caribe no tardó en llevarse.

Cada vez la chifladura del de Avilés se me antojaba menos chifladura.

Me volví hacia él, seria.

—Si decido adquirirlo, Hernán, ¿me ayudaríais?

—Os ayudaría a poner en práctica todo lo que sé, Carolina —declaró circunspecto.

Fue en ese instante cuando empecé a ver con claridad toda aquella locura. Porque la venganza no sería solo mía, sino también de Hernán, así como de Maracaibo entera. Por todos ellos perseguiría hasta los confines a ese infame y le daría muerte. Y no estaría sola, pues, pese a conocerlo tan solo de una noche, ya era sabedora de que a mi lado tendría siempre a mi compadre, antiguo soldado de los Ilustres Ejércitos.

—¿Os embarcaríais conmigo, pues, a dar caza a ese bellaco hideputa que se hace llamar el Olonés?

—Os seguiría hasta el mismísimo infierno si con ello consiguiésemos acabar con ese pazpuerco de una vez por todas. Ha tiempo que se merece que alguien le pare los pies.

—Vive Dios que seremos nosotros quien se los pare —declaré—. Juro aquí y ahora que, aunque me valgan años, el Olonés no llegará a longevo. Y que morirá cuando y como yo diga.

—¡Voto a tal! —exclamó mi compañero.

—Id a por el escribano, Hernán, hacedme la merced.

Con una sonrisa de oreja a oreja, se alejó en busca del susodicho oficial.

A cambio del despropósito al que Hernán me arrastró, yo solo le pedí una cosa: que llevásemos la adquisición del galeón pirata con discreción. Hernán, entendiendo mi delicada situación con la familia Domínguez, no puso reparos y, tras mucho cavilar, decidimos que lo mejor sería que fuese su nombre y no el mío el que figurase en el documento de compra.

—Os visitaré todos los días —me prometió—. Así os mantendré informada de todo lo concerniente a la adquisición.

De esta forma, mi nombre no aparecería en ningún legajo y tampoco se mencionaría en ninguna conversación. A pesar de sus cuatro mil almas, como ya he indicado, en Maracaibo las noticias corrían como la pólvora, por lo que el jugoso chismorreo de que ese portentoso galeón de velas ennegrecidas y raídas del puerto acababa de ser adquirido por la vecina Carolina Arroyuelo en cuestión de un día o dos estaría en conocimiento de todo hombre, mujer y niño de la villa; y yo por nada del mundo podía permitir que la nueva llegase a oídos de don Alfonso. Por nada del mundo iba a darle motivos al muy fullero para que volviese a presentarse ante mi puerta, acompañado además de su gran amigo el corregidor, quien podría meterme en prisión si al noble así se le antojaba...

«¡Condenada nobleza!», escupí en mi cabeza.

Gracias a los prósperos negocios de mis padres, pude adelantar sin mayores problemas el pago de mi nueva y poco femenil adquisición. No obstante, yo solo puse los dineros, ya que fue mi compadre el que se encargó de todo el proceso, desde entrevistarse con el escribano y con Francisco, el mercader que se desprendía del navío, hasta personarse varias veces en el concejo durante los días posteriores, con el fin de rellenar los legajos varios.

Esos días yo me limitaba a esperar en casa; sabía que al atardecer —a la hora de la cena, curiosamente, cuando la mesa se llenaba de platos humeantes y se regaba con un poco de vino—, Hernán se dejaría caer por la hacienda para relatarme los pormenores de la jornada. No obstante, cuando todavía restaba un poco para que el proceso tocase a su fin, la curiosidad venció a la prudencia y acabé presentándome ante el fedatario junto con el de Avilés. Eso sí, me aseguré de mantenerme en un discreto segundo plano para no llamar la atención.

Entre nombres y rúbricas, vi pulular por el lugar al corregidor de la villa, amigo y mano ejecutora de Alfonso Domínguez. Como solo nos habíamos visto una vez, yo dudaba de que, lejos de mi hacienda, fuese capaz de reconocerme. Con todo, no quise tentar a la suerte, así que rehuí su mirada y rogué a Dios por que no me viese. Lo último que deseaba en esos momentos era tener otro encontronazo con él o con don Alfonso. Para mi sosiego, Hernán no se separó de mi persona ni un instante, y el corregidor salió del edificio tal y como había entrado.

Pagué derechamente la cantidad de 1.700 escudos por la nave, 680.000 maravedís, dinero arriba, dinero abajo. En verdad lo había adquirido a un precio excelente.

Me supongo que a algún secretario debió de resultarle extraño que un soldado retirado del Imperio pudiese permitirse semejante desembolso; sin embargo, según mi propio compadre me reveló, más allá de alguna que otra mirada recelosa, no tuvo mayores problemas.

A los pocos días del pago y ya habiendo cumplido con todos los requerimientos de las autoridades, Hernán se volvió a presentar en la casa alegando que ya contaba en demasía con hombres dispuestos a enrolarse en mi recién adquirido navío.

Contenta por su visita, le ofrecí tomar asiento, algo que él aceptó de buen grado. La que no parecía tan contenta era Chela, a la que despaché a la alacena a por bebida. Las de Hernán eran buenas nuevas y, como tales, de buenos cristianos era acompañarlas regando nuestras gargantas con vino.

—¿A cuántos tenéis apuntados? —pregunté señalando la hoja que traía consigo y que había depositado sobre la mesa entre ambos.

—Sabiendo que el galeón es de doscientos treinta toneles, he estimado una dotación de setenta a setenta y cinco hombres. Apuntados tenemos a setenta y seis.

—¡Setenta y seis! —exclamé atónita. Me resultaba difícil imaginar cómo le había sido posible conseguir a tantos hombres dispuestos en tan poco tiempo.

—Y se hubiesen apuntado más si no llega a ser por el nombre.

—¿El nombre? ¿Qué nombre, el del barco?

—¡No, pardiez! —se sulfuró—. ¡El vuestro! Ante las inquisiciones de algunos, les indiqué que estarían a las órdenes de Ponce, capitán recién venido de España, mas como no os conocen, o más bien no conocen vuestra nueva identidad, se han echado para atrás.

—Entiendo —dije, aunque en verdad no entendía nada.

—Por cierto, necesitaréis un nombre completo, digo yo. Ponce ¿qué más?

—Ponce Baena —contesté sin dudar.

Baena era el apellido de mi único amigo allá en la lejana Sevilla, un muchacho pálido y enfermizo de mi misma edad y del cual no volví a saber desde que partimos con destino a las Indias.

—¡Sea!

De pronto, se me ocurrió algo que me inquietó.

—Hernán, ¿de dónde decís que habéis cogido a esos hombres?

Él me miró sin comprender.

—De los muelles y las tabernas —declaró al fin, como si fuese obvio.

—¡Ah, no, Hernán! No quiero borrachos en mi navío; solo dan problemas.

Mi compañero rio divertido.

—Aseguraos de que estén bien sobrios —decreté con seriedad—, ¿entendido?

—Si desciendo la dotación, corremos el peligro de no poder manejar la nao.

—Haced lo que os digo, Hernán. Ofreced una buena paga si es necesario. Pero nada de beodos.

—Bien, Carolina —accedió, y dejó escapar un sonoro suspiro. Chela, que trajinaba por la estancia, lo miró de soslayo—. ¿Requerís algo más?

—Sí. En cuanto hayáis descartado a esos hombres, quiero que dispongáis cuanto antes la nave para su mareaje.

Cada día que pasaba me hallaba más cerca del enlace con Alfonso Domínguez hijo. De las dos semanas dadas como plazo ya solo me restaban escasos diez días. La prisa me urgía, por tanto.

—Os daré los caudales que se requieran para ello —agregué—. Pero, por lo que más queráis, no os demoréis.

—¿El casorio? —adivinó.

Asentí.

—Perded cuidado, que ya nos habremos ido para entonces.

«Eso espero».

El de Avilés, tras echarse al coleto lo que le restaba en el vaso, amagó con levantarse.

—Y otra cosa, Hernán —lo retuve—. Hacedme la merced de empezar a tratarme de Ponce. —Y con una sonrisa añadí—: Cuanto antes me habitúe a mi nuevo nombre, mejor.

Sí, me haría pasar por varón porque nadie acataría órdenes de una dueña. Pese a que no sería tarea hacedera, era un precio que estaba dispuesta a pagar si con ello me quitaba de encima a Alfonso Domínguez padre, y de paso a su hijo.

—Como deseéis, maestre Ponce —se despidió, haciendo una dramatizada reverencia. Empezaba a acostumbrarme a esa sonrisa torcida suya.

En cuanto Hernán se hubo ido, me dirigí al dormitorio de

mis padres, en la planta superior. Entrar no me fue fácil, ya que no lo había hecho desde sus muertes. La tristeza me embargó en cuanto tuve frente a mí su cama y divisé, sobre la cómoda, los enseres de mi madre.

—¡Chela! —la llamé desde arriba.

—Sí, señorita. —Llegó a mi lado limpiándose las manos en el delantal—. ¿Qué necesitáis?

—Ven. Quiero que saques toda la ropa de mi padre que encuentres en este armario, ¿entendido?

Ella asintió, diligente.

—Yo me ocupo del arcón —declaré, a la vez que me agachaba para sentarme en el suelo frío, junto al camastro.

Si pretendía pasar por varón, debía empezar a vestir como tal.

El resto de la jornada lo dediqué a probarme prendas de mi padre. Debido a su buena envergadura, la mayoría me estaban holgadas, cosa que agradecí; así me sería más fácil ocultar tanto el pecho como las delatadoras caderas de fémina.

Y, claro, al ver cómo los vivarachos ojillos de Chela me contemplaban entre prueba y prueba, no tuve otra que ponerla al tanto de la descabellada y arriesgada empresa que nos traíamos entre manos mi compadre Hernán y yo.

Si en unos pocos días pretendía partir en mi navío en pos del perro franchute, sin saber siquiera el tiempo que ello me llevaría, me interesaba que la mujer se quedase a cargo de la hacienda, por lo que no encontraba impedimento alguno para revelarle la verdad.

Salvo mi intención de cobrarme del Olonés la muerte de mis padres, así como las de todos y cada uno de los marineros del Esperanza, que omití, le revelé todo, desde mi huida para evitar el casorio hasta la compra del galeón inglés.

—Espero poder contar con tu discreción… —concluí, tras

darle las explicaciones pertinentes y esclarecerle algún que otro punto que vi que no había quedado muy claro en la primera vuelta.

—¡Por estos dos ojos que en la cara tengo os juro que no lo sabrá ni un alma! No al menos por mí —sentenció solemne.

Sonreí, agradecida por tenerla a mi lado.

—Y hacéis bien en escapar antes de los esponsales —me animó—. De lo contrario, quedaríais atada a ese hombre el resto de vuestra vida.

Sin saber qué responder, asentí.

—Por supuesto, eres libre de hacer lo que desees —empecé al cabo de un rato—. Puedes marcharte, si es lo que quieres… —Suspiré—. Pero, en mi ausencia, me gustaría que te quedases aquí, que atendieses la casa y a los animales, y que…

—Claro, señorita —me interrumpió, con los ojos bien abiertos y toda la confianza del mundo emanando de ellos.

Chela ya no volvió a formular pregunta alguna sobre mi marcha; como buena criada que a sus amos se debía, se guardó sus pareceres para sí una vez más. Sin embargo, agregó:

—Pero guardaos del tal Hernán Vega, señorita. Que Jesucristo bien dijo hermanos, que no primos; y yo de ese no me fío ni un pelo…

Yo únicamente pude reír largo rato al ver su exagerada e infundada alarma sobre mi compadre. Luego fui a mi cuarto e hice un hato con toda la ropa que di por válida para mi nueva persona. Tras eso bajé al salón, a coger la espada que antaño mi madre regaló a mi padre y que descansaba sobre la chimenea. Por último, con ayuda de Chela, me corté la oscura cabellera, aunque no demasiado, pues ¿quién sabía si necesitaría en algún momento dejar de ser Ponce para volver a ser Carolina?

6

La mañana siguiente recibí una caja grande y un sobre de manos de un muchacho de no más de nueve años. El avispado mensajero, entre jadeos a cuenta de la corrida por las callejuelas de Maracaibo y del peso del paquete, no supo —o no quiso— revelarme el contenido de la caja ni el de la carta que la acompañaba, pero sí me dijo el nombre del remitente: don Alfonso Domínguez.

Sin pretenderlo, con esa entrega el mozuelo me acababa de amargar lo que restaba de día. Sin embargo, ahí seguía él, con una amplia sonrisa dibujada en el rostro. Como el recadero nunca tiene la culpa de las malas nuevas que porta, deposité tres maravedís sobre una palma exageradamente abierta antes de despedirlo. Así, al menos alguien regresaría feliz a casa ese día.

Con todo, me alegré de que don Alfonso hubiese optado por la correspondencia en lugar de personarse de nuevo en mi casa. Cualquier cosa era preferible a tener que contemplar el rostro de ese canalla una vez más. En fin, un triste consuelo.

He de decir que sentí cierta curiosidad por el contenido de la caja, no así por el de la carta. Sin más dilación, deposité ambos objetos sobre la mesa de roble y abrí la caja, estrecha, alargada y de mimbre. En su interior descubrí con horror un vestido de boda. Lo desplegué y lo sostuve frente a mí; sus bajos rozaron el suelo.

Se trataba de un precioso y pomposo vestido de tonalidades suaves de verde y arena, con puntilla en los bordes y ricamente decorado con bordados tanto en el cuello como en sus bajos y mangas. No cabía duda de que no le había salido precisamente barato a su dueño. Ni yo misma, aun conociendo los posibles de mi familia, aspiraba a unos paños y unos acabados así.

Pero la belleza de la prenda no me amilanó lo más mínimo, sino al contrario. Estaba furiosa por el hecho de que ese canalla se hubiese atrevido a semejante humillación. Sí, así lo veía yo. Una humillación. Pues ese regalo era un recordatorio de que tenía un contrato que cumplir. Que se me agotaba el tiempo.

—¡Chela! —la llamé con un grito.

La rolliza negra estaba en la cocina, especiando la gallina que en breve comeríamos. Vino enseguida.

—¡Ay, señorita! —exclamó en cuanto lo vio, llevándose sus rechonchas manos a la cara—. ¡Es precioso!

Debí de lanzarle tal mirada de odio que vi cómo sus hombros se encogían de temor.

—Os lo envía vuestro futuro esposo —comprendió.

—Eso parece —respondí con un hilo de voz.

Puesto que todavía no había leído la carta que acompañaba al vestido, cabía la posibilidad de que el remitente fuese mi futuro suegro, aunque tanto me daba padre que hijo; los dos eran unos rufianes.

De pronto, noté que una angustia creciente se apoderaba de mi pecho y me impedía respirar.

—Perdonadme —se disculpó Chela agachando la cabeza, malinterpretando mi reacción—. No era mi intención entrometerme.

—Enciende la chimenea.

Extrañada por mi petición, alzó la cabeza de nuevo.

—¿Con esta calor?

—¡Haz lo que te digo! —mascullé de malos modos.

Mientras ella disponía todo para la lumbre, sin aún tomar asiento, rompí el lacre y desplegué la carta. Esta, escrita con una pomposa letra de hombre notable, me llamaba a casarme el día que se contasen veintiocho del presente mes, es decir, en menos de ocho días. Al conocer que me restaban menos días para el casorio de los que en un principio suponía, enrollé el vestido sobre sí mismo. Acto seguido, con toda la furia que pude imprimir a mis movimientos, lo lancé al fuego, que ya comenzaba a crepitar.

En cuanto Chela se percató de lo que me proponía, se llevó las manos a la boca y un grito se ahogó en su garganta. Pero no hizo amago alguno de detenerme.

Mientras contemplaba las llamas devorar la elegante prenda, llegué a la conclusión de que no había tiempo que perder. Si quería partir antes de la boda, tendría que ultimar todo en los próximos días, y quedaba mucho por hacer.

—Señorita Carolina —dijo de pronto la vieja Chela.

—¿Sí?

—Señorita, me gustaría ayudaros.

Sonreí, agradecida por el comentario.

—Ya me eres de gran ayuda quedándote aquí y guardando la casa durante mi ausencia.

—No, no —me cortó—. No me refiero a eso. Sé que por el color de mi piel es mucha la gente que me trata con desprecio y superioridad, y sé también que, aun siendo del color de los dominantes, las mujeres se hallan en inferior trato y consideración al varón… Lo que pretendo deciros, señorita, es que si deseáis haceros pasar por mozo, yo podría ayudaros a ocultar el rostro.

—Vaya —comenté, impresionada por su ingenio—. Bien. ¿De qué se trata? Soy toda oídos.

La oronda Chela, contenta de que prestase atención a una idea de su invención, me cogió de la mano y me guio hasta su cuarto, en la misma planta en la que nos hallábamos, entre la cocina y el pequeño patio interior, sin llegar a los establos. Contaba con un camastro y una bacinilla, justo debajo. Completaban el mobiliario un armarito en el que poner a buen recaudo sus exiguos efectos personales y una silla recostada contra una esquina.

Tras agacharse y estar unos minutos rebuscando en el fondo del armarito, sacó un pedazo de tela doblada a conciencia. Lo extendió para mostrármelo: era un pañuelo de tejido grueso, más largo que ancho, y de color granate.

—¿Esa es tu idea, ponerme un trapo en la cabeza? —pregunté escéptica.

—Es un turbante. Dejad que os lo pruebe. Os cubrirá más de lo que pensáis.

Cogí la silla del rincón y la acerqué al centro. Tomando asiento en ella, dejé hacer a mi perspicaz criada.

—De donde yo procedo —me explicó mientras giraba en derredor mío, envolviéndome la cabeza en el pañuelo— es común que tanto mujeres como hombres oculten su rostro con este tipo de tela.

Ella misma me contó el día que nos conocimos que su tierra natal, África, era muy calurosa; más que esta, incluso. A mí me costaba tomar tal afirmación por cierta. Además, si el calor allí era superior, ¿por qué cubrirse con esos pañuelos? ¿No darían más calor? Sin comprenderlo, le trasladé mis dudas.

—¿Veis lo grueso que es? —respondió—. Es para protegerse del sol y de la arena del desierto. Si decidís llevarlo, tened por seguro que no os dará calor; al contrario.

Yo seguía siendo reacia a tales creencias. ¿Cómo ese tejido grueso me iba a proteger del calor?

Una vez que hubo acabado de colocármelo, al no disponer ella de espejo, subí a mi habitación. El resultado fue espectacular. El turbante me ocultaba la cabellera, la nariz, la boca y parte de la frente; tan solo los ojos oscuros me quedaban al descubierto.

A pesar de que ahora llevaba unas enaguas y una saya suave y blanca, no me costó imaginarme cómo se me vería si calzaba botas y pantalones. Por otro lado, la parte sobrante del pañuelo me caía muy oportunamente sobre los hombros y el pecho, ocultando las formas de esa zona. Con ropas de varón y prácticamente todo el rostro oculto, nadie se apercibiría de que era mujer. Lo único que podría jugar en mi contra era mi baja estatura.

Chela apareció a mi espalda.

—¿Qué os parece? —preguntó con timidez.

En plena contemplación de mi figura como estaba, pegué un respingo al oírla.

—Vas a tener que enseñarme a ponérmelo —dije, con una amplia sonrisa que ella no pudo ver.

Tras el oportuno descubrimiento del turbante, lo próximo que debía obrar era localizar a Hernán y mandarle aligerar las reparaciones del navío. Conocedora de que el de Avilés se hallaría con el resto de la dotación en el puerto reparando la nao, consideré que ese era un buen momento para poner en práctica mi transformación en Ponce. Así, de tal guisa, no solo me dejaría ver por el fondeadero para que las gentes de Maracaibo empezasen a conocer al maestre Ponce Baena, sino que también pondría a prueba el disfraz con mi tripulación. Si algo había aprendido de mi padre era que un buen maestre no es tal si no se molesta en codearse con sus hombres. Recuerdo sus palabras exactas como si me las acabase de referir:

—No infravalores jamás el relacionarte con los que están bajo tu mando. Es indispensable hacerlo, ya que, en caso de un imprevisto, necesitas saber cómo van a reaccionar; saber con quién podrás contar y con quién no.

Por ende, con todos esos propósitos en mente, decidí vestirme con los pantalones y las botas que solía usar para montar y me puse una de las viejas y amplias camisas de mi padre.

Por otro lado, estaba deseosa de volver a ver a Hernán, no solo por lo expuesto con anterioridad, sino también para relatarle las nuevas del casamiento; quizá así pudiese desahogar un poco mi ánima acongojada. Asimismo, tenía el propósito de ayudar en alguna labor; quería agilizar todo lo posible nuestra marcha.

Con cautela, me asomé a la calle. En ese momento no pasaba nadie y me decidí a salir. Me alejé de la casa a paso vivo, pues no quería que nadie asociase mi nueva identidad con la hacienda. Zigzagueé por varias calles hasta llegar a la avenida central. A partir de ahí solo me restaba descender hacia el puerto. Dudé. Hasta entonces tan solo me había cruzado con unos pocos vecinos. Todos habían reaccionado igual: inclinando levemente la cabeza hacia mí, a modo de saludo. Ninguno me había reconocido vestida de varón, ya que ni se acercaron ni me llamaron por mi nombre; aunque claro, muy posiblemente fuese por obra del pañuelo de Chela y no por las ropas. Pero el trasiego de gentes a partir de ese punto sería mayor. Respiré hondo antes de proseguir camino.

Al poco advertí que muchos dejaban sus quehaceres para mirarme. Me asusté.

«¿Me han reconocido? ¿Saben que soy una mujer? ¡Escóndete!».

Me detuve en seco. Pasaron unos instantes desesperantes hasta que caí en la cuenta de que no me miraban a mí realmente, sino que estudiaban la espada —una buena ropera de lazo, larga, fina y toledana— que llevaba al cinto, mis botas de cuero, mis pantalones... Aunque sin duda era el turbante lo que más miradas acaparaba. Miraban todo eso, pero no me veían a mí. Porque ninguno podía ver a Carolina, la huérfana de los Arroyuelo; solo a Ponce, la figura que entre Hernán, Chela y yo habíamos creado.

«Ven a Ponce. Ven a quien yo quiero que vean».

Ignorando las miradas, me lo repetí una y otra vez hasta que recobré la seguridad perdida. Después, retomé a andar. En un momento dado, una niña de no más de siete años me susurró un «Perdonad, señor» tras chocarse conmigo al doblar un recodo. Yo no pude más que sonreír.

Cuando ya estaba a escasos pasos de mi navío, una figura se asomó desde la cubierta. A causa del potente sol, tuve que hacer visera con la mano para ver de quién se trataba. Era mi compadre Hernán, cómo no, que cepillo en mano se afanaba en pulimentar la baranda.

He de decir que el aspecto del galeón, atracado en un extremo del puerto —allá donde las aguas alcanzaban mayor profundidad—, había mejorado considerablemente. El palo roto había sido sustituido; las velas, cambiadas, ahora eran blancas; y el casco se veía reparado, calafateado y pintado a rojo y negro, siguiendo los colores que previamente le había indicado al de Avilés.

Aunque distaba mucho de los galeones militares que cada año enviaba la Corona, sí que se podía decir que mi navío era todo un señor galeón: cuarenta y cinco varas de eslora, casi cinco de calado, tres palos largos, capacidad para doscientos treinta toneles y con un total de doce cañones por banda, sin contar con los varios cañones, falconetes y culebrinas que tenía en cubierta. El mascarón de proa representaba a una fémina con las ropas hechas jirones y sentada a horcajadas sobre la cabeza de un ave de rapiña. Por el contrario, el espejo de popa estaba decorado con vidrios de colores, tantos que me recordaban a los de las iglesias. Ahí se encontraba la cámara del maestre. Mi cámara.

Sin duda, fue el precioso espejo de popa lo que más me cautivó del navío. Mi navío. Aún tardaría un tiempo en acostumbrarme a tal idea.

Seducida por su nuevo aspecto, me perdí contemplándolo. Me costaba creer que tanta mejoría hubiese sido posible en tan pocos días.

—¿Cómo vamos con las labores, contramaestre? —grité a mi compadre desde el muelle.

—¡Pardiez! ¿He ascendido en rango? —contestó medio minuto después, para dicha mía, pues su tardanza fue debida, sin duda, al tiempo que le llevó el reconocerme.

—No os ilusionéis, pues no podéis ascender si antes no ostentabais grado alguno.

Él, por toda respuesta, rio.

—¡Mateo! —gritó a uno de los hombres que, en tierra, se afanaban limpiando el casco.

Entre ellos, fue un muchacho de piel tan oscura como el azabache el que dejó su tarea y elevó la vista, a la espera de nuevas ordenanzas.

—¡Mateo! —repitió mi compadre a voz en grito, a la vez que me señalaba con el cepillo—. ¡Dile al maestre cómo van los trabajos!

El muchacho, como una aparición, se presentó ante mí con una reverencia. Calculé que no contaría más de doce años.

—Buen día, maestre —me saludó.

Yo le devolví el saludo con una ligera inclinación de cabeza.

—Hemos calafateado, afretado, reparado y pintado el casco; hemos reemplazado el palo y también hemos cambiado las jarcias, las velas y los cabos.

—¡Sí! —gritó mi compadre—. ¡Pero aún tenemos problemas con las ratas! ¡Hay todo un nido aquí abajo! ¡Me temo que ni los cuatro gatos que metamos serán suficientes!

—Mateo, corre al mercado y compra azufre —le pedí mientras depositaba varios maravedís en la palma de su mano.

—¿Azufre, decís?

—Sí, y consigue también varios gatos.

El muchacho salió corriendo de los muelles y se perdió entre las calles estrechas y contrahechas de Maracaibo.

—¡Tiradme un cabo, Hernán! ¡O una escala! ¿O acaso pensáis dejarme aquí?

Era mi navío y, como tal, no estaba dispuesta a quedarme en tierra hablando a voces.

En cuanto pisé la cubierta tuve que esperar para relatarle todo lo acontecido esa mañana en casa pues, primeramente, hube de aguantar que me contemplase desde todos los ángulos habidos y por haber, examinando mi nuevo atuendo. Luego soltó un silbido largo y aprobatorio.

—Buena idea la del pañuelo —me susurró—. ¿Cómo se os ha ocurrido?

—Sugerencias de mi perspicaz criada.

—Y lo del azufre, ¿también ha sido por sugerencia de vuestra criada? —quiso saber, interesado de verdad.

Yo reí de buena gana.

—No, me temo que eso no, Hernán. Mi padre solía quemar azufre en las bodegas para evitar los nidos de ratas…

Tras mencionar a mi padre, para evitar la tristeza me crucé de brazos y me quedé mirándolo.

—¿Desconocíais lo del azufre y os hacéis llamar hombre de mar? —le provoqué.

—¡Eh! —rezongó él, ofendido—. ¿¡Quién dijo nada de hombre de mar!? ¡Yo solo dije que os enseñaría y os ayudaría en todo lo que pudiese!

—¿Sí? Pues en ese caso voy a tener que replantearme lo de nombraros contramaestre… —bromeé.

En ese momento, siete hombres subieron varias cajas y toneles a cubierta. En cuanto me vieron, se quedaron mirándome. Uno de ellos se acercó a nosotros.

—¿Adónde llevamos la artillería? —le preguntó a Hernán.

—¿Todo eso es la artillería? —me sorprendí.

—¿Por qué no se lo preguntas al maestre, aquí presente? —respondió mi amigo al hombre, a la par que me señalaba con su barbudo mentón.

El recién llegado mudó el rostro.

—Perdonadme, maestre. No sabía quién erais —se disculpó, y se quitó el gorrillo bermejo en señal de respeto.

—No te preocupes —le tranquilicé.

—Maestre, he aquí a Domingo Saldaña, uno de vuestros artilleros —presentó Hernán.

—A vuestro servicio, señor —dijo el interpelado, un hombre robusto, de brazos anchos y piel curtida por la mar.

—Bien —siguió el de Avilés—. ¿Adónde queréis que lleven vuestros hombres la artillería?

Miré al artillero y, con la voz más grave y autoritaria que fui capaz de poner, ordené:

—Llevad todo eso al mamparo inferior.

Domingo asintió y se retiró en pos de sus compañeros.

—¿Por qué llevará el rostro cubierto? —oí que preguntaba uno de los marineros mientras se echaba al hombro un tonel.

—Será de África —contestó otro—. He oído que en esas tierras visten así.

—¿De África? —tornó a preguntar el primero—. ¿De ahí no son los berberiscos, esos que atacan a los barcos españoles que faenan por Cádiz?

—¿Estás diciendo que nuestro maestre es un pirata berberisco? —quiso saber un alarmado Domingo.

Si bien yo ignoraba quiénes eran aquellos berberiscos y cómo vestían, no pude evitar sonreír ante el argumento descabellado que sobre mí comenzaba a fraguarse, ¡y sin efectuar yo nada!

—¿Dónde está África? —preguntó el más joven.

Cómo acabó el debate, lo desconozco, ya que el grupo descendió a las bodegas y lo perdí de vista.

—A lo que parece vais a contar con una reputación incluso antes de echaros a la mar —comentó mi compadre, que también había puesto la oreja a la conversación.

Sin hacer caso a la chanza, miré en derredor en busca de oídos indiscretos. Tras comprobar que estábamos solos en cubierta, me retiré el pañuelo de la boca para contarle los asuntos que me apremiaban.

—Tenéis que ayudarme, Hernán.

—Os escucho, Carolina.

—Ha llegado una carta que… —Respiré hondo—. La boda. Se llevará a cabo antes de ocho días, por lo que…

—Hemos de partir antes —acabó él.

—¿Creéis que podríamos tener todo listo?

—¿Ocho días, decís?

Le contesté que el casamiento estaba concertado para el miércoles de la siguiente semana, en el que se contarían veintiocho días.

—Es menos de lo que tenía calculado —comentó con un mohín.

Pensativo, se acarició la barba.

—Aún necesitamos de bastimentos... Y andamos faltos de tripulación. Y...

—¡Hernán! —le corté—. Id al grano, por Dios.

—Venid a puerto dos noches antes del casorio, ¿entendido?

Eso le daba a él un total de seis días para tener todo a punto para partir.

—Conforme —dije, alegre de que el adelanto del maridaje no pusiese en riesgo nuestra huida.

—Y no os inquietéis por nada más. Yo me ocupo de que el navío esté presto para hacerse a la mar el día consabido.

—Para cuando Maracaibo despierte, nosotros ya nos habremos ido. —Sonreí—. Gracias, Hernán.

—Por cierto —me paró el de Avilés cuando ya me disponía a volver a tierra—, vuestro navío necesita un nuevo nombre. A no ser, claro está, que queráis mantener ese nombre inglés impronunciable que...

—Venator. Quiero que sea conocido como el Venator.

Venator, palabra tomada del latín, significaba en cristiano «cazador», dato que yo conocía debido a la no exigua instrucción que mi madre se empeñó en que recibiese en cuanto llegamos al Nuevo Mundo y los Arroyuelo pudimos reunir más de dos escudos. Al momento de formularme mi compadre la cuestión, se me antojó un nombre excelente para la nave, ya que con ella daría caza al hijo de mil padres del Olonés.

—Venator —repitió Hernán, como si paladease el nombre—. ¡Sí, me gusta! Ahora mismo mando pintar el nombre en el espejo de popa.

—Gracias, amigo —repetí—. Por todo.

—¡Ah, Carolina! Una cosa más... Es mejor que hasta entonces no os dejéis ver por estos lares, no vaya a ser que...

Asentí.

—Perded cuidado.

Ya me iba cuando recordé algo.

—¿En verdad es necesaria tanta? —me interesé, volviendo al tema de la artillería subida a bordo.

Él supo al instante a qué me refería.

—Cualquier pirata que se precie necesita dotarse de toda la pólvora que le sea posible —respondió jactancioso.

—¡Yo no soy pirata, Hernán!

—Aún no, mas tiempo al tiempo.

—¡Qué decís!

A veces me desconcertaban las palabras que salían de su boca.

—Sabed que se necesita a un pirata para cazar a otro pirata. Si en verdad queréis seguir los pasos del Olonés y darle caza, tendréis que comportaros como él, pensar como él…

—¿Y matar como él? —pregunté irónica. Apreciaba a ese hombre que tanta ayuda me estaba brindando, pero sus conjeturas empezaban a cansarme.

—Tal vez.

—Tendéis al delirio, amigo —le solté, dando por zanjada la cuestión.

Emprendí el camino de vuelta a la hacienda; y he de señalar que, a pesar del sol de justicia de ese día, el turbante apenas me molestó. «¡Qué idea tan acertada lo de este pañuelo!», volví a pensar.

7

Por fortuna, en esos escasos seis días no recibí más visita que la de algún vecino, hechos que no me detendré a relatar por tratarse de cuestiones que poco o nada tienen que ver con esta historia. Me hallaba contenta, por lo tanto; no había tenido que aguantar la insufrible presencia de ningún miembro de la familia Domínguez o de alguien que tuviese que ver con ellos, como el corregidor.

Mi interior ardía de coraje y rebeldía. Ansiaba escapar lejos. Mas ¿qué podía hacer que no fuese ver el transcurrir de las horas? Ante todo, tenía muy presente lo que me había dicho mi compadre, por lo que me guardaba mucho de acercarme al puerto. Y eso que ganas no me faltaban; me moría por ver cómo iba quedando el galeón, ahora además con su nuevo nombre a popa.

Durante esos días previos a nuestra marcha maté la espera acompañando a Chela y a Martina en sus idas y venidas al mercado, cuidando el parterre o dando largos paseos a caballo al atardecer por los campos que circundaban la villa.

Pensé también en acercarme hasta la casa del viejo Pedro para despedirme, pero enseguida rechacé la idea, ya que me pediría unas explicaciones que yo ni podía ni quería darle. Además, trataría por todos los medios de que abandonase mis propósitos. Incluso intuía que, aun refiriéndole todo, al ver que no me hacía cambiar de opinión insistiría en acompañarme; conociendo la devoción que sentía por mi padre, no dudaría en seguirme y protegerme. Y eso era algo que yo no podía permitir. Pedro no había sobrevivido al hideputa del Olonés para que después yo le condujese derecho a él. No, Pedro se merecía pasar los años que le restaban con su familia, ahí en Maracaibo; y que la Parca viniese a buscarlo cuando sus años fuesen demasiados. Pero no antes. No antes.

Con todo, quería despedirme de él, así que dejé órdenes a Chela de hacerlo en mi nombre una vez yo hubiese puesto varias leguas de distancia entre Maracaibo y mi persona.

Al fin, la noche que se contaban veintiséis del mes de septiembre, vestida ya de varón, con la blanca de mi padre recién afilada al cinto, el pañuelo de Chela ocultándome el rostro y un par de hatos al hombro, uno con alguna prenda de fémina y otro con instrumentos y enseres varios, me despedí de la rolliza mujer, que no paró mientras tanto de enjugarse las lágrimas con una esquina de su inmaculado delantal. También me despedí del silencioso Miguel, quien, haciendo honor a su apodo, apenas pronunció palabra; aunque a juzgar por su rostro compungido supe bien que sentía mi marcha. A Martina no pude decirle adiós; Pedro no debía enterarse de mi partida. Además, para cuando yo abandonaba la hacienda, la muchacha hacía rato que había acabado la jornada y regresado a su casa.

Chela me cogió las manos entre las suyas.

—Perded cuidado, señorita —me aseguró entre sollozos.

—Gracias, Chela —le agradecí una vez más—. He dispuesto todo para que no os falte de nada. Pero si necesitáis dinero, en el cuarto de mis padres encontrarás una pequeña arqueta en el segundo cajón del tocador, debajo de unos paños.

Asintió con solemnidad.

—Miguel y yo cuidaremos la casa y todo lo que hay en ella hasta vuestro regreso..., sea cuando sea.

Esas últimas palabras me hicieron dudar. Estaba a punto de embarcarme en un viaje que ni yo misma intuía qué me depararía. ¿Y si tardaba más de lo esperado en regresar? ¿Y si nunca lo hacía? La arqueta apenas contenía algunos maravedís.

Miré a diestra y siniestra para cerciorarme de que nadie nos oía. Miguel, discreto, permanecía a la espera varios pasos más allá. Aun así, bajé la voz para mi siguiente confesión:

—Detrás del abrevadero, junto a la pared, encontrarás dos alforjas. Son todos los dineros de la familia.

Ella volvió a asentir y a enjugarse las lágrimas con el delantal.

—Lo sé, señorita —admitió.

La revelación me arrancó un escalofrío. Mi madre, que era quien gestionaba los caudales en esa casa, costumbre que le quedó de sus años como regente de la mancebía, adoraba a Chela. Pese a ello, por nada del mundo le hubiese confiado una cosa así. No porque recelase, sino por una cuestión de principios. Por muy buen trato que la señora Ana Cerdán tuviese con sus criados, estos no llevaban el «Arroyuelo» por apellido.

—Perdonadme —se apresuró a decir al ver mi expresión—. No era mi intención... No pretendía...

En un gesto que intentaba ser apaciguador, coloqué una mano sobre su hombro. ¿Qué importancia tenía en aquellos momentos que conociese, desde fuese Dios a saber cuándo, dónde ocultaba mi familia los caudales? ¿Que lo supiese de antemano no demostraba justamente que Chela era de confianza?

—Adiós, Chela —susurré con los ojos húmedos.

Finalmente, tras intercambiar varias frases de encomiendas al Señor, recogí los hatos que había dejado caer al suelo ante el abrazo inesperado de Chela y, con sigilo, traspasé la puerta y enfilé mis pasos calle abajo, hacia el puerto.

El corazón me dio un vuelco cuando llegué al fondeadero y no vi amarrado más bajel que una corbeta, dos simples barcas y un bote. ¿¡Dónde demonios estaba mi nave!? Pensé que algo de suma importancia le había tenido que pasar a Hernán, pues confiaba en que, de no haber sido así, hubiese cumplido lo convenido entre ambos.

Me vi de pronto contrayendo nupcias con el primogénito de los Domínguez, atándome a mi señor esposo para el resto de mi vida.

Una voz detrás de mí interrumpió mis funestos pensamientos:

—¿Maestre Ponce…?

Sobresaltada, me giré con rapidez, llevándome la mano libre a la empuñadura de la espada. Pero frente a mí tan solo había un muchacho y un hombre. Los dos me miraron expectantes. No identifiqué con claridad sus rasgos a causa de la escasa luz; el muchacho era de tez clara y la del hombre mostraba un color algo más oscurecido.

Carraspeé, para provocar que mi voz sonase más grave.

—Sí. ¿Sois de mi navío?

—Yo soy Lope —se presentó el hombre, inclinando levemente la cabeza—, y este es Juan. —Señaló al muchacho, que también hizo un gesto similar—. Tenemos órdenes del contramaestre de llevaros a bordo. Venid, por favor.

Los seguí hasta el bote que antes había visto amarrado, entre las dos barcas.

—¿Por qué no está en puerto el navío? —quise saber.

—El galeón lleva surto desde ayer a un cuarto de legua. El contramaestre así lo ordenó —se excusó Lope. Al inclinarse para subir al bote, un rayo de luz le iluminó el rostro y vi que tenía la nariz torcida, consecuencia de una rotura en el pasado.

Ahora que sabía hacia dónde mirar, alcé la vista buscando al Venator. Recortada contra la negrura del firmamento identifiqué una silueta más oscura; tenía la forma de un galeón. Sonreí aliviada.

—Dijo que sería más seguro así —completó el joven.

Más tranquila, me senté a popa. Ellos lo hicieron a los remos, uno a cada lado.

Mientras bogaban, me explicaron su cometido en la nao. De esta forma supe que Lope, de padre español y madre india, era el galeno del navío, y que Juan —apodado el Mayor, a pesar de contar con catorce abriles— era uno de los muchos hijos que su padre había tenido con diferentes mujeres y que, al verse ignorado tanto por su madre como por su padre, había decidido hacerse marino, conocer mundo y correr aventuras. Ahora era uno de mis grumetes.

Al salir el bote de puerto no pude evitar echar la vista atrás; desconocía cuándo volvería a ver Maracaibo, o si volvería a verlo siquiera algún día...

Maracaibo era mi hogar, pues apenas recordaba la dorada e imperial Sevilla. Era ahí donde había tenido una vida junto a mis padres. Era ahí donde había sido feliz. Por eso al partir me sorprendió tanto el desapego que sentí por aquel lugar que me había visto crecer y que me había dado tantos y tan prósperos momentos con mis padres. Quizá ese era precisamente el motivo: que todo me recordaba demasiado a mi familia.

En un intento de alejar esos pensamientos agrios, retiré la

vista de la villa para contemplar mi nao. Tras las reparaciones y la capa de pintura, lucía como lo que era: un majestuoso galeón, capaz de surcar imponente los siete mares.

Cuando pisé la cubierta vi que estaba llena de gente, la cual había formado un círculo alrededor de mí y me miraba con expectación. Una figura se separó de la multitud y se me acercó. Era mi compadre Hernán.

—Bienvenido, maestre, al galeón Venator —me saludó dándome la mano, la cual estreché agradecida—. Como veis, toda la tripulación ha venido a conoceros —me informó, abarcando con el otro brazo la cubierta.

—Yo también me alegro de estar aquí —dije sonriente.

—¡Mateo! —boceó el de Avilés.

El muchacho al que mandé unos días atrás al mercado a por azufre y unos cuantos gatos apareció de entre los marineros y se acercó como un rayo portando una bandeja. Sobre ella había un sombrero.

—Para vos, maestre —dijo el chiquillo levantando más la bandeja e instándome a coger el sombrero, un bicornio de suave cuero negro.

Agradecida, lo cogí con ambas manos y me lo calé encima del turbante.

—Ahora sí que estáis listo para capitanear —afirmó mi amigo riendo—. ¿Órdenes?

Dudé. Había llevado a cabo toda esta empresa para dar caza al maldito Olonés, pero ni yo misma sabía por dónde empezar a buscar. Maldije mi estampa y mi estupidez por no haber pensado en ello durante los últimos días.

—Primero deseo ver mi cámara y dejar mis pertenencias —contesté señalando los hatos—. Dadme unos minutos. Luego presentaos ante mi puerta.

Ante todo, intentaba ganar tiempo para pensar.

—Muy bien —convino.

—Seguidme, maestre —me pidió el joven Mateo, dirigiéndose a la puerta doble y ornamentada que había bajo el castillo de popa—. Os mostraré vuestro camarote.

El muchacho esperó a que llegase hasta él y solo entonces abrió ceremonioso las puertas.

—¡Por vida de…! —exclamé en cuanto vi la estancia. Era preciosa, y mucho más amplia de lo que imaginaba.

Mateo sonrió ante mi asombro.

—Os dejo a solas, maestre. Si me necesitáis a mí o a alguno de los otros grumetes, solo tenéis que llamarnos —dijo, y cerró al salir.

Me quedé con mi estupefacción. Sin moverme del sitio, posé los ojos en la parte siniestra del camarote, donde dos muebles regios se apoyaban contra la pared, ambos con delicados grabados. De frente, y ante la cristalera de colores del espejo de popa, había un amplio escritorio de madera oscura, también ricamente labrado. En medio de la estancia, una alfombra amplia y tupida, adornada con un sinfín de motivos florales, completaba la decoración.

Sobrecogida por tanto lujo, me acerqué para ver con detenimiento los detalles del escritorio. Al hacerlo observé que sobre él alguien había dejado con cuidado a un lado una serie de compases de múltiples formas y tamaños, así como varios cuadrantes y otros instrumentos de navegación.

—Gracias, Hernán —susurré mientras pasaba la mano por encima de ellos.

Y entonces la vi. La cama.

Por no ser menos que el resto de los muebles de la estancia, tanto el cabezal como el piezal de madera estaban decorados con una filigrana exquisita, y eso por no hablar del dosel y las colgaduras que en torno a ella había. Ni vendiendo todos los animales de la hacienda podía yo aspirar a tanto lujo y floritura.

A los pies del lecho había un arcón con la misma filigrana en su madera.

Impresionada tanto por el diseño de la cama como por su desmesurado tamaño, deposité en el suelo ambos hatos y, con sumo cuidado, me subí a ella. Las sábanas eran de un suave, sedoso e impoluto algodón blanco. Más confiada, me tumbé por entero, disfrutando del momento. Dejé escapar un suspiro. Mi cámara.

La vida en la mar no iba a ser fácil, pues la comida tendía a ser precaria y las enfermedades solían campar a sus anchas…, pero en lo que a comodidades se refería, había salido ganando con el cambio, por descontado.

En pleno disfrute estaba cuando divisé junto a la puerta de entrada una portezuela más pequeña y estrecha. La curiosidad venció y, muy a mi pesar, abandoné la cama para averiguar qué ocultaba la misteriosa portezuela. Al abrirla, encontré un barreño de madera y un bacín de barro. A bordo, las tripas se evacúan en los beques, unos agujeros en las tablas de debajo del bauprés; y eso cuando las inclemencias lo permiten. Así que descubrir que en mi misma cámara dispondría de un cuartucho privado en el que asearme y hacer mis necesidades sin que nadie se enterase me supuso un gozo aún mayor, ya que ese asunto era de suma importancia y prioridad si se tenía en cuenta que para mi tripulación yo era varón.

Volví a cerrar la portezuela, recogí del suelo los hatos y me senté al escritorio, donde empecé a sacar de uno de ellos las cartas y la aguja de marear de mi padre. Lo deposité todo sobre el mueble amplio y ornamentado.

Estaba examinando las cartas cuando dos toques a la puerta me devolvieron a la realidad.

—Pasad, Hernán —contesté, dando por hecho que sería él.

—¿Os gusta vuestra cámara? —preguntó con su peculiar sonrisa torcida pintada en el rostro.

Solo cuando hubo cerrado la puerta, me levanté de la silla y lo abracé.

—Muchas gracias, amigo, una vez más.

Él asintió agradecido. Luego, apoyándose sobre el escritorio, echó un vistazo a las cartas.

—¿De vuestro padre?

—Así es.

—Pensé que se habrían perdido en el Esperanza.

—Y así fue —admití con pesar al oír el nombre de la urca—. Pero, por suerte para nosotros, mi padre guardaba otro juego en casa.

—Bien, señor Ponce —dijo transcurridos unos instantes—. Ya tenéis el barco y la tripulación para haceros a la mar. ¿Qué ordenáis hacer a continuación?

—No sé por dónde empezar a buscar, Hernán —me lamenté, pasando por alto lo de «señor Ponce».

Otros dos golpes se dejaron oír al otro lado de la puerta.

—¿Sí? —respondí.

—Maestre —era la voz de Mateo—, necesito hablar con el contramaestre.

—Pasa, Mateo —le ordené, y cuando entró le hice un ademán con la mano para que se acercase.

—Señor —me informó el muchacho—, se necesita al contramaestre en cubierta. Rivas quiere saber adónde lleva las culebrinas que…

—Dile que espere, Mateo —le cortó Hernán—, que ahora estoy con el señor Ponce.

Un hormigueo me recorrió el cuerpo. Aún me costaba creer que alguien mentase las palabras «señor Ponce» para referirse a mí.

—Bien, señor —contestó. Sin embargo, no se marchó, como hubiese sido lo corriente, sino que se quedó en el sitio sin moverse un ápice.

—¿Quieres algo más, Mateo? —pregunté al ver que no obraba nada.

El interpelado levantó el rostro y me miró, pero siguió sin despegar los labios. Con todo, su actitud me llevaba a pensar que dudaba por algo.

—Mateo, ¿qué haces ahí plantado? ¡Regresa a tu puesto! —intervino Hernán.

Por alguna razón que se me escapaba, me parecía que Hernán trataba a Mateo con más rudeza que la usada para con el resto de los marinos.

A su voz severa, el muchacho se dispuso a irse.

—No, Mateo. Acércate —le pedí—. ¿Hay algo que quieras contarnos?

—Yo… No era mi intención, de veras, maestre. Mas… os he oído decir que no sabíais por dónde empezar a buscar y…

—¿¡Has estado escuchando!? —le recriminó mi compadre.

—Sosegaos, Hernán —dije apoyando una mano sobre su hombro. A mí también me molestaba tal cosa; me aterraba, a decir verdad, ya que corría el riesgo de que mi identidad quedase al descubierto. De ser así, toda la empresa se arruinaría, ¡y sin siquiera habernos enmarado!—. Veamos qué dice.

—Sí… —continuó el joven negro—. Yo desconozco lo que vuesas mercedes buscan, pero sé de alguien que sabe mucho sobre todo y que podría ayudaros…

—¿Quién? —preguntamos al unísono Hernán y yo.

—Donoso Hermida.

Miré a mi compadre de reojo. Por la cara que puso, supe que a él tampoco le decía nada ese nombre.

—Donoso Hermida es un antiguo encomendero que, a

cuenta de los indios que tiene a su servicio, ha logrado tejer una red de informadores por Tierra Grande. Si vuesas mercedes buscan algo, a buen seguro que él sabe dónde se halla —concluyó mi grumete, sonriente. Una fila de dientes blancos destacó sobre su piel azabache.

—Bien, Mateo. Gracias —dije—. Ahora retírate.

El muchacho pareció relajarse. Se despidió con una inclinación y desapareció de la estancia.

—¿A Santo Domingo, pues? —consulté a mi compañero cuando nos quedamos de nuevo a solas.

Él se encogió de hombros.

—Es lo único que tenemos —admitió—. Supongo que no perdemos gran cosa por ir a ese lugar y preguntar.

—De acuerdo, Hernán. Poned rumbo a Santo Domingo. Presto.

Si resultaba que allí no encontrábamos nada, por lo menos ya no estaría presa de los Domínguez, así que un problema menos. Por eso adopté sin demasiados miramientos la propuesta de Mateo.

—Sí, maestre. Y voy a ver qué diablos pasa con esas culebrinas —agregó cuando ya cerraba la puerta a su paso.

—Allí haremos aguada —decreté para mí, y volví a tumbarme cuan larga era en mi nueva señora cama.

En el más absoluto silencio mareamos el golfo de Venezuela y dejamos atrás Maracaibo la madrugada del martes que se contaban veintisiete días del mes de septiembre, la víspera de mi enlace con el detestable Domínguez hijo.

Aunque en tiempos de mi padre le había ayudado con la navegación en más de una ocasión, la del Venator iba a ser la primera travesía que realizaría al frente de un navío, por lo que me prometí no refugiarme entre las cuatro paredes de mi cámara más tiempo del debido y pasar, en cambio, el mayor número de horas posible en cubierta, junto a mi tripulación. «Tal como me enseñaste, padre».

Con tales propósitos me levanté y salí a cubierta. Solo cuando vi el golfo abrirse al vasto océano me encaramé a la toldilla y comencé mi labor como maestre.

—¡Largad velas! —grité a diestra y siniestra a mis hombres—. ¡A todo trapo!

—¡Ya habéis oído, muchachos! —me secundó el contramaestre—. ¡A todo trapo!

8

Durante la travesía, en más de una ocasión nos topamos con fuertes vientos del norte que retrasaron bastante nuestro viaje. Pero los vendavales eran algo que me importaba un ardite, lo que me inquietaba era avistar algún navío pirata; eso sí que me quitaba el sueño. Por tal motivo, había mandado colocar vigías en la cofa, tener algunos cañones cargados, a pesar de resultar peligroso para la nao, y navegar prácticamente a ciegas durante las noches; a modo de evitar ser divisados en lontananza por alguna nave indeseable, ordenaba cada atardecer apagar todo farol o linterna que sobre la cubierta pudiese haber.

Esto último nos retrasaba de doble manera ya que, además de que el marear a ciegas ralentizaba nuestra singladura, las labores de mantenimiento del galeón, destinadas en un principio a la noche, debían ser pasadas al día, lo que hacía que cada jornada me viese obligada a asignar un número de hombres a tal menester y que, por ende, contase con menos manos para manejar el galeón.

Al duodécimo día, tras haber recorrido las ciento sesenta y ocho leguas que separan Maracaibo de La Española, echamos el ancla en el puerto de Santo Domingo.

Pese al retraso acumulado, me hallaba satisfecha en sumo grado con mis mandamientos, pues habíamos conseguido atravesar el mar Caribe sin ningún encontronazo con filibusteros, ¡y eso ya era decir!

Santo Domingo, situada justo enfrente de Maracaibo pero al otro lado del mar, en dirección norte, era una importante ciudad portuaria de La Española, isla entre el Caribe y el Atlántico, conocida por ser la primera tierra firme que pisase Cristóbal Colón, almirante de la Mar Océana, en su primer viaje a las Indias en el año de 1492.

Nada más echar el amarre mandé a Juan el Mayor y a Rivas, el marinero de las culebrinas, en busca del tal Donoso Hermida.

—No quiero ver asomar vuestras rosadas y peludas posaderas por esta cubierta hasta que no sepáis dónde encontrar al encomendero, ¿entendido? —les despaché.

Esa misma noche estaba cenando con Hernán en mi cámara, dando buena cuenta del queso y la fruta que sobre la mesa teníamos, cuando llamaron a la puerta.

Hernán, siempre atento conmigo, quiso darme el tiempo necesario para que volviese a colocarme el turbante antes de abrir la puerta. Después, un sudoroso y algo alterado Rivas se dirigió a mí:

—Maestre, Donoso Hermida os está esperando en cubierta.

—¿Cómo dices? —me sobresalté—. ¡Mis órdenes eran conocer su paradero, no traerlo a mi nao!

Me aterraba la idea de que cualquiera pisase el galeón así como así.

—Debió de llegar hasta sus oídos que andábamos buscándolo, ya que se presentó ante nosotros y exigió ser llevado ante el capitán.

—¿¡Y le hicisteis caso!? ¿¡A él, un completo desconocido!?

—Bien, Rivas —intervino Hernán—. Regresa a cubierta. Y que los muchachos no le pierdan de vista.

Mi compadre esperó hasta estar de nuevo a solas los dos para hablarme:

—¿Por qué os molesta tanto que esté aquí? —dijo llevándose una cuña de queso a la boca.

—¡Es un desconocido, Hernán! A saber cuáles son sus intenciones.

—Ponce, calmaos. No está solo; los nuestros están con él. Si intenta algo, lo lamentará.

Para mi sorpresa, de pronto se echó a reír.

—Deberíais alegraros al conocer que, desde luego, Hermida es bueno en lo suyo.

Yo lo miré sin comprender.

—¡Pardiez! Si sabía de antemano que alguien lo buscaba, va a estar en lo cierto el grumete sobre su red de informadores —se explicó.

Sin atender a sus gracias, cogí airada el tahalí con la ropera y me lo crucé al pecho.

—Voy a buscarlo —gruñí.

—¡Sed bueno con él, maestre! —me pidió con cara de pillo.

Cuando salí a recibir al encomendero no me sorprendió ver que no venía solo. Cuatro indios, altos y recios, lo guardaban. Al menos, me consoló comprobar que Hernán estaba en lo cierto: la tripulación no apartaba la vista de los cinco personajes.

Donoso Hermida era un hombre ya entrado en años, de rostro pálido, barba bien perfilada y nariz aguileña. Vestía medias oscuras, casaca verde oliva hasta por debajo de las rodillas y birrete de igual color que la casaca, el cual resaltaba sobre su cabello cano.

Por mi padre sabía que los encomenderos eran aquellos que poseían una encomienda; es decir, indios a sus órdenes. Este privilegio, otorgado mediante un real decreto de la Corona y con potestad para ser aplicado en cualquiera de las colonias españolas, solo era concedido a unos pocos, y quedaba reservado a los que previamente ostentaban un título de hidalguía.

Que no hubiese oído hasta la fecha nada bueno de los procuradores de indios, junto con el hecho de que ese se hubiese presentado de buenas a primeras en mi galeón, hizo que, de entrada, no sintiese demasiada simpatía por Hermida. Sin embargo, me forcé a ser educada. No en vano tenía frente a mí a un noble. Y a juzgar por su apariencia, no daba la impresión de que hubiese pasado por muchas penalidades.

Me allegué hasta él. Un instante después llegó Hernán, cubriéndome las espaldas.

—¿Vos sois el capitán de este hermoso galeón? —me preguntó el encomendero, ignorando las miradas suspicaces y recelosas de mis hombres. Me pareció notar cierto matiz venenoso en su voz.

Un marinero mestizo al servicio de mi padre me explicó una vez que gracias a las Leyes Nuevas, promovidas por un encomendero dominico, un tal Bartolomé de las Casas, y promulgadas en 1542 por el mismísimo emperador Carlos, el sistema de encomiendas había sido abolido en todo el Imperio. Eso fue lo que permitió que, después de años separados, su madre —la del marino del Esperanza— pudiese reencontrarse con sus padres.

«Y que a falta de manos indias que trabajasen las minas y las plantaciones del Nuevo Mundo, la Corona fijase sus miras en los esclavos de África», añadí en mi cabeza.

Por ese motivo me extrañé cuando Mateo nos habló a Hernán y a mí de un procurador de indios que había en Tierra Grande, y seguía sorprendida ahora que lo tenía en persona ante mí.

—¿Decepcionado? —contesté a su vez.

Ante mi pregunta, mostró una sonrisa socarrona que no me gustó nada. Con todo, tenía muy presente que estaba ante un linajudo, del que además requería cierta información. De modo que acaté los consejos de Hernán y procuré mostrarme amable con él. Cuando le solicité que me acompañase a mi camarote, los corpulentos indios hicieron amago de escoltarlo, pero él, con un gesto suave, les instó a que esperasen en cubierta.

—Capitán, es mi deseo hablar solo con vuesa merced —declaró Hermida en cuanto se percató de que mi compadre tenía intención de seguirnos.

El de Avilés se cruzó de brazos y me lanzó una mirada interrogativa. Accediendo a la petición del noble, asentí a Hernán para que aguardase fuera.

—¿Os apetece beber algo? ¿Vino, tal vez? —sugerí a mi invitado en cuanto cerré la puerta de la cámara.

Él declinó el ofrecimiento y, sin esperar a que dijese nada, tomó asiento donde poco antes había estado Hernán. Yo me senté al otro lado del escritorio. Aparté los restos de la cena y apoyé los codos sobre la mesa.

—¿Tendréis la bondad de hacerme saber vuestro nombre, joven?

—Ponce. Ponce Baena.

—No me es conocido.

—No debería; provengo de Tierra Firme.

—¿Y qué es lo que queréis? Información, supongo.

—Suponéis bien.

—Y supongo también que deseáis que esta pequeña charla permanezca en secreto, ¿no es así?

El viejo ya me había demostrado que era lo bastante osado como para presentarse en un navío que le era extraño; yo en su situación, sin lugar a dudas, lo hubiese tomado por una trampa.

Y ahora, no contento con ello, se atrevía a retarme. En mi propia cámara. Con mis hombres al otro lado de la pared.

Pues yo no iba a ser menos.

—En absoluto, señor Hermida. No tengo ningún reparo en que el Olonés sepa que lo busco.

Yo no tenía nada que ofrecer al encomendero a cambio de su valiosísima información, nada al menos que pudiese interesar a alguien como él; por lo que resolví que le pagaría con la verdad.

—Así que el Olonés, ¿eh? Ese nombre sí que me es familiar...

—Quiero conocer su paradero.

—Es un filibustero —me contestó evasivo—. Va y viene como la brisa.

—Pero en algún punto de estas aguas tendrá que echar el amarre...

Confiado, alargó un brazo y cogió una manzana del frutero que había sobre la mesa. Se la llevó a la boca y le dio un mordisco fuerte y sonoro.

—El gobernador de Cartagena de Indias también lo busca, ¿sabéis? —comentó con la boca llena—. Pero no ha conseguido localizarlo. ¿Qué queréis de él?

—No creo que eso os concierna.

Se incorporó sobre la silla y acercó su rostro al mío, todo lo que le permitió el amplio escritorio.

—¿Es ira lo que veo en vuestros ojos? ¡Ja! Un mozuelo como vos... ¿Pensáis enfrentaros a él, acaso? ¿¡Al Olonés!? —dijo riendo de buena gana.

—Eso me corresponde a mí decidirlo, ¿no os parece? —le reté cuando vi que se le pasaba la alegría.

—¿Y por qué habría de daros su paradero? A mí no me ha causado ningún mal. —Se encogió de hombros.

Opté por no contestar, aunque le mantuve la mirada con firmeza.

Si no me daba lo que quería por las buenas, tampoco tenía otra manera de conseguirlo; no tratándose de un hombre de tanta importancia y tratos en la isla. Cuando ya iba a dar por fallido el viaje a Santo Domingo, el encomendero me sorprendió:

—Está bien —accedió—. Probad en La Tortuga.

—¿La Tortuga?

—¿No la conocéis? ¡Ja! Entonces es que todavía tenéis la sangre demasiado dulce para enfrentaros al Olonés. —Rio de nuevo—. O a cualquier simple pirata.

—Sé que es una isla, muy afamada por ser un bastión de filibusteros, corsarios y bucaneros.

—Ahora tiene un nuevo gobernador, un tal Bertrand d'Ogeron. He oído que ha parcelado la ínsula y muchos filibusteros se han asentado en ella.

Se levantó. Yo también lo hice.

—Eso es cuanto sé —profirió con otro encogimiento de hombros.

—¿Qué queréis por la información?

—Nada.

Su respuesta me extrañó. Hermida estaba lejos de parecer el tipo de hombre que entrega algo sin esperar otra cosa a cambio. Además, bien sabía yo que nada era *de vobis vobis* en este mundo.

—¿No queréis nada?

—Así es. Me temo que de poco va a serviros la información proporcionada. El Olonés os matará de mil modos distintos antes de que lleguéis a conocer el color de sus ojos.

No me dejé amedrentar, pero tampoco repliqué; era lo más conveniente.

Hermida ya se iba cuando, de pronto, se giró:

—Por cierto, si en verdad queréis ir a La Tortuga y meteros en la boca del lobo, guardaos de su compatriota, el Vasco, y su bergantín de catorce cañones, La Providencia.

Catorce cañones no era causa de risa, aunque el Venator no se quedaba a la zaga: contaba con doce por banda.

—¿Tan temido es? ¿Más que el Olonés? —quise saber, escéptica. Dada la reputación caníbal del Olonés, el Vasco no podía ser peor.

—Es su brazo derecho. Ambos propiciaron el saqueo a Maracaibo y Gibraltar el pasado año.

Al oír aquello, ahí de pie, de espaldas a las vidrieras, noté cómo se me tensaban todos y cada uno de los músculos del cuerpo, a la par que un sentimiento amargo como la hiel me envolvía el alma.

Si aquello era cierto y ese tal Vasco había sido cómplice de tal villanía, lo pagaría del mismo modo que el Olonés. Por los vecinos de Maracaibo. Si resultaba falso, tanto me daba; lo despacharía igualmente, pues siendo la mano derecha de quien era, su muerte entraba dentro de mi venganza. Por tanto, esta vez sí sabía adónde ir y cómo proceder.

Arrumbar a La Tortuga.

Acabar con el Vasco.

Acabar con el Olonés.

9

En cualquier nave el agua dulce es un bien preciado, un bien que pronto se torna en un cieno verdoso que muy a su pesar los marinos tienen que beber si no quieren morir de sed. Por eso es de suma importancia aprovisionarse de agua cada vez que se pisa puerto. Aunque se trate de travesías cortas, como la que acabábamos de hacer.

Pensando en ello decreté que permaneceríamos en Santo Domingo unos pocos días, los necesarios para hacer la aguada y sacar, de paso, algunos dineros mercadeando con los productos que llevábamos en las bodegas, aquellos que o bien teníamos en exceso o bien no nos eran indispensables.

Pese al desembolso que había supuesto la adquisición del barco, el gasto mayor vino después, con las labores de calafateado, pintura y compra de los bastimentos. Y todavía me quedaba costear las pagas de la tripulación.

Si bien no me veía aún en la necesidad de procurar caudales, ahora, además de la hacienda, tenía un navío que mantener; y no podía desprenderme de tantos escudos si no los recaudaba por otro lado. Por ello, durante esos días en Maracaibo en los que Hernán y sus hombres ponían la nave a punto, yo discurrí que una buena forma de sufragar tanto desembolso sería con el mercadeo. El Venator tenía un propósito claro: cazar al Olonés. Pero dicha empresa no era incompatible con que por el camino sacase algunos dineros con lo que llevábamos en las bodegas, tal como le había visto hacer a mi padre por años.

De esta manera vendimos miel, sal y papel, y compramos cera y más artillería. A mí me seguía pareciendo una extravagancia llevar tanto plomo a bordo, y gustosa me hubiese desprendido de buena parte de él. Pero Hernán me insistió tanto que, finalmente, tuve que dar mi brazo a torcer y dejarle hacer; aunque solo fuese por no oír sus monsergas en lo que nos restaba de viaje.

En la compraventa sacamos un buen beneficio, pues, por lo que supe por los capitaleños, durante los últimos meses, conforme aumentaban los avistamientos de piratas rondando La Española, disminuían los navíos comerciantes que se arriesgaban a acercarse hasta la isla, motivo por el que muchos productos escaseaban en Santo Domingo.

Hechos los mercadeos y la aguada, me encerré en mi cámara. Con ayuda de los compases, los cuadrantes y las cartas de mi padre calculé la ruta hacia la isla de La Tortuga. Una vez trazada, me calcé las botas y, aguja en mano, subí hasta el castillo de popa, en donde me encaramé para que todos me viesen y oyesen.

—¡En marcha, haraganes! —grité a mis hombres, los cuales esperaban que dijese la derrota para ponerse a faenar.

—¡Soltad sogas! ¡Levad anclas! —vociferó Hernán, que nada más verme salir de mi camarote acudió presto a reunirse conmigo.

Al instante, un grupo de cinco hombres corrió a coger los tablones del cabrestante, tumbados a un lado de la cubierta, entre dos cañones. Seguido, insertaron los maderos en sus respectivos vanos y empezaron a empujar. El pesado andamiaje comenzó a girar y a recoger la guindaleza del ancla de proa. Y mientras eso ocurría, el resto empezó a trepar por los obenques, hacia lo más alto.

—¡Mateo! —llamé al joven negro—. ¡Diles a esos que dejen de cacarear como mozuelas y que desplieguen el velamen!

—¿Cuál es la derrota? —me preguntó mi compadre.

Para ir a La Tortuga, situada al noroeste, era necesario bordear La Española de lado a lado, pues la guarida pirata se hallaba en el extremo opuesto a Santo Domingo. Ya fuese por el Caribe o por el Atlántico, debíamos costear la isla. No obstante, a pesar de haber calculado que las leguas por el Caribe serían menos, opté por navegar por el Atlántico. Así nos guardaríamos de encontronazos con filibusteros.

Señalé a lo lejos con la mano libre.

—Bordearemos La Española por el este, por la bahía de Samaná. Eso ya son aguas del Atlántico, así que no creo que hallemos problema alguno para cruzar. Aun así, que todos se mantengan ojo avizor —dije inclinando la cabeza hacia los hombres que pululaban por cubierta.

Hernán, que había escuchado mi ruta rascándose la barba espesa, se quedó meditabundo unos instantes.

—Lo mejor será que vayamos tierra a tierra —agregué—, bien ceñidos a la costa.

Se atusó la barbilla unos segundos más. Después, asintió conforme.

—Pondremos más vigías, y a varios arcabuceros en cubierta. —Se encaró con los marineros—. ¡Baltasar, revisa esas jarcias! ¡Ahora! —gritó al interpelado—. Y vosotros tres: ¡no os quedéis ahí mirando! ¡Ayudad a desplegar la mayor!

Estábamos en plena época de lluvias, por lo que los temidos huracanes serían un problema añadido a la travesía; si bien era cierto que el peligro parecía haber pasado, ya que eran más propios de los meses de agosto y septiembre. Por fortuna, no nos cruzamos con ninguno. Con todo, el viaje se nos hizo largo y tedioso, pues a pesar de no ser mucha distancia, muchos días —con sus noches— tuvimos que navegar con tormentas y vientos que nos golpearon sin tregua por barlovento y sotavento. El trinquete a punto estuvo de partirse cual caña seca, mas, por ventura para todos, resistió a las inclemencias y pudimos continuar sin mayores percances.

Arribamos a La Tortuga el atardecer del domingo que se contaban veintitrés días del mes de octubre.

A causa de su reducido tamaño —unas siete leguas de longitud por una y media de anchura—, sus cordilleras escarpadas y su terreno accidentado, las edificaciones únicamente podían erigirse entre el puerto y la playa; y allí era donde se concentraban todas, lo que daba una imagen de hacinamiento y desorden. Al menos el fondeadero transmitía la estampa contraria. Estaba emplazado en el sur por suponer la única vía de acceso, ya que los arrecifes que rodean la isla imposibilitan a los barcos acercarse por otro punto.

—¿Os habéis fijado en esos picos, Ponce? —comenzó Hernán—. Cuentan que uno de ellos le recordó a don Cristóbal Colón al caparazón de una tortuga. De ahí el nombre de la isla —añadió con una sonrisa.

Sin responderle, me planté frente a la tripulación. Acabábamos de echar el amarre en un bastión pirata; no era momento para tener esa clase de conversaciones. O eso juzgaba yo.

—Que varios hombres se queden guardando la nao; tres venid conmigo y el resto… El resto tiene permiso para desembarcar —dispuse.

Una gran ovación se dejó oír entre la dotación. Desembarcar implicaba poder gastarse la paga en buena comida, vino, ron jamaicano y agradables compañías. Y si de algo estaba servido ese recaladero era de tabernas. (Las malas lenguas comentaban que había una por cada diez pobladores).

Yo no terminaba de aprobar comportamientos de vida tan desarraigados, pero también tenía que admitir que, al menos hasta la fecha, mis hombres se habían ganado con creces sus maravedís.

—Los que conmigo vengan, que lleven el cinto bien herrado de armas —añadí en cuanto la jarana hubo disminuido un poco.

Hernán procedió a entregar los dineros a los marineros con licencia para dejar el galeón. En cuanto hubo acabado, ordené a Juan el Mayor, al artillero Domingo Saldaña y al propio Hernán que me acompañasen a tierra.

A medida que nos alejábamos de las embarcaciones por las calles de La Tortuga, el ajetreo y la algazara fueron a más. Al doblar una esquina entramos en una especie de plaza, rodeada en su mayoría de cantinas y mancebías. Parecía que al fin habíamos llegado al corazón de la isla.

—Mantened los ojos bien abiertos —dije mientras me llevaba la mano a la ropera que llevaba al cinto.

Mi idea consistía en, sin andarme con rodeos, preguntar por el paradero del Olonés nada más desembarcar y, tras las palabras del encomendero, preguntar de igual modo por el Vasco. Sin embargo, al recorrer con la vista esa plaza de extremo a extremo y ver el caos reinante en ella, determiné que tal tarea no iba a resultarme tan sencilla.

Allá donde mirase encontraba a hombres peleando. También vi a varias mujeres enfrascadas en alguna trifulca, que las llevaba a gritarse groserías sin fin y a tirarse de los cabellos. A lo más seguro se estarían disputando a algún cliente, pues, a juzgar por sus atuendos, sus escotes y el exceso de polvos en sus rostros, se trataba de meretrices.

—¡Cuidado, maestre! —me gritó de pronto Juan, sobresaltándome.

Sin darme tiempo a comprender qué sucedía, me agarró de la camisa y me atrajo con brusquedad hacia él. Apenas un segundo después, un cuerpo cayó desde las alturas. Se dio de bruces contra el suelo, en el punto exacto en el que hubiese estado yo de no ser por los reflejos de mi grumete.

—Uf, ¡por qué poco! —exclamó mi compadre—. Bien hecho, hijo —dijo afectuoso al tiempo que colocaba una mano sobre el hombro de Juan.

Yo masculló un simple «gracias». Si bien el muchacho acababa de impedir que fuese aplastada, mi mente solo podía pensar con horror en la posibilidad de que al agarrarme hubiese tocado más carne de la que cabría esperar en un varón.

En un intento de recomponerme, me volví para mirar el voluminoso cuerpo tendido boca abajo.

—¿Está vivo?

Hernán, ante mi pregunta, le dio un par de toques con la punta de la bota. Al ver que no reaccionaba, pidió ayuda a Domingo. Entre ambos le dieron la vuelta. Aunque muy costosamente, el hombre respiraba.

—Está vivo, maestre —esclareció Domingo—. Borracho como una cuba pero vivo.

Justo cuando ya me disponía a olvidarme del hombre e iba a entrar en la taberna más cercana, tres jinetes atravesaron veloces la plaza, gritando y disparando al aire. Por instinto, los cuatro nos hicimos a un lado, en un intento de apartarnos del camino de las azogadas monturas. Lo que más me llamó la atención fue que uno de los caballos arrastraba a un hombre, el cual trataba por todos los medios de cortar la cuerda que lo unía al arzón de la silla.

Dejé escapar un sonoro suspiro de resignación. Si todos los

habitantes de esa isla se comportaban como los de aquella plazuela, obtener información iba a llevarnos un tiempo. Un tiempo muy largo.

Sorteando beodos allá y acullá, insté a mis compañeros a seguirme.

Nada más traspasar el umbral de la taberna pude comprobar que en aquel islote las trifulcas no solo se desarrollaban en el exterior.

Me giré hacia mis subordinados. A pesar de ser un asunto delicado, tuve que levantar la voz para hacerme oír entre el bullicio reinante.

—Juan, Domingo, hemos venido aquí buscando a alguien. Responde al nombre de l'Olonnois entre los suyos; en nuestra lengua, el Olonés. Id por ahí y mirad qué podéis averiguar de él, ¿entendido?

Tras asentir solemnes, se perdieron entre el tumulto de bebedores y meretrices.

—Hernán, tú y yo vamos a pedir un buen ron.

Jarra de ron en mano, nos sentamos a una mesa en un rincón. Desde allí divisaríamos el local por entero, además de controlar la puerta. Nada más tomar asiento me di cuenta de lo sedienta que estaba. Me retiré la tela frontal del turbante y me llevé la jarra a los labios con vehemencia. Tragué tanto líquido que un picor fuerte me nació en la boca y me bajó hasta el estómago; no pude cesar de toser en un buen rato.

—¿La primera vez que catáis el ron? —me preguntó el de Avilés. No se le escapaba una.

Yo asentí entre tosidos y él, lejos de compadecerse de mí, estalló en carcajadas.

Solo cuando el picor y mi apuro hubieron disminuido, me concentré en prestar atención a mi alrededor, tratando de captar las conversaciones de las mesas colindantes. No me fue difícil oírlas; la borrachera de los hombres y el jaleo los hacía ser descuidados y hablar a voz en pecho. No obstante, de entre aquellos que no hablaban en jerigonzas, solo pude captar discusiones sobre vinos y licores, juegos de cartas o mujeres; nada que ni a mi compadre ni a mí nos interesase lo más mínimo.

Los rostros de mis señores padres acudieron a mi mente. Me pregunté dónde estarían y si se sentirían orgullosos de la empresa que estaba llevando a cabo; si contaría con su apoyo, allá donde se hallasen... Dios, los echaba tanto en falta...

Hernán, que de mientras había apurado su bebida, se levantó a por más. Yo sentí la boca seca y me llevé la jarra a los labios. Para mi asombro, también estaba vacía. Pasado el atraganto inicial, me había bebido el resto del ron sin percatarme de ello. Debo admitir que su sabor no me fue del todo desagradable. Y me sorprendí esperando con ganas el regreso de Hernán; quería otro trago.

Pero algo captó poderosamente mi atención y me hizo olvidar tanto a Hernán como el ansiado licor.

—...La Providencia.

¡La Providencia! ¡Ese era el nombre del navío del Vasco!

«Guardaos de su compatriota, el Vasco, y su bergantín de catorce cañones, La Providencia», había dicho Donoso Hermida.

Una oleada de impaciencia me recorrió la espalda. Empero, para que nadie se apercibiese de mi interés, busqué al dueño de esas palabras con cautela.

—Sí, ha días que arribó.

La voz me llevó hasta un grupo de tres hombres que acababa de hacer aparición en la cantina. Uno ya estaba entrado en años. Otro, que aparentaba la edad de veinte, lucía ropas sucias y un rostro no menos sucio; aun así, ni toda esa mugre bastaba para disimular una piel tostada por el sol y unos cabellos bermejos. Al tercero le faltaba la mano de la diestra, la cual le terminaba en un muñón envuelto en una tela oscura, y la boca se le torcía hacia un lado, dotando a su rostro de cierta apariencia pavorosa.

—Oí decir que vino con una gran vía y que pasarán semanas hasta que sea reparada —explicaba el anciano al más joven.

Yo había estado atenta a las naos del puerto al fondear. Incluso me había parado a contar cañones. Pero ninguna embarcación casaba con el nombre, ni el número de piezas de artillería coincidía con el arbolado doble de los bergantines.

De pronto, me encontré al joven mirándome. Tenía una mirada franca y cálida, mas, turbada, aparté la vista. Y una vez más agradecí en el alma a Chela el regalo de su tierra.

—Pero ¿a quién pertenece? —oí que preguntaba.

Esperé unos prudentes segundos antes de volver a observar al trío, el cual no se había movido del umbral.

—Es extraño que… —insistió, con la vista de nuevo en sus acompañantes.

A pesar de la suciedad, parecía bastante apuesto.

—¿¡A quién pertenece!? —estalló el manco, fuera de sí.

Con la mano que le quedaba, agarró al joven del chaleco y lo zarandeó.

—Chico, no quieras saberlo… Pertenece al Vasco, uno de los filibusteros más peligrosos de estas aguas —explicó acercando su rostro al de él y escupiéndole al hablar—. Así que más te vale guardarte de entrar a robar. No vivirías para contarlo.

—Pero ¿dónde está él? ¿Por qué no se deja ver? —repuso el pelirrojo—. ¿Acaso teme algo?

Agradeciendo mi buena fortuna, le di calladamente las gracias por su acertada pregunta. Pero en lugar de respondernos, el manco repuso:

—Eso, chico, no te lo puedo decir.

El anciano volvió a tomar parte en la conversación:

—Yo he oído que el gobernador de Cartagena de Indias ha mandado levantar tres nuevas horcas, justo enfrente de la ventana de su despacho. Y que una de ellas se la tiene reservada al Vasco.

—Nunca lo cogerán —se jactó el pelirrojo—. Cuenta con la protección del Olonés…

En ese punto, el trío se alejó de la puerta y fue a sentarse a una mesa al otro lado de la taberna.

—¡Maldición! —mascullé.

—¿Decíais?

Hernán acababa de regresar y lo tenía a mi lado, tendiéndome otra jarra de ron.

—Hernán —dije efusiva en cuanto tomó asiento—, ¡tengo nuevas!

—Yo también, maestre —me susurró algo alicaído—. Acabo de cruzarme con Juan y con Domingo y, por desgracia, no saben nad…

—¡Olvidaos de eso, Hernán! —le corté.

Él pareció desconcertado.

—¿Pero no queríamos encontrar al Olonés para…?

—¡A vuestra siniestra, Hernán! —volví a interrumpirle—. ¿Veis al trío sentado en aquella mesa? —dije señalando con la cabeza.

Mi compadre oteó entre el gentío.

—…¿que hay un manco?

—¡Sí! He oído lo que hablaban… Resulta que la información del encomendero era cierta: ¡el Vasco está aquí! Y sé de uno que podría decirnos en qué parte de la isla se halla… —afirmé mirando de soslayo al tullido.

—¿Es que acaso no está en su navío?

Sacudí la cabeza.

—Sospecho que no. Al parecer, tuvo que echar el amarre aquí hace unos días a cuenta de una vía… No —concluí, más para mí que para él—. Si la nave acabó tan dañada, por comodidad, el Vasco habrá buscado refugio en la isla.

—¿Y el Olonés? ¿Qué pasa con él?

—El Vasco es su brazo derecho —apunté, a pesar de que ya le había referido la conversación que mantuve con Hermida en cuanto este dejó mi galeón—. Lo despacharemos primero. Y será él mismo quien nos conduzca hasta el Olonés. ¿Cuento con vuestro parecer, Hernán?

—Sabéis de coro que yo también ansío venganza del Olonés, por lo que mi suerte está unida a la vuestra en esta empresa —me aseguró. Y bajando la voz agregó—: Carolina, obraremos lo que digáis.

Hacía semanas que nadie se dirigía a mí por mi nombre; me agradó volver a oírlo.

—Bien. —Alcé mi bebida—. ¡Brindemos por las buenas nuevas!

—¡Por que los vientos nos sigan siendo favorables! —me secundó, haciendo chocar con fuerza su jarra contra la mía.

A cuenta de la alegría que me invadía en aquellos momentos, de un trago me eché al coleto todo mi ron.

—¡Como sigáis así, Ponce, tengo para mí que acabaréis mojón! —dijo riéndose de su propia chanza.

Me disponía a replicarle alguna grosería poco propia de féminas cuando el grumete y el artillero aparecieron ante nuestra mesa.

A Domingo y a Juan los mandé de vuelta al Venator, con el recado para el resto de la tripulación de que Hernán y yo aún tardaríamos algunas horas en retornar al galeón. Tras eso, compartí con mi compadre la idea de coger desprevenido al manco y obligarle a confesar el escondrijo del Vasco.

Al fin, tras más de dos horas de larga espera y varias jarras de ron y vino entre pecho y espalda, el manco se despidió de sus dos amigos y salió de la taberna. Nosotros, al poco, nos levantamos y salimos en pos de él.

—Bien, veamos qué nos cuenta del Vasco ese hombre vuestro —afirmó Hernán remetiéndose las manos por el cinturón.

Salimos a la plaza, la cual seguía igual de bulliciosa que antes. Para nuestra dicha, el hombre no tardó en internarse por un oscuro y solitario callejón. Antes de darle la oportunidad de meterse en otro mesón y que ya no pudiésemos prenderlo, Hernán lo asaltó por detrás, blanca en mano, a la par que yo lo agarraba por las piernas.

Conocía que nuestro hombre iba armado. En la cantina, justo antes de sentarse, había visto la culata que le sobresalía del cinto. No obstante, nosotros éramos dos contra uno y atacábamos a traición. Así que nos fue fácil hacerlo caer. Y una vez en el suelo, reducirlo fue aún más sencillo.

El tullido, aturdido por el exceso de alcohol, intentó incorporarse en dos ocasiones. A la tercera, Hernán le propinó tal golpe en la cabeza con el puño de la espada que lo dejó sin consciencia.

—¡Hernán! —protesté.

Él le restó importancia con un gesto y dijo:

—Vamos, bajémoslo a la playa.

Miramos a diestra y siniestra. Una vez cerciorados de que no habíamos sido vistos, cargamos con él en dirección a la playa. Allí, alejados de las luces de los faroles, nadie se percataría de quiénes éramos. Con la luna en su cénit, su luz nos bastaría para llevar a cabo lo que nos proponíamos.

Las calles de La Tortuga estaban atestadas a esas horas, así que fueron varios los pares de ojos que nos vieron cargar con el desdichado. Mas como el hombre no sangraba por ningún orificio, pues Hernán se había asegurado de no hacerle rasguño alguno, a lo más seguro que nos tomaron por dos cristianos que cargaban con su amigo beodo, estampa muy común en la isla.

Una vez en la playa, de un tirón rasgué dos trozos de tela de la manga de mi amplia camisa. Con uno le impedimos ver y con el otro le atamos a la espalda la mano sana y el muñón. Luego, el de Avilés lo asió de un brazo y yo del otro y lo arrastramos hasta el agua. Nos adentramos hasta que nos cubrió las rodillas. Ahí sumergimos su cabeza bajo las aguas. El infeliz se espabiló al instante y empezó a boquear en busca de aire.

—¡Malditos pendencieros! —dijo entre toses—. Dos hombres contra un tullido… Eso muestra de cuán baja ralea estáis hechos.

—Yo te enseñaré de cuán… —principié a decirle, haciendo amago de volver a sumergirle la cabeza, pero Hernán me contuvo.

—¿Qué queréis de mí? Si vais a matarme, creo ser merecedor, al menos, de saber la causa.

—No —sentenció mi compañero con voz fría—. No morirás esta noche; no por nuestra mano.

—¡Rufianes! —escupió el manco—. Pues si venís a robarme, sabed que no poseo más que lo puesto.

—¿Ah, sí? —cuestionó socarrón mi compadre—. Pues desde aquí veo brillar lo que me parecen dos dientes de oro, amigo.

—¿¡Qué!? —bramó nuestra víctima, mitad atónita y mitad enfurecida.

Intentó levantarse. Le propiné un empujón para impedírselo. De hinojos, el agua le llegaba hasta el bajo pecho. Hernán y yo seguimos de pie junto a él.

—Queremos saber dónde encontrar al Vasco —dije—. Tenemos algo pendiente con él.

—¿¡El Vasco!? ¡Yo no sé nada, yo no sé nada!

—¡Maldito bribón mentiroso!

Esta vez no me contuvo nadie. Lo forcé a inclinarse hasta que su cara quedó sumergida de nuevo. Su cuerpo se revolvió con violencia, tratando a toda costa de liberarse de esos brazos que mantenían su cabeza bajo las aguas oscuras.

Tras unos segundos, le hice un ademán al de Avilés y, juntos, tironeamos del desdichado hacia atrás.

—Te he oído en la taberna. ¡Tú sabes dónde está! —sentencié—. ¡Dínoslo o te cerceno la mano que te queda! —faroleé.

—Si os lo digo… Yo… —boqueó—. N-no puedo.

Miré a Hernán en busca de una solución. Al instante, sin mediar palabra, lo agarró por los hombros, lo tumbó boca abajo y, una vez más, le sumergió la cabeza. Aguardó unos segundos antes de volver a sacarlo.

—¿Y bien?

Al no obtener respuesta, repitió la operación.

Esta vez esperó con paciencia a que el hombre se recuperase. Cuando lo hizo, le repitió la pregunta.

El manco, al comprender la gravedad de la situación, nos aseguró una y mil veces que encontraríamos al Vasco en La Vieja Áncora, una fonda varias calles más arriba.

—Moriréis antes de acercaros a él, pues la posada es ahora inexpugnable —explicó al poco—. Ha días que fue tomada por él y su tripulación. Él nunca sale: sus hombres se encargan de llevarle todo lo que requiera. Así que allí solo entran ellos y sus rameras.

Dejándome llevar por una corazonada, y a juzgar por lo reciente que parecía su muñón, le pregunté:

—Te hospedabas en La Vieja Áncora, ¿me equivoco? —inquirí suspicaz—. Apuesto a que fue él quien te cortó la mano.

El hombre, a modo de confirmación, rompió a llorar. Hernán se giró a mirarme, asombrado por mi deducción.

—Vamos, amigo —le apremié—. Ya tenemos todo lo que necesitábamos.

Él cabeceó conforme. Y, a continuación, procedió a liberar al tullido.

Le soltó las ataduras pero no le quitó la tela de los ojos.

—¡Pesia a ti como se te ocurra alertar al Vasco! —le amenazó el contramaestre del Venator antes de dejarlo solo con sus penas.

Él mismo luego, valiéndose de la mano buena, podría desanudarse la venda de la cara y regresar a las tabernas o a donde le placiese.

Puesto que la noche tocaba a su fin y la luz diurna no era propicia para lo que teníamos decidido para el filibustero francés, entre Hernán y yo acordamos que sería en otro día cuando el Vasco se reuniese con los suyos en el infierno. Tanto él como el Olonés eran enemigos poderosos, por lo que, para despacharlos, requeriríamos de una certera y muy concreta combinación de astucia, fuerza y pericia. No convenía, por tanto, enfrentarse a ellos sin un plan, y menos sin haber pegado ojo en toda la jornada.

Olvidándonos de los dos piratas por unas horas, regresamos al galeón. Subíamos a bordo justo cuando el día comenzaba a clarear y la luz tibia del alba bañaba el horizonte. En ese instante, los amaneceres del Caribe quedaron grabados para siempre en mis pupilas.

10

De ser por mí, nada más contemplar ese mismo día cómo el astro dorado desaparecía tras el abismo marino hubiese desembarcado e ido en pos del Vasco. Sin embargo, ahí estuvo una vez más mi compadre con su buen juicio. Cuando con paso firme salí ese atardecer de mi cámara hacia el combés para cargarme de armas, el corpachón de Hernán me cortó el paso. Una terrible preocupación le surcaba el rostro.

—Decidme que no vais a por él…

Yo no pude más que mirarlo. ¿Acaso no estaba claro? ¿Acaso no había sido él quien me había animado a hacerme con el Venator para dar caza al Olonés y a sus miserables hombres?

—¿Ya habéis matado antes?

—Sabéis que no —gruñí.

—¿Y cómo pretendéis enfrentaros a él, Ponce?

—¿¡A qué hemos venido aquí, Hernán!? —Su cautela me hacía perder los estribos por momentos—. ¿Es esta toda la ayuda que decíais que ibais a brindarme? —le increpé alzando la voz.

Él lanzó un suspiro largo y sonoro. Al verle ahí plantado, intentando armarse de paciencia, me obligué a sosegarme y escucharle. Aunque solo fuese por espacio de unos segundos.

—No pretendo poner en duda las dotes de vuestro padre en

el arte de la espada —comenzó—. Confío en que os instruyó bien. Mas unos pocos entrenamientos con él no bastarán para salvaros de filibusteros de la talla del Vasco o del Olonés.

»Porque, por mucha maestría que hayáis adquirido, no es lo mismo manejar la herreruza durante una clase que en el campo de batalla, contra un enemigo que lucha con desesperación por su vida…

—¡Ya sé que esto no es un maldito duelo entre ricachones! —me rebelé.

Ignorando mis protestas, él prosiguió:

—…porque ahí no gana quien mejor la maneje, sino quien más trampas haga. —Hizo una pausa, quizá con el fin de que calase en mí la palabra «trampas». Yo lo juzgué innecesario: había cruzado el Caribe para vengarme de unos viles piratas; por descontado que recurriría a las malas artes—. Dadme unos días, Ponce. Os enseñaré cómo hacerlo. ¡No en balde he sido soldado de Su Majestad por más de veinte años!

Dado que por el manco sabíamos que el Vasco se refugiaba tras los muros de La Vieja Áncora, sin intención alguna de moverse de la isla hasta que las reparaciones de su bergantín hubiesen finalizado, en esa ocasión no me importó demasiado seguir los consejos de mi compadre. Además, muy a mi pesar tenía que admitir que llevaba razón: una cosa era saber empuñar un arma y otra despachar con ella a alguien a sangre fría.

Dejé caer los hombros.

—Vos ganáis, Hernán —capitulé—. Os doy cuatro días para que me enseñéis a acabar con el malnacido del Vasco. Cuatro días —recalqué—. Luego iré a por él.

—Tiento, Ponce. Así es como saldremos victoriosos —me reconvino.

Esa misma noche, tras la cena mandé bajar las escalas para que maestre y contramaestre desembarcásemos. Una vez en tierra, y con varios hachones y faroles de aceite que pusimos a nuestro alrededor, Hernán y yo empezamos a cruzar las blancas.

—¡Pardiez! —se sorprendió al ver cómo le iba parando todas y cada una de las estocadas traicioneras que me lanzaba—. ¡Vuestro padre no os enseñó nada mal!

Al antiguo soldado no le quedó otra que aplaudir mi destreza con la espada. No obstante, me repitió que eso no bastaría para salir con vida de una guarida filibustera, por lo que debía valerme también de tratos más bajos y de poco o ningún lustre. Así me enseñó, entre cosas varias, alguna que otra finta judesca.

Los días se sucedieron y los entrenamientos a espada con mi compadre se fueron intercalando con largas horas sentados a mi mesa, debatiendo sobre cuál era el mejor modo de acercarnos al malnacido pirata. No sacamos nada en claro ninguna de las veces. No hasta el tercer día.

Recuerdo que esa jornada había sido especialmente dura. El de Avilés se había mostrado inmisericorde en nuestros ejercicios, así que al atardecer, agotada y dolorida, me hallaba en mi cama, descansando. Fue en ese momento de paz cuando se me ocurrió una manera de llegar hasta el Vasco; aunque poco o nada tenía que ver con el buen arte de la espada.

Desde que el manco nos dijese que la posada era infranqueable y que tan solo su tripulación y sus rameras tenían vía libre, en mi mente empezó a fraguarse una idea, idea que no me atreví a expresar en voz alta y que, una vez de vuelta en el navío, el cansancio y las emociones del día me hicieron olvidar por completo. Hasta ese momento.

Eufórica, salté del lecho y mandé a Mateo a por el contramaestre.

—¡Hernán! —comencé en cuanto hubo entrado a mi cámara y cerrado la puerta a su paso—. ¡Hemos pasado por alto lo más evidente!

Al contemplar su rostro confuso, le referí mi plan desde el principio. De esta forma supo que, para allegarme con éxito hasta el Vasco, me haría pasar por meretriz. No me sería difícil. Al fin y al cabo, mi señora madre había gobernado un lupanar durante años; fue mi segunda casa, de hecho. Hasta que crecí un poco más y mudé la mancebía por el Esperanza.

Además, en un baluarte perlado de hombres armados hasta los dientes como sería La Vieja Áncora, ¿quién sospecharía de una vulgar mujer?

—Hernán, el plan es perfecto.

—¿Esperáis que os deje sola tras esos muros? —Sacudió la cabeza—. ¡Ni por asomo!

—Pensadlo, Hernán. Entrando yo sola contaré con muchas más posibilidades que si vamos los dos…, por mucho que fuésemos ambos con el cinto bien herrado de armas.

Mi compadre sopesó mis argumentos largo rato. Después, muy a su pesar, me dio la razón.

—Como os dije el otro día en la taberna, vuestra suerte está unida a la mía, Carolina, y lo último que deseo en este mundo es que os metáis sola en ese infierno —se lamentó—. Mas he de reconocer que no es mal plan.

—Cuanto más sencillo, mejor —dije en un intento por animarlo—. Carolina, valiéndose tan solo de una basquiña y una cotilla, llegará más lejos de lo que podría aspirar Ponce con su espada y su pistola. —Me crucé de brazos—. Ya veréis —aseguré, satisfecha de mí misma.

—El arte de lo simple —convino él, aflorando de nuevo su sonrisa torcida. De pronto se puso serio—. Pero… ¿y la huida? No os dejarán marchar así como así.

Solté un bufido.

—Son piratas, Hernán. ¿Creéis que su capitán les importará algo una vez muerto? ¿Creéis acaso que buscarán vengarlo? Estarán demasiado ocupados disputándose la capitanía de La Providencia —afirmé, aunque lo cierto es que no tardaría en descubrir cuán equivocada estaba.

—Mirad, Carolina, que con facilidad se piensa y se acomete una empresa, mas con aprieto las más de las veces se sale de ella... —Torció el gesto—. Si es que se sale.

—Se me había ocurrido que si entro como doña y salgo como Ponce, ninguno de esos rufianes será capaz de dar conmigo.

Consideró mis palabras unos instantes antes de asentir.

—Supongo que podría funcionar. —Un suspiro—. Está bien, maestre. Solo un reclamo más.

—¿Cuál?

—Ya que no iré con vos, metedle por mí a ese hideputa franchute una buena cuarta en las tripas.

—Contad con ello, amigo.

Dos noches después, cuando se contaban veintinueve del mes y tan solo unas pocas estrellas tachonaban el cielo, volví a desembarcar del Venator. Esta vez sola.

—Llevaos al menos mi pistola —me despidió mi compadre, tendiéndomela—. Es más pequeña; la ocultaréis mejor bajo las faldas. Y tened mucho cuidado.

Asentí.

—Vos ocupaos de tener todo presto para soltar amarras a mi vuelta.

Descendí por uno de los cabos de popa hasta caer en el pequeño bote de dos remos que me esperaba en el agua y del que me valdría para llegar a tierra.

Con el fin de no levantar sospechas entre mis hombres, aún llevaba el jubón y las calzas al bajar del galeón. En el hato que portaba conmigo, además de un puñal arrojadizo y la pistola que mi compadre me acababa de dar, había metido un conjunto colorido que antaño me compró mi madre por un aniversario, así como los polvos que un asombrado Mateo me había buscado esa misma mañana por orden mía. Habían pasado varias horas de aquello. Aun así, mi joven grumete todavía se estaría preguntando para qué demonios querría su maestre polvos para la nariz. El pensamiento me arrancó una sonrisa.

Era poca cosa el hato; no obstante, debido al cansancio acumulado de los últimos días, más me pareció que eran piedras lo que llevaba al hombro. Hernán y yo habíamos pasado el día agitados, pues había mucho que decidir y poner en marcha para cuando cayese la noche, por lo que mi fatiga era considerable. Sentía que los brazos me pesaban como si hubiese estado cargando durante horas con dos cañones, uno en cada brazo; y la cabeza me dolía horrores.

Una vez en tierra firme, tras preguntar a varias gentes por La Vieja Áncora no me fue difícil conocer la ubicación de la fonda, y hacia ella enfilé mis pasos. Nada más doblar una esquina supe que había llegado a mi destino, ya que en la puerta principal del mesón conté siete hombres, arcabuces y pistolas en ristre. Antes de que me viesen, volví sobre mis pasos para ocultarme en un callejón que había visto al pasar.

Arropada por la oscuridad, me mudé las ropas. Primero me desprendí del jubón y de la camisa. Esta última, de varón, holgada, la sustituí por una de fémina, más pequeña y pegada al cuerpo. Seguido, sin quitarme las calzas, me coloqué la basquiña; me alegró bajar la vista y verme con algo que no fuesen pantalones. Sin embargo, la dicha me duró poco; hasta que me tocó anudarme la cotilla, esa odiosa prenda interior emballenada y concebida para ceñir el talle de las mujeres. Dado que se precisaba de otra persona para cerrarla correctamente, tras un buen rato bregando con ella, logré por fin ajustármela. Después la cubrí con otro jubón, de fémina también, y guardé en el hato el atavío de Ponce, pañuelo de Chela incluido. La pistola pequeña de Hernán me la anudé al muslo siniestro y el puñal buido me lo remetí en la bota de la diestra. A continuación, me apliqué los polvos blanquecinos por todo el rostro y me solté la cabellera, la cual me llegaba ya hasta los hombros. Por último, me recoloqué las ropas a modo de que acrecentasen ciertos atributos de mi figura y me pellizqué las mejillas. Y respiré hondo; ya solo quedaba la parte difícil.

Solo cuando me hube cerciorado de que ninguna mirada indiscreta estaba fija en la entrada del callejón, oculté el hato bajo las telas de la falda y salí de mi escondrijo.

Está de más decir que las botas, altas y de cuero curtido, poco o nada casaban con el atuendo. Pero eso me importaba un ardite; casi quedaban ocultas por completo.

Justo cuando me dirigía hacia la taberna, la puerta se abrió. Los hombres armados que la vigilaban se hicieron a un lado para dejar salir a dos muchachas, las cuales fueron despedidas entre silbidos y lo que creí obscenidades, pues hablaban la jerigonza propia de su patria.

Fue en ese absurdo momento cuando me vino a la cabeza la familia Domínguez. A buen seguro Alfonso padre pasaba sus noches maldiciendo mi estampa mientras, a su vez, se preguntaba a qué pobre cuitada atraparía ahora para que cargase con su lamentable y criminal hijo.

—Hola, muchachos —saludé a los guardias, con toda la coquetería que me fue posible.

Uno se acercó a mí y me apuntó a la cara con su arcabuz.

A escasos seis pasos de la entrada, la algarabía que se oía dentro era sin par.

—Llegas pronto —me gruñó con un marcado acento que supuse francés.

—Bueno, así no espera vuestro señor —respondí con una sonrisa cómplice.

Tras el filibustero sopesarlo unos segundos y yo retener el aire, al fin bajó el arma y se echó a un lado para darme acceso a La Vieja Áncora.

—Escaleras —rezongó.

La cantina era más amplia de lo que parecía por fuera; además de los hachones y las velas, dos grandes lámparas de hierro forjado iluminaban el lugar. Una mujer bailaba provocativa sobre una mesa mientras su público, un grupo de piratas, la observaba y jaleaba. En uno de los lados, las mesas habían sido apartadas para dejar espacio a unas carreras a cuatro patas. Al parecer, el juego consistía en ponerse los hombres como si de cabalgaduras se tratase mientras las mujeres se subían a horcajadas sobre ellos.

Alcé la vista para abarcar toda la estancia. Al ver que esta constaba de una segunda planta entendí a lo que se refería el pirata con su escueto «Escaleras»: el Vasco se encontraba en el piso superior, donde estarían los cuartos.

Bordeé el largo mostrador y sorteé al grupo de las carreras para llegar a los escalones. Observé que eran de una madera bastante rudimentaria.

Una vez arriba accedí a un corredor. Su baranda daba a la jarana que tenía lugar abajo. Amagué con avanzar, pero un hombre recio me cortó el paso. Tenía medio rostro desfigurado y un ojo huero.

—*Vous allez où?* —me dijo, con cara de pocos amigos. Como yo no obré nada, en un tono más alto y más brusco volvió a preguntar—: *Vous allez où?*

—Me envían tus amigos. Los de la puerta —respondí al fin. Hablé despacio y señalando hacia la entrada. Aun así, tuve serias dudas de que me hubiese entendido.

Un segundo hombre, hasta entonces recostado sobre la baranda, se acercó a nosotros.

—¿Adónde crees que vas, preciosa? —quiso saber. Su aliento acre me provocó un mohín desagradable que no le pasó desapercibido.

—En la puerta —contesté evasiva, volviendo a señalar la entrada— me han dicho que vuestro señor necesita… compañía.

Y para hacer más creíble mi subterfugio de mujer de moral distraída, me llevé insinuante una mano al pecho, tal como había visto hacer a las mujeres en el lupanar de mi madre. El tipo del mal aliento se echó a reír, dejando ver dos hileras de dientes parduzcos y picados.

—*Enregistre-la!* —ordenó a su compañero.

El del ojo huero se acercó a mí e, ignorando por completo el hato oculto bajo mis ropas, comenzó a manosearme. En su cara afloró una sonrisa lasciva. Empezó palpándome el pecho. Luego sus manos descendieron con lentitud por mi cintura y mis caderas. Mientras tanto, el otro tipejo nos observaba con ojos pícaros.

—Oye, querido —dije en cuanto vi que se dirigía al muslo en el que llevaba la pistola—, como sigas tocando, vas a tener que apoquinar. —Y de un manotazo suave le retiré la mano.

No entendería nada de lo que le acababa de decir, pero captó el mensaje, ya que se apartó de mí sin rechistar. Intercambió una mirada con su compañero.

Aproveché ese momento para comprobar que el arma seguía bien sujeta bajo mis faldas. Después, el que me había registrado me instó con un movimiento de cabeza a seguirlo. Y eso hice. Atravesamos una cortina rojiza y un corredor. Dejamos atrás tres puertas cerradas a nuestra diestra —la baranda continuaba a la siniestra— antes de detenernos frente a la última puerta, al final del pasillo. Mi guía llamó varias veces de seguido antes de abrirla despacio.

—*Vous voulez une pute, capitaine?* —preguntó asomándose al cuarto.

—*Dis-lui d'entrer!* —respondió una voz desde el interior, la voz del Vasco.

Lo había conseguido, había logrado llegar hasta el malnacido filibustero.

El tuerto me introdujo en la habitación con un empellón y cerró la puerta a mi paso.

A pesar de las varias velas prendidas, el cuarto se hallaba en penumbra. El aire hedía a tabaco y a sudor. Busqué al Vasco con la mirada. Estaba recostado sobre los almohadones de un viejo camastro, examinando a la luz de una candela un papel amplio. A juzgar por los diseños, creí distinguir un mapa.

Al verlo distraído, decidí echar mano a la pistola, pero en ese preciso instante alzó la vista para mirarme. Me dijo alguna cosa en jerga francesa. Aterrada por la posibilidad de que me hubiese descubierto, no me moví ni un ápice. Creo, de hecho, que ni respiré. No hasta que volvió a hablar, esta vez en cristiano:

—No esperaba compañía tan pronto —expuso con una sonrisa mientras dejaba el mapa y el candelero sobre la silla contigua al camastro, la cual hacía las veces de mesa, ya que sobre ella descansaban más documentos y una pistola—. Acércate.

Cuando lo hice, pude distinguir por fin los rasgos del pirata: pelo anaranjado, rostro redondo y ojos demasiado juntos. Su chaleco abierto dejaba ver las manchas de comida de la camisa que llevaba debajo. Las botas se hallaban tiradas de cualquier modo sobre la alfombra circular, descolorida y algo raída que había junto a la cama.

«Conque este es el rostro del buen amigo del Olonés...», dije para mis adentros.

A medio vestir como estaba y sin asear no parecía tan amenazador. Aun así, las palabras de Hernán me vinieron a la mente, guardándome de hacer alguna locura. «Tiento, Ponce, tiento...».

Continuando con la farsa, me acerqué al camastro y apoyé el pie sobre él. En esa postura, la bota quedaba al descubierto bajo la colorida basquiña. Pero eso era lo de menos, ya que la pierna formaba tal ángulo que el cañón de mi pistola apuntaba derechamente al pecho del filibustero.

El malnacido lanzó una mirada curiosa a mi calzado. Después, clavó sus ojos achicados en mí.

—Eres muy *belle*, muy... hermosa. —Sonrió y estiró un brazo para acariciarme la rodilla.

Una oleada de repugnancia me subió por la pierna y me recorrió la espalda. De no haber sido por la tela que separaba mi piel de la suya, hubiese vaciado el estómago ahí mismo.

«Vas a saber lo que es hermosura, bellaco de mierda», pensé, pero fueron otras palabras las que pronuncié en voz alta:

—¿Eres el que llaman el Vasco?

Ante esa inesperada pregunta y mi tono (de bastante mal talante), el francés mudó su sonrisa vil por un gesto mezcla de sorpresa y cólera. Las caricias sobre mi pierna cesaron, pues retiró la mano.

—Te envían a matarme, ¿no es así? —quiso saber, furioso—. ¡¡Quién te envía!?

—No me envía nadie —repuse cortante.

El capitán de La Providencia me observó un segundo, midiendo mi sinceridad. Ya no reía socarrón. Sus ojos pasaron a fulgurar odio y rabia mal contenida.

En un intento por pillarme desprevenida, amagó con coger la pistola de la silla. Sin embargo, yo fui más rápida, ya que, tal como estaba, tan solo tenía que echar mano a mi muslo y amartillar la mía.

—Lamentarás tu bravuconería, pirata —le anticipé.

Se detuvo en seco al oír el sonido metálico de mi arma, con el brazo todavía a medio extender hacia la suya.

—Muévete, maldito, y serás carnaza para tiburones.

De un solo movimiento, me desanudé la pistola y la sostuve con la diestra.

El Vasco agrandó los ojos. Sin duda, verse engañado y acorralado por una mujer era lo último que hubiese esperado en su maldita vida.

—¿Quién eres? —silabeó.

—Soy Carolina Arroyuelo, hija de Bernardo Arroyuelo y Ana Cerdán, muertos ambos a manos de tu amigo el Olonés.

Puesto que esa habitación iba a ser su tumba, tanto me daba referirle mi nombre.

—Así que es venganza lo que buscas... Pues debes saber que si usas eso —señaló mi arma—, al instante tendrás a veinte de mis hombres pidiendo tu cabeza —me amenazó jactancioso.

—Ya he pensado en eso —dije con un punto de orgullo.

De repente, escuché un chasquido procedente de la puerta. ¡Alguien estaba entrando!

Maldiciendo mil veces mi mala cabeza por no haberla atrancado una vez dentro, eché un vistazo a mis espaldas antes de volver a clavar los ojos en mi adversario. Ese segundo de distracción le bastó al filibustero para envalentonarse y contraatacar. Se lanzó contra mí, dispuesto a arrebatarme el arma. Yo, aterrada y temiendo por mi vida, apreté el gatillo.

El Vasco se llevó las manos allí donde la bala había encontrado carne, intentando en vano frenar la sangre que rauda se le escapaba entre los dedos. Su mirada reflejó sorpresa y pavor, y un ruido confuso le salió de la garganta. Después cayó pesadamente al suelo, muerto de un balazo en el estómago.

Miré atónita su cuerpo. Llevaba días pensando que, llegado el momento, flaquearía; que segar una vida, aunque fuese la de un indeseable, me iba a costar más. Pero he de decir que me lo puso muy fácil, pues tenía bien claro que, de no haber disparado, el cuerpo tendido en el suelo hubiese sido el mío...

—¡Lo habéis matado! —gritó una voz detrás de mí.

Viéndome descubierta, presa de mí, me giré para conocer al dueño de aquella voz.

Unas varas más allá, junto a la puerta de la alcoba, distinguí una silueta. Lucía botas altas, sombrero y herreruelo, y portaba una pistola, la cual apuntaba a mi pecho. El gorro y las sombras me impidieron verle el rostro.

—Lle-llegas tarde para salvarlo —logré decir.

El desconocido permaneció unos segundos quieto, tiempo que aproveché para sopesar mis opciones. Era más alto que yo, pero no corpulento. «Si lograse sorprenderlo...». Mis esperanzas se desvanecieron al ver que no dejaba de encañonarme ni desviaba sus ojos de mí. Ni siquiera cuando se aproximó cauteloso hasta la cama y se agachó junto al Vasco.

En cuanto certificó que estaba muerto y bien muerto, se separó de él y del charco de sangre que a su alrededor comenzaba a formarse y se dirigió a mí.

—No he venido a salvarlo —replicó—. Y si me lo permitís, bella dama —dijo con naturalidad mientras se hacía con mi pistola—, esto me lo quedaré yo.

Al acercarse más, la luz de las velas bañó su rostro.

—¡Tú! —exclamé, entre asombrada y furiosa.

Se trataba del joven que había visto en la taberna durante nuestra primera noche en la isla, el que acompañaba al manco; aquel, recordé, que también quería saber del Vasco.

El joven de cabellos rojos y piel morena, en cambio, no me reconoció a mí. Tampoco le era posible, ya que yo iba entonces de varón y un turbante me ocultaba la cara.

—¿¡Cómo has logrado burlar a los guardias!? —exigí saber, pese a que seguía apuntándome con su arma después de guardarse la mía al cinto.

—¿Lo habéis matado vos? —me preguntó a su vez.

—¿Te sorprende? —inquirí irónica. Si él no tenía intención de responder a mi pregunta, ¿por qué iba yo a responder a la suya?

Él iba a replicarme alguna cosa cuando unos fuertes golpes al otro lado de la puerta —que él sí había cerrado por dentro al entrar, demostrando tener más cabeza que yo— nos indicaron que los hombres del Vasco habían oído el disparo y dado la voz de alarma.

En cuestión de segundos, La Vieja Áncora estaría rodeada.

—¿Qué sabéis del trono? —quiso saber de improviso el pelirrojo.

—¿Qué trono? —pregunté extrañada. Al otro lado posiblemente teníamos a una mesnada de piratas deseando matarnos, pero él me venía con reclamos enigmáticos.

—¿Dónde está el mapa?

—¿Qué mapa?

Volví a mirarlo. ¿Quién era aquel muchacho apuesto y qué era todo aquello?

Tres pistoletazos se dejaron oír al otro lado. Tres pequeños orificios se abrieron en la puerta. Rauda, tiré del intruso hacia un lado, en un intento de alejar nuestros cuerpos de la trayectoria de los proyectiles.

—Ayudadme, vamos —me rogó.

Entre ambos, arrastrándonos por los suelos, empujamos hasta la puerta un pesado arcón que había a los pies del camastro.

Lo cruzamos a modo de parapeto. De esta forma, aunque volasen la cerradura de otro pistoletazo, no conseguirían entrar. No al momento, al menos.

Una vez hecho eso, hice amago de ir hacia la ventana.

—¡Vamos, hablad! —me urgió otra vez, interponiéndose en mi camino y apuntándome de nuevo con su arma—. ¿Dónde están?

—¿¡Qué mapa y qué trono!? —repetí con impaciencia.

—¡El trono de oro! ¡Dicen que es de oro macizo, perlado de rubíes, esmeraldas y jacintos, y que vale miles de escudos! —se detuvo a explicarme esta vez. Su voz estaba cargada de viveza y emoción—. No me creo que hayáis tenido el valor de venir hasta aquí y enfrentaros al Vasco si no es por una más que considerable recompensa.

A mí me importaba una higa ese trono, por muy de oro macizo que fuese. Yo lo único que quería era llevar a cabo mi venganza, la cual había empezado aquella noche y solo acabaría el día en que despachase al malnacido del Olonés. Y así se lo hice saber a mi exasperante acompañante.

—¿El Olonés? —se sorprendió.

—¿Lo conoces?

—El trono es suyo —dijo con un encogimiento de hombros.

—¿Cómo has dicho? —Lo miré con detenimiento—. ¿¡Y qué diablos tiene que ver él con tu maldito mapa!?

Una sombra de duda pasó por sus ojos. Se dio cuenta de que había hablado demasiado.

—¿Por qué queréis saberlo? —farfulló desconfiado, alzando de nuevo la pistola, la cual había ido apartando de mi pecho conforme discutíamos.

De pronto caí en algo:

—¡Vas tras un tesoro!

Por su cara supe que había dado en el clavo.

—Necesitarás un navío, en tal caso. —Me crucé de brazos—. Y tripulación, si es que aspiras a semejante empresa.

En vista de que el plan de que el Vasco me condujese hacia el Olonés se había venido abajo, ese desconocido parecía el único hilo del que tirar. Si podía aportarme alguna pista sobre el paradero del filibustero, no iba a dejarlo marchar con tanta facilidad.

—Y ahora me diréis que vos disponéis de uno —se burló.

—Da la casualidad de que tengo una nao esperándome en el puerto —confesé, no sin cierto orgullo.

Me miró de cielo a tierra.

—Pues vestida de esa guisa a fe mía que va a costarme veros como patrón —comentó escéptico.

—Dime lo que sabes sobre el Olonés y yo prometo ayudarte a buscar ese tesoro.

La burla seguía ahí, pero yo me mantuve firme hasta que, al final, la incertidumbre acabó por asomar a sus ojos.

—Tú solo no podrás lograrlo —insistí, un instante antes de que los filos brillantes de dos hachuelas atravesasen la puerta.

Varios pedazos de madera saltaron hasta nosotros. Los miré con consternación. Echarían la puerta abajo en cuestión de un minuto o dos. Sin embargo, también he de decir que esa presión añadida me vino bien para que mi compañero se viese más inclinado a aceptar mi oferta.

—Está bien —cedió con un gruñido—: si vos me ayudáis a mí con el tesoro, prometo contaros todo lo que sé del Olonés. De no ser así, ¡que aquí sea mi hora! —juró—. Mas primeramente salgamos con vida de este lugar, ¿os place? —propuso con cierto nerviosismo.

—Me place.

11

Si bien con la muerte del Vasco sentí que se acababa de reparar un agravio, cercados en ese cuarto, la huida se me antojaba más que difícil, tal como Hernán me había vaticinado. Eso me impidió gozar de la satisfacción del momento.

—Es de suponer que tenéis un plan de escape… —quiso saber esperanzado mi nuevo aliado—. ¡Por vida de…! —se lamentó, al ver que lo único que yo obraba era mirar a todos lados en busca de alguna vía por la que huir y salvar la vida.

Apresurada, me dirigí de nuevo a la ventana de la alcoba; retiré la tela oscura que hacía las veces de cortina, abrí los postigos y me asomé. Daba a una callejuela estrecha y oscura, no muy distinta a aquella en la que me había mudado de ropas hacía apenas una hora; y lo mejor de todo: no se veía ni un alma.

—¿Crees que podrás saltar? —le pregunté.

Como no obtuve respuesta, me giré. Él se afanaba en registrar el cadáver del Vasco. Tras no encontrar aquello que buscaba, se irguió y se cruzó de brazos. Hasta que pareció recordar algo. Bordeó entonces la cama y comenzó a examinar las botas del muerto.

—¡La silla! —exclamé, recordando de pronto lo que estaba examinando el filibustero cuando entré—. ¡Mira sobre la silla!

Al punto se olvidó de las botas e hizo lo que le decía.

—¡Lo tengo! —respondió eufórico mientras cogía uno de los papeles, uno que a mí se me antojaba muy arrugado. De paso, se hizo también con su arma.

En el preciso instante en que exhibía orgulloso ambos hallazgos, los piratas, valiéndose de los orificios abiertos en la puerta por las hachuelas, dispararon contra nosotros.

—¡Al suelo! —voceó.

Los dos lanzamos nuestros cuerpos a tierra. Las balas atravesaron la madera sin oposición, volaron por encima de nuestras cabezas e impactaron contra la pared contraria.

Pasado el peligro, él fue el primero en ponerse en pie.

—¡Hora de irse, mujer! —dijo después de guardarse el mapa, y tiró de mí para levantarme del suelo.

—Antes tengo que hacer algo. Dame una pistola. ¡Dame una! —repetí al ver que vacilaba.

Un latido más tarde depositó sobre mi mano abierta la que le había arrebatado al Vasco. Sin miramientos, disparé su único tiro contra nuestros enemigos. Eso los alejaría un poco y a mí me daría unos valiosos segundos.

Sin tiempo que perder, me desprendí de la basquiña, del jubón y de la incómoda y agobiante cotilla, los cuales volví a guardar en el hato. A cambio, extraje de él la camisa de varón, que me puse por encima de la que ya llevaba. Que un extraño me mirase con los ojos como platos mientras me mudaba no era algo de mi agrado, pero la situación era acuciante y no llamaba a remilgos.

—La otra pistola —le pedí.

Los filibusteros volvían a la carga y yo necesitaba más tiempo. Sin embargo, esta vez fue él quien disparó. Yo continué con mi labor y, del mismo saco, saqué un trozo de pergamino —previamente escrito de mi puño y letra en el Venator— y, de la bota de la diestra, tomé el puñal buido, el cual usé para clavar el papel a las tablas del suelo, junto al cuerpo del Vasco. Por último, con la manga de la camisa me limpié como pude la cara y me coloqué el turbante.

—Voto a Dios que jamás he conocido a mujer como vos. ¡Desde luego que no le vais a la zaga a varón alguno! —expuso el pelirrojo en cuanto me vio vestida de hombre y con el pañuelo embozándome el rostro—. ¿Qué dice? —Se agachó para leer el pergamino.

El mensaje rezaba así:

Muerto a manos de
Ponce Baena, el Berberisco,
maestre del Venator.
Olonés, tú serás
el siguiente.

A falta de nombre temerario alguno, acudí a lo único que me vino al entendimiento cuando redactaba en mi cámara el papelajo: Ponce el Berberisco, en recuerdo del primer día que subí a bordo del galeón, cuando varios de mis hombres, por verme con el rostro cubierto por el turbante de Chela, me tomaron por berberisco.

Asimismo, añadí el nombre de mi navío para facilitar al Olonés el encontrarme, en caso de que así lo decidiese. La posibilidad de que fuese él quien viniese a por mí, si bien en un principio no la había contemplado, luego cavilé que me convenía, ya que me evitaba la labor de tener que buscarlo por todo el Caribe.

—¿Vienes? —dije a mi compinche.

Él seguía con los ojos fijos en la escritura y yo ya había pasado una pierna al otro lado de la ventana.

—¡Hablara yo para mañana! —resopló, olvidándose del mensaje y siguiéndome.

Caímos sobre la tierra del angosto callejón con un golpe seco, sonido insuficiente para atraer a los hombres que guardaban la puerta de La Vieja Áncora. Sin embargo, el aullido de dolor que dejó escapar él al dar con sus huesos en el suelo sí que bastó para conducirlos hasta nosotros.

—¡En el callejón! —oímos que gritaban, entre jerigonzas varias de la Francia.

Por ventura, la calleja tenía una segunda salida, por la que pudimos escapar antes de que los piratas bordeasen la fachada oeste de la posada y llegasen hasta nuestra posición.

Apoyándose en mí, ya que a causa de la mala caída a duras penas conseguía avanzar, nos internamos por las calles en un intento desesperado de alejarnos de la fonda. En un momento dado, al doblar una esquina, se detuvo.

—Esperad —dijo entre jadeos—. No puedo más.

—¿¡Qué!? —aullé. No daba crédito a lo que oía; una jauría de piratas nos estaba pisando los talones, ¡y él quería plantarse en mitad de la calle a descansar!—. ¡No podemos detenernos ahora! —le increpé bajando la voz. Ahí en medio éramos un blanco fácil.

—No puedo más —repitió, con la voz entrecortada por el resuello. Las manos le volaron al tobillo—. Me duele mucho.

Entre voces y pasos que se acercaban, lo arrastré calle adentro. Solo un poco, lo suficiente para alejarlo de la esquina. Después, con sigilo, me asomé por ella. Conté seis hombres. Desesperada, me acerqué hasta la puerta que tenía más próxima. Intenté abrirla, pero estaba cerrada a cal y canto.

—¿Qué hacéis?

Señalé una casa cercana.

—Comprueba esa portezuela, ¡rápido! —le urgí.

Yo hice otro tanto con otras dos puertas.

Los pasos acortaban distancias a cada segundo que transcurría.

—¡Aquí! —gritó de pronto él—. ¡Venid!

Se trataba de un viejo portón de madera podrida. Sin pensarlo, lo cruzamos. Y la oscuridad nos tragó. Volvimos a cerrar la puerta y, en silencio, aguardamos. Con un poco de suerte, nuestros perseguidores pasarían de largo.

Mientras tanto, me detuve a reconocer el sitio. A pesar de que la iluminación quedaba reducida a los pocos rayos de luz que se colaban por la puerta desportillada desde los hachones de la calle, distinguí una única planta, de sólidos muros de piedra y sin ventanas. A juzgar por los dos amplios hornos, emplazados al fondo, y por alguna que otra herramienta olvidada, el lugar había sido en otro tiempo una herrería.

Los sonidos de varios pares de botas y de metal contra metal no tardaron en oírse al otro lado. Lo más sigilosamente que pude me acerqué hasta los hornos y me hice con un martillo. Luego volví con mi acompañante para, juntos, rezar por que los filibusteros se guardasen de entrar. Con todo, mantuve el martillo en ristre, listo para descender sobre el rostro, la cabeza o la extremidad de cualquier malnacido que osase traspasar el umbral.

Unos instantes de angustia más tarde escuchamos cómo los individuos se alejaban.

Pasado el peligro, me guardé el martillo al cinto; quién sabía si lo necesitaría más tarde. Mi compañero, apoyado hasta entonces contra la pared, se dejó caer hasta el suelo. Me senté junto a él. Pero hasta que no pasó un tiempo prudencial, en el que estimé que nuestros perseguidores ya deberían de hallarse en el otro extremo de la isla, no me atreví a hablar.

Con el mentón señalé el trozo de papel que apretaba entre sus manos.

—¿Eso es lo que buscabas con tanto ahínco? —susurré descreída.

Asintió.

—Por cierto, Melchor me llamo —se presentó, también entre susurros—. Hijodalgo soy y sin dineros me hallo, por lo que a salto de mata me busco la vida. Mas para todo sirvo —añadió con una risa nerviosa.

—Muy gustosa de conocerte, Melchor. —Su peculiar verborrea me arrancó una sonrisa—. Recuérdame que, cuando estemos en mi navío y lejos de esta ínsula, te pida que me expliques mejor ciertas cosas.

—¿Vuestro navío? —Hizo una pausa—. Ya comprendo. Por eso os disfrazáis de varón, ¿no es así? —dijo dándome un codazo cómplice en las costillas—. Os contaré gustoso todo lo que sé si antes me dais de yantar… ¡Ah! Y que no falte un buen vino de Málaga.

¡Vino de Málaga! ¡Pues no pedía nada ese hijodalgo de tres al cuarto!

—Trato hecho. Déjame ver ese mapa.

Melchor me lo tendió.

—Helo aquí.

—Si es cierto que el Olonés posee ese trono, dime dónde y cómo hallarlo.

—¿Qué interés tenéis en el botín? —inquirió con cierta sospecha en la mirada.

—El botín me importa un ardite —aseguré con hastío mientras desenrollaba el papel—. Tan solo ansío hacer sufrir al Olonés. Que sufra viendo cómo le arrebato su más preciada posesión. Por lo que puedes… Está en blanco —sentencié una vez que lo hube desplegado por completo.

Melchor giró sus desorbitados ojos hacia mí.

—¿¡Qué decís!?

—Digo que está en blanco —repetí de malos modos—. Aquí no hay ni mapa ni trono ni nada. ¿Ves? —Se lo mostré por el anverso y el reverso—. Vacío.

Él, por toda respuesta, me arrancó de un tirón el supuesto mapa y comenzó a examinarlo desde todas las perspectivas habidas y por haber.

—¡No, no, no! ¡No puede ser! —exclamó perplejo—. ¡No puede ser!

Estaba fuera de sí. Se puso en pie con rapidez y, de dos zancadas apresuradas, abrió un poco la deteriorada puerta con el fin de que entrase un poco de luz a la vieja herrería.

«Vaya. —Torcí el gesto—. Ahora bien que anda».

Me acerqué a él mientras continuaba examinándolo por ambos lados. El papelajo seguía igual de vacío que antes.

—¿Dónde está…? ¿Dónde…? —salmodiaba para sí—. Estaba aquí. Cuando lo cogí… estaba aquí.

—El Vasco tenía muchos legajos sobre esa silla. Te equivocarías de pliego.

—¡Tengo que volver! —Había auténtica desesperación en su voz.

Me interpuse en su camino al ver que por ese mapa realmente estaba dispuesto a regresar a la posada.

—¡Te matarán! —le advertí.

—¡Llevaba más de un año tras ese mapa! ¡Se suponía que tenía que estar aquí! —se defendió, agitando con intensidad el pergamino.

Soltó varios juramentos bastante malsonantes. Luego pareció comprender que, de regresar, jamás saldría vivo de ese cuarto. Abatido y frustrado, se dejó caer contra la pared, con la cabeza entre las rodillas. Su angustia era valedera.

—No desesperes —comencé, en un intento por consolarlo—. He prometido que te sacaría de esta isla y, con el mapa de ese dichoso trono de oro o sin él, no faltaré a mi palabra. Te sacaré de aquí.

Ante mis palabras, Melchor pareció recuperarse, aunque solo en parte.

—¿Me admitiríais en vuestra tripulación?

Dudé. Una cosa era dejar que el pelirrojo me acompañase un trecho en mi venganza contra el Olonés y otra muy distinta sumarlo a la dotación del Venator. Aunque otro par de brazos no vendrían mal a bordo; Melchor parecía vigoroso, y el galeón andaba algo escaso de dotación después de que le ordenase a Hernán en Maracaibo despedir a los beodos.

—Si no buscas alborotos y sabes obedecer, sí —asentí.

—Entonces acepto gustoso serviros, señora —dijo un poco más tranquilo.

Iba a replicar por ese «señora», pues consideraba que él no era muy desigual en edad a mí, cuando caí en la cuenta de que llevaba varias horas fuera del navío y a buen seguro que Hernán ya se estaría impacientando.

—En pie —ordené—. Será mejor que estemos a bordo antes de que comience a clarear.

Melchor, resignado a irse de La Tortuga sin su codiciado mapa del tesoro, recogió el pergamino y se lo guardó en un bolsillo interior de su jubón.

Me asomé a la calle para hacer una última comprobación. Al ver que estaba desierta a diestra y siniestra, puse ambos pies fuera.

—¿En qué dirección se va a puerto? —pregunté.

El pelirrojo me señaló una bocacalle. A paso ligero y lanzando miradas recelosas en derredor, enfilamos nuestros pasos hacia ella. Desembocamos en una calle más ancha y que parecía ser la principal del lugar. Y unas varas más adelante fuimos a parar a la plaza, lugar ya conocido para mí, dado que por ella había pasado con Hernán, Domingo y Juan el Mayor unas noches atrás. La única diferencia era que en ese momento estaba mucho más tranquila a como yo la recordaba, en pleno apogeo.

—Ahora por ahí —me orientó de nuevo Melchor.

Le hice saber que a partir de ese punto ya sabía regresar a puerto, por no mencionar que desde la plaza ya se divisaban muchos palos mayores, mesanas y trinquetes de los navíos surtos.

Cuando las edificaciones se abrían hacia los muelles, nos detuvimos.

—¿Ese es vuestro barco? —sondeó al ver que no apartaba la vista del sólido e imponente galeón inglés.

Sin dejar de mirar al Venator, asentí.

—¿Ese galeón? —cuestionó, con cierto tono de escepticismo o fisga en la voz. Por unos breves momentos, una pequeña oleada de orgullo me invadió.

—¿Algún problema? —inquirí mordaz.

—¡Pesia a mí! —contestó en el mismo tono.

Sin retirar los ojos del casco bicolor del Venator, reanudé la marcha, acelerando el paso sin darme cuenta; estaba impaciente por subir a bordo, por sentirme a salvo.

Pero Melchor me agarró de la muñeca y me dio un fuerte tirón.

—¡Esperad!

Lo miré sin comprender.

—Fijaos —me pidió entre susurros.

Seguí la dirección de su mirada hasta toparme con varias figuras. Parecían estar esperando a algo o, mejor dicho, a alguien.

«A nosotros».

Les habíamos dado esquinazo ocultándonos en la vieja herrería, mas los hombres del Vasco no iban a dejarnos escapar de La Tortuga con tanta facilidad. Conté once hombres.

—¡Malditos pendencieros! —blasfemé.

Con todo, me alegré: si bien era una dificultad añadida a nuestra huida, que los piratas vigilasen el puerto indicaba que no habían relacionado a la joven manceba de La Vieja Áncora con el Venator. Lo atribuí al hecho más que probable de que los hombres del Vasco no supiesen juntar las letras, y menos en cristiano, por lo que el galeón se hallaba fuera de toda sospecha de ser perseguido o atacado en esos momentos.

—Decidme, mujer, que tenéis algo en mente con lo que esquivar a esos malandrines —me suplicó mi acompañante.

Fue ante ese «mujer» cuando vi dónde estaba mi error.

En un principio di por hecho que a la tripulación del Vasco le iba a importar una higa el destino de su señor y que, por ende, no tendría encontronazo alguno con ellos al escapar, mas ahí comprobé cuán errada estaba. No obstante, gracias a Melchor acababa de caer en la cuenta de que estaba abordando de manera errónea la huida: los hombres del Vasco no llegaron a vernos dentro de la alcoba, por lo que estarían buscando a una meretriz de cabellera morena y rostro empolvado, y no a dos hombres. Por tanto, en vez de escondernos, lo que debíamos hacer era allegarnos al navío como quien no tiene nada que ocultar. Así se lo hice saber a mi acompañante.

De esa guisa, y esta vez con paso sereno y sosegado, no nos costó llegar hasta los primeros bateles. El bote con el que había desembarcado del Venator seguía en el mismo sitio.

—Sígueme —le pedí.

Ante la mirada atenta de los hombres del Vasco, que con celo controlaban cada uno de nuestros movimientos, como si yo no fuese más que otro marino, me aproximé al bote y me subí a él. Melchor me imitó. Justo cuando el pelirrojo se disponía a soltar la pequeña amarra que nos ataba a puerto, uno de los piratas se acercó hasta él y le puso la punta de su espada al cuello.

—¿Qué significa esto? —exigí saber, poniéndome en pie y dando a mi voz un tono grave—. Ese es mi navío —dije señalando no al mío, sino al que contiguamente se hallaba, una pinaza de inferior tonelaje y belleza al Venator. Seguido, apunté a Melchor—: Y este, mi marinero. Así que retira tu hoja y déjanos proseguir.

Conocedora de su patria como era, ignoraba si acaso había entendido una palabra de lo que había salido por mi boca. Aun así, esperé con paciencia a ver qué ocurría, sin apartar los ojos del pirata y sin olvidar el martillo de herrero que todavía llevaba al cinto, la única arma que teníamos encima en esos momentos.

Al fin, tras un intercambio de miradas con otros dos de los suyos que a mí me pareció eterno, el filibustero alejó el filo del cuello de Melchor y se dio media vuelta con un gruñido.

El pelirrojo soltó un suspiro de alivio largo y sonoro, y yo no pude evitar rememorar de nuevo, agradecida, el día en que Chela me ofreció el turbante de su tierra, al otro lado del orbe.

—¡A dos ardites he estado de que me cercenasen el pescuezo! —se quejó mientras soltaba la amarra.

—Es la segunda vez que te salvo la vida esta noche —dije riendo—. Así que menos lamentos ¡y boga! Y si en algo estimas tu vida, hay una cosa que debes saber… —Hice una pausa para comprobar que captaba su atención—. No vuelvas a referirte a mí como doña.

Melchor me miró de hito en hito, esperando una aclaración que no le di.

En unos minutos llegamos hasta la pinaza, que llevaba por nombre Santa Claudia. Nos valimos de un cabo para subir a bordo.

—¿Y ahora? —quiso saber una vez en cubierta.

Por ventura para nosotros, esta parecía estar desierta. Sin dar oportunidad a que nos pillasen de polizones, me dirigí rauda a la borda opuesta, aquella que quedaba paralela a la baranda del Venator. Apenas unas varas separaban ambos navíos.

—Melchor, rápido, ayúdame a soltar estas jarcias.

En menos de dos minutos ya teníamos las cuerdas prestas y, en menos de otros dos, estábamos saltando de una nave a otra cual filibusteros al abordaje.

Siendo la primera vez que obraba aquello, un mal cálculo me llevó a golpearme contra la borda del galeón, a la altura de las costillas. El porrazo me sacó todo el aire de los pulmones.

Melchor, que había sido más hábil que yo y había librado la baranda por poco, ya se hallaba en pie sobre la cubierta.

—Dadme la mano —ofreció, tendiéndome la suya.

Aferré su mano y él tiró con fuerza para subirme.

—Gracias —dije una vez a bordo, mientras me agarraba la zona dolorida y trataba de recobrar el resuello.

Sin separarme de la regala, me apoyé sobre uno de los cañones y, sintiéndome en casa, me detuve a contemplar el cielo azul perlado de estrellas, luceros que aún resistían ante el amanecer que pronto llegaría, apagándolas hasta el siguiente ocaso.

—¿Estáis bien, Ponce el Berberisco? —me preguntó jocoso Melchor, refiriéndose a mí por vez primera con el nombre dado en el pergamino que dejé en La Vieja Áncora.

Varios de mis hombres, arcabuces en mano, acudieron desde los puentes. Al frente de ellos iba Baltasar, uno de mis carpinteros, quien me reconoció y mandó al resto bajar las armas.

—He estado mejor —comenté de pasada.

Melchor sonrió.

—Nada que no arregle, pues, una buena siesta —determinó.

Iba a devolverle la sonrisa, pero Baltasar se interpuso entre nosotros.

—Celebro que ya estéis de vuelta, maestre —saludó con una leve inclinación.

—¿Dónde está Hernán? Quiero verlo.

Mateo, corriendo por cubierta cual animal azogado, se plantó ante mí también.

—Buen día, maestre —me saludó alegre—. El contramaestre me envía a deciros que está todo dispuesto para partir en cuanto deseéis. Y que enseguida acude a recibiros —agregó.

—¡Soltad amarras, pues! —grité a mis hombres tras darle al grumete las gracias.

En un santiamén la cubierta se llenó de gente que trasegaba de proa a popa. Baltasar y su grupo también se dispersaron, listos para faenar. Junto a nosotros solo se quedó el muchacho negro.

—Mateo, lleva a Melchor ante el galeno. Está herido en un pie. Y prepara una hamaca para él. Desde ahora forma parte de la dotación del Venator.

—Sí, maestre —acató mi grumete, y desapareció con Melchor bajo cubierta.

Me podían las ganas por alcanzar mi cama, tumbarme y cerrar los ojos durante un día entero o dos. Pese a ese deseo, estaba tan exhausta que llegar hasta mi cámara se me antojaba una tarea más que ardua. Además, Mateo acababa de decirme que Hernán saldría a recibirme de un momento a otro… Resignada, me senté sobre el cañón. A esperarlo.

Mientras contemplaba el trajinar de mis hombres, levando anclas y bregando con las velas, repasé las vivencias de la noche. Engañar a una tripulación de piratas crueles e infames con una simple cotilla y unos polvos y salir victoriosa no era algo que se hiciese todos los días.

Tenía las costillas resentidas y la cabeza me dolía horrores, pero la sonrisa con la que me recibió Hernán hizo que me olvidase de esos pequeños males.

—Bienvenido al Venator, maestre. ¿Estáis herido?

Negué con la cabeza.

—¿Hago bien en suponer que el Vasco es ya carroña para tiburones y que sabéis dónde se halla el Olonés?

—Hacéis bien en suponer lo primero... Mas el paradero del Olonés lo desconozco. Por ahora —agregué.

Hernán pareció desconcertado.

—Pero, Ponce, no podemos echarnos a la mar sin tener una derrota.

—Poned rumbo oeste-sudoeste.

—¿Volvemos al Caribe?

Asentí.

—Por el momento, pongamos leguas entre esta isla y el Venator. Tiempo habrá de pensar una derrota. —Me puse en pie—. Creo que ya va siendo hora de probar ese barreño que hay en mi cámara.

—Avisaré a vuestros grumetes para que os lleven el agua.

Volví a asentir, conforme, e hice amago de irme. Pero el de Avilés me detuvo cuando declaró:

—Vuestros padres estarían muy orgullosos de lo que habéis hecho hoy.

¿En verdad lo estarían? Yo no estaba tan segura. Si mis padres hubiesen podido verme, ¿qué habrían pensado de mí? Ellos eran gente honrada que, como tal, habían intentado educar de manera honorable a su descendencia. A mí. Por lo que la idea de perjudicar a alguien, y ya no digamos quitar una vida, les habría horrorizado.

—Eso espero, Hernán —murmuré cabizbaja—. Eso espero...

Con las primeras luces del alba del domingo que se contaban treinta días del mes de octubre partimos de La Tortuga rumbo al mar Caribe.

12

Navegando de cabotaje La Española —o tierra a tierra, como le había dicho a Hernán— fuimos dejando atrás pequeñas islas como Guanaba o Caimito. Las dos jornadas siguientes a abandonar el bastión pirata, una suave brisa y un cielo azul, casi lapislázuli, nos acompañaron en nuestra travesía. Sin embargo, para desazón nuestra, ese cielo despejado poco duró y nos vimos rodeados de una mar embravecida que únicamente nos recibía con olas grandes y fuertes, tanto que sobrepasaban el casco del galeón e inundaban cada dos por tres la cubierta y a todos los que en ella trajinábamos.

Ni Hernán ni yo nos separamos del castillo de popa o de la tolda durante esos largos días; yo junto al timón, y él a mi vera siempre, ayudando en todo lo que pudiese precisar. Debíamos tener mucho tiento, ya que en esas condiciones era casi imposible detectar los bancos de arena, muy abundantes por la zona en la que mareábamos. Por ellos había redoblado el número de vigías. Aun así, la visibilidad era tan escasa que dudaba bastante de que mis hombres lograsen ver a tiempo alguno de esos malditos arenales que tantas naves hacían encallar. Así que recé mucho y con ahínco para que no nos topásemos con ninguno.

Asimismo, recé para que tampoco nos cruzásemos con filibusteros, ya que, al igual que con los bancos, no los divisaríamos hasta tenerlos encima. Además, con semejantes olas, los artilleros no tendrían la menor oportunidad de prender sus mechas.

Cierto era que la mayor parte de los cañones estaban en los puentes, resguardados del agua; pero los de cubierta, así como el resto de las armas (culebrinas, falconetes, arcabuces y mosquetes) no lo estaban, por lo que quedaríamos prácticamente indefensos en caso de abordaje.

Y como el mal tiempo no nos dio tregua ni cuartel, acabó retrasando sobremanera nuestra singladura. De las veinticinco leguas diarias que avanzábamos cuando los vientos nos eran favorables, en esas jornadas apenas llegamos a las ocho o las diez.

La tripulación no tardó en empezar a acusar el cansancio; sin embargo, yo trataba de mantener el ánimo alto: las olas bien podían habernos partido el trinquete o la mesana, o rajado alguna vela al menos; en cambio, el antaño galeón pirata había resistido todos los embates, lo que hizo que me sintiera más orgullosa aún de él.

Aunque he de decir que gran parte del mérito de que el Venator saliese ileso de las inclemencias fue de mis hombres, quienes obraron prestos allá y acullá todo lo que fuese necesario y más. En verdad eran buenos marineros. Incluso Melchor y Lope, sin apenas conocimientos de la mar, ayudaron de buen modo.

Por fin cesaron las tempestades al amanecer del noveno día de partir de La Tortuga, día en que llegamos al canal que separa Jamaica de La Española.

En ese punto del mapa, varios fueron los navíos con los que nos cruzamos; pequeñas naves en su mayoría, las cuales mercadeaban entre las dos islas. Con todo, mandé a mis hombres estar ojo avizor ante cualquier posible ataque. Sorteando por babor el islote de Navaza, situado en mitad del canal, dejamos atrás ambas islas sin tener percance alguno.

Los problemas vinieron a nosotros varios días después, cuando nos hallábamos enmarados, sin tierra a la vista ni por babor ni por estribor.

Estaba compartiendo la pitanza con Hernán en mi cámara cuando oímos que Domingo Saldaña nos llamaba desde cubierta. Por su apremio, parecía tratarse de algo importante. Con presteza dejamos todo, yo me recoloqué el turbante y, junto a mi compadre, salí a ver qué sucedía.

El artillero acudió a nuestro encuentro.

—¡Maestre! ¡Contramaestre! —nos llamó—. El galeno ha avistado un navío.

En ese momento, el susodicho bajó del palo mayor y se acercó a nosotros.

Al inicio de nuestro viaje, cuando apenas nos separaban tres días de navegación de Maracaibo, dispuse para Lope, el galeno, que formase parte del grupo de vigías. El suyo era un trabajo intermitente a bordo, así que, siempre y cuando no se requiriesen sus servicios, debería ayudar en otras faenas, pues el Venator andaba justo de dotación y yo ya me había cansado de verlo mano sobre mano por cubierta. Y como era un hombre versado en ciencias y no en la mar, esa era la única tarea que podría desempeñar sin ponerse en peligro él ni comprometer la nao o a otro marinero.

—Maestre —saludó a la par que hacía la leve inclinación con la que me solían recibir todos a bordo. Señaló la nave—. La he avistado ha una hora. No os alerté porque se hallaba demasiado en lontananza. Además, luego vi que portaba el estandarte de la patria… Mas se nos está acercando. Demasiado.

—¿Cómo? —pregunté sorprendida.

—¿Estás seguro de eso? —le apremió Hernán.

Lope asintió con consternación.

—Viene directa hacia nosotros.

—Trae aquí —dijo Hernán, arrebatándole el catalejo y llevándoselo al ojo.

Yo fui derecha a la borda para asomarme. Debido a la distancia, sin la lente no distinguí su pendón. Con todo, la silueta de la nave, recortada sobre el horizonte, se apreciaba con claridad. Al igual que el Venator, tenía tres palos. Parecía ser otro galeón, aunque de una envergadura mucho mayor; tal vez de trescientos cincuenta o cuatrocientos toneles. Y tal como había asegurado el cirujano, venía directa hacia nosotros por babor.

—Bermeja —oí que murmuraba mi compadre—. El pabellón real. No hay nada que temer.

—Mateo —llamé al grumete, que siempre pululaba a mi alrededor—. Dile a Rivas que ice la bandera.

—Sí, maestre —acató el muchacho, desapareciendo de mi vista.

El Venator, como antigua nave pirata que era, no mostraba pendón alguno. Sin embargo, yo había mandado subir a bordo un trapo de las Españas para ocasiones como esta.

No llevar izada la bandera tenía sus beneficios, ya que los filibusteros atacaban a todas aquellas naos que portasen la carmesí del Imperio. Pero si te topabas con una nave española, justamente el no mostrar bandera era lo que hacía que dicha nao patria, tomándote por pirata o corsario, te hundiese a base de cañonazos.

—Maestre, perdonad mi osadía, mas entre esa cebadera y que los navíos españoles siempre viajan en conserva…

Me quedé petrificada al darme cuenta de lo que implicaban las insinuaciones de Lope. No tanto por la presencia de la cebadera, una vela que se enverga fuera de la nave, bajo el bauprés, y por la que los piratas tienen predilección; sino por la ausencia de otras embarcaciones. Porque llevaba razón: con el fin de protegerse de las emboscadas filibusteras, nuestras naos siempre mareaban unidas, formando pequeñas flotas en donde naves armadas custodiaban a las comerciantes.

Melchor se sumó a nosotros, atento a la conversación pero sin tomar parte en ella.

—Quizá se trate de la capitana —aventuró Domingo.

—Imposible —negó el galeno—. No puede navegar tan distanciada del resto de su escuadra.

—Y tampoco llevar tanto velamen —agregué.

—¿Qué obramos, maestre? —quiso saber el artillero.

Volví a llamar a Mateo para darle la contraorden: decirle a Rivas que bajase el trapo.

El desconcertado grumete corrió como alma que lleva el diablo, presto para cumplir mis ordenanzas una vez más.

—No creo que sea una buena idea, maestre —intervino Hernán, que en verdad creía que se trataba de nao amiga.

—Hernán, decidle al timonel que lleve el timón a la orza. Domingo, diles a todos que preparen las velas menores. A todo trapo, ¿entendido? Ese galeón pasa de los trescientos toneles.

—Es más pesado que este —concluyó Saldaña.

Asentí con un cabeceo.

—Trataremos de dejarlo atrás —afirmé.

—¿Y si eso no resulta? —intervino Melchor, tomando parte en la conversación por primera vez.

—Solo queda encomendarnos al Señor —expuso el cirujano.

—De eso nada. —Me negaba a dejarme vencer sin pelear—. Por si no resulta, quiero a cinco hombres apostados ahí —señalé las culebrinas de la borda de babor— y a otros cinco en el castillo, arcabuces y falconetes en mano. ¡Juan, Mateo, venid! Que artillen los cañones de babor. ¡Ya!

Los grumetes desaparecieron bajo el puente.

—Iré a ayudar con las baterías —afirmó el pelirrojo, siguiéndolos.

Al poco vimos cómo empezábamos a sacarle leguas al otro navío. Unos modestos vítores recorrieron la cubierta de parte a parte. Pero la alegría apenas duró a bordo, ya que el viento, de un momento para otro, dejó de sernos favorable.

Abandonados por las corrientes de aire, alejarnos de la misteriosa nave no iba a ser tan fácil. Además, el Venator tenía las bodegas relativamente llenas, y llevábamos mucho plomo también. Y todo ese lastre no nos favorecía.

No me equivocaba. Un suspiro después pasamos a contemplar cómo el otro galeón acortaba distancias. Ahora se apreciaba su forma con nitidez. Viró hacia barlovento cuando poco más de una legua lo separaba de nosotros.

—Sin duda es español. Lleva por nombre Santa Amalia —informó mi compadre, que todavía seguía con la lente de los vigías.

Justo cuando acabó de pronunciar el nombre de la nave, el estruendo de un cañonazo y el sonido de la madera al resquebrajarse rompieron la quietud de la mar.

La tensión me aprisionó el pecho. ¡Nos habían disparado! Y lo que era peor: ¡nos habían dado!

Alcé la vista. Los palos parecían intactos, así que el impacto había sido en el casco. «¡Santo Dios, nos han abierto una vía!».

—¡Debemos responder, maestre! —me apremió Saldaña.

—¡No! Aún no sabemos si se trata de nave amiga.

Podían ser filibusteros, pero también una nave española que nos atacaba por no mostrar nuestro pendón.

Finalmente el Santa Amalia nos dio alcance, de tal modo

que ambas bordas quedaron casi en paralelo, aunque separadas a una prudente distancia. Con todo, el Venator le sacaba media nave de ventaja.

Fue entonces cuando todos vimos que esa no era nao amiga, ni mucho menos. Junto a la caña del timón, un hombre orondo con bicornio y alfanje en ristre daba órdenes a viva voz a su tripulación en una jerga que supuse que sería la lengua de la Ingalaterra.

—¡Filibusteros! —se sorprendió Hernán.

—¡Filibusteros ingleses! —corroboró Lope, que por ser hombre docto era conocedor de la jerigonza de nuestros enemigos.

También observamos cómo de aquí y allí los piratas se proveían de jarcias y garfios. ¡Se estaban preparando para abordarnos!

—¡Saldaña!

El artillero no necesitó más. Raudo, se internó bajo cubierta. Al poco oímos el estruendo de un total de doce cañones disparando a la par; los doce cañones que portaba el Venator por su banda de babor.

Los piratas no tardaron en responder. Lo hicieron con sus cañones, sí, y también con sus mosquetes y sus arcabuces. En el fuego cruzado entre ambas naos perdí a mi maestre de jarcia y a dos artilleros.

Observando las reacciones de los bucaneros deduje que nuestro ataque les había pillado por sorpresa. Sin duda no se esperaban que tuviésemos los cañones artillados y listos antes de su llegada. Quizá habían confiado en que, camuflados bajo el estandarte real, seríamos presa fácil.

Por mi parte, presentar batalla era lo último que deseaba, porque, a pesar de que el navío iba bien pertrechado de armas, mis hombres no eran soldados. Pero si la lucha venía a nosotros, ni por toda la plata del Pirú pensaba rendir el galeón sin antes guerrear.

Aprecié que el Santa Amalia, si bien presumía de un gran calado, no era una nave militar: apenas contaba con una batería de ocho cañones en su banda y, en cubierta, no exhibía culebrinas ni falconetes. «No podrá hacer frente a mi artillería», cavilé. Con todo, sus pelotas —de hasta cincuenta libras— eran mucho mayores que las nuestras —de unas veinte—, y nos abrieron más de una vía en el casco; alguna de considerable tamaño. Si su intención era hundirnos a base de cañonazos, ellos serían los que saldrían mal parados, pues el Venator era muy superior en ese aspecto. En cambio, si lograban abordarnos, nos pasarían a todos a cuchillo; mis hombres, salvo Hernán y algún que otro artillero, solo eran gente de mar, no bravos guerreros.

Y para evitar un abordaje solo se podía hacer una cosa: escapar a todo trapo, orden que di en cuanto vi que los vientos volvían a soplar a nuestro favor.

—¡Maestre, otra nave! —gritó alguien.

Hernán y yo nos volvimos a una. Un pequeño navío, de apenas sesenta toneles, se recortaba sobre el firmamento. Al ser tan ligero, se acercaba a nosotros con premura por el lado opuesto al Santa Amalia.

El de Avilés lo examinó durante unos angustiosos instantes con el catalejo. Después soltó un suspiro de alivio.

—Es un aviso.

Anticipando que sería otra nave pirata que acudía a nuestro pillaje, yo también dejé escapar todo el aire de mis pulmones. Lo último que nos faltaba era ser atacados por los dos flancos, en cuyo caso estaríamos perdidos.

Los avisos eran navíos cuya misión principal consistía en llevar el correo de la Corona. Por eso eran tan ligeros y maniobreros. Y por eso también eran los únicos con potestad para cruzar en solitario el Atlántico. No suponía ningún peligro para nosotros, por tanto.

De pronto, me vino una idea.

Corrí a mi cámara en busca de las cartas de marear. Observándolas, juzgué que nos hallábamos a la altura de Santa Marta; es decir, no muy lejos de Maracaibo, pues yo había mandado seguir la ruta de tornaviaje. Y de acompañar a mi padre en sus viajes sabía de buena tinta que a pocas leguas mar adentro desde la villa había un arenal vasto y denso, culpable de haber hecho tanto encallar como hundir a una centena de naves solo en los últimos tres años. Si lográbamos allegarnos hasta él, tendríamos una oportunidad de dar esquinazo a esos malnacidos ingleses.

Con las cartas en las manos y una esperanza en el corazón, regresé a paso vivo a cubierta.

Mientras le señalaba a Hernán mi estimación de nuestra posición y la de los bancos de arena, eché un vistazo a nuestros perseguidores. No nos disparaban en esos momentos, ya que habíamos salido de su línea de tiro. Pero nos pisaban los talones.

Mi compadre se atusó pensativo la barba.

—Podría resultar, sí. Aunque corremos el peligro de encallar también nosotros. ¿Cómo evitarlo?

—Con tiento, amigo. Con tiento —respondí con una sonrisa alicaída surcándome los labios, pues estaba citando palabras suyas que no hacía mucho habían sido para mí.

Me sonrió de vuelta al reconocerlas.

Un apresurado y sofocado Juan se acercó a nosotros.

—Señor Ponce, señor Hernán… Tenemos varias vías… Los hombres ya se han puesto a embrearlas… Pero una de ellas no es baladí, y está entrando mucha agua.

—Que se pongan a achicar —resolví al punto.

—Ya están, señor. Pero el agua...

La frase inacabada del grumete dejaba poco a la imaginación sobre la gravedad de los daños.

Miré a mi compadre.

—Creo que encallar en el arenal va a ser el menor de nuestros problemas —sentencié.

—Más nos vale que vuestra idea funcione, Ponce, o no llegaremos a mañana.

Mientras Hernán transmitía el plan a los marinos de cubierta, yo se lo explicaba al dedillo a Gonzalo, el timonel. La operación iba a ser arriesgada, así que, desde ese momento, quedábamos en sus capaces manos.

Nos adentramos en las aguas del arenal tras unos minutos angustiosos y lastimeros. Los piratas, como buenos perros que son, nos siguieron hasta la trampa de arena.

Viendo que la argucia estaba funcionando, mandé a Hernán junto a la caña del timón y yo corrí a asomarme por la baranda, para controlar mejor las distancias.

—¡Ahora, Hernán! —vociferé en un momento dado.

—¡Ahora, vamos! —vociferó él a su vez a Gonzalo, quien comenzó con las maniobras.

Todos en el Venator contemplamos con el corazón en un puño cómo el timonel nos hacía virar a barlovento en el último instante...

—¡Una cuarta a estribor! —le grité.

Esquivamos el banco de arena por poco; empero, nuestros perseguidores se precipitaron en él sin remedio. La quilla del navío español encalló de lleno, y el Santa Amalia, a causa de la inercia, de mala traza y de peor talante se ladeó hasta que buena parte de su baranda de estribor quedó entre la arena y las aguas cristalinas. Nosotros escapamos por su diestra.

Serían fieros piratas, mas su capitán puso ahí en evidencia su ineptitud para el mareaje.

—¡Hurra por el maestre! ¡Hurra por Ponce! —jalearon los hombres apostados en los obenques. También desde la cubierta me llegaron las alabanzas.

Con todo, yo no estaba para celebraciones. El navío tenía unas cuantas vías, aunque solo una de ellas era de considerable tamaño, según nos había dicho Juan el Mayor. Sin tiempo que perder, guiada por el grumete y seguida por Hernán, fui a inspeccionar los daños. El corazón se me encogió en cuanto vislumbré el boquete.

En verdad era un orificio mortal para la nao, a cuenta de la altura a la que estaba: muy próximo a la línea de flotación. Esa era la causa por la que entraba tanta agua.

Varios hombres bregaban por desaguar el pañol con las bombas de achique; pero no daban abasto, y la inundación comenzaba a llegarles a los muslos. Si no reparábamos esa vía cuanto antes, difícilmente nos mantendríamos a flote de ahí a una hora o dos.

—Demasiado grande para repararla enmarados —sentenció mi compadre. Era algo que ya me temía desde que nos lo comunicase Juan en cubierta, mas oírselo decir a él me atenazó la garganta y el alma—. Hay que buscar tierra. Y ya.

13

La costa más próxima era la ciudad de Santa Marta, por lo que hacia allí trazamos rumbo. Lo siguiente que obré fue mandar librarnos de los hombres que había perdido en el fuego cruzado con el galeón pirata. Los cuerpos fueron envueltos en sus respectivas hamacas y lanzados al mar con una bola de cañón. Se llamaban Antón, Alonso y Damián. Por mucho tiempo que pase, sus nombres jamás se me irán del entendimiento.

Eso no fue darles cristiana sepultura precisamente, lo sé. Sin embargo, era lo único que podía hacer por ellos. Si bien estábamos cerca de la costa, navegar con cadáveres era peligroso, ya que corríamos el riesgo de que, de un momento a otro, se desatase alguna fiebre a bordo.

Llevando de nuevo el timón a la orza y renqueando llegamos hasta Santa Marta el sábado que se contaban doce días del mes de noviembre del año de 1667, dos meses y tres días después de aquella funesta noche en la que Pedro, único superviviente del Esperanza, me comunicase el oscuro destino de mis padres y del resto de la tripulación.

Al echar el amarre, contemplamos asombrados la pared de piedra que era Sierra Nevada, allá en lontananza, con sus picos desafiando al cielo y al infinito. No sin razón se decía que en ese lugar se encontraba la cordillera más alta de todo el Caribe.

Santa Marta, fundada hacía más de ciento cuarenta años por un tal Rodrigo de Bastidas, según me relató mi padre en una ocasión que navegamos hasta ella para intercambiar vinos, telas y aceites, fue una de las primeras ciudades que se erigieron en Tierra Firme. La villa, de unas tres mil almas, estaba situada a poco más de setenta leguas de Maracaibo, tierra adentro, y a tan solo cuarenta y una o cuarenta y dos de Cartagena de Indias.

Entre Hernán y yo, descartando a los marineros que ya recibieron su paga y tuvieron permiso para abandonar la nave en La Tortuga, entregamos a otros tantos sus merecidos dineros y les dimos permiso para desembarcar. Los demás debían quedarse a reparar la vía grande y los otros boquetes, así como el resto de daños que el galeón lucía como consecuencia del encontronazo con el Santa Amalia.

Mi prioridad era reparar la nao cuanto antes para volver a echarnos a la mar en busca del Olonés…, aunque sin atisbar todavía dónde hallarlo.

—¿Por qué no bajáis a distraeros? —me propuso mi compadre al ver que no me movía de cubierta.

Yo quería quedarme a bordo para supervisar las reparaciones y aligerarlas en la medida de lo posible. Quería levar anclas cuanto antes, y así se lo hice saber.

—Solo quiero encontrar a ese malnacido. Todo lo demás me importa una higa —concluí.

—Paciencia, Ponce, que pronto o tarde ese día llegará. Mas por el momento, como profirió el sabio don Miguel de Cervantes, conviene mezclar placeres entre las preocupaciones.

Hice una mueca ante su insistencia. Él malinterpretó el gesto.

—¡Pardiez! ¿Será que no confiáis en mí? —Y ahí estaba de nuevo: esa sonrisa torcida a la que ya me había acostumbrado.

Melchor, acompañado de Juan, se acercó a mí.

—¿Venís a divertiros con vuestros hombres, maestre? —me preguntó risueño el primero.

En respuesta, le dediqué una mirada furibunda. ¿En verdad me estaba preguntando aquello?

—Idos —me apremió Hernán—. Yo me encargo de todo.

Iba a decirles bien clarito a ambos que por nada del mundo pensaba moverme de mi galeón cuando, de pronto, caí en la cuenta de que las gentes de Santa Marta bien podían saber algo del Olonés. Era poco probable que averiguase algo de verdadero interés para mí, pero tampoco perdía nada por intentarlo.

—Está bien —acepté esperanzada, y seguí los pasos de Melchor y de Juan.

Nada más bajar a tierra, un hombre orondo, el cual dijo ser el alguacil del fondeadero, nos cortó el paso exigiéndonos el anclaje.

La reclamación me pilló por sorpresa. Nadie nos había pedido tal tributo cuando arribamos a La Tortuga; pero claro, ¿qué se podía esperar de una isla cuya administración estaba en manos francesas y que, por más decir, su gobernador hacía tratos con filibusteros?

Miré derechamente al oficial. Desconocía la suma que nos exigiría por el anclaje. Con todo, los dineros que llevaba encima se reducían a unas pocas monedas, cantidad más que insuficiente para satisfacer al hombre. Por ese motivo lo mandé subir al Venator; Hernán se encargaría de atenderlo con gusto.

El alguacil, aunque de mal talante, aceptó mi proposición y fue en busca de sus preciados maravedís.

Tras ese pequeño percance, Melchor, Juan y yo enfilamos nuestros pies hacia la taberna más próxima; ante lo que en la nao pudiese suceder, no quería alejarme de ella más de lo necesario.

Puesto que echamos el amarre al rozar el mediodía, los clientes a esas horas eran pocos en la cantina y el lugar estaba silencioso. Me agradó observar que las conversaciones eran tales; nada que ver con el pandemónium de La Tortuga.

A la siniestra de la puerta había un par de mozalbetes; mientras uno arrancaba una dulce melodía a su vihuela, su compañero recitaba una trova. Reconocí a varios de mis hombres en un rincón.

—Estoy muy sin dineros —me confesó Melchor, encogiéndose de hombros—. Si vuesa merced...

Con un suspiro resignado me encaminé hacia el mostrador, a pedir una jarra de tinto y tres vasos. El pelirrojo y el grumete se instalaron en una mesa.

—¡Cuéntame más! —le suplicaba el muchacho a Melchor cuando tomé asiento junto a ellos.

Me sorprendió ver sobre la mesa el pergamino arrebatado al Vasco. No entendía por qué no se había deshecho de él, ya que estaba en blanco y carecía de valor.

—Señor Ponce —comenzó Melchor—, le estaba explicando aquí al chico cómo conquistar a una dama. ¿Deseáis vos aportar algún consejo al respecto? —me soltó el muy bellaco, con una amplia sonrisa y una mirada que lo decía todo.

Una vez más tuve que agradecer la magnífica idea de Chela de ocultarme el rostro; de no ser por el pañuelo, mi turbación hubiese resultado más que notable.

—No tengo consejos al respecto —repuse con sequedad, en un intento de no caer en sus provocaciones.

En respuesta, Melchor se inclinó hacia su compañero y, por lo bajinis, aunque lo bastante alto como para que pudiese oírlo, comenzó a hablarle:

—Yo únicamente se lo preguntaba porque aquí nuestro maestre está muy versado en mujeres. De hecho...

No llegó a terminar la frase porque, simulando torpeza y aprovechando que ninguno de los dos tenía la vista fija en mí o en la mesa, hice que mi chato de vino derramase todo su contenido, salpicando a Melchor y mojando la mesa y el falso mapa en el camino. Fue un ardid simple y apresurado, pero consiguió su propósito: hacer callar a ese rufián pelirrojo.

—Vaya —dije con una pena mal fingida. No me importaba si sospechaba que lo había hecho a propósito.

Pero Melchor no me prestó atención, ya que a toda prisa fue a retirar el papelajo del supuesto trono de oro del Olonés de la mesa. Aunque para cuando lo hizo, buena parte ya se había teñido de escarlata.

Ante la visión de cómo contemplaba consternado el mapa, fui yo la que lucí una sonrisa bien amplia, una sonrisa que, oculta bajo el turbante, ninguno vio.

La taberna, al no disponer de ventanas, se hallaba en penumbra, y Juan, en un intento por secar el papel, acercó la vela de sebo que teníamos sobre la mesa.

—¿Qué es eso? —Fui la primera en advertirlo. Sobre el pergamino estaban apareciendo letras y trazos sueltos allá y acullá.

—¡Es magia! —soltó un atónito Juan—. ¿Eres brujo, Melchor?

—¡Por vida de…! —prorrumpió el pelirrojo, ignorándolo.

—¡Es el calor de la llama! ¡El calor! —exclamé—. Limpiemos esto.

Con las mangas de nuestras camisas secamos la mesa para poder extender el mapa. Mientras ellos lo mantenían desplegado, yo fui aplicando calor en aquellas zonas que aún quedaban invisibles a nuestros ojos, guardándome de derramar sobre él la cera que iba goteando de la vela.

¡En buena hora se le había ocurrido a mi grumete arrimar la llama al papel!

—¡Es un mapa! ¡Es un mapa! —Melchor no cabía en sí de júbilo—. ¡Sabía que no me había equivocado al cogerlo!

—Chisss. Baja la voz —dije al ver que varias cabezas extrañas se alzaban y nos miraban.

Cuando ya no quedaba más contenido por revelar, Melchor pegó su estrecha nariz al documento y comenzó a examinarlo.

—¿Qué dice? —pregunté al rato, impaciente.

—No sé —declaró alicaído—. No entiendo nada.

¿Cómo? ¡Pero si llevaba media hora estudiándolo!

—¡Trae aquí, mentecato! —Le arrebaté el mapa y pasé a ser yo la que lo examinaba.

—¿Y bien? —Ahora era él el que se impacientaba.

—Me temo que está en francés —mascullé resignada.

—A lo mejor alguno de los muchachos del Vena…

Negué con la cabeza. Ninguno de mis hombres dominaba esa lengua; solo Lope se defendía con la de la Ingalaterra. No, en el Venator nadie sabría leerlo. Sin embargo, seguro que en Santa Marta encontrábamos a alguien que supiese.

—Juan, todavía es pronto. Allégate hasta el centro de la villa y pregunta por un trujamán que sepa francés. Toma. —Le tendí algunos maravedís—. Con esto bastará.

—Bien, maestre.

—Nos reuniremos contigo en la pequeña cala que hemos visto al echar el amarre, ¿entendido?

El grumete asintió un par de veces y, dejando su chato inacabado, salió ligero de la taberna.

«Supongo que ya no es necesario que pregunte a los samarios por el Olonés», discurrí mientras contemplaba la puerta por la que acababa de salir Juan.

—¿Por qué en la cala y no aquí?

—Porque las paredes tienen ojos y oídos, Melchor.

14

Como la búsqueda del trujamán le llevaría a Juan un tiempo, aún nos echamos al coleto varios chatos de tinto; o más bien se los echó Melchor. Yo me limité a dar buena cuenta del queso y el pan que pedimos.

En el rato que permanecimos en la cantina, para nuestro asombro, vimos que el mapa comenzaba a desdibujarse. Parecía que su tinta solo era visible con el calor, así que los trazados desaparecían en cuanto el papel recuperaba su temperatura original.

Por eso, cuando al fin abandonamos la taberna, nos llevamos la vela de la mesa; apagada, eso sí. Luego, en presencia del truchimán, no nos sería difícil prenderla de nuevo, ya que tanto Melchor como yo llevábamos encima un yesquero. Por indicación de Hernán, todos lo que manejábamos armas a bordo debíamos llevar siempre con nosotros yesca y mecha, pues en cualquier momento durante las travesías podía ser necesario disparar algún falconete, cañón o mosquete.

Una vez en la calle, enfilamos nuestros pasos hacia el sendero, estrecho y con bastante pendiente, que discurría hasta la cala que habíamos visto desde el galeón.

Durante el descenso, como Melchor me precedía, observé que cojeaba. Le pregunté por el estado de su tobillo.

—Aún me duele, maestre —me explicó sin detenerse—. Mas el cirujano Lope realizó un gran trabajo al recomponerme todos los huesos.

Tras andar un rato, al fin llegamos a una pequeña playa de arena blanca y aguas cristalinas. La belleza del lugar me sobrecogió. Además, resguardada como estaba, nos permitiría conversar a los cuatro con despreocupación, lejos de miradas indiscretas.

—Habéis acertado con el sitio —corroboró el pelirrojo, y se dejó caer sobre la arena fina, fatigado—. No se ve ni un alma.

Yo también me dejé caer. Para matar el tiempo, desenfundé el puñal de mi bota y comencé a remover la arena con él, trazando líneas y formas.

—¿Cuál es vuestro nombre? —preguntó de improviso Melchor.

—Ponce. Ya lo sabes —contesté, abstraída en mis dibujos.

—¡Ese no! —dijo sonriendo—. Me refiero a vuestro verdadero nombre.

Por un segundo me estremecí al pensar que había sido descubierta. Luego recordé cómo nos habíamos conocido.

—Carolina.

—Carolina —repitió—. Es hermoso. Poco común —agregó. Y en su mirada vi una calidez que, por algún motivo que no comprendí, me alarmó.

Melchor me preguntó también por mi familia, por mi historia como maestre del Venator... Yo cogí aire y, sin entretenerme demasiado en los detalles, le hablé de todo y de todos: de mi madre y de mi padre, del Esperanza y de cómo fue atacado por el Olonés, de la fullería de Alfonso Domínguez para endosarme a su hijo y, por último, de la empresa que había puesto en marcha Hernán con el galeón.

Pese a que hablar de mi vida todavía me resultaba doloroso, el pelirrojo resultó ser un magnífico oyente, y mostró verdadero interés por todo lo que yo le relataba, parándome de vez en cuando para que le repitiese algún punto o le explicase mejor cierta cosa.

—Lamento lo que os pasó —dijo con pesadumbre en cuanto dejé de hablar.

Lo miré. Su preocupación parecía sincera.

—Tú no tienes nada que lamentar.

Retomé mis dibujos. Los siguientes minutos los pasamos en silencio. Luego, percatándome de que había sido un poco brusca con él, clavé el puñal en la arena y alcé la cabeza.

—Ahora tu historia —le pedí, en vista de que no había ni rastro de Juan. Además, si quería conversar con alguien que no fuese Hernán, debía aprovechar ese momento con Melchor, ya que a bordo apenas habría intimidad para ello; al fingirme varón para todos, en cualquier conversación que no versase sobre los mares debía andarme con mil ojos, no fuese que algún marinero captase algo indebido…—. ¿De dónde eres? ¿Dónde naciste?

—Está bien —accedió con una sonrisa—. Vos ganáis, maestre.

Carraspeó un par de veces para aclararse la garganta y, sin más dilación, comenzó a relatarme su vida. Aparte de un magnífico oyente, Melchor demostró ser también un buen orador.

De esta suerte supe que él, al igual que yo, era hijo único y cachupín, tal como algunos gustaban de referirse a los que nos asentábamos por el Caribe. Ahora bien, diferíamos en que él era natural de Madrid, la mismísima capital del Imperio. De hecho, sus padres se conocieron sirviendo en la corte de Felipe IV. Y fue su condición de mayordomos reales lo que permitió a la familia vivir sin demasiadas estrecheces…, al menos hasta el óbito del Rey Planeta.

—A su muerte cambiaron algunas cosas por Madrid, ¿sabéis? Doña Mariana, la reina regente, prescindió de muchos criados de palacio, entre ellos mis padres. Naturalmente, buscaron trabajo entre la nobleza de la ciudad, mas por su edad avanzada nadie quiso contratarlos. Puñetera y rancia aristocracia... —se quejó con los dientes apretados.

Según me relató a continuación, por aquella época él ya trabajaba como aprendiz de herrero, pero eso no daba para sustentarlos a los tres, por lo que, aprovechando que la flota anual a las Indias iba a partir en breve, la familia se decidió a buscar fortuna en el Nuevo Mundo.

—Por desgracia, unas extrañas fiebres se alojaron en la nao al poco de partir. A mí no me afectaron, mas fueron decenas los cadáveres que nos vimos obligados a echar por la borda..., entre ellos los de mis padres.

—Lo lamento —murmuré.

Si bien yo no me vi en la tesitura de tener que arrojar los cuerpos de mis propios padres a la mar, más que nadie sabía lo que era quedarse huérfano de la noche a la mañana.

—Tuvo que ser horrible.

Con un gesto de su mano trató de restarle importancia, y prontamente recuperó su relente gentil.

—Nada más pisar Tierra Firme navegué hasta La Española, y de ahí a La Tortuga. Vivía allí a salto de mata hasta que se cruzaron nuestros caminos en La Vieja Áncora. —Volvió a sonreír. Me pareció detectar cierta nostalgia en su mirada.

Acabado su relato, el silencio se estableció de nuevo entre ambos. Sin embargo, esta vez apenas duró unos instantes, ya que por fin vimos llegar por el sendero a Juan, guiando tras él a un enjuto hombre de luenga barba plateada, nariz estrecha y cejas pobladas y también canosas. Iba vestido con una especie de túnica negra. Del mismo color eran sus zapatos y su sombrero.

Melchor, con cierta dificultad, se puso en pie. Yo lo imité.

—Maestre, aquí os traigo a Salazar, el trujamán —nos presentó Juan el Mayor—. Es portugués, pero me ha asegurado que se defiende tanto con el francés como con el español.

—*Bom dia* —nos saludó Salazar a la vez que hacía una reverencia. Como la barba le llegaba hasta la cintura, al inclinarse sus puntas rozaron la arena. El portugués no pareció darse cuenta de ello, y si lo hizo no le importó.

Melchor y yo le devolvimos el saludo.

—Por favor, ¿*posso* ver el documento?

—¿Qué le has contado? —preguntó Melchor a mi grumete, un poco de mal talante.

La verdad es que yo tampoco estaba por la labor de que ninguna persona ajena a nosotros supiese del tesoro del Olonés.

—El *menino só* me *disse* que vuesas mercedes *querem traduzir uma espécie* de mapa, *um* que está *em francês*.

—Muéstraselo, Melchor —ordené.

El pelirrojo prendió el cabo de vela y lo acercó al documento. Esperó unos segundos antes de repetir la maniobra, hasta que no quedó línea ni letra sin apreciarse. Acto seguido, se lo tendió a Salazar.

Este, de entre los pliegues de su túnica, sacó unos anteojos. Una vez que se los ajustó sobre el puente de la nariz en lo que me pareció en precario equilibrio, comenzó a examinar el mapa. Yo también lo hice.

El pliego tendría dos palmos de anchura por uno de altura, y lo supuse de reciente creación, ya que apenas se veía ajado. Eso sí, por las marcas parecía que había sido plegado y desplegado infinidad de veces. Los dibujos, en tonos pardos, ocupaban casi todo el mapa y representaban un conjunto de islas, las cuales parecían formar una luna en cuarto creciente. Las letras intercaladas eran de un rojo desvaído.

Todos esos fragmentos de tierra debían de estar en algún punto del Caribe, sin duda, pues si algo abundaba en esos mares eran islas; aparte de filibusteros, por supuesto. Pero justo su abundancia era lo que dificultaba identificarlas, ya que no se veía punto alguno de referencia ni se indicaba el norte. Tendría que consultar las cartas de mi padre para saber de qué islas se trataba. Aunque abrigaba la sospecha de que ni por esas sería capaz de reconocerlas. Por eso deposité mis esperanzas en el texto que acompañaba a los dibujos.

Cuando ya había pasado un tiempo que yo consideré excesivo para leer y traducir el mapa, el trujamán despegó su estrecha nariz de él y nos miró.

—¿Dice algo de un trono? —se adelantó Melchor.

Salazar sacudió la cabeza y, con ella, la barba.

—¿Un tesoro, acaso?

—El documento *só fala duma mulher... Guadeloupe.* «Guadalupe» —tradujo.

—¿Y qué más? —me impacienté.

El portugués miró de nuevo el pliego.

—*Não* está rubricado, mas, *ao parecer*, el mapa *chama* a su *destinatário* a encontrarse *com essa mulher...*

—¡¿Y ya está!? ¡¿Eso es todo!? —Melchor, desesperado, le arrebató el mapa para volver a examinarlo él.

—*Talvez essa mulher* guarde *esse tesouro* que vuesas mercedes *procuram* —fue lo último que nos dijo.

Al ver que el trujamán no daba más de sí, le pregunté a Juan si le había pagado. En cuanto este me dijo que sí, me dispuse a despacharlo. Aunque de poca ayuda nos había sido, le agradecí a Salazar sus servicios. Luego nos despedimos y él, tras otra reverencia, emprendió el ascenso del sendero y lo perdimos de vista. En la playa solo quedamos Melchor, Juan y yo.

Pese a que me moría por ver cómo avanzaban las reparaciones del Venator, tras las revelaciones del portugués no quería retornar todavía al galeón, pues necesitaba tiempo para reflexionar. Pensando en la misteriosa mujer que mentaba el mapa, Guadalupe, comencé a andar por la orilla. Las olas me acariciaron las botas y me salpicaron los calzones.

Que el mapa mostrase esas islas del Caribe indicaba por fuerza que en una de ellas se ocultaba el dichoso trono del Olonés, pero ¿en cuál? Eran demasiadas, incluso para probar suerte solo en unas pocas.

Por otro lado, el legajo llamaba «a su destinatario a encontrarse con esa mujer», según acababa de decir el trujamán. El destinatario era el Vasco, sin duda alguna, pues el mapa estaba en su poder. Pero ¿con qué fin debía reunirse con esa tal Guadalupe? ¿Tal vez para entregarle el trono? Mas si las habladurías que Melchor me refirió cuando nos conocimos eran ciertas, el trono estaba en posesión del Olonés. ¿Sería el mismísimo Olonés el remitente? No sería tan descabellado pensar que el malnacido filibustero hubiese recurrido a su mano derecha, el Vasco, para que este se reuniese con esa mujer por algo relacionado con el tesoro. Pero ¿quién era Guadalupe? ¿Y qué demonios tenía ella que ver en…?

Una idea me vino al entendimiento.

—¡Melchor! —grité. Él comenzó a correr hacia mí. Y es que, arropada por mis pensamientos, me había alejado una buena distancia—. ¿Y si Guadalupe no es una mujer? —comencé en cuanto llegó a mi lado—. ¿Y si es… una isla?

—¡Una de las del mapa! —concluyó, iluminándosele de pronto los ojos y el rostro.

—¿¡Qué es eso!? —gritó de pronto Juan, unas varas más allá.

Ante su sobresalto, desenvainé la espada en un movimiento rápido y miré en su dirección, en busca de la amenaza. Por el costadillo del ojo vi que Melchor echaba mano a su pistola. Pero ante el grumete no parecía haber ningún peligro, tan solo una gran tortuga que acababa de salir del agua y avanzaba despacio por la arena hacia él. Más tranquilos, Melchor y yo nos acercamos al muchacho, aún con las armas en ristre.

Por sus ojos desorbitados supe al instante que la fuente de su angustia era el animal mismo. Relajé los músculos y envainé la ropera.

—¡Maestre, esa piedra grande se mueve y viene hacia mí!

Yo no pude más que reír.

—¡Por vida de…! —exclamó un exasperado Melchor—. ¡Eso es una tortuga, mostrenco! —le dijo a la vez que le daba una colleja—. Más vale que te acostumbres, pues verás muchas en estas playas.

—¿Muchas…? —preguntó Juan con un nudo en la garganta.

—Y más grandes.

—Presto, Melchor —les interrumpí—. Volvamos al Venator. Necesito mis cartas.

De vuelta a la nao, enseguida presentí que algo no iba bien. La cubierta estaba desierta y silenciosa. ¿Dónde estaban todos?

Por ardua y laboriosa que estuviese resultando la reparación del casco, lo que forzaba a que casi todos los hombres se hallasen en el sollado, no explicaba que Hernán no hubiese dejado al menos a un par de hombres en cubierta haciendo guardia.

—¡Hernán! ¡Mateo! ¡Lope! —los llamé.

Nada. Ni un alma.

De no ser porque teníamos el amarre echado, hubiese pensado que una horda de filibusteros había pasado por el Venator y se había llevado a toda mi tripulación.

—¡Allí! —me señaló Melchor en cuanto oyó unos pasos que subían a cubierta por las escaleras de popa.

Era la cara de mi compadre la que vimos asomar. Una oleada de alivio me inundó. Dejé escapar todo el aire que mis pulmones habían estado reteniendo.

Detrás de Hernán aparecieron los rostros de Rivas, uno de los marineros a los que mandé ir en busca del encomendero aquella despejada mañana que llegamos a Santo Domingo, y de Baltasar, el carpintero que nos recibió a Melchor y a mí tras despachar al Vasco en La Tortuga.

—Gracias a Dios, Hernán. ¿Dónde est...? —Me detuve al detectar en el rostro de mi compadre una mueca de peligro.

Entonces me fijé: Baltasar agarraba férreamente de un brazo a Hernán mientras Rivas lo apuntaba con su pistola. Lo tenían preso.

—Lamento en el alma haberos fallado, Carolina —expresó mi compadre en cuanto el trío se acercó hasta donde estábamos Juan, Melchor y yo, aún junto a la baranda. Las lágrimas le empañaron la mirada y comenzaron a humedecerle la barba.

¿Fallarme? ¿A qué se refería? Empero, no fue eso lo que más me preocupó, sino cómo alguien de la talla de Hernán, que había planeado la empresa en la que nos hallábamos y siempre había tenido cuidado de referirse a mí como varón, acababa de tener el despiste de llamarme por mi nombre auténtico en presencia de los marinos, ya que mi verdadera condición únicamente era conocida por Melchor y por él mismo.

—Baltasar, Rivas, ¿qué significa esto?

Por toda contestación, mis hombres apartaron con celeridad la vista de mí y la clavaron en los tablones que pisaban. Pasara lo que pasase, se trataba de algo grave, pues el gesto reflejaba la vergüenza que sentían; sin embargo, siguieron agarrando y apuntando a Hernán.

A mi espalda, por las escaleras de la bodega, subió el resto de la tripulación. Muchos iban armados con arcabuces, pistolas, espadas y dagas; otros no portaban ningún arma. Domingo Saldaña se separó del grupo y me encañonó con su pistola.

Melchor, que hasta entonces había contemplado la escena ajeno a lo que sucedía, desenfundó su arma y apuntó a su vez al artillero. Yo solo llevaba la espada de mi padre al cinto y, en la caña de la bota, el puñal con el que me había entretenido en la cala.

—Bienvenido al Venator, señor Ponce —dijo sarcástico Saldaña, sin prestar atención a Melchor. En su voz ya no había rasgo alguno de respeto—. ¿O debería decir... señorita Carolina?

Al oír aquello, un escalofrío me recorrió el cuerpo: a pesar de todas las precauciones y los miramientos, había sido descubierta. Ni el turbante de Chela que me ocultaba el rostro casi por entero había resultado. Pero ¿cómo? Que Hernán me hubiese delatado me era imposible de creer, ya que él también tenía cuentas pendientes para con el Olonés. No, no tenía ningún sentido. Y en cuanto a Melchor, el otro conocedor de la verdad, imposible también. Cierto era que apenas conocía al pelirrojo, pero había desembarcado conmigo. Aunque...

Una sombra de duda me cruzó la mente.

Él me había incitado a abandonar el galeón con el pretexto de divertirnos un poco... ¿Y si todo estaba orquestado de antemano, desde antes de arribar a Santa Marta? ¿Y si su plan era apoderarse del galeón para ir en busca de su codiciado tesoro?

Ignorando la pistola de Saldaña apuntando a mi pecho, me giré hacia Melchor.

—¿¡Esto es obra tuya!? —le espeté.

El interpelado, sin bajar el arma, ensanchó los ojos.

—Pensé que teníamos un trato —le increpé, sin darle tiempo a responder.

—¡Maestre, él no se ha separado de vos ni un segundo! —intervino Juan.

—Debí dejarte en esa maldita isla —añadí, ignorando la protesta del grumete.

—Y tenemos un trato, maestre —respondió al fin Melchor—. Y por eso estoy de vuestro lado, por si no os habéis percatado de ello.

Una sombra oscureció sus ojos claros. Duró solo un segundo, lo suficiente para atisbar su orgullo herido; lo suficiente para saber que decía la verdad. Con todo, eso no me alivió, al contrario; me supuso una mayor pesadumbre, pues indicaba que la traición venía de más cerca: de mis propios hombres, vecinos muchos de Maracaibo.

—Espero que no os importe que tomemos posesión del Venator —dijo Saldaña riendo—. Seguro que una dama como vos lo entregará por las buenas…

Como ya no tenía sentido alguno negar mi verdadera condición, gracias a la práctica de esos casi dos meses me desanudé el pañuelo de Chela con un rápido movimiento, el cual resbaló con suavidad hasta mis pies. Mi rostro quedó al descubierto ante todos, con la melena oscura cayéndome por los hombros.

Con la cabeza erguida y simulando un arrojo que no sentía, me presenté a mi tripulación:

—Carolina Arroyuelo es mi nombre, e hija de Bernardo Arroyuelo y Ana Cerdán soy.

A cambio solo recibí mutismo y miradas cargadas de aversión y desprecio. Las sostuve todas. Ya estaba acostumbrada a ellas, puesto que aprendí a eludir reacciones similares cuando mi padre comenzó a llevarme en sus travesías. Los marinos del Esperanza me trataban con respeto; era la hija de su maestre, al fin y al cabo. Pero también era la única mujer a bordo si no nos acompañaba mi madre. Además, que me afanase en desempeñar tareas de varones no ayudaba precisamente a que las miradas dejasen de posarse en mí. Tuvieron que pasar varios meses para que la dotación de la urca me viese como un compadre más a bordo.

Me giré hacia Saldaña.

—Baja el arma, marinero. Y olvidaré todo esto.

—Nosotros somos más de cuarenta, y vosotros solo tres, armados únicamente con una pistola de un tiro y una espada —dijo mirándome de cielo a tierra—. No creo que os halléis en disposición de ordenarme nada.

Sus palabras fueron coreadas por las risas y murmuraciones de algunos hombres.

—Varón o no, sigo siendo el capitán de esta nave y, como tal, te ordeno que bajes el arma de inmediato —insistí.

—Son demasiados, Carolina —me advirtió mi compadre.

—Maestre... —me llamó impaciente Melchor, preguntándome de esta forma qué obraba, si disparaba o no a Saldaña.

El amotinado miró a Melchor de soslayo.

—Dispárame y al punto estaréis muertos los dos —le retó.

Domingo Saldaña volvió a posar los ojos en mí. Yo, sin apartar la vista, negué con la cabeza en contestación a Melchor. El líder insurrecto sonrió complacido.

No pensaba darme por vencida con tanta facilidad. No había mareado hasta La Tortuga, matado al Vasco y salido indemne para nada. O lo que era peor: para acabar derrotada por mis hombres, en mi propio navío. Aún tenía un juramento por cumplir. Aún me quedaba alguien por despachar de este mundo. Y ese maldito artillero no me lo iba a impedir.

—Soy el maestre de este barco y no toleraré la insubordinación —silabeé—. Si no estáis de acuerdo —agregué, alzando la voz para hacerme oír entre todos los sublevados—, abandonad mi nave y dejadme proseguir.

—¿Y dejar este precioso galeón? —rio Saldaña, y muchos con él—. Me parece que no.

Lo fulminé con la mirada.

—Aún no os habéis enterado, por lo que veo —continuó—. Esto es un motín; no queremos obedecer órdenes de una mujer, ¿verdad, muchachos? —gritó a los que ahora parecían ser sus hombres, los cuales lo secundaron a voces.

—Todo el mundo sabe que es de mal fario llevar mujeres a bordo —gruñó uno, y luego me escupió. Su esputo me impactó entre las botas.

—¡Atraen a las tempestades! —corearon varios.

—Antes daré al diablo el hato y el garabato que entregarte mi galeón, pendenciero —sentencié ante Saldaña, haciendo caso omiso a esas legas supersticiones a las que se referían los otrora mis marineros.

—¡Pero si ya lo habéis hecho! —se jactó—. El Venator ya tiene un nuevo maestre. —Se señaló, henchido de orgullo—. Y todo gracias a Mateo. ¡Mateo, ven!

Un resignado Mateo se dejó ver entre los sediciosos y, con paso vacilante y la cabeza gacha, se acercó. Saldaña lo agarró de malos modos y lo zarandeó.

—¡Suéltalo! —ordené, viendo cómo maltrataba al joven negro.

—Maestre… —volvió a llamarme Melchor.

—¿Que lo suelte? Seguro que no me decís eso tras saber que ha sido este mozuelo el que os ha descubierto…, ¿verdad que sí, Mateo? —dijo zarandeándolo de nuevo, hasta el punto de que le rasgó la camisa.

A pesar de que en mi interior estaba convencida de ello, me alegró tener al fin la certeza de que la traición no provenía de

Hernán. No obstante, que hubiese sido uno de mis grumetes, un muchacho de no más de doce años, me defraudó.

Al ver la decepción reflejada en mis ojos, Mateo se lanzó a mis pies en actitud suplicante y se agarró a mis botas.

—Perdonadme, maestre. No era esto lo que yo pretendía. ¡Perdonadme! —me imploró entre lágrimas.

—¡Necio! —le insultó Saldaña, y de un fuerte puntapié lo apartó a un lado.

Al ver cómo el capitán amotinado se propasaba con él, indefenso en el suelo, ignorando al primero y pasando por alto la traición del segundo, me agaché a socorrerlo. El grumete, asustado y magullado, estaba encogido sobre sí mismo, agarrándose con fuerza el estómago, allí donde Saldaña lo había golpeado. Ni el dolor ni la vergüenza que sentía en esos momentos le impidieron disculparse una vez más.

—¡Lleváoslos abajo! —voceó el recién coronado capitán, dando por zanjada la conversación—. Ya nos ocuparemos de ellos después. —Bajó la vista hasta el encogido Mateo y, con una voz cargada de desprecio, ordenó—: ¡Y a ese también!

Eso fue lo último que le oí antes de que varios hombres, entre trompicones y empellones, nos condujesen a Hernán, a Melchor y a mí, junto con los grumetes Juan y Mateo hasta la bodega, en donde, como antiguo galeón pirata, se hallaban los calabozos.

El Olonés, su condenado trono y Guadalupe tendrían que esperar; cosas más importantes nos aquejaban en aquellos instantes.

15

Cerré la mano con fuerza. El pergamino, arrugado en su interior.

—¡Registrad el puerto! —bramé a mis hombres nada más descubrir el destino del Vasco—. Buscad en cada taberna, en cada catre, en cada roca de esta isla. ¡Me da igual dónde, pero traedme a ese malnacido de Ponce Baena!

Henri entró en mi alcoba de La Vieja Áncora al atardecer. Había sabido de la muerte de Michel al alba, al poco de echar el amarre en La Tortuga, y ahora ya anochecía, por lo que mi tripulación había tenido tiempo de sobra para peinar la isla.

—Ni rastro, señor.

Mis hombres no habían hallado ni al navío que llevaba por nombre Venator ni a su maestre, ese que se hacía llamar «el Berberisco». No obstante, no me sorprendieron las palabras de mi segundo.

Mientras mi tripulación buscaba en cada rincón, yo había invertido el tiempo en conocer los detalles que rodeaban la muerte de Michel y sabía que mi fiel aliado había muerto hacía días. Que Ponce Baena ya no se encontrase en la isla era, por tanto, una opción que había considerado.

También conocía cómo había muerto: de un pistoletazo en

su alcoba. En cambio, cuando quise averiguar la identidad de Baena todo fueron incongruencias. El nombre indicaba que tras el verdugo de Michel se escondía un hombre; sin embargo, los guardias que protegían a mi compatriota esa noche me habían jurado y perjurado que, poco antes del disparo, a su habitación solo habían permitido el paso a una meretriz.

Fuera quien fuese, Baena parecía saber lo que se hacía: no solo había conseguido burlar a los guardias, sino que también había logrado sorprender a Michel en su cuarto.

Al menos, que estuviese distraído con una puta explicaba por qué no había contraatacado, ya que, con el fin de evitar emboscadas como esta, sabía de coro que él nunca se desprendía de su pistola. «Porque si Michel hubiese contraatacado, por descontado que el muerto sería otro».

Por otro lado, la manera de acometer el asesinato, rápido y certero, me llevaba a pensar que se trataba de algo personal. «Una venganza. Contra Michel y contra mí», esclarecí en mi cabeza.

Pero ni el navío ni el nombre de su capitán me decían nada.

Llevado por la frustración, aflojé el puño para volver a leer el mensaje:

Muerto a manos de
Ponce Baena, el Berberisco,
maestre del Venator.
Olonés, tú serás
el siguiente.

Antes de ser enviado a Martinica como sirviente, siendo aún un grumete tuve ocasión de recorrer el Mediterráneo. De esos años sabía que «berberiscos» era como llamaban a los piratas y los corsarios africanos que poblaban esas aguas. No obstante, el idioma de la carta delataba que la patria de Ponce Baena estaba un poco más al norte de África: España.

Tampoco me sorprendió ese dato. Tenía muchos enemigos entre los españoles. Mi pasión por los saqueos únicamente era igualada por mi odio a esos comeajos.

Los españoles se habían adueñado de Portugal y de gran parte de Italia, habían dado fe de su poderío en Flandes... Y no contentos con ello, con la bendición del santo padre, desde la centuria anterior también pretendían ser los amos incontestables de un continente entero; uno inmensamente rico. «Malditos españoles». Yo no era corsario, no rendía pleitesía a Su Majestad Luis el Grande. Pese a ello, España era el gran enemigo de mi patria. Y ese era otro motivo para no ponerles las cosas fáciles a esos malnacidos.

Cuando se terciaba, me esforzaba por arrebatarles sus tesoros y dedicarles la peor de las muertes. Muchos eran los que habían muerto a mis manos. No era extraño, por tanto, que alguien quisiese venganza.

Dejé el pergamino en la mesa antes de alzar la vista hacia Henri, aún de pie frente a mí.

—¿Qué te sugiere esto? —Señalé con el mentón el escrito—. ¿Qué motivos llevan a un asesino a ofrecer su identidad?

La duda asomó a sus ojos durante un instante. Después aseguró:

—Que no os teme, señor.

Sonreí.

—Eso mismo pensaba yo.

—Si navega por estas aguas, más pronto que tarde sabremos de él, señor —dijo mi segundo en un intento por restaurar lo que él creía mi orgullo herido. Luego, con convicción, agregó—: Acabaremos con él. Lo mataremos.

No sentía ninguna predilección por vengar la muerte de

Michel. Que lo hubiesen matado solo significaba que debía buscarme otro brazo derecho, uno obediente y del que poder servirme cuando la ocasión lo requiriese. Aunque en el fondo sí que lamentaba su muerte: Michel había resultado ser leal y competente, dos cualidades que no solían darse juntas en estas aguas. Sustituirlo no me iba a ser tan fácil.

Así que no, yo no iba a destrozar a Baena por vengar a Michel; yo iba a destrozarlo por acabar con lo que me pertenecía. Y por osar amenazarme.

La sonrisa se me ensanchó por sus bordes.

—Ya lo creo que lo haremos.

Anticipaba que no lograría averiguar nada más sobre Baena; aun así, di orden de permanecer algunos días en La Tortuga. A cuenta de que los españoles cada vez protegían mejor sus naves y pertrechaban más sus puertos, mis últimos saqueos habían dejado bastante que desear. Por eso llevaba tiempo rumiando un gran ataque; pero no se podía tomar una flota o un gran puerto sin otra flota. Aprovecharía, por tanto, mi estancia en la isla para esbozar el ataque y reunir a otros buenos piratas dispuestos a sumar sus navíos de guerra al mío.

Con todo, yo no había arrumbado a La Tortuga para encabezar una escuadra pirata, sino buscando a Michel. El Vasco tenía que estar esperándome en Guadalupe, mas no acudió. «Seguro que ha tomado algún tugurio de La Tortuga y ha hecho de él su fortaleza», pensé en cuanto comprobé que no había rastro de La Providencia por aguas guadalupeñas.

De un tiempo a esa parte, el miedo de Michel a que alguien pusiese fin a su vida rayaba la obsesión: veía enemigos por todas partes, e incluso aseguraba que por las noches le visitaban seres salidos del mismísimo infierno. Pamplinas.

Conocía al Vasco desde hacía años, pero ese pavor irracional comenzaba a irritarme. Más si ponía en riesgo nuestros planes. Por ese motivo arribé a La Tortuga, buscándolo. Pensaba darle un escarmiento por desobedecer mis órdenes. Claro que no iba a acabar con él; como ya he dicho, me era útil. Cortarle varios dedos o alguna oreja eran mis opciones; algo que no le impidiese seguir comandando un navío o empuñar una espada. No obstante, muerto Michel, no me quedaba otra que buscar nuevos aliados para mi ambicioso ataque.

Por otro lado, no había nada para un hombre de mar como regresar al hogar.

Siempre recordaré la primera vez que pisé la isla. Fue al poco de arrebatársela a los ingleses. Aprovechando que los españoles la habían dejado libre cuando su monarca, Felipe III, ordenó que sus súbditos se concentrasen en La Española, los ingleses no tardaron en ocuparla.

Jean Levasseur, oficial de la marina francesa, aliándose con bucaneros y corsarios a las órdenes de Su Majestad Luis el Justo, no solo logró expulsar a los ingleses, favoreciendo por el camino que Francia pasase a controlar parte de estas aguas, sino que también hizo de La Tortuga un refugio para todos los filibusteros. Levasseur, ya como gobernador de la ínsula, se desentendió de la Corona y, valiéndose de sus conocimientos militares, levantó La Roca, una fortaleza capaz de artillar hasta cuarenta cañones y que convirtió a La Tortuga en un inexpugnable baluarte pirata. Todo parecía indicar que sería un hombre que llegaría lejos; sin embargo, los precios abusivos que impuso al contrabando de tabaco y cuero supusieron su ruina, pues sus propios lugartenientes acabaron con su vida en el año de 1652, doce años después de que expulsase a los ingleses. Con su muerte, la isla regresó a manos de Francia, esta vez la de Luis el Grande, primogénito del Justo.

Yo apenas contaba los veinte años cuando conocí a Levasseur. Concluida mi estancia en Martinica, lugar al que había sido destinado para cumplir con mis años de servidumbre para con el rey, lo único que anhelaba era el mar y la libertad. Me trasladé a La Española y, de ahí, a La Tortuga. Acudí al gobernador de esta última para que me ayudase. Levasseur resultó ser un arrogante y un pretencioso, pero un magnífico estratega militar. Me puse en contacto con los corsarios de la isla, a través de los cuales conseguí mi primer navío y mis primeras conquistas...

Henri interrumpió mis pensamientos cuando se precipitó en mi alcoba.

—Lothaire, capitán del Orage, Olivier, del Rose Noire y los hermanos Belrose aceptan navegar bajo vuestro mando, señor —dijo.

Por segunda vez en el lapso de unos pocos días sonreí. Con una escuadra a mis órdenes podría acometer cualquier ataque, abordar cualquier galeón, saquear cualquier ciudad... Y acabar con Baena y su bravuconería.

«Pronto, Baena. Pronto...».

16

Melchor, hastiado de pasearse de un lado a otro del calabozo como si de un jaguar —esos bichos grandes que tanto pueblan Tierra Firme— enjaulado se tratase, se dejó caer impotente al suelo, para alivio del resto; pero no sin antes soltar, eso sí, varios pésetes.

Como el Venator estaba provisto de dos calabozos, uno amplio y otro bastante más pequeño, a nosotros cinco nos arrojaron al segundo, ya que en el grande, justo enfrente, junto a las escaleras, se hallaban los hombres que no habían secundado el motín, los cuales no debían de ser más de veinte, según el propio Saldaña había dicho en cubierta. La dotación del navío era de un total de sesenta y un hombres, sesenta y tres si nos contaba a Hernán y a mí y descontaba, a su vez, a los tres infelices que había perdido en el encontronazo con el Santa Amalia.

Mas en esa celda a duras penas conté doce hombres, todos con rostros resignados o apesadumbrados. Entre ellos reconocí a Lope, el galeno. ¿Dónde estaban los demás? ¿Los habían matado?

—¿Vamos a morir? —preguntó Juan con temor.

—No te quepa duda de ello, joven amigo —se lamentó el pelirrojo.

—¡Melchor! —le reprendí—. No seas espíritu de mal agüero.

—Nos pasarán a todos a cuchillo, ya lo verás —le insistió al chico.

Yo no estaba tan segura de sus predicciones. Sediciosos o no, mis hombres no eran piratas. A lo más seguro, antes de ser reclutados por Hernán, la mayoría había estado al servicio de alguna de las tantas naos comerciantes que operan por el Caribe; marinos mercantes, por tanto, como mi padre, y no seres despreciables sin alma ni escrúpulo alguno; que una cosa era ser un vil traidor y otra muy distinta un asesino.

Eso era lo que me repetía una y otra vez, aunque tampoco dejaba de preguntarme qué había sido de los hombres que faltaban en la celda de enfrente. Por no hablar de la humillación que sentía al saberme objeto de un motín, más teniendo en cuenta que seguíamos en tierra firme, amarrados al fondeadero de Santa Marta.

A esa pesadumbre había que sumarle el malestar que me provocaba respirar las inmundicias de la sentina. A esta cavidad, situada en la parte más inferior del casco, justo sobre la quilla, es hasta donde se filtran todas las aguas de una nave, ya provengan estas de las bandas, de la cubierta principal o de las inferiores. Por ello supone el lugar más insalubre y pestilente a bordo, ese en el que las ratas campan a sus anchas por mucho azufre que se queme. Y ese nicho insano era precisamente lo que teníamos bajo nuestros pies.

En un intento por ignorar tanto el derrotismo exacerbado de Melchor como los vapores de la sentina, me acerqué a Hernán. No había pronunciado palabra desde que nos habían encerrado. Me dolía verlo tan contrito y cabizbajo. Le puse una mano afectuosa sobre el hombro y le pregunté si tenía algún plan que nos permitiese liberarnos y volver a tomar el control de la nave. Dada nuestra delicada situación, pues el porvenir de un maestre en su propio navío amotinado no era difícil de imaginar, juzgué que nos vendría bien hablar. Además, albergaba la esperanza de que su formación militar nos resultase útil, de un modo u otro, en aquella coyuntura.

Taciturno, comenzó a relatarme todo lo que había acontecido en el navío desde que Melchor, Juan y yo lo abandonásemos. De esta guisa supe que mi compadre, decidido a partir lo más prontamente en cuanto el navío estuviese reparado, se hallaba en mi cámara. Estaba preparando una posible derrota con la ayuda de mis cartas y compases cuando, de improviso, Domingo Saldaña, acompañado de cinco hombres, irrumpió en la estancia con violencia y declaró un motín a bordo.

—Al apresarme, me dijo que... —Levantó la vista hacia Mateo. Dudó si continuar o no—. Me dijo que el grumete negro había visto cómo os colocabais el turbante. Esta mañana. En vuestra cámara.

—¿Qué es lo que pretendías, Mateo? —inquirí, encarándolo.

—Hablé más de la cuenta. No era mi intención provocaros esto, maestre. ¡Os lo juro! —gimió el joven delator entre lágrimas—. Merezco ser azotado por ello...

—Intenté hacerles frente, Carolina —continuó Hernán, refiriéndose a Saldaña y sus seguidores—. Mas eran demasiados... Eran demasiados...

—No os preocupéis por eso ahora —traté de consolarlo—. Vos no sois el responsable. Y Mateo tampoco —agregué, no sin algo de resquemor. No podía evitarlo.

El muchacho, al oír aquello, levantó la cabeza y clavó sus ojos en mí con una mirada agradecida, esperanzada, efusiva. Todo eso a la vez.

—Prometo no volver a fallaros —dijo mostrando una hilera de dientes blancos que contrastaba con su piel de ébano.

Asentí. Viendo el lío en el que nos había metido, no esperaba menos de él.

—No todos se han amotinado —prosiguió mi compadre—. Se ve que este calabozo lo reservaban para vos. Mas ahí tenéis a los demás —con la barbilla apuntó a la celda al otro lado del angosto pasillo—, gente que no comulga con Saldaña.

Por supuesto que sabía que aún contaba con apoyos; había visto a mi tripulación cuando nos arrojaron al calabozo. No obstante, oírselo decir a Hernán, la persona en quien yo más confiaba, me alegró sobremanera, pues suponía la certeza de que alguien más creía en mí.

—Gonzalo o Daniel…, o incluso el cirujano…, os siguen a vos. Son pocos, Carolina, pero os son leales.

A pesar de que sus palabras me llenaban el pecho de calidez, hice una mueca. ¿De qué me servía toda esa lealtad entre esas cuatro paredes?

—Lo mejor será que pensemos en cómo salir de aquí.

—Yo ya creo saberlo… —dijo a la vez que sacaba de su jubón uno de mis compases y me lo mostraba—, aunque juzgo que no va a gustaros.

Como era de esperar, los sediciosos nos desarmaron antes de encerrarnos, por lo que ni Melchor conservaba su pistola ni yo la espada. Ni siquiera el puñal arrojadizo oculto en mi bota se había salvado de ser interceptado. De ello que, ante la visión del compás, tanto a los dos grumetes como a Melchor y a mí se nos iluminase el rostro como el sol lo hace en su cénit. El instrumento, a cuenta de su punta de bronce, era lo más parecido a un arma que teníamos ahí abajo.

—Es lo único a lo que pude echar mano antes de que me prendiesen.

—¡Podemos usarlo para abrir la cerradura! —proclamó con urgencia Melchor.

Hernán sacudió varias veces la cabeza.

—Su punta es demasiado roma para eso —nos aclaró—, mas no para soltar esos tablones.

Cinco pares de ojos se dirigieron a la pared del fondo, la única de la celda que no eran barrotes de hierro, ya que era el mismo casco de la nao el que hacía de prisión.

Me crucé de brazos.

—¿Pretendéis agujerear mi nave? —le espeté—. ¿Más de lo que ya lo está?

—Ya os adelanté que no iba a gustaros... —Y ahí estaba otra vez esa sonrisa torcida que había empezado a echar en falta.

Sirviéndonos del compás, dispusimos entre los cinco ir soltando poco a poco varios tablones. Debido a lo rudimentario del instrumento, la abertura sería pequeña pero suficiente como para que Mateo, el más menudo de todos, pudiese colarse por ella e ir en busca de armas. Con ayuda no contábamos, pues ni tan siquiera el alguacil del puerto, el mismo que esa mañana me había cortado el paso demandándome el anclaje, nos auxiliaría. En lo que a motines se refería, cada navío era un reino, y ni la ley del gobernador o del cabildo en cuestión tenían voz a bordo. En cambio, aprovisionarnos de armas nos brindaba la oportunidad de salir de ahí y desbaratar el motín.

La fuerza que teníamos que aplicar para desprender cada tablón, además de la incómoda posición que debíamos adoptar, hacía que nos cansásemos nada más empezar, de manera que Hernán, Melchor y yo nos turnábamos cada poco con el instrumento. Y mientras nosotros tres nos afanábamos con las tablas, Mateo y Juan vigilaban las escaleras.

Ante el aviso apremiante de los grumetes de que se acercaba algún amotinado, varias fueron las ocasiones en las que tuvimos que parar y devolver a toda prisa los tablones a su posición original. Y es que cada poco tiempo bajaban algunos hombres para cerciorarse de que todos seguíamos donde teníamos que estar.

Aproveché esos parones para relatarle a Hernán lo que nos había sucedido en tierra a Melchor, a Juan y a mí. Así supo el de Avilés de nuestros descubrimientos con el mapa del Vasco: que había que aplicarle calor para que se hiciese visible, y de la interpretación que hizo el trujamán de él después.

—¿Guadalupe, decís? —me interrumpió cuando le trasladé mi sospecha de que la mentada era una isla y no una mujer.

Asentí.

—En efecto. Guadalupe es el nombre de una de las islas que conforman el archipiélago de Barlovento, al nordeste de aquí. Cuentan que don Cristóbal Colón le puso ese nombre en memoria de Nuestra Señora. Vos no conoceréis esa región por hallarse demasiado lejos de Maracaibo…, demasiado como para que vuestro padre mercadease allí.

—¡Entonces hemos de ir a Guadalupe! ¡Ahí tiene que ocultar el Olonés su tesoro! —Melchor estaba que no cabía en sí de gozo—. ¿¡A qué estamos esperando, pues!?

Contagiados por su premura y viendo que nos habíamos quedado de nuevo sin vigilancia, retomamos la faena con los tablones.

Ante las nuevas de Hernán, mi dicha también aumentó, lo que hacía que trabajase con renovado interés. El tesoro del francés carecía de valor para mí; yo lo buscaba a él. Bien podía darse el caso de que tesoro y filibustero no se hallasen en el mismo lugar, pero eso poco me importaba; ya pensaría alguna cosa más adelante. En ese momento lo que me alegraba era que por fin tenía un rastro por el que comenzar a buscar a ese bellaco hijo de mala madre.

Quién sabía. Si en Guadalupe solo encontraba el trono, siempre podía hacerme con él para atraer hasta mí al Olonés.

Dos días nos llevó culminar la abertura, dos días en los que los amotinados nos tuvieron sin probar bocado. Solo se dignaron traernos un poco de agua.

«Al menos está limpia», observé.

Al anochecer de ese segundo día, amparándose en la oscuridad, Mateo atravesó el casco. Valiéndose de los cabos que colgaban por la borda, debía subir a cubierta para, una vez en ella, volver a internarse en los pisos inferiores en busca de cualquier arma que pudiese encontrar.

A su regreso, el grumete nos mostró jubiloso su botín.

—He cogido este par de arcabuces de cubierta, y estos tres del segundo puente.

—¿¡Del segundo!? —me asusté. A esas horas, en esa zona exactamente, entre las piezas de artillería, se concentrarían muchos insubordinados, dado que en un navío armado ahí es donde descansa la tripulación, en hamacas que se cuelgan de los baos cada ocaso y se recogen cada aurora—. ¿Y te ha visto alguien?

—No, maestre. Nadie.

De las dos veintenas de sediciosos que pululaban por mi galeón, a lo más seguro la mayoría se hallaría durmiendo y solo unos pocos continuarían con las reparaciones. Por suerte para nosotros, estas se concentraban casi todas a babor, mientras que el calabozo daba a estribor; de ahí que Mateo no hubiese tenido encontronazo alguno con ellos. Además, que su piel fuese del mismo color que la noche nos favorecía, y eso era algo que no debíamos desaprovechar.

—¡Hay que ser mostrenco! —saltó Hernán—. Cualquier

necio sabe que, incluso con el amarre echado, se debe dejar a varios hombres en cubierta. Por seguridad.

Me encogí de hombros ante su frustración. Razón no le faltaba. Con todo, a mí no me sorprendía la ineptitud del cabecilla. A fin de cuentas, Domingo Saldaña era artillero, no maestre, por mucho que disfrutase autoproclamándose como tal.

Mateo hizo otras dos escapadas y nos proveyó de varias pistolas y mosquetes, así como de alguna espada corta o daga.

—Tened —profirió al volver de su última salida, y alzó ante mí los brazos y me tendió algo alargado con sumo cuidado—. La espada de vuestro padre.

Lo miré suspicaz.

—¿Cómo…?

—Lleva su nombre grabado en el recazo —se explicó—. Y el otro día, cuando os presentasteis en cubierta, dij…

El muchacho calló cuando le coloqué ambas manos sobre los hombros. Si buscaba redención, al menos conmigo iba por buen camino.

—Gracias.

Melchor se hizo con una pistola; yo, con la toledana y un puñal. Hernán cogió otra espada y una pistola, y a los grumetes les dimos dos espadas cortas. Los mosquetes, arcabuces, pistolas y hojas sobrantes se los pasamos al resto de mis hombres.

Cuando todos estuvimos bien provistos de armas y con los cintos bien herrados, con un pistoletazo al unísono en ambas celdas, Hernán en la nuestra y Daniel en la otra, reventamos los cerrojos y quedamos libres.

—Quien quiera ayudarme a recuperar el Venator que me siga. —Ante todo, no iba a obligar a luchar a hombres que no eran soldados—. El resto que permanezca aquí hasta que pase el peligro.

Para mi sorpresa, la mayoría me secundó. Hernán, como buen

estratega que era, dividió a los muchachos en cuadrillas y les asignó objetivos: unos irían a por los amotinados dormidos; otros, a por los que reparaban el casco; y solo Hernán y yo iríamos a por Saldaña, el cual, sin duda alguna, se hallaría en mi cámara.

Amanecía cuando mi compadre y yo salimos a cubierta, que atravesamos de parte a parte a zancadas. Una vez frente a mis dependencias, Hernán abrió las puertas de una patada y ambos nos precipitamos dentro. El muy bribón de Saldaña dormía a pierna suelta en mi cama, hasta que el ruido lo despertó.

El artillero, desorientado, intentó echar mano a la pistola que reposaba en la mesa, sobre varios mapas. Empero, Hernán fue más rápido.

—¡Tú, malnacido! —le increpó. Luego cruzó el cuarto con dos pasos largos, lo agarró de la camisa, lo sacó con violencia de entre las sábanas y lo arrojó al suelo con un golpe sordo.

Yo, más pausadamente, me acerqué a ellos. Domingo Saldaña era más robusto y fuerte que Hernán, aunque este le sacaba dos cabezas por lo menos.

—¿Dónde está ahora tu bravuconería, «maestre»? —espeté al amotinado.

—¿Pretendéis recuperar el galeón? ¡Ja! ¿Qué sabrá una mujer de marear? —respondió henchido de superioridad y rencor.

Pese a la situación, me eché a reír.

—Alegas que por ser dueña no estoy capacitada para manejar una nave, mas olvidas que he sido yo quien te ha llevado desde Maracaibo hasta Tierra Grande, de ahí a La Tortuga y de La Tortuga aquí, sorteando entre medias un ataque filibustero.

—Eso sin contar con que habéis despachado a uno de los más ilustres piratas que ha dado estas aguas —agregó mi compadre.

Esa proeza era la mayor de todas, sin duda; pero también

desconocida para mi tripulación; tan solo Hernán y Melchor tenían cuenta de ella.

—Y tú, que te haces llamar «maestre» —añadí sin perder la sonrisa—, no eres capaz ni de dejar apostados varios hombres en cubierta al caer la noche. —Y con todo el desprecio que pude imprimir a mis palabras escupí—: Inepto.

—Y eso es justo lo que te ha hecho perder el Venator, Saldaña. —Hernán volvió a coger al artillero de la camisa y lo zarandeó un par de veces antes de girarse hacia mí—. ¿Qué queréis que haga con esta sabandija, Carolina?

—Si me matáis, mis hombres no os seguirán y no lograréis ni sacar la nave del fondeadero —nos advirtió Saldaña.

Sacudí la cabeza antes de mirar al de Avilés.

—No pienso mancharme las manos de sangre por algo como esto. Tiradlo por la borda, Hernán.

—¿¡Qué!?

—Será un placer, maestre —dijo mi segundo con una sonrisa. Y propinándole varios empellones para sacarlo de mi camarote, le ordenó—: ¡Andando, alimaña!

Yo salí tras ellos. Una vez en cubierta, a punta de pistola, Hernán lo obligó a pasar al otro lado de la baranda.

—Como te vea pulular cerca de este navío, yo mismo te rebano el cuello —le amenazó en un susurro, justo antes de empujarlo.

Domingo Saldaña cayó al agua con un grito y un chapoteo.

—Hernán, reúne aquí a los insubordinados; tengo algo que decirles —le pedí en cuanto vi que el artillero comenzaba a nadar hacia la orilla.

Cuando todos los insurgentes estuvieron en cubierta, desarmados y custodiados por mis hombres, armas en ristre, les ofrecí la oportunidad de elegir: formar parte de mi tripulación sin sufrir represalia alguna, siempre y cuando, por supuesto, estuviesen dispuestos a acatar órdenes de una mujer, o abandonar el galeón sin miramientos.

—Esto no está bien, maestre —me susurró mi compadre mientras esperábamos a ver qué obraban los amotinados—. Traidores una vez, traidores siempre.

—Hernán, comprended que no puedo deshacerme de dos tercios de la dotación así como así —atajé en el mismo tono de voz.

Entre el ataque del Santa Amalia y el motín, la tripulación ya había menguado. Por eso debía impedir a toda costa que mermase más, ya que, tal como nos había advertido Saldaña, no podríamos ni sacar la nave de puerto.

Rivas fue el primero que, con un paso al frente, aceptó continuar a mi servicio. Baltasar lo emuló. Y los siguió otro, y otro, y otro... Fueron más de los que yo esperaba. Aun así, la mayoría no soportó la idea de obedecer a una fémina y desembarcó.

De los cuarenta y tres insurrectos se quedaron quince. Sumados a los leales a mi persona, nos dejaba a Hernán y a mí con una dotación total de veintinueve marineros, pues, según averigüé después, de los hombres que echaba en falta en la otra celda, algunos, por haber ofrecido una resistencia mayor, habían sido amarrados a los cañones del primer puente; otros faltaban por el simple hecho de que habían desembarcado al estar de permiso y los cuatro restantes habían perdido la vida en el enfrentamiento. Lamenté sus muertes.

—¡Veintinueve! —observó con pesadumbre Hernán—. Precisamos de tripulación, Carolina. O no saldremos de esta villa.

Aunque solventada la rebelión, sin hombres mi situación no era muy halagüeña. Al menos había salido viva del motín, y con solo cuatro bajas, que ya era más de lo que podían decir muchos, ya que la mayoría de capitanes no vivía para contarlo.

—¿Cuántos, contramaestre? —quiso saber Melchor que, por lo que se veía, poco entendía de dotaciones.

—Unos cuarenta, por lo menos.

—¡Rediez! —se sobresaltó—. Dudo que en esta villa consigamos reclutar a tantos.

Melchor acababa de expresar lo que ni Hernán ni yo nos atrevíamos a reconocer en voz alta. De cualquier modo, me forcé a ser optimista.

—A cuenta de la vía debemos permanecer aquí varios días más. Encontraremos la forma mientras tanto de conseguir a esos cuarenta —prometí—. Hernán, ¿os encargáis vos?

—Claro, maestre.

—Bien. —Suspiré—. Melchor, dame unos minutos y luego reúnete conmigo en mi cámara.

—Como deseéis —repuso solícito con una sonrisa en los labios. Cada día me gustaba más contemplar ese rostro alegre y perderme en esa mirada clara.

—Antes quiero comprobar el estado de las reparaciones.

Ya en mi camarote comencé por organizar los documentos de mi mesa, los que Saldaña había desordenado. Me enervó sobremanera ver cómo, sin ningún miramiento, el artillero había dejado caer restos de comida sobre las cartas de mi padre. Con todo, ante la visión de los tres racimos de uvas a medio comer y algo de pan duro, el estómago me reclamó manduca con apremio, recordándome que no había probado bocado en los dos últimos días.

Estaba desplegando un mapa cuando llamaron a la puerta.

—Adelante —logré decir, con los carrillos a rebosar de granos de uva.

—Me habéis mandado llamar... —Se trataba de Melchor.

—Toma asiento.

Diligente, avanzó para sentarse al otro lado de mi escritorio, justo enfrente de mí.

—Puesto que el mapa del trono es tuyo —dije llevándome ahora un trozo de pan a la boca—, quiero que tracemos juntos la derrota hasta Guadalupe.

Para sorpresa mía, bajo el mando de Saldaña los muchachos habían avanzado bastante con las reparaciones durante esos tres días que el resto de nosotros había estado cautivo. Sin embargo, los arreglos del Venator aún requerirían de otros tres o cuatro días más, debido en parte a que apenas contaba con brazos para ello. No obstante, quería dejar lista la derrota a Guadalupe para partir cuanto antes y no demorarnos más que lo justo y necesario.

Comencé a explicarle a Melchor la ruta que había pensado en un primer momento, pero al poco me percaté de que no me prestaba atención. Su visión estaba fija en la comida. Sin lugar a dudas, estaba tan muerto de hambre como yo. Con una sonrisa le tendí el plato. No se lo pensó ni un segundo y, valiéndose de ambas manos, arrancó sendos manojos de uvas y se los llevó a la boca.

Y así trazamos el rumbo hasta la isla, de la que calculamos que nos separaban doscientas sesenta y cuatro leguas de aguas cálidas y cristalinas... «Y filibusteros sedientos de sangre», completé en mi cabeza.

—Son demasiadas —opinó él.

Razón no le faltaba; era mucha distancia para una nave que mareaba sola.

—Iremos tierra a tierra. —De Santo Domingo a La Tortuga

habíamos navegado de ese modo y nos había funcionado: no habíamos avistado ningún corsario en toda la travesía.

—¡Pero, maestre, eso triplicará el recorrido! —protestó Melchor.

Indignado, tomó los instrumentos y empezó a diseñar una ruta alternativa. Dado que carecía de conocimientos de pilotaje, intervine para ayudarlo con los cálculos. Examiné su derrota nada más soltar el compás. En esencia, consistía en cruzar el mar Caribe por su centro, lo más recto posible.

Aunque por distintos motivos a los suyos, yo también estaba impaciente por allegarme hasta el escondite del Olonés. Pero ante todo estaba la seguridad de la tripulación. Según aprendí de mi padre, ser maestre de un navío implicaba esos sacrificios: mirar en primer lugar por tu gente, y no por ti mismo.

Por ello, no satisfecha con su propuesta, le arrebaté las cartas y las herramientas y me puse a trazar otra derrota más segura. Se la mostré en cuanto hube acabado. Mi ruta radicaba en seguir la costa, franqueando Puerto Cabello y atravesando las islas de Sotavento. Al ser un viaje más largo, pasaríamos por delante del golfo de Maracaibo. De esta manera, aunque nos sería difícil librarnos de todos los avistamientos piratas, sí que nos guardaríamos de muchos de ellos. Mas si atravesábamos todo el mar Caribe, tal como él planteaba, los filibusteros caerían sobre nosotros como garrapatas a las bestias.

—Esta ruta es más segura —declaré.

—¡Pero eso hará que nos retrasemos sobremanera, maestre! —volvió a protestar.

—La derrota ya está hecha, Melchor —atajé categórica—. No se hable más.

17

Unos sonoros golpes en mi puerta me arrancaron de la suave soñera en la que había caído durante las últimas horas.

—¡Abridme, Carolina! —El vozarrón de Hernán se dejó oír desde el otro lado—. ¡Abridme, maestre!

Por los rayos de luz que se colaban por los vidrios de colores del espejo, supe que la mañana hacía horas que había llegado a Santa Marta; había dormido toda la noche y buena parte del día siguiente.

Muy de mala gana abandoné el lecho y fui a abrirle. A pesar de sus ojeras pronunciadas, su barba descuidada y sus prendas desaliñadas, mi compadre lucía una sonrisa que le iba de oreja a oreja.

—Buen día, Hernán. ¿De qué se trata? —pregunté con hastío. Había dormido muchas horas, pero seguía presa del cansancio.

—Venid conmigo afuera. Hay algo que tenéis que ver...

De hito en hito lo miré. Él, sin pronunciar palabra, tal como hizo aquel día en Maracaibo cuando me arrastró hasta la calle para enseñarme el galeón, me agarró del brazo y tiró de mí hasta la cubierta.

Una suave brisa nos recibió y me agitó el cabello. Fue una

sensación extraña, ya que con el turbante de Chela hacía tiempo que no disfrutaba de algo tan vulgar como sentir el viento en el rostro. Pero aquel día ninguna tela me cubría. Ni lo haría nunca más. Puesto que mis hombres estaban ya al tanto de mi condición, ocultar mi identidad carecía de todo sentido. Así que me propuse disfrutar del momento. Ya no importaba que me viesen. Ya no tendría que medir cada palabra o cada gesto que hacía.

En cuanto Mateo y Juan me vieron plantada en cubierta vinieron hacia mí. A su vez, Hernán me llamó para que lo siguiese hasta la toldilla. Tomando la escalerilla de la diestra llegué junto a él. Ambos grumetes me siguieron.

—¡Mirad! —Con su brazo extendido me señaló el puerto de Santa Marta. Una larga hilera de gente lo dividía en dos. Seguí la fila con la vista. Se perdía al doblar la esquina de una casona.

—¡Vienen por vos! —me gritó Juan el Mayor, a mi lado.

—¿¡Por mí!? —me alarmé.

—¡Vienen a veros! —coreó Mateo.

—Son vuestra dotación —comenzó a explicarme mi compadre sin dejar de sonreír—, marineros que desean formar parte del Venator.

—¿¡Y a qué tantos!? —repuse con el mismo tono de alarma. No concebía que tal revelación fuese cierta.

—¡Las nuevas vuelan en las Indias, Carolina! —continuó Hernán—. Muchos ya han oído hablar de Ponce Baena, el Berberisco, quien ha dado muerte al Vasco en La Tortuga. O conocen lo que ha obrado con su navío, el Venator, con el que ha hecho encallar a unos perros ingleses… y además saliendo indemne. Os admiran por ambas empresas.

—¿Cómo…?

«El aviso —recordé de pronto—. Seguramente vio al Venator y cómo nos deshacíamos de los piratas en el banco de arena». Aunque no lo divisé al echar el amarre, debía de haber arribado a Santa Marta antes que nosotros, puesto que era más ligero. En ese caso, era de suponer que había contado nuestra hazaña a las gentes de la villa. «Y en el mensaje que dejé en La Tortuga tras acabar con el Vasco figuraba el nombre del galeón...», concluí dándome cuenta de las implicaciones de todo aquello.

—Eso está bien —observó mi compadre mientras contemplaba con aprobación la multitud del puerto—. Necesitamos brazos con los cañones.

Necesitábamos todo tipo de marinos a bordo: varios carpinteros, otros tantos calafates, un despensero, un maestre de velas... Pero sin duda de lo que más justos andábamos era de artilleros, ya que se necesitaba una media de diez hombres por cañón; diez hombres para cargar, meter en batería, apuntar, disparar, frenar, refrescar y limpiar cada pieza antes de repetir el proceso para una nueva descarga; diez hombres para garantizar que todo se ejecutase de la forma más segura y en el menor tiempo posible.

—¡Hay hombres incluso de Cartagena, maestre! —corroboró Juan con entusiasmo.

—Como veis, la fama os precede... Aunque no sepan qué significa eso de «berberisco». —Mi compadre rio, y yo con él.

Debo decir que, ante la emoción de saber que contaba con el apoyo de tanta gente, hasta dos lágrimas tímidas escaparon de mis ojos sin que yo pudiese hacer nada por impedirlo. Y debo decir también que aún hoy, cuando rememoro este hecho, me sigue costando tomarlo por cierto.

Sentía la cruzada que Hernán y yo habíamos comenzado aquella noche de septiembre al pie de una casa sucia y abandonada de Maracaibo como algo personal, íntimo, por lo que no se me daba nada que otros, ajenos a nosotros, supiesen de ello, y por ese motivo en un principio me espantó la idea de que mi nombre fuese conocido en Tierra Firme; mas luego me percaté de que no era mi verdadero nombre el que conocían. Así que en realidad no era de mí de quien sabían. Además, que Ponce comenzase a ser mentado en esas aguas podía serme favorable: el Olonés, en venganza por la muerte de su mano derecha, podría venir a mi encuentro... Y yo lo estaría esperando.

En los siguientes días, a la par que mi dotación iba en aumento, ordené aprovisionarnos de agua y víveres, vino y velas, así como de repuestos varios para la nave como cabos y otros materiales. Y pedí hacernos con más artillería, pelotas y pólvora, en previsión de lo que pudiésemos encontrarnos en el camino. También aproveché esas jornadas en Santa Marta para que la cubierta y las bodegas fuesen, cepillo en mano, limpiadas a conciencia.

Una mañana decidí acercarme hasta el puesto que Hernán y varios de mis muchachos habían montado en el fondeadero con el fin de pasar revista a la futura tripulación.

—Patria y linaje —exigía Francisco, uno de los míos, a los candidatos que aguardaban en la fila.

—¡Cielo santo! —se quejó en una de estas mi compadre—. ¿No ves que estos dos de aquí son cuarterones? ¿¡Qué linaje quieres que tengan, majadero!?

Decidida a no intervenir, pues mi compadre estaba realizando una gran labor, intentando no ser avistada por sus ojillos oscuros di media vuelta y regresé a la nao.

Como carecía de todo sentido fingirse varón para la dotación, tanto para la nueva que cogería en Santa Marta como para la original de Maracaibo, hice voto de no volver a ocultarme tras el turbante de Chela nunca más. Tal determinación hizo que, en cuanto se corrió la voz de que el afamado Ponce era en realidad una fémina, muchos abandonasen la fila. Con todo, los que permanecieron también fueron muchos, por lo que no tardamos en alcanzar la cifra de setenta y cuatro hombres a bordo, setenta y seis si nos añadíamos, una vez más, Hernán y yo.

Si hasta Santa Marta llegamos con falta de hombres, de ella podríamos irnos con exceso de ellos. Y como la segunda situación era tan inconveniente como la primera, al de Avilés no le quedó más remedio que despachar al resto de marinos que allí aguardaban, los cuales, entre rezongas y pésetes varios, fueron despejando el puerto.

Desconozco si fue debido a que llegasen gentes de varios lugares de Tierra Firme o no, pero el caso fue que, a diferencia de la dotación de Maracaibo, la de Santa Marta tenía la peculiaridad de estar conformada por hombres de todas las patrias y calañas. De esta forma, se dieron cita en el Venator desde antiguos frailes hasta poetas, y se hablaban jerigonzas que iban desde la de la Ingalaterra hasta la de Portugal.

También esta vez me aseguré de hacerme con algún que otro hombre ducho con las armas, ante lo que nos pudiésemos encontrar allá en Guadalupe.

Cuando las reparaciones tocaron a su fin y todas las juntas quedaron selladas, partimos a palo seco de Santa Marta, rumbo a Puerto Cabello. Era la mañana del día que se contaban veintiuno del mes de noviembre.

Esa misma noche, tras compartir con Hernán, Lope y Melchor el potaje que nos había preparado Saturno, uno de mis nuevos cocineros, subimos a cubierta por petición mía, pues quería empezar a familiarizarme con mi nueva y numerosa tripulación.

Así, bajo un manto de estrellas, conocí a Tomás y a Sebastián, los dos hermanos cuarterones a los que el bruto de Francisco les había exigido patria y linaje días atrás. Su historia me llamó la atención: poniendo pies en polvorosa, habían huido hacía unas semanas de su cruel y tirano amo, allá en Cartagena, y, en un intento desesperado por salvar la vida, buscaron refugio en las montañas. Días después, sucios, famélicos y quemados por el sol, llegaron a Santa Marta. Ahora tan solo anhelaban algo de amparo, y así me lo hicieron saber: a ellos no se les daba nada si yo era varón o dueña; me serían leales siempre y cuando recibiesen un trato justo. Yo, naturalmente, les hice saber que, trabajando bien, todo hombre bajo mi mando recibiría un buen trato. Ellos, felices por oír tal cosa, se despidieron de mí entre inclinaciones simultáneas de respeto.

De la misma manera conocí esa noche a Guzmán, quien, pandereta en mano y a voz en pecho, empezó a deleitar nuestros oídos con sus endechas. Después, me volví a reunir con Hernán, Lope y Melchor.

Lope fue el primero en retirarse. Al poco, y viendo que Melchor y Hernán estaban en pleno disfrute de los poemas y del buen ambiente en general, opté por hacerlo yo, dispuesta a pasar una larga noche de descanso en mi cámara.

No me había dado tiempo a desprenderme del bicornio y prender la vela de la mesa cuando una sombra se me echó encima desde la siniestra. Caí al suelo con un golpe sordo.

Sin poder echar tan siquiera la mano al puñal de la bota, la única arma que llevaba encima, mi atacante comenzó a patearme. Sentí su furia en el estómago y en el rostro. También recibí varias patadas en los brazos cuando trataba de protegerme con ellos la cabeza.

En un momento que paró para lo que me pareció coger resuello, aproveché para lanzarle una patada a la rodilla. Eso lo hizo caer. Un pequeño aullido de dolor escapó de su boca. En esos segundos logré coger el puñal de la bota. Para cuando logré desenfundarlo y esgrimirlo, mi asaltante, recuperado ya de mi ataque, volvió a arremeter contra mí con fiereza. Me propinó tal golpe que me hizo perder el arma.

Nerviosa y desesperada miré en derredor en busca del cuchillo, mas la oscuridad que envolvía el cuarto me impidió localizarlo. Rápidamente traté de arrastrarme hasta detrás de la mesa. Mi prioridad era llegar hasta la silla de capitán, en donde había dejado el tahalí con la toledana. Pero estaba demasiado lejos, y unas manos fuertes me sujetaron por los tobillos y tiraron de mí con vehemencia.

—¡Ven aquí, zorra! —Reconocí la voz al instante. Domingo Saldaña, el artillero. El cabecilla del motín.

En el fondo de mi alma no le reprochaba el haberme traicionado, ya que el amotinamiento era algo plausible si llegaba a saberse mi verdadera condición. Por ese motivo me había refugiado bajo unas calzas y un pañuelo desde el principio. De ahí que, haciendo oídos sordos a las advertencias de Hernán, dejase libre al traidor; error que ahora iba a pagar con la vida.

Me volví en el preciso momento en el que capté el resplandor mortífero de una pequeña hoja descendiendo hacia mí. Rodé hacia la siniestra… demasiado tarde, y un dolor lacerante se abrió paso por mis costillas y me ascendió hasta el hombro. Cuando vi que la hoja volvía a descender hacia mí, sin tiempo de recuperarme y apartarme de su trayectoria, supe que iba a morir. A manos de un simple artillero. En mi propia cámara. En mi propio navío. «Y sin llegar a culminar mi misión».

Resignada a abandonar este mundo, cerré los ojos y esperé la cuchillada. Sin embargo, esta no llegó, pues otra figura irrumpió en la habitación y se abalanzó sobre Saldaña.

Aproveché el forcejeo entre ambos para hacerme con mi espada. Pero el costado me dolía a cada respiración y a duras penas pude ponerme en pie. Para cuando bordeé la mesa y logré mi objetivo, mi adversario ganaba terreno a la nueva silueta.

Con la espada en una mano, me llevé la otra a la cintura en un vano intento por frenar la sangre que se me escapaba entre los dedos y empapaba mis ropas. Me erguí todo lo que fui capaz para hacer frente al amotinado.

—¡Saldaña! —lo llamé, con el fin de distraerlo, ya que se disponía a mandar al otro mundo a mi salvador. Además, quería que se diese la vuelta.

Que lidiase con un traidor no implicaba que pretendiese despacharlo por la espalda. Así que, justo cuando se volvió hacia mí, lo atravesé de parte a parte con la toledana.

Un grito se ahogó en su garganta. Pese a la penumbra del cuarto, vi sorpresa en sus ojos. Sorpresa, ira, pánico y asombro. Todo a la vez.

De inmediato, la punta de otra hoja apareció en su pecho, sobresaltándome. Mi aliado lo acababa de apuñalar con su propia hoja desde atrás. Por lo que veía, él no había tenido ningún reparo en recurrir a la puñalada trapera.

Con una espada atravesándole los riñones y una daga hincada hasta la empuñadura en la espalda, Saldaña se desplomó a nuestros pies, cayendo muerto sobre mi hermosa alfombra.

Unos instantes después me flaquearon las piernas. Me precipité también al suelo. No obstante, en vez de darme de bruces contra él, caí en unos brazos cálidos y protectores.

—¡Carolina!

Fue entonces cuando descubrí que mi salvador no era otro que Melchor.

Unos preocupados ojos claros fue lo último que vi antes de que todo mi mundo quedase sumido en tinieblas.

Al despertar me percaté de que ya no estaba en mi cámara, sino tumbada sobre un catre de la pequeña enfermería de a bordo, en el sollado. Por quedar bajo la línea de flotación, en caso de ataque, el sollado es uno de los pisos más protegidos en un navío; de ahí que se instale en él la sala de curas.

Sobre mi muslo reposaba una cabeza pelirroja, sin duda la de Melchor. Pese a que su rostro me quedaba oculto, por los ronquidos supe que estaba profundamente dormido. ¿Qué hacía allí? ¿Por qué no estaba en cubierta cumpliendo con sus quehaceres? ¿Y por qué yo no estaba en mi cuarto?

Se despertó unos minutos después, cuando quise incorporarme y su cabeza resbaló de mi muslo al catre.

—¡Estáis despierta! —dijo risueño, aunque algo somnoliento.

—A duras penas —masculló sin girarme a mirarlo, ya que al primer movimiento que hice sentí que mil agujas me perforaban el costado, allá donde Saldaña me había apuñal...

«¡Saldaña!», me alarmé, recordando de pronto todo lo sucedido.

Ignorando el ardor, hice un esfuerzo por poner en orden mis pensamientos.

—¿Saldaña está...?

—Criando corales, maestre.

Asentí lentamente. Era la segunda vida que segaba en escaso espacio de tiempo, aunque lo cierto era que ninguno de los dos hubiese dudado en acabar conmigo de haber tenido oportunidad, el primero por ser un malnacido pirata con decenas de muertes a sus espaldas y el segundo por no saber perder. Si bien había sido yo la que fue en busca del Vasco, en ambos casos todo se había reducido a un «o él o yo». Aun así, despachar a un hombre de esta vida no era algo que me pudiese tomar a la ligera.

«¿Me perseguirán sus muertes?», me descubrí preguntándome.

—No le dediquéis ni un pensamiento a ese malparido perjuro, maestre —me aconsejó Melchor, como si me hubiese leído la mente—. Ya visteis que estaba más que dispuesto a acabar con vos.

Sintiéndome descubierta, forcé una sonrisa.

—¿Cómo os encontráis?

El tono serio y preocupado con el que formuló la pregunta hizo que alzase la vista hacia él. Sus ojos me devolvieron una mirada dulce. Noté la boca terriblemente seca de repente. Le pedí agua. Él, solícito, asintió. Se puso en pie.

—Avisaré a los demás —anunció antes de salir, dejándome sola.

Sonreí, agradeciendo en mi cabeza el haber tenido al pelirrojo como acompañante en mi despertar.

Seguía lidiando con el dolor punzante cuando entró un apurado Hernán, acompañado de un más sereno Lope.

—¡Ponce! ¡Cuánto me alegro de veros! —me dijo el primero, abrazándome.

Ante su abrazo opresor, una mueca de dolor me crispó el rostro, la cual no pasó desapercibida al galeno.

—Sosegaos, contramaestre, que el señor Ponce vivirá para contemplar un amanecer más. —No se me escapó que el cirujano seguía tratándome de varón.

Hernán se separó de mí, cohibido.

—¿Estáis bien?

—Estoy bien, Hernán. Gracias —contesté con calidez. Era lo más parecido a un padre que tenía en esos momentos.

—Ese hideputa de Saldaña... No estaba de acuerdo con dejarlo marchar por las buenas, ya lo sabéis; pero nunca imaginé que fuese capaz de semejante canallada. —Hizo una pausa—. Perdonadme por no haber estado ahí.

—¡Hernán, por Dios! No hay nada que perdonar.

—La puñalada no perforó ningún órgano —empezó a explicarme Lope con voz suave—. Mas perdisteis bastante sangre. Por eso...

—Por eso di orden de traeros aquí en lugar de dejaros en vuestra cama —remató mi compadre—. Sería un atropello mancillar esos algodones sedosos con vuestra sangre —bromeó.

Pese a que era su superior, Lope no dudó en lanzarle una mirada censuradora, aunque no supe si fue a causa de su chanza desacertada o por haberlo interrumpido. Luego, mudando la expresión, se volvió hacia mí y, con el mismo tono de antes, prosiguió:

—Por eso, ahora lo que tenéis que hacer es guardar reposo.

—Yo me encargo de vadear Maracaibo —me aseguró el de Avilés.

—¿¡Ya estamos en Maracaibo!? —me alarmé.

Santa Marta distaba de mi hogar ciento cuarenta y dos leguas, según calculé al trazar con Melchor la derrota tierra a tierra hasta Guadalupe. Si nuestra singladura era de unas veinticinco leguas, eso me daba que había permanecido inconsciente un total de cinco días. ¡Cinco días!

Traté de levantarme de nuevo.

—Necesito... —comencé, pero las manazas de Hernán sobre mis hombros me impidieron incorporarme.

Una figura apareció en el umbral, sin atreverse a acercarse. Era Melchor, que regresaba con el agua que le había pedido.

—Os requieren arriba, contramaestre —le dijo a Hernán,

quien asintió en dirección al recién llegado antes de volverse hacia mí.

—Ya habéis oído al matasanos, Ponce. Descansad y no os preocupéis por nada.

Y calándose su sombrero de marino, salió de la estancia con paso firme.

—Acércate, muchacho. No seas tímido —le pidió Lope al pelirrojo a la vez que le hacía un ademán con la mano. Luego me susurró—: No se ha despegado de vos ni un solo día.

Con paso trémulo, Melchor llegó hasta nuestra posición y me tendió una jarra. De mientras, yo pensaba en cómo interpretar la confesión de Lope.

—El agua... —titubeó.

Bebí con avidez, apurando hasta la última gota.

—Despacio, maestre —me reprendió el cirujano. Después, tras intercambiar unas palabras de despedida conmigo, salió.

En la enfermería solo quedamos el pelirrojo y yo.

—Gracias por ayudarme el otro día —comencé tras unos instantes de silencio—. Si no llega a ser por ti, ahora... —Me detuve al ver que cogía mi mano entre las suyas. En otra circunstancia, al tratarse de un marino bajo mi mando, la hubiese retirado como si de fuego se tratase a la par que le soltaba algún desaire. Mas mentiría si dijese que no me agradó sentir esa proximidad, esa calidez..., porque lo hizo, y mucho.

Alcé los ojos y me encontré con los suyos clavados en mí. Desconozco si fue por lo que vi en ellos o por la cuantía de sangre que Lope había afirmado que había perdido, pero el caso es que me mareé; hasta el punto de que creí que volvería a perder la consciencia. De ello que me aferrase aún más a sus manos, como si se tratase del único punto firme en un mundo que no dejaba de girar a mi alrededor.

—¡Maestre! —gritó de pronto Mateo desde el umbral.

Ante el recién llegado, Melchor se apresuró a liberar mi mano.

—¿Qué ocurre, Mateo? —pregunté con tono de cansancio.

—El contramaestre desea que os haga saber que ya estamos dejando atrás Maracaibo.

—Gracias, Mateo. Puedes retirarte.

El grumete, tan pronto como había aparecido, desapareció.

—Será mejor que vuelva a mi puesto y os deje descansar —manifestó Melchor.

El pelirrojo salió, dejándome sola. Más serena por no tenerlo cerca, dejé por un momento que mi mente viajase lejos.

Maracaibo...

¿Qué sería de Pedro? ¿En qué ocuparía su tiempo ahora, después de tantos años en la mar? Conociéndolo, sabía que no se habría separado de su familia. Y a Chela y a Miguel, ¿cómo les iría con la casa y los animales? Un sentimiento de melancolía me atenazó el corazón pues, tan obcecada como estaba en dar caza al Olonés, hacía semanas que no pensaba en ellos, buena gente que había dejado atrás.

¿Y mi prometido? ¿Qué habría sido de él? Una parte de mí hubiese dado gustosa el brazo de la espada solo por ver la jeta de pasmo que se le tuvo que quedar a don Alfonso padre al descubrir mi marcha. ¿Habría encontrado otra cuitada a la que endosarle a su primogénito? Suponía que no, en vista de que tuvieron que recurrir a lo firmado con mi padre un año atrás. Sin duda, el noble me estaría maldiciendo como si fuese el mismísimo Lucifer reencarnado. Si algún día regresaba a Maracaibo tendría que discurrir alguna estratagema para no volver a tener frente a mi puerta ni a don Alfonso ni a ninguno de sus fieles perros.

Aunque, para eso, antes tenía que sobrevivir al Olonés...

Para cuando llegamos a la altura de Puerto Cabello y sus célebres aguas calmas, yo ya estaba bastante recuperada. Al tajo que me había causado Saldaña aún le restarían varias semanas más hasta cicatrizar por completo, pero al menos podía moverme con relativa facilidad por el galeón.

Una vez pasamos de largo la ciudad, afamada en todo el Nuevo Mundo por partir de ahí las mejores remesas de tabaco, cacao y algodón, mandé drizar velas para arrumbar hacia Margarita, en donde echaríamos el amarre para hacer aguada.

Dos días después, pese a marear siguiendo la costa, uno de mis vigías avistó una nave sospechosa. La intranquilidad se apoderó del navío.

—Juzgaría que es una corbeta —opinó Hernán, mirando por el catalejo.

—¿Es peligrosa? —quiso saber Melchor.

Las corbetas eran las naos predilectas de los corsarios en esas aguas; no obstante, negué con la cabeza.

—No lo creo. Son naves muy ligeras, pero malamente pueden artillar más de veinte cañones.

—Con todo, no estaría de más lanzarle un cañonazo —consideró mi compadre—. De advertencia.

—Está bien —accedí—. Que dispongan uno de los cañones.

—Melchor, encárgate.

Tras un rápido asentimiento, el pelirrojo desapareció bajo el segundo puente.

—Y si osan aproximarse más, Hernán, ordena lanzar los tiros dobles, que para algo tenemos la santabárbara a rebosar.

Unos minutos después, sin apartar los ojos de la corbeta pirata, oímos nuestro cañonazo, un disparo sin bala. La advertencia pareció obrar su función, dado que la nave, si bien nos siguió un buen trecho, se mantuvo siempre a una distancia prudente y no nos dio más guerra.

Al atardecer del viernes que se contaban dos días del mes de diciembre echamos el amarre en Margarita, isla situada a ciento cincuenta y cinco leguas al sudeste de Maracaibo y a unas siete leguas al norte de Tierra Firme.

En La Perla, nombre con el que mi padre y otros tantos marinos solían referirse a la isla a cuenta de sus playas de ese color, hicimos aguada. Pero nada más, ya que de munición y de víveres aún llevábamos los pañoles repletos de Santa Marta. Por tal motivo, esa vez no hubo paga ni permiso para desembarcar para ninguno de los muchachos, pues arribamos al ocaso y partiríamos con las primeras luces del día siguiente.

Tras una noche larga y trabajosa, bregando con toneles y más toneles de agua, al alba abandonamos Margarita, última isla del archipiélago de Sotavento para, virando a babor, internarnos en el de Barlovento, rumbo a Guadalupe, refugio del hijo de mil perras del Olonés.

18

Me hallaba en mi cama, examinando las cartas de marear, cuando llamaron a la puerta. Los golpes me hicieron recordar otros, los de la noche que Pedro se presentó en la hacienda. Me sobresalté. Sin embargo, para fortuna mía, el pensamiento pasó fugaz y enseguida me recompuse.

—¡Maestre! —gritaron desde el otro lado. Era Juan—. ¡El contramaestre os necesita en la tolda!

—¡Dile que ahora voy! —Al instante oí unos pies alejarse a todo correr—. Qué demonios pasará ahora... —refunfuñé para el cuello de mi camisa mientras retiraba los papeles y la sábana a un lado y bajaba de mi señora cama.

Después de haber pasado toda la noche en vela mientras cargaban el agua en el Venator, lo único que anhelaba era que la jornada siguiente se desenvolviese con sosiego. Pero la voz de Juan parecía nerviosa, así que debía de tratarse de algún asunto importante. Y Hernán jamás me sacaría de la cama por minucias.

Enfilé mis pasos hacia la jofaina, al otro lado de la habitación, y me lavé la cara y los brazos. A continuación, me atusé un poco la cabellera y me calcé las botas y el bicornio. Aunque echaba en falta mis vestidos y desde el motín ya no había necesidad de fingirme varón, seguía usando ropas de hombre por comodidad, que no era poca. Aún estaba ajustándome al pecho el tahalí cuando dejé la cámara y salí al alcázar. Allí, Hernán estaba enfrascado en una acalorada discusión con Melchor, y ni me vio llegar. Gonzalo y Juan estaban con ellos, mirándolos sin atreverse a intervenir.

Las mejillas se me incendiaron en cuanto vi que el pelirrojo no llevaba nada de cintura para arriba. Pese a mi reparo, aproveché que nadie me prestaba la menor atención para observar su torso unos segundos de más. Después, al ver que la disputa subía de tono, intervine:

—¿Qué está pasando aquí?

Hernán se giró a mirarme, dejando a Melchor con la palabra en la boca.

—¡Filibusteros! ¡Eso pasa, para variar! —me explicó hecho una furia.

—Miguel, el vigía, los acaba de avistar —intervino Gonzalo.

—Por eso he mandado llamaros. Echad un ojo si queréis —agregó mi compadre tendiéndome el catalejo.

Suspiré resignada; no hacía ni una jornada que habíamos partido de Margarita y ya estábamos otra vez rodeados de ladrones y asesinos. De improviso, el estruendo de un cañonazo se dejó oír en las vastas aguas del mar Caribe. Cogí la lente con ambas manos y me la llevé al ojo.

—Están atacando a otro navío —musitó Melchor, apesadumbrado.

En lontananza, un majestuoso galeón de cuatro palos estaba siendo abordado por otra nave más pequeña y maniobrera, la cual arbolaba tres palos; parecía una pinaza.

El nombre del galeón no llegué a verlo, pues quedaba oculto tras el casco de la nave pirata, cuyo nombre era Conqueror. Yo ignoraba qué demonios significaba en cristiano, aunque supuse que se trataría de ingleses o flamencos, a lo más seguro. Con todo, el galeón era español, ya que navegaba bajo el pabellón carmesí de la Corona.

Otro cañonazo rompió el silencio, resonando en nuestros oídos y en nuestros corazones.

Desde nuestra posición no oíamos los gritos, pero en verdad debía de haberlos, y a montones; gritos desgarradores, capaces de quebrar en dos al más ahigadado.

—He ordenado a Gonzalo, aquí presente —dijo Hernán al tiempo que lo señalaba—, seguir rumbo, pues creo que es lo más conveniente. Mas la decisión final os corresponde a vos, Ponce.

El de Avilés me seguía tratando de Ponce, al igual que Lope. Aunque si el galeno lo hacía siempre, mi compadre lo hacía solo en presencia de otros o cuando abordábamos asuntos serios, como el que en esos momentos nos acontecía.

—Es lo más sensato, en efecto —convine no sin cierto dolor, pues no me hacía gracia ver cómo unos piratas pasaban a cuchillo a nuestros compatriotas.

—¿¡Qué!? —se sorprendió Melchor—. ¿¡Es que no vamos a socorrer a la otra nao!? ¡Es española, por Dios!

—¿¡Otra vez con esas, mastuerzo!? —se le encaró mi compadre a voz en grito—. ¡También es mi patria! ¡Pero si vamos de buen grado a ayudar, sabes de sobra que corremos el peligro de que...!

—¡Hernán! —lo acallé. La decisión ya estaba tomada. No había lugar para seguir discutiendo, y menos entre nosotros.

A mí también se me partía el alma al presenciar tamaña brutalidad, pero sabía que Hernán estaba en lo cierto: ir a socorrerlos era demasiado peligroso. No era tan necia como para arriesgar mi nave y a mis hombres por un navío que, con toda seguridad, ya estaba condenado.

Tragué saliva. Aparentando una serenidad que no sentía, con voz pausada le dije a Melchor:

—Como he dicho, continuar rumbo es lo más sensato. Solo presentaremos batalla en caso de que nos sigan. —Me giré hacia Hernán—. Mantened los ojos bien abiertos. Y llamadme si hay cambios.

Si a Melchor le dolieron mis palabras, más me dolió a mí pronunciarlas, pues yo era quien debía decidir y dar la consecutiva orden a la tripulación, además de asumir de antemano las consecuencias que de ello pudiesen derivarse.

—Sí, maestre —contestó mi segundo.

Enfilé mis pasos de vuelta a mi cámara. Melchor me siguió con paso decidido.

—¡Pero, Carolina, no…!

—¿¡«Carolina»!? —me revolví. Él se detuvo en seco. Únicamente Hernán me llamaba por mi nombre—. Soy tu capitán, por lo que te dirigirás a mí siempre como «señor Ponce» o como «maestre». Harás bien en recordarlo.

Algo en mi mirada debió de espantarlo, ya que agachó la cabeza.

—Y reza para que ese galeón sea lo bastante jugoso como para que no se alleguen hasta nuestra posición —añadí.

En verdad hoy sigo creyendo que me excedí aquel día. Pero si reaccioné con tanta dureza fue porque a una parte de mí le aterraba ese acercamiento suyo hacia mi persona. Como un marinero más bajo mi mando que era, debía tratarme de igual forma que el resto. Además, acababa de dar una orden que él parecía no querer acatar…

—¡Y ponte una camisa, por Dios! —acabé espetándole sin venir mucho a cuento, ya que ni Hernán ni yo habíamos impuesto a la tripulación norma alguna sobre la vestimenta a bordo.

Cuando llevábamos varias jornadas mareando por el archipiélago de Barlovento y habíamos logrado dejar atrás islas como Granada o Santa Lucía sin más encontronazos con filibusteros, bucaneros o corsarios, un tiempo desapacible y una mar picada nos envolvió un amanecer. A eso se le unió, unas pocas leguas después, una espesa bruma.

Mientras la tripulación trajinaba allá y acullá, Hernán y yo nos reunimos en el castillo de proa, expectantes ante lo que pudiera haber más allá del velo denso que rodeaba el galeón. Melchor, que pasaba por cubierta portando al hombro unos cabos, en cuanto nos vio dejó estos junto al trinquete y se reunió con nosotros. Al poco lo hizo también Lope.

—¡Condenada bruma...! ¡Encallaremos como no se disipe! —estalló malhumorado el pelirrojo.

—Es presagio de que algo se acerca... —murmuró el galeno con su característico tono sereno.

—Si las cartas de mi padre son precisas, que así lo creo, no encallaremos.

—A Ponce son otros menesteres los que le quitan el sueño... —expresó mi compadre con esa sonrisa torcida suya.

—Corsarios y bucaneros —dedujo Melchor.

—¿Mando encender los fanales?

—No, Hernán —atajé—. Así seríamos un blanco fácil.

Sin mudar el rumbo ordené, bajo la amenaza falsa de tirar a los infractores por la borda, navegar sin encender farol alguno que pudiese delatar nuestra posición, así como faenar en el más absoluto silencio. En esa calma tan abrumadora, el más mínimo ruido, como podía ser el incesante crujir de los tablones del Venator, se amplificaba decenas de varas a la redonda.

De igual modo, dispuse que todos los artilleros llevasen encima yesquero y mecha, prestos así para disparar ante cualquier eventualidad. Hernán, por su parte, en la cofa del palo mayor apostó a otro vigía además del que ya teníamos. También mandó abrir todas las portas de los puentes y poner a punto todos y cada uno de los cañones, incluidos los de cubierta.

Las horas transcurrieron sin incidentes, hasta que al ocaso de ese mismo día uno de los vigías, quebrando el silencio, gritó lo que yo tanto había esperado y temido:

—¡Nao a la vista!

—¡A estribor! —lo secundó su compañero desde las alturas.

Todos se giraron a mirar en la dirección que indicaba el segundo vigía. Yo corrí a la baranda de estribor. Con el pecho asomando por ella, achiqué los ojos en un intento de ver más allá de la bruma.

La expectación no duró mucho y prontamente distinguimos cómo el casco de un portentoso galeón aparecía de la nada junto a nosotros.

—¿¡Cómo han podido avistarnos!? —se asombró mi compadre.

Era la pregunta que nos hicimos todos.

Estaba a una legua escasa o legua y media, demasiado cerca para esquivarlo y escapar a todo trapo, por lo que no nos quedaba otra que presentar batalla. Luego, ya trataríamos de escapar.

Su mascarón de proa lucía una medusa grande y rosada.

Mateo, sin yo decirle nada, apareció de pronto junto a mí abrazando varias pistolas; me tendió dos, las cuales acepté de buen grado. Después fue hasta Hernán, unos pasos más allá, y le tendió otras dos.

Me guardé ambas armas al cinto. Acto seguido, desenvainé la blanca.

—¡Melchor! —lo llamó Hernán.

—Los cañones. ¡Voy! —dijo el interpelado y desapareció bajo el combés.

Ya no tenía sentido guardar silencio ni tampoco permanecer en penumbra, por lo que mandé encender los fanales de popa y los faroles de cubierta; necesitaríamos luz para artillar las armas, y el sol comenzaba a desaparecer tras el horizonte.

Señalé a un grupo de hombres con la punta de la espada.

—¡Vosotros tres, a los falconetes! —les grité—. ¡El resto, a estribor!

Al punto, unos dieciocho hombres, todos ellos arcabuceros y mosqueteros de la dotación de Santa Marta, se apostaron en el flanco de estribor, por el que acortaba distancia el galeón pirata a cada segundo que pasaba.

En cuanto juzgué que la nao enemiga se había acercado lo suficiente, di orden de disparar la primera andanada de cañonazos. Los falconetes, los arcabuces y los mosquetes, por conformar la artillería menuda, los reservaría para cuando nos abordasen, obra que sin duda intentarían pues, de no ser así, no se aproximarían tanto.

Como era de esperar, respondieron a nuestros cañonazos con más cañonazos.

—¡Maestre! —Melchor había vuelto a aparecer en cubierta y venía hacia mí. El sudor le perlaba la frente y gran parte del rostro—. ¡Los muy bellacos nos están disparando pelotas unidas con cadenas!

—¡Buscan desarbolarnos! —me sorprendí. Si lo lograban, de nada nos serviría salir con vida de ese encontronazo, ya que nos quedaríamos varados en alta mar.

Para reafirmar mis palabras, varios estruendos más se dejaron oír y al poco contemplé atónita e impotente cómo el palo de mesana, sin partirse en dos del todo, caía hacia un lateral de la nao, haciendo saltar parte de la baranda de babor y aplastando en el camino a uno de mis hombres y atrapando la pierna de otro, el cual aulló de dolor.

Amagué con ir a socorrer al marino herido, pero Melchor, cogiéndome del brazo con el que empuñaba la espada, me retuvo junto a él.

—¡Por Dios que no les dejaremos vencer!

—¡Voto a tal!

El daño causado al Venator no era baladí, mas por suerte el mástil había caído hacia babor y no sobre la vela mayor y la gavia, en cuyo caso hubiese estado perdido.

—¡Melchor, vuelve abajo! —grité para hacerme oír entre el cruce de cañonazos—. ¡Que no dejen de disparar!

—Tened mucho cuidado, Carolina —me respondió, con una honda preocupación en sus penetrantes ojos azules.

Esa vez no me importó que me llamase por mi verdadero nombre.

—Y tú —asentí antes de que se alejase de vuelta al combés.

En cuanto lo hube perdido de vista, enfilé mis pasos hacia el marinero atrapado bajo el palo de mesana. Ni dos zancadas había dado cuando gritaron:

—¡Nos abordan!

—¡Maldita la hora y maldita su estampa! —me lamenté. El pobre hombre bajo el mástil tendría que esperar.

Con paso presto regresé a la baranda de estribor.

—¡Dos grados a babor! —indiqué a Gonzalo en cuanto pasé frente al timón.

Para cuando me asomé, varios garfios unían nuestra nave a la enemiga; e incluso algunos filibusteros, los más osados, ya escalaban hacia nuestra cubierta por las cuerdas de los ganchos.

—¡Las sogas! ¡Cortad las sogas! —grité a nadie en particular a la par que las iba cortando yo. Por el costadillo del ojo vi cómo Hernán y otros marinos hacían lo propio.

Me pasé la ropera a la siniestra para con la diestra desenfundar la primera de las dos pistolas que me había entregado Mateo.

—¡Santo Dios! —masculló al contemplar la escena.

Pese a que había crecido rodeada de historias de abordajes y luchas tanto en el mar como fuera de él, jamás había presenciado una contienda. Nunca había visto cómo un batiburrillo de hombres se insultaban, se golpeaban, se rompían los huesos o se mataban. Era la primera batalla que mis ojos contemplaban y, justo por eso, era también la más violenta. La más cruel.

De pronto, la cubierta del Venator se me antojó asfixiante.

—¡Fuego! —oí que gritaba Hernán a los arcabuceros y mosqueteros. Hasta entonces solo habíamos empleado los cañones, tanto los de los puentes como los de cubierta.

Repuesta de la sorpresa, yo también disparé a los piratas que iban saltando al Venator. Una veintena de filibusteros cayeron a las aguas entre ambos galeones con sus cuerpos agujereados. Pero desde el otro navío no cesaban de lanzarnos garfios y más garfios.

Sin tiempo para detenerme a recargar la pistola, la tiré a un lado y desenfundé la otra. Mientras tanto, los marineros intentaban repeler el abordaje con chuzos, creando una muralla impenetrable de puntas afiladas. Entre ese grupo reconocí los rostros de Juan el Mayor y los dos hermanos cuarterones.

El único consuelo entre toda aquella barbarie fue que los dos grados a babor que le había indicado a Gonzalo comenzaron a percibirse, de modo que poco a poco fuimos separándonos de la nao enemiga.

—¡Que no pasen! —grité.

Si los conteníamos el tiempo suficiente para salvar la distancia de abordaje, tal vez lográsemos escapar indemnes.

—¡Maestre! —me alertó alguien.

Enardecida, disparaba al frente y cercenaba los garfios que sin descanso llegaban, por lo que ni reparé en que un filibustero, a mi siniestra, había logrado pasar y venía hacia mí dispuesto a matarme.

Gracias a Dios, aquella voz, de la que nunca supe quién era su dueño, me avisó con el tiempo justo para volverme y disparar la última bala que me quedaba. A escasas dos zancadas de mí, el tiro impactó en pleno entrecejo del pirata. Se desplomó cual torre de naipes. No obstante, en ese breve instante en el que dejé desatendida la baranda, lograron pasar otros dos. Uno portaba una hachuela de abordaje y el otro una daga y un alfanje.

Preparándome para la pelea, devolví la espada a la diestra. Así, la siniestra me quedaba libre para la pistola. Ya había gastado su munición, pero a falta de más armas de las que proveerme, la usaría como cachiporra.

Los piratas me rodearon, uno por cada flanco. Transcurrieron unos segundos expectantes en los que los tres medimos los movimientos del contrario.

—¿Acaso pensáis atacarme de uno en uno? —los provoqué, aunque tratándose de filibusteros dudaba de que hablásemos la misma lengua. Sin embargo, algo debieron de entender, o al menos intuir, porque me atacaron. Los dos a la vez.

Agarrando la pistola por el cañón, tan rauda como pude, la arrojé contra el hombre de la hachuela. Le impactó de lleno en la cara y lo derrumbó. Fuera de combate ese, ya podía concentrar todos mis esfuerzos en su compañero.

La cuchillada de Saldaña, aún cicatrizante, ralentizaba mis movimientos. Aun así, con la toledana le fui parando todos y cada uno de los embates. Frenar la daga que llevaba en la otra mano, en cambio, era otro cantar. Además, la lesión, que hacía que la piel me restirase a cada gesto, un par de lances más tarde provocó que toda la zona del costado comenzase a arderme. A partir de ahí, mi actuación se volvió lenta y fatigosa. Con espanto observé que llegaba tarde a parar varios tajos. Por suerte, fueron a dar a los gavilanes de mi blanca. Mas todos somos conocedores de que la buena estrella nunca es eterna... y mis fuerzas disminuían a pasos agigantados. Tenía que despachar, por tanto, a mi enemigo, y tenía que hacerlo cuanto antes o no saldría viva de ese enfrentamiento. Pero me sentía tan cansada, tan exhausta...

Un pinchazo como el de mil cuchillos me recorrió el costado mientras esquivaba su último ataque. Ahogué un grito. El dolor me hizo encogerme. Al hacerlo, bajé la guardia. Un grave error, ya que las embestidas de mi adversario no cesaban.

Todavía encogida, traté de contenerlas. Concentrada en su alfanje, ni me dio tiempo a parar la daga que venía directa hacia mi flanco izquierdo. Por instinto, interpuse el brazo. A la fina hoja no le costó encontrar mi piel y la herida enseguida comenzó a sangrar.

Fue ante la visión de mi propia sangre expandiéndose por la manga de la camisa cuando tomé cuenta de que estaba allí, haciendo lo que hacía, con un único propósito, el mismo que acaparaba todos mis sueños; y en ellos solo había venganza. Demasiada como para rendirme ante un malnacido pirata.

Tal pensamiento me sirvió para encontrar las fuerzas y con un giro rápido de muñeca le desarmé la mano de la daga. El arma cayó lejos de nosotros.

Sus ojos destellaron furia cuando volvió a cargar contra mí.

Si tras quitarle la daga pensaba que la riña me sería más favorable, me equivoqué; él seguía esgrimiendo su alfanje y me superaba en fuerza. Además, me percaté de que me hacía perder terreno cada vez que nuestros filos se encontraban. Recurrí entonces a lo más efectivo, a aquello en lo que mi padre no me instruyó en materia de lucha, mas sí mi madre: una buena patada en la entrepierna. El filibustero se dobló por los ijares. Aproveché para propinarle un golpe en la cabeza con el puño de la ropera. Se desplomó como un fardo.

Como había caído de lado, con la punta de la bota lo empujé para ponerlo boca arriba. El bellaco, desorientado, ni advirtió cómo lo ensartaba con la hoja. Hasta que no oí el último de sus estertores, no retiré la espada de su pecho. Posteriormente, miré en derredor mío.

Los sonidos de refriega rechinaban unos contra otros en una cacofonía terrible mientras mis hombres seguían repeliendo el ataque, luchando con los piratas que aún quedaban en cubierta. No obstante, ya no nos abordaban. Suspiré con fuerza. Gonzalo había hecho bien su labor separándonos de la otra nave.

—¡Ahora! —grité jubilosa en cuanto vi que la distancia entre ambos galeones era lo suficientemente grande como para poder alejarnos.

Los filibusteros seguían lanzando más y más ganchos, aunque ya no llegaban a nuestra regala. A su vez, uno a uno fueron cayendo todos los malnacidos que quedaban en el Venator.

—¡Gonzalo, todo a babor!

Aunque mis cañones no dejaron de disparar ni un solo segundo durante nuestra huida, para los que estábamos en cubierta la lucha había terminado.

Herida y sin resuello, liberé la mano de la espada, la cual cayó al suelo con un sonido metálico. Acto seguido, me dejé caer yo, con la espalda recostada contra la baranda. Me remangué la camisa por encima del codo para examinar la cuchillada: parecía bastante grande mas no profunda; me recuperaría. Y no me impediría blandir una hoja en el futuro.

De pronto oí un grito de guerra. Alcé de inmediato la cabeza. El pirata de la hachuela, recuperado del golpe, venía hacía mí con el arma en alto. ¡Me había olvidado por completo de él!

Mostraba un profundo corte en una ceja del que brotaba abundante sangre, lo que le dificultaba la visión. Todavía desde el suelo, alargué la mano hacia la empuñadura de mi blanca. Pero mi mano solo acarició aire. Miré a mi alrededor. La espada reposaba unos pasos más allá; había rodado a cuenta del movimiento oscilante de la nao. Tragué saliva con fuerza. No llegaría a tiempo de blandirla.

La desesperación me atenazó el ánima cuando vi que el filibustero ya descargaba su arma sobre mi cabeza. Cerré los ojos.

La oscuridad no llegó. Por algún motivo, ese infeliz no había culminado su obra.

Alcé el rostro para mirarlo. Detenida su hachuela a media trayectoria, había agachado la barbilla para contemplar atónito cómo de su pecho nacía una mancha carmesí que se expandía con celeridad, empapándole la camisa.

Una bala cuyo disparo yo no había oído, quizá ahogado por el estruendo de los cañones, le había perforado el corazón.

Me giré para conocer la procedencia del pistoletazo. Unas varas más allá vi a Hernán, quien, con el brazo aún extendido y la pistola en alto, no apartaba los ojos de mí.

Al oír el golpe de la hachuela contra los tablones de cubierta, torné a mirar al pirata justo para ver cómo le fallaban las piernas. Cayó al suelo con pesadez, muerto. Dejé escapar todo el aire que había estado reteniendo.

Mi compadre se aproximó. Lucía varias heridas en la cara y varios cortes en los brazos, y la piel de alrededor del ojo diestro comenzaba a amoratársele.

Me tendió una mano, la cual acepté de buen grado.

—Estáis hecho todo un pistolero —dije en cuanto estuve en pie.

Aceptó el requiebro con una sonrisa.

—Demasiados años como soldado, maestre —repuso.

Sin previo aviso, un grito estridente, emitido por decenas de gargantas, llenó la cubierta del Venator. No era un grito causado por el dolor o la pena, sino por la alegría. Nuestros cañones acababan de partir en dos el palo mayor de la otra nave, palo que, en su caída, se había llevado por delante el del trinquete y a varios condenados piratas.

—Lo comido por lo servido —valoró Hernán.

Asentí con la calma que da el sentirse de nuevo a salvo.

Si ellos nos habían desarbolado un palo, nosotros les habíamos desarbolado dos. No obstante, el júbilo de mis hombres y la paz que yo sentí en ese momento no eran por haber destrozado el otro galeón, sino por lo que implicaban esos destrozos: sin dos mástiles ya no les sería posible ir en pos nuestro. Por consiguiente, no era preciso que escapásemos a todo trapo, bastaba con que abandonásemos tranquilamente el lugar.

Manejé la idea de aprovechar nuestra posición ventajosa para hundir a esos bellacos, pero seguían disparándonos. Así que aún estaban en disposición de abrirnos una vía, una que nos llevase al fondo. Con el fin de evitar ese riesgo, sin disponer nada más, di orden al timonel de sacarnos de allí.

Mientras contemplaba con las primeras luces del alba cómo el malparado galeón pirata se iba empequeñeciendo conforme nos alejábamos de él, no pude más que pensar con el pecho henchido de orgullo que el mío, antaño pirata también, era el más majestuoso y bravío que pudiesen arropar las aguas del Caribe.

19

Como el ataque del galeón filibustero se había producido a escasas veinte leguas al oeste de Martinica, Hernán y yo optamos por arribar a esa pequeña isla para reparar la nave. Al igual que cuando anclamos en Santa Marta, el casco lucía un sinfín de boquetes de distintos tamaños que era preciso cerrar. Sin embargo, esta vez lo que más nos urgía era sustituir la mesana; el galeón podía marear con dos palos, pero el retraso que sufriríamos sería enorme. Y eso sin contar con que tuviésemos que huir a todo trapo de otro navío pirata. En ese caso sí que estaríamos perdidos.

—Tomar tierra sería lo más sensato —expresó mi compadre, tras llevar un tiempo de debate sobre si detenernos para reparar el Venator o proseguir rumbo.

—¿Valederamente lo sería? —señalé algo reacia—. Esas tierras están bajo dominio francés. En sus playas anidará un sinnúmero de corsarios.

—Nos acercamos a Guadalupe, Ponce. Además de reparar el galeón, podríamos reponer la santabárbara y algún que otro bastimento —expresó—. Sería lo más conveniente.

Por mucho que me disgustase echar el amarre en Martinica, más me disgustaría toparme al fin con el Olonés y comprobar que no contaba con bolas para hundir su maldita nave. Con tal idea en la cabeza acepté las concienzudas palabras de mi compadre.

Al día siguiente echamos el ancla en la isla montañosa, en pleno corazón del archipiélago de Barlovento. Martinica, bañada al oeste por las aguas del mar Caribe y al este por las del Atlántico, debía su nombre a Cristóbal Colón, quien la descubrió allá en el año de 1502. No obstante, llevaba algo más de treinta años bajo la Corona de la Francia cuando mis hombres y yo fondeamos en ella.

En cuanto la guindaleza cayó a las transparentes aguas del puerto, mandé a Mateo a por Hernán; y a Juan, a por Melchor y Lope. Ellos tres eran los hombres de mayor confianza para mí en el Venator, y tenía algo importante que decirles.

Lope fue el primero en llegar a mi cámara, Melchor entró al poco y, por último, lo hizo Hernán. Con los tres reunidos frente a mi escritorio, despaché a ambos grumetes y tomé asiento. Hernán hizo lo propio en la única silla que había al otro lado del mueble mientras que Melchor y el galeno, por falta de espacio, permanecieron de pie.

Me había pasado la última hora anotando en un papel todos los requerimientos que juzgué que necesitaba el galeón. Con la hoja entre las manos comencé a hablar:

—Lope, necesito que te encargues del aprovisionamiento de bastimentos. Dispones de dos pañoles para tal fin.

—Como digáis, maestre.

—Habla con el despensero —continué—. Él te detallará todo.

—De eso puedo encargarme yo —se ofreció mi compadre.

Sacudí la cabeza.

—No, Hernán. Por vuestra formación, prefiero que vos os ocupéis de la munición. Conseguidme pelotas desde veinte hasta cincuenta libras. Y más artillería menuda; perdimos mucha en el abordaje.

—Dadlo por hecho, Ponce. Me llevaré a Francisco y a otros artilleros para que me ayuden.

—Buena idea —convine. Me volví hacia Melchor—. Tú te ocuparás de bajar a los muertos, así como a los heridos que no puedan continuar ruta. Dispón de los hombres que necesites.

Al tener tierra firme tan cerca, esa vez no me vi obligada a dar la ominosa orden de lanzar los cadáveres por la borda. Con todo, no pude evitar que un sentimiento amargo como la hiel me invadiese en cuanto recordé que entre los muertos se encontraba aquel cuya pierna quedó atrapada bajo el palo de mesana. Si hubiese acudido a socorrerlo, quizá…

—Sí, maestre. —Melchor interrumpió mis pensamientos. Gracias a Dios que no le dio en ese momento por llamarme «Carolina». Ya no me molestaba que lo hiciese, pero prefería que lo reservase para cuando no estuviese la tripulación delante.

—¿Y quién llevará las reparaciones? —quiso saber Hernán, ya que yo no obraba nada más.

—De eso me ocuparé yo misma.

Que hubiese accedido a fondear en Martinica no significaba que tuviese en mente desembarcar. No quería saber nada ni de la Francia ni de lo que con ella tuviese que ver. Me quedaría a bordo, por tanto, todos los días que permaneciésemos en la isla. Y dado que iban a ser muchas las horas encerrada en el Venator, emplearía ese tiempo en dirigir en persona los arreglos del navío.

Cuando Hernán y Melchor ya salían de mi cámara, me percaté de que Lope se quedaba rezagado.

—¿Por qué no me permitís ver vuestro brazo? —preguntó solícito.

Tras el intento de abordaje, fueron tantos los heridos que tuvo que atender el cirujano que yo no quise darle más tarea con el corte del antebrazo. Así que me limité a lavármelo en la jofaina de mi cámara con agua limpia y cubrírmelo con un paño.

—Parece que no hay infección —concluyó después de examinarlo unos minutos. Desechando mis vendas, ya sucias, me puso unos paños de lino limpios que sacó de entre los pliegues de su túnica.

En cuanto acabó, alzó la vista para mirarme derechamente a los ojos. Su barba blanca contrastaba con su piel oscura de mestizo.

—Mas la próxima vez acudid a mí para la cura —me regañó.

Aprovechó que nos habíamos quedado a solas en el camarote para examinarme también la herida del costado. Esa debía de ir sanando bien pues, tras asentir para sí un par de veces, salió de la estancia sin decir esta boca es mía.

Lo siguiente que obré fue mandar reunir a toda la tripulación en cubierta. Yo salí al cabo de un rato, secundada por Mateo y Juan.

Se dejaron oír varias rezongas cuando quedó claro para mis hombres que tampoco esa vez habría pagas ni daríamos permiso para desembarcar.

—Únicamente pisarán tierra aquellos a los que se les encomiende alguna tarea —decreté, alzando la voz sobre el alcázar para que todos me oyesen.

De hecho, Hernán, Francisco y otros artilleros ya estaban de camino al depósito de armas, en el fortín de la isla.

En cuanto el murmullo de quejas cesó, con ayuda de ambos grumetes y del mismo papel del que me había valido hacía escaso rato en mi cámara, dividí a los hombres en cuadrillas para, seguido, distribuir las faenas a realizar durante los subsiguientes días.

Después me reuní con Baltasar, patrón de los carpinteros, y su equipo para comenzar con las reparaciones de la mesana. Entre su grupo reconocí a Tomás y a Sebastián, los dos hermanos cuarterones de Santa Marta.

Cinco días más tarde ya teníamos la santabárbara repleta de pólvora y de munición de todas las formas y calibres que se pudiesen pensar, las cuales fueron transportadas desde el fuerte, situado en el extremo opuesto de la isla, por una recua de mulas que el propio Hernán condujo hasta el mismo casco del galeón.

En esos días, de igual forma, conseguimos reunir suficientes víveres y otros suministros hasta tener varios pañoles a rebosar. Incluso hubo tiempo para hacer otra aguada. Con todo, fueron los arreglos del navío los que hicieron que nuestra estancia en Martinica se demorase.

Por un lado, teníamos que recomponer la parte de la baranda de babor que había quedado destrozada al caérsele encima la mesana, y por otro, sellar y calafatear todos los boquetes. Solo bregando día y noche lo logramos.

Los hermanos cuarterones resultaron ser unos duchos carpinteros, lo que llenó de regocijo a Baltasar y su equipo. Sin embargo, aún quedaba lo más arduo: restaurar el palo.

Por Lope supe, aunque Hernán me lo confirmó tiempo después, que el nombre de Ponce Baena, el Berberisco, también había llegado hasta Martinica, para gran asombro de ellos dos y, sobre todo, de mí misma.

Del escarceo filibustero que nos había llevado a fondear en la isla nadie tenía noticia en el lugar, como era de esperar, dado que no hubo más espectadores que ellos y nosotros. Pero sí que tenían cuenta, al igual que en Santa Marta, de aquel en el que engañamos a unos temidos piratas y los condujimos hasta un banco de arena. No obstante, si había un hecho por el que las gentes de Martinica habían oído hablar del intrépido maestre del Venator, era por haber sido el verdugo del Vasco. Y es que tanto el filibustero como su nao, La Providencia, eran bien conocidos en Barlovento, refugio de muchos piratas y corsarios de la Francia.

Por el cirujano supe asimismo que el navío del Olonés había sido visto por esas aguas hacía apenas unos días, y que llevaba por nombre Étoile, lo que en cristiano vendría a ser «Lucero», según me aseguró. Aunque de eso último yo no estaba muy convencida; Lope, que se defendía con la lengua de la Ingalaterra, con la de la Francia no estaba tan versado.

Que tanto el navío como la prole del Vasco fuesen bien conocidos entre los martinicenses me alegró enormemente, ya que ampliaba en mucho las posibilidades de que nos topásemos en esas aguas con el Olonés. Si bien también era cierto que a corto plazo me podía traer problemas.

Hernán fue el primero en comprender nuestra complicada situación en la isla. Sin embargo, fue Melchor quien tomó la palabra:

—En ese caso, convendría que no os dejaseis ver por la villa. Puede que algún esbirro del Vasco intente algo contra vos.

Yo no tomé en cuenta esa prevención, ya que estaba segura de que en el alma de un pirata, si en verdad la tenían, no cabían virtudes como el honor o la fidelidad. Ni siquiera entre los de su misma ralea. Empero, no lo contrarié; en parte porque por otros motivos ya me había jurado a mí misma no pisar la isla y en parte porque me halagó esa preocupación por mí. Sentí una oleada de calidez hacia el pelirrojo.

—Apostaré varios mosqueteros en tierra, junto a la nao, y a otros tantos en cubierta —afirmó mi compadre, rascándose pensativo la barba.

Unos brazos fríos y pétreos asieron los míos impidiéndome avanzar, impidiéndome detener la barbarie que unos pasos más allá se desataba en cubierta. Regueros de sangre cruzaban por ella, pintando de carmesí los tablones. Hasta el cielo plomizo parecía teñido de esa misma tonalidad.

—¡Soltadme, malditos! —gritaba desconsolada—. ¡Soltadme!

Primero fueron a por mi madre. Impotente, solo pude contemplar cómo uno de los piratas, de espaldas a mí, alzaba el brazo, pistola en ristre, y la encañonaba.

—¡Soltadme! —volví a suplicar mientras las lágrimas escapaban impunes por mi rostro.

Un segundo después el arma fue disparada. Un punto minúsculo y rojo apareció en su frente.

—¡Madreee!

Su cuerpo ya sin vida cayó sobre los tablones sucios. Sus ojos abiertos miraron los míos.

Mi padre, atado al palo mayor mediante unas sogas, fue el siguiente. Otro hombre, más alto y con vestiduras gallardas, al cual tampoco pude ver el rostro, se acercó a él. Esperaba que otro pistoletazo desgarrase el aire y mi alma cuando, sin más ayuda que su brazo desnudo, atravesó el pecho de mi padre.

—¡Nooo!

De pronto, los brazos pétreos que hasta entonces me habían aferrado ya no estaban. Aproveché esa circunstancia para acercarme a mi padre. Sin embargo, por más que lo intentaba, mis pies no se movían ni un ápice.

—¡Soltadme! —repetí, aunque era consciente de que ya no me sujetaba nadie.

Alcé la vista. El hombre gallardo le mostraba algo que aferraba entre los dedos, era ovalado y rojizo. Mi visión fue del agujero que lucía mi padre en el pecho, del tamaño de un puño, a lo que el desconocido sostenía. Ahí comprendí que lo que le enseñaba era su mismísimo corazón, aún latente.

—¡Padre!

Pero él ni siquiera me miró. Parecía que su torturador le estaba diciendo alguna cosa de suma importancia, pues no apartaba los ojos de él.

Las fuerzas me abandonaron y las piernas me fallaron. Mis rodillas golpearon la cubierta. La falda, otrora blanca, comenzó a teñirse de carmesí. Traté de ponerme en pie, mas no pude. Armándome de valor sí que logré, al menos, reunir los arrestos necesarios para volver a contemplar el corazón, todavía encerrado en el puño del hombre misterioso. Para cuando alcé de nuevo la vista, no había nadie junto al mástil. Busqué a ambos a diestra y siniestra. No los hallé por ningún lado. Busqué también a mi madre. Barrí la cubierta, sin encontrarla.

Por el costadillo del ojo detecté movimiento. Me giré con rapidez. El verdugo de mi padre pasó a mi lado sin reparar en mí y enfiló sus pasos hacia donde lo aguardaba el viejo Pedro. Me extrañó no haberlo visto hasta ese momento.

Yo seguía de hinojos cuando oí a mi espalda el sonido estridente de otro pistoletazo. Las carnes magras de Pedro dieron de bruces contra el suelo. Al igual que mi madre, un punto pequeño y rojizo coronaba su frente. Sus ojos también me miraban derechamente, inexpresivos y carentes de vida.

—Pedro...

De improviso, pese a estar la cubierta diáfana, perdí de vista al hombre gallardo; solo mis sollozos me acompañaron. Y mientras más se hundían mis sentimientos en las profundidades de la mar, un recuerdo me vino al entendimiento. Solo uno: unos golpetazos sacándome de la cama de madrugada,

Pedro al otro lado, gorrilla en mano y retemblando, dándome malas nuevas sentados a una mesa…

«¡Él se salvó! ¡Él se salvó!».

Él se había salvado. Por tanto, toda aquella barbarie que acababa de presenciar no podía ser posible. Sencillamente no podía ser real.

Me desperté con brusquedad incorporándome sobre el lecho. Con la diestra aferré la daga que guardaba bajo la almohada cada noche. Apretaba con tanta fuerza su puño que los nudillos comenzaron a ponérseme blancos. Contemplé la estancia. A pesar de la penumbra, no me costó reconocer mi cámara. Más tranquila por hallarme en la seguridad de mi cuarto, liberé la mano. La hoja cayó al suelo y se perdió entre las colgaduras de la cama.

La vorágine de sentimientos era tanta que tuve que permanecer sentada unos momentos. De no hacerlo, el corazón acabaría por salírseme de su prisión de carne y hueso de un momento a otro. Me aparté de la cara los mechones que se me habían adherido por el sudor. Tan solo había sido una pesadilla. Una pesadilla. Pero había sido tan vívida…

Y allí, sentada sobre mi gran cama, me juré una vez más que el Olonés pagaría por todo aquello. Sabía que la muerte del filibustero no me traería paz; sin embargo, también sabía que con ella concluirían muchos de los males de esas aguas. Los muertos exigían venganza. No solo mis señores padres, sino también todos y cada uno de los hombres del Esperanza, así como los caídos en el saqueo a Maracaibo y Gibraltar. Y eso por no hablar de la cuenta que guardaba con Hernán…

Entre mi compadre y yo lo despacharíamos de este mundo. Luego ya Dios que se encargase de condenarlo.

Una vez que sentí el corazón más sosegado, me aseé y me mudé de ropas. Me estaba recogiendo la cabellera cuando vi por los vidrios que comenzaba a clarear. Sin demorarme más, agarré el tahalí y abandoné la cámara en busca de Hernán y dispuesta a recibir el nuevo día.

Al contramaestre lo hallé en la proa, encaramado al obenque del trinquete.

—¡Justo a tiempo! —me gritó por todo saludo desde las alturas—. ¡Ahora mismo iba a mandar llamaros!

—¿A tiempo para qué?

Ayudándose de un cabo se dejó caer con maestría hasta la cubierta, junto a mí. Extendió ambos brazos para abarcar el galeón.

—A tiempo para dar la orden de levar anclas —contestó feliz.

El corazón me urgía continuar rumbo a Guadalupe, así que no necesité que me lo repitiese.

—¡Rumbo nornordeste, Gonzalo! —chillé con toda la fuerza de mis pulmones.

—¡A la orden, maestre! —respondió el timonel, dejando la manduca que en ese momento se estaba llevando a la boca y tomando posición junto a la caña del timón.

—¡Vamos, haraganes! —vociferó Hernán al resto de los hombres—. ¡Ya habéis oído al capitán! ¡Rumbo nornordeste! —Señaló a varios marinos—. ¡Tú, revisa esas jarcias! ¡Y vosotros, cazad bien esas escotas, por el amor de Dios!

De esta guisa abandonamos Martinica el domingo que se contaban dieciocho días del mes de diciembre del año de 1667, rumbo al escondrijo del Olonés.

Una brisa constante y una mar en calma nos recibieron en cuanto dejamos atrás el que había sido nuestro refugio durante los últimos nueve días.

Si era cierto que el malparido filibustero se hallaba mareando por esas aguas, según se había informado Lope en la isla, solo Dominica se interponía entre él y nosotros. Treinta y cuatro leguas, dos escasas jornadas, según calculé en las cartas.

Su fin estaba cerca.

—Pronto, Carolina. Pronto… —me susurró mi compadre con la vista puesta en el horizonte.

—Que los artilleros estén preparados, Hernán. Es posible que intenten abordarnos de nuevo.

Al día siguiente, de buenas a primeras, Melchor me solicitó una entrevista en privado, por lo que lo guie hasta mi cámara. Cerré las puertas a su paso. Seguido, tomé asiento en mi silla y lo miré, a la espera de aquello que tuviese que decirme. Su alborotado cabello bermejo y las sombras oscuras bajo sus ojos revelaban la escasez de sueño de los últimos días.

Sentía curiosidad por el motivo de tal audiencia. Sin embargo, él, al otro lado de la mesa, ni siquiera me miraba, pues a un momento posaba los ojos en sus botas y al otro lo hacía en los vidrios, a mi espalda. «Está nervioso».

Impaciente, crucé los brazos ante el pecho.

—Abandonad esta empresa —soltó al fin.

—¿Cómo dices? —El escepticismo fue patente en mi voz. No sabía qué me esperaba, pero eso no, por descontado.

—Os lo ruego, Carolina. —Esta vez sí que posó la mirada en mí. La tristeza y la pena parecían atravesarla. ¿O era temor lo que mis ojos captaron en los suyos?

—Déjate de monsergas, Melchor —contesté contrariada.

—Aún no es tarde. Mandad a Gonzalo virar y alejémonos de estas islas.

—¿Qué? —Ante su insistencia, me puse en pie—. Sabes que no haré tal cosa. Si he llegado tan lejos no ha sido para rendirme ahora.

Golpeó la mesa con el puño.

—¡Pero vais a una muerte segura!

Su falta de confianza en mí me aguijoneó el alma.

—¡Ya es suficiente, Melchor! —repuse alzando yo también la voz—. No voy a consentir esta actitud en mi nave. ¡Fuera de mi cámara!

Pero el apuesto pelirrojo no salió, solo respiró hondo.

—Dios sabe —comenzó despacio y todo él más sereno— que no hay nada en este mundo que ansíe más que poseer ese trono y hacerme rico, mas… no a ese precio. No a ese precio.

—¿¡Precio!? ¿¡Qué precio!? —me exasperé.

—Vuestra vida. Hablo de vuestra vida, Carolina. —Se humedeció los labios—. No penséis que dudo de vos: desde que estoy a vuestro lado os he visto mostrar arrestos que ya quisiesen muchos hombres para sí. Pero frente al Olonés no tendréis ninguna oportunidad.

¿Que no tendría ninguna oportunidad? No podía negar que se trataba de un enemigo poderoso, pero el Vasco también lo era y lo había despachado sin mayores problemas. El Olonés no sería diferente. Además, esta vez tendría a Hernán a mi lado, luchando codo con codo.

—No quiero perderos —dejó escapar. La frase fue poco más que un jadeo.

Si bien unos instantes antes era el dolor lo que me atenazaba el alma, entonces lo hizo la calidez. Me resultó prodigioso cómo una persona, armada únicamente con la palabra, podía provocar sentimientos tan dispares en el transcurso de unos minutos. Con gusto me hubiese acercado a él. Fue la mesa que se interponía entre ambos lo que me llamó a permanecer en el sitio. Como maestre, era mi deber mantener las distancias, así como las formas.

Noté la garganta extremadamente seca. Nerviosa, tragué

saliva. Por nada del mundo quería enemistarme con él, pero tampoco podía echarlo todo a perder llevada por mis sentimientos. Pues si hasta la fecha mi corazón solo había anhelado venganza, una nueva emoción, desconocida para mí, comenzaba a emerger, una emoción que parecía prometer paz y felicidad. Con todo, lo mejor que podía hacer en esos momentos era seguir adelante con mis propósitos. Cuando acabase, quién sabía, tal vez pudiese disfrutar de una vida tranquila junto a Melchor.

—Es cierto que fácil no me será, mas tampoco imposible —le indiqué.

Algo me oprimió el corazón cuando vi la decepción asomar a sus ojos. Apreté la mandíbula y esperé a que dijese alguna otra cosa, una nueva protesta. Pero Melchor no insistió. En su lugar, asintió varias veces para sí. Después, viendo que ya estaba todo dicho, abandonó la estancia.

En cuanto me hube quedado sola, volví a tomar asiento. Taciturna, me sumí en mis pensamientos.

20

Ya habíamos dejado atrás Dominica y estábamos a media jornada de Guadalupe cuando Miguel, el vigía, avistó una nao por estribor.

El aviso nos pilló a Hernán y a mí en el segundo puente, revisando los cañones. Raudos, subimos a cubierta. Lope, Melchor, Juan y Mateo ya estaban allí, expectantes todos ellos al otro navío.

—¡Juan, el catalejo! —solicitó mi compadre.

Como alma que lleva el diablo, el grumete fue a la otra punta de la nao para, un instante después, volver junto al contramaestre con el instrumento en la mano.

Hernán se lo llevó al ojo.

—¿Es él? —preguntó Melchor con un hilo de voz—. ¿Es el Olonés?

—Aún es pronto para saberlo. Pero filibustero es, sin duda; no luce pendón.

—¡Todos a vuestros puestos! —grité.

Al momento, acompañados por una batahola, los hombres comenzaron a cruzar frenéticos de un lado para otro. Todos tenían su cometido en el galeón. A todos les aguardaba una faena por cumplir. No pude más que sonreír ante tal espectáculo. En un abrir y cerrar de ojos el Venator estaría listo para entrar en batalla.

Yo me dirigí a mi cámara. En uno de los cajones de la mesa me esperaban las dos pistolas que había tenido el juicio de reservar, limpiar y cargar días atrás, a la espera de la ocasión propicia. Si había lucha, mejor que esta me encontrase preparada. Así, una vez en el cuarto, me deshice en primer lugar del bicornio para, seguido, colocarme sobre la camisa un coleto de duro cuero curtido, el cual me protegería de imprevistas tajaduras. Después me proveí de las armas: además de la ropera, sumé al tahalí la daga que, tras la traición de Saldaña, solía guardar bajo la almohada. Las dos pistolas me las añadí a la cintura.

Estaba enfundándome unos guantes que también reservaba para la ocasión, pues no me sería favorable que el sudor de las manos me hiciese perder la blanca durante el cruce de herreruzas contra el Olonés, cuando llamaron a la puerta.

—Adelante.

—Maestre —dijo un sofocado Melchor desde el umbral—, el contramaestre ha divisado el nombre del navío. —Tragó saliva—. Es él. El Olonés.

Algo indescriptible se apoderó de todo mi ser: temor, alegría, ira, asombro...

—Ahora salgo —murmuré, y le di la espalda para seguir con mi quehacer.

Unos segundos después oí sus pasos dentro de la estancia. Me volví y descubrí que sus manos se movían nerviosas y su rostro estaba peligrosamente cerca del mío.

En otras circunstancias hubiese puesto fin a esa desconcertante cercanía de un empellón, pero no pude hacerlo, y me perdí en esa mirada del color del océano.

De soslayo vi cómo, con lentitud y cierto temor, Melchor

alzaba una mano para posarla en mi barbilla. Perdida me hallaba en ese contacto cálido cuando, sin previo aviso, sus labios se posaron sobre los míos. El beso fue suave, dulce y breve; y apenas duró unos latidos, ya que otros asuntos nos apremiaban.

—Acabad con él, Carolina, para que pueda volver a veros —me susurró en cuanto nos separamos.

Luego sonrió y, tras una leve inclinación de cabeza, giró sobre sus zancajos y salió de la estancia.

Yo también debía regresar a cubierta, pero tras el atrevimiento del pelirrojo la cabeza me daba vueltas y el corazón me martilleaba en el pecho.

«…para que pueda volver a veros».

La frase resonó en mis oídos. Eran palabras cálidas, dichas desde el corazón; palabras que me llevaban a creer que un futuro a su lado podría ser posible. Me llevé los dedos a los labios, allí donde habían estado los suyos. Me sabían a un «quizá».

Permanecí ahí de pie un poco más, esperando a que se me deshiciese el nudo de la garganta y recordando cómo respirar.

«Cuando todo esto acabe —me prometí—. Hasta entonces, tienes una venganza por responder».

Movida por una nueva determinación, una que auguraba felicidad y esperanza, lancé una última mirada al camarote antes de abandonarlo.

De nuevo en cubierta me allegué a la proa, en donde me aguardaba Hernán. Él también se había preparado para la ocasión: lucía un cinto bien herrado de armas, tanto blancas como de fuego y, al igual que a mí, unos guantes le protegían las manos. Melchor, Lope, Mateo y Juan, al verme aparecer, se acercaron también.

Seguí la mirada de mi compadre. La nave filibustera había desaparecido.

—¿Dónde está? —me inquieté.

—Orzando ha virado en aquel recodo de la isla y lo hemos perdido de vista —me explicó el de Avilés.

—¿Por qué no nos ha atacado? —preguntó Melchor igual de inquieto que yo.

La verdad es que yo tampoco le encontraba sentido, pues, a juzgar por la posición que debía haber tenido el Étoile antes de virar, el Venator había estado en su línea de tiro.

—Porque sin duda tiene en mente algún maquiavélico plan —dedujo Hernán con furia.

—¿Creéis que nos está conduciendo a una trampa? —volvió a preguntar Melchor.

No había reparado en su vestimenta, pero el pelirrojo también se había provisto de armas en demasía. Incluso los dos grumetes se habían ajustado una pistola al cinto. En contraposición, el galeno, más ducho en sapiencias que en lides, parecía estar desprovisto de arma alguna. Aunque tal vez bajo esa túnica… Era imposible saber lo que ocultaba debajo de ella.

—No ha virado a estribor, en donde se halla el fondeadero, sino a babor. Así que sí, es muy probable.

—Quizá nos guíe hacia un arenal —me adelanté—. Mateo, avisa de ello al timonel. Juan, di a los artilleros que se preparen para abrir fuego. No sabemos lo que vamos a encontrarnos al otro lado.

Tras asentir casi al unísono, ambos grumetes partieron en direcciones opuestas.

Con el corazón en un puño, seguimos al navío del Olonés hasta lo que todos pensábamos que sería una emboscada. Empero, en cuanto traspasamos el recodo de Guadalupe, cerca de una hora después, lo que al otro lado se ocultaba poco o nada tenía que ver con una trampa, ya que ante nosotros apareció una pequeña playa de arena blanca que quedaba resguardada del resto de la isla a cuenta del terreno pronunciado que la rodeaba.

Para desconcierto de todos, no se veía al Étoile por ningún lado.

—¡Mirad, en la orilla! —gritó de pronto Melchor.

Unas siluetas parecían aguardarnos en la playa.

—Quiere luchar en tierra… —dedujo mi compadre, sin dar crédito.

—Cuerpo a cuerpo —corroboré—. ¿Qué hacemos, Hernán?

—¡Maestre! —se alarmó Melchor—. ¿¡No estaréis considerando reuniros con el Olonés!?

—No creo que estemos en disposición de elegir —le reconvino Hernán.

Concordando con sus palabras, grité:

—¡Arriad el bote!

Varios hombres se pusieron a ello al instante. Hernán y yo enfilamos nuestros pasos hacia la baranda.

—Voy con vos —resopló Melchor, haciendo amago de seguirme.

—No —lo detuve—. El galeón se queda sin mando. Si las cosas en esa playa se complican, quiero que seas tú quien dé la orden de engolfaros.

—¿¡Y abandonaros a vuestra suerte!? ¡Carolina, no podéis pedirme que…!

Mi compadre se interpuso entre nosotros.

—Ya has oído a tu maestre —le cortó con severidad—. ¡Obedece!

—Confío en ti —le dije al pelirrojo como despedida.

Puesto que en la arena conté a cuatro hombres, además de Hernán, dispuse que Francisco, Daniel y Luis, buenos hombres de armas, desembarcasen conmigo.

Mientras Luis y Daniel bogaban, reparé en que los ojos de mi compadre destilaban fiereza. Fue ahí cuando recordé algo que me dijo tiempo atrás, la noche que nos conocimos, allá en Maracaibo. Se trataba de una conversación que se quedó a medias y en la que yo, por vergüenza o por respeto, no había vuelto a insistir después. Pero ahora que íbamos a enfrentarnos por fin al Olonés necesitaba saberlo. Porque ¿quién sabía si viviríamos para contarlo? Por eso, pese a que intuía la respuesta, comencé:

—Me temo, Hernán, que no llegasteis a desvelarme vuestra cuenta pendiente con el Olonés.

—Mi hijo, Carolina —me confesó tras meditarlo unos instantes—. Él me arrebató a mi hijo. Fue en el ataque al San Juan, frente a la costa del Yucatán... —Sus últimas palabras fueron un susurro—: Era su primera derrota como grumete.

—¿Ponce?

Una sonrisa cansada acudió a sus labios.

—Así es. Ponce Vega se llamaba. Trece abriles hubiese cumplido este año.

Iba a responderle cuando el casco del bote rozó la arena. Hernán se apeó de un pequeño salto. Los demás lo seguimos. El agua empapó nuestras botas y las olas salpicaron nuestros calzones.

Enfilaba mis pasos hacia el Olonés y su comitiva cuando mi compadre se volvió para agarrarme del brazo.

—Carolina —me advirtió bajando la voz—. Sabed que intentará provocaros, pues todo buen soldado conoce que un oponente furioso se vuelve imprudente y, por ende, es más fácil de someter. No se lo permitáis.

Asentí solemne y, con la mano en la empuñadura de la ropera, reemprendí el paso hacia la playa.

A media altura nos aguardaba el Olonés y su séquito, todos en pie, formando una fila. No nos quitaban los ojos de encima. A sus espaldas, unos pasos tierra adentro, las palmeras y los árboles marcaban el comienzo de la selva que parecía extenderse hasta donde alcanzaba la vista.

Nos detuvimos a escasos cinco o seis pasos de los filibusteros, formando también una fila ante ellos. Hernán se colocó a mi siniestra, seguido de Francisco; a mi diestra tenía a Luis y a Daniel.

Tres de los piratas, a pesar de tener sus armas enfundadas, nos lanzaron miradas frías y pétreas. El Olonés se distinguía por sus ropas elegantes y bien cuidadas; además, se hallaba estratégicamente situado entre sus hombres. Había desenvainado su espada, la cual había clavado en la arena para apoyarse como si de un bastón se tratase. La estampa no podía ser más inverosímil.

Hernán torció el gesto y con malicia le comentó:

—Eso no es nada bueno para la hoja.

La respuesta del Olonés fue una sonrisa cruel. Solo una sonrisa. Ni respondió a la provocación ni nos atacó. En su lugar, prefirió observarnos. Mi compadre y yo tampoco apartamos nuestros ojos de él ni un segundo.

El líder francés lucía una melena castaña que le llegaba hasta los hombros. La perilla se veía igual de cuidada que la lisa cabellera. La nariz era prominente y ancha, y sus ojos, grandes y también castaños, saltaban rápidos de Hernán a mí para volver de nuevo a Hernán. Su semblante era duro. Con todo, me costó creer que ese rostro perteneciera al más cruel y sanguinario pirata que habían dado esas aguas.

Permanecimos unos instantes sosteniéndonos la mirada y midiéndonos con ella. Después, el Olonés fue el primero en hablar:

—Así que los rumores que llegan de Santa Marta son ciertos... —comenzó en un perfecto castellano, mas su acento pronunciado lo delataba como hijo de la Francia—. El afamado Ponce Baena no es más que una mujer.

Por las barbaridades que había oído de su persona, la imagen que tenía de él era la de un demente, la de un ser sin alma, salvaje y desquiciado. Sin embargo, aun sin olvidar sus atroces crímenes, la estampa que proyectaba ese día en Guadalupe era la de un hombre sereno, confiado, calculador. No sabía cuál de las dos imágenes prefería. «Un loco es un enemigo difícil de eliminar. Con uno astuto, mejor huir».

—Eso explica lo del Vasco —continuó.

—No cometáis el error de infravalorarme tan pronto, Olonés.

Otra sonrisa maquiavélica acudió a su rostro.

¡Maldito bellaco! Dispuesta a borrársela de inmediato, hice amago de desenvainar. Pero la mano enguantada de Hernán se posó sobre la mía, que con impaciencia apretaba el puño de la espada. Gracias al cielo que una vez más lo tenía a mi lado para vencer la imprudencia.

—¿Por qué estamos aquí? —preguntó mi compadre.

Lo miré, admirada de su temple. Mientras que yo a duras penas lograba contenerme, él estaba dispuesto a parlamentar con ese malnacido que había matado a su hijo. ¿Cómo lo hacía? ¿A qué esperaba? ¿Por qué no le atravesaba el pecho de parte a parte?

—Sí, con seguridad os estaréis preguntando el motivo de este subterfugio —contestó el capitán filibustero soltando la espada para alzar ambos brazos a los lados. La cazoleta de su hoja lucía un sinfín de muescas que acreditaban el número de luchas y muertes que portaba el arma y, con ella, sus manos—. Pues veréis, he elegido esta parte deshabitada de la isla para que pudiésemos conversar con tranquilidad. Ansiaba conocer formalmente al increíble Ponce, sayón del Vasco.

—A otro perro con ese hueso, asesino —atajó Hernán.

—Dudo de que os hiciese gracia que lo matase; por eso de que era vuestro perro fiel, ya sabéis —aclaré impetuosa.

—Lo cierto es que Michel me era de gran utilidad —reconoció el Olonés con falsa pesadumbre—. Debía reunirse conmigo en esta isla, ¿sabéis? Con su muerte cometisteis un error terrible, jovenzuela, y ese error no solo os costará la vida, ya que pretendo torturaros a conciencia, hasta el punto de que vos misma me suplicaréis que os mate. —Sus ojos proyectaron arrogancia y brutalidad—. Que ponga fin a vuestro calvario será lo único que anhelaréis en esta vida.

—No lo verán vuestros ojos, hideputa, pues antes os despacharemos nos a vos —intervino Hernán—. ¡Aunque aquí sea mi hora!

El Olonés, derrochando seguridad, dio un paso al frente.

—Yo creo que no —dijo sin perder la sonrisa—. Es más, creo que solo sois un maldito cobarde. —Me señaló con la barbilla—. O no acudiríais con vuestra ramera a matarme. ¡Pero basta de hablar!

De un movimiento rápido, el filibustero recuperó su espada y vino hacia mí.

—*Attaquez!* —voceó a sus hombres.

Desenvainé al punto. Aun así, Hernán fue más rápido y para cuando estuve presta para encarar al capitán francés, mi compadre ya cruzaba su blanca con él. Como lo atacaba por el flanco de la siniestra, yo comencé a hacerlo por el de la diestra. El Olonés, en cuanto me vio las intenciones, de la faja de su cinto sacó una daga.

—¡Atacáis a traición!

—¡No sois merecedor de otra cosa! —respondí yo entre fintas y estocadas.

—¡Vos matasteis a mi hijo! —escupió Hernán por toda réplica.

Mientras nos enfrentábamos al maestre del Étoile, por el costadillo del ojo vi a Francisco, Luis y Daniel hacer lo propio con los tres hombres del Olonés. En la quietud de la playa, con el ruido del oleaje de fondo, solo se oía el entrechocar de nuestras armas.

Cierto que tanto a Hernán como a mí eran varias las culatas que nos asomaban por los cintos, mas despacharlo de este mundo de un simple pistoletazo no tenía ningún mérito. Y tanto mi compadre como yo reservábamos para el malnacido una muerte un poco más lenta y dolorosa.

A pesar de que éramos dos contra uno y que Hernán era un espadachín magnífico, nos costó parar sus estoques. En un momento dado, el filo del Olonés se abrió paso hasta el muslo de mi compadre y la sangre comenzó a manar copiosamente; empero, no profirió queja alguna y continuó luchando, intentando hallar un hueco en el que hincarle la espada. En cuanto a mí, de no ser por el coleto de cuero, a esas alturas ya tendría bien sembrados de tajos tanto el pecho como la espalda.

Unos minutos después alguien aulló de dolor. Me giré y vi a uno de los hombres del Olonés tendido en la arena. Miré a los míos: continuaban en pie. A partir de ahora contarían con ventaja, ya que serían tres contra dos.

Cuando ya comenzaba a acusar el cansancio, logré al fin que mi ropera de lazo mordiese la piel del filibustero, justo debajo de su brazo. A diferencia de Hernán, el hideputa francés sí que gritó, aunque fue más de ira que de dolor. Confiada, me aproximé a él, lo que fue un grave error por mi parte, ya que me hizo perder pie y caer sobre la arena.

Si no llega a ser por mi compadre, que se interpuso entre nosotros, no hubiese vivido para contarlo. No obstante, a él la intervención le costó un nuevo corte, esta vez en el brazo de la espada. Luis y Daniel aparecieron desde mis espaldas y se colocaron detrás del Olonés, de tal modo que este quedó totalmente rodeado. No había rastro de Francisco ni de los dos hombres que le quedaban al capitán pirata.

—Preparaos para morir, bellaco —me despedí, lista para despacharle de este mundo—. Esta playa será vuestra tumba.

De pronto, sin venir a cuento, alzó el brazo en el que llevaba la espada hasta por encima de su cabeza. Los rayos de sol
refulgieron en la hoja.

—*Maintenant!* —dijo para sí, mirándome con una afilada
y torva sonrisa de triunfo en los labios.

Un suspiro después, el estruendo de unos cañonazos. Una
lluvia de pelotas cayó muy cerca de nosotros, levantando nu-
bes de arena que nos cegaron durante unos momentos.

El ataque parecía venir desde un punto indeterminado al
noroeste de la playa, pero en esa dirección tan solo divisé un
risco. Con todo, no me cupo duda de que se trataba del Étoile.
Que se ocultase traicioneramente tras aquel peñasco explicaba
por qué no lo habíamos avistado al fondear. Y oculto como
estaba, al Venator le sería imposible responder a los disparos.

Entre la confusión vi caer a Daniel, herido de muerte. Seguido, oí a mi compadre:

—¡Al suelo! ¡Todos al suelo!

Los cuatro que allí quedábamos con vida echamos nuestros
cuerpos a tierra.

De pronto, el estruendo de disparos cesó. La sierpe pirata
fue la primera en ponerse en pie.

—¿¡Acaso creísteis que tendríais alguna oportunidad contra mí!? —nos gritó. Y dicho aquello corrió a internarse entre
los árboles.

Sin detenerme a pensarlo, eché a correr tras él espada en
ristre. Los cañones volvieron a disparar.

—¡No, Carolina! ¡Esperad a que…! —oí a mi compadre
antes de que su voz se perdiese entre los cañonazos.

El Olonés se refugió en la selva. Sin dejar de correr, lo seguí.
Detuve mis pasos solo cuando me hube adentrado varias zancadas entre la vegetación. Indecisa, miré en derredor. Una vasta
extensión de arbustos, palmeras y árboles se extendía ante mí.

Permanecí inmóvil, a la escucha de cualquier pisada o una tenue respiración. El peligro entre esa espesura podía venir de cualquier parte: quién sabía si el pirata se ocultaba tras el árbol que quedaba a mi diestra... o tras la palmera que quedaba a mi siniestra. Al menos me consolé, estaba a cubierto de los disparos del Étoile.

Intentando hacer el menor ruido posible me interné un poco más.

—Sois una inepta, jovenzuela. —Su voz se oyó peligrosamente cerca—. Y os faltan redaños.

Desprevenida y aterrada, me volví en todas las direcciones. No vi al Olonés por ninguna parte.

—Maté al Vasco, ¿no? Vos solo sois un miserable más —respondí en un intento por ganar tiempo y localizarlo.

—Comprobémoslo, pues —bufó.

Me disponía a avanzar otro poco cuando un pequeño objeto redondeado y oscuro entró en mi campo de visión por la siniestra. Sin tiempo para apercibirme de qué era aquel artefacto, un ruido ensordecedor, como el de una explosión, me envolvió.

Lo primero que sacudió mis sentidos fue el olor, metálico y dulzón, el mismo que se respira cuando se pone carne al fuego. Seguido vino el dolor, un dolor lacerante y abrasivo que comenzó a la altura del hombro y que al punto se extendió por todo mi flanco: por el brazo, por la mano, por el cuello... Nunca había sentido nada igual.

Luego tomé cuenta de que una gran fuerza me había catapultado hacia atrás, pues estaba tendida de espaldas. Me pareció ver el verde de las copas de algunas palmeras destacar sobre un vasto cielo añil antes de que todo se tornase negro.

21

Un olor penetrante me llegó hasta la nariz y se me alojó en las entrañas. «Vinagre». El pestazo hizo que, por instinto, me saliese una mueca de asco. Solo con ese gesto sencillo sentí el dolor, un dolor abrasivo y ya familiar que terminó por espabilarme. Abrí los ojos. Me hallaba en mi cámara, tumbada boca arriba en mi cama. Unos pasos más allá del piecero contemplé la espalda de Lope; lo reconocí por su coronilla blanca como la nieve y su túnica larga y oscura. Parecía trastear con algo que tenía sobre mi mesa.

La cabeza me dolía horrores, pero no más que el brazo y la cara; aunque tal era el calvario que ni yo misma tenía la certeza de qué me dolía y qué no.

Bajé la vista para ver con espanto que estaba desnuda de cintura para arriba; mas alguna alma considerada —el propio Lope, a lo más seguro— me había cubierto pudorosamente con la sábana. Solo los brazos asomaban por fuera de la tela. Me detuve en la imagen atroz que los ojos me devolvían del brazo siniestro: piel hinchada, enrojecida y surcada de un sinfín de ampollas. Un grito escapó de mi garganta reseca, tan agudo y lleno de sufrimiento que lo sentí muy dentro de mi ser.

Si bien el dolor del despertar había sido terrible, no fue

nada comparado con el que sentí al contemplarme la desagradable extremidad.

Absorta en ello ni me percaté de que Lope había dejado sus cachivaches y aguardaba de pie junto a mí, contemplando mi reacción. Con ambas manos sostenía un cuenco de madera.

—Maestre... —Vi una profunda aflicción en sus ojos.

—¿¡Qué me ha pasado!? —sollocé.

—Os quemó. —Hizo una pausa—. El Olonés.

Las preguntas se me agolparon en la garganta, mas no logré pronunciar ninguna.

—Recuerdo una explosión... —murmuré al fin, mientras ponía en orden mis pensamientos.

Intenté mover los dedos abrasados, pero algo duro y rígido me lo impidió.

—¿Qué...?

—Tablillas. Para evitar que la piel se os pegue entre los dedos.

«¿¡Que la piel se me pegue entre los dedos!?». Pensé que perdería el sentido de un momento a otro.

—Me duele mucho la...

Amagué con llevarme el brazo bueno a la cara.

—¡No! —me contuvo Lope—. No os toquéis. Aún tenéis la piel en carne viva.

Al oír aquello pegué tal respingo sobre el camastro que buena parte de la piel quemada rozó contra el jergón y las sábanas, lo que me provocó una nueva oleada de dolor.

—El contramaestre cree que os lanzó una granada. Tenéis abrasado ese lado, desde los dedos de la mano hasta gran parte del rostro —dijo contrito—. Por eso os duele la cabeza. Os dolerá mucho toda esa parte durante estos primeros días.

¿¡El rostro!? ¿¡Quería decir aquello que mi cara lucía de igual manera a como lucía el brazo!? ¡Santo Dios!

Un gran pavor se apoderó de mí y la hiel me bañó la boca.

Sentí ganas de vomitar. Necesitaba verme con urgencia. Necesitaba ver cómo me había quedado el rostro. Los dos ojos sabía que los conservaba, pero ¿¡hasta qué punto estaba desfigurada!?

—¡Ayúdame a levantarme, vamos! ¡Obedece, por Dios! —le increpé, agitada y furiosa al ver que él sacudía la cabeza—. ¡He dicho que me ayudes! ¡Obedece, maldito! —le ordené a la par que hacía un intento fútil por levantarme.

—No puedo dejaros hacer eso —respondió con calma—. No debéis moveros.

—¿Y el Olonés? ¿Está vivo?

Solo obtuve silencio y una mirada sembrada de temor.

—¿¡Está vivo!?

—Por favor, maestre, tumbaos. Así solo conseguiréis haceros más daño.

—¡Contéstame, cirujano del demonio!

Sentía cómo me palpitaban el brazo y la cabeza y, para colmo, Lope no me daba ninguna respuesta.

—Sí, me temo que sí —reconoció al fin, apesadumbrado—. El contramaestre os referirá todo más adelante.

Fatigada por el fracaso para con el filibustero, así como por el sobreesfuerzo que acababa de hacer, no me quedó otra que resignarme y hacer lo que me pedía.

—Hernán… ¿Está bien? —pregunté con voz más pausada.

—Tiene un corte feo en la pierna y otro en el brazo, pero se recobrará.

—¿Dónde está? —Me impacienté—. Necesito verlo, saber qué ha pasado en esa playa.

—Dejad primero que termine de haceros las curas; las heridas en alta mar se infectan con facilidad. Luego prometo ir personalmente a por él y traéroslo aquí.

Aparte de las preguntas que formulé a Lope, tenía el entendimiento sembrado de muchas otras, por supuesto, como qué había sido de Luis y de los dos hombres con los que desembarcamos Hernán y yo en Guadalupe; o puesto que el cirujano había mencionado que nos hallábamos en alta mar, dónde estábamos, qué derrota seguía el Venator... Con todo, aunque a regañadientes, opté por guardar silencio para no entorpecer más la labor de Lope y le dejé hacer. Cuando tuviese frente a mí a Hernán ya conversaría largo y tendido con él.

Debo decir aquí que mi decisión de no importunar más a Lope se debió más a la extenuación que sentía y no tanto a mi parca paciencia.

Sin más dilación, el galeno tomó asiento en la banqueta que había junto a la cama y procedió con mano experta a lavarme el brazo con el vinagre que contenía el cuenco. El escozor fue un suplicio, pero la acidez del líquido protegería la piel de infecciones.

Durante la cura me reveló que llevaba dos días en cama, y que tanto el hombro como el cuello y la parte siniestra de la cara acababan de ser lavados mientras permanecía dormida, de lo que deduje que había sido el vinagre sobre mi rostro lo que me había despertado.

Una vez acabó con las friegas, me contempló unos instantes.

—Os ayudaré a incorporaros un poco —se ofreció—. Así podréis hablar más cómodamente con el contramaestre.

Aproveché para pedirle que me cogiese una camisa del arcón.

—Con las quemaduras no deberíais...

—Lope —le corté.

En eso me negaba a capitular. Con el galeno pase, mas por nada del mundo pensaba estar con una sábana por toda vestidura mientras tenía a mi compadre a dos palmos de mí.

—Gracias —rumié en cuanto me hubo tendido la prenda que juzgó más holgada de entre todas las que vio.

Después el cirujano se allegó hasta la mesa y comenzó a

recoger sus enseres, cuencos y frascos varios esparcidos sobre el mueble.

Yo aguardé. Como el galeno me había asegurado que iría en busca de Hernán nada más acabar su labor para conmigo, aprovecharía su ausencia para ponerme la camisa.

—Voy a por él —señaló antes de salir.

Unos minutos después entró Hernán. Se sentó frente a mí, en la misma banqueta en la que momentos antes había estado Lope.

Según me había dicho el galeno, habían transcurrido dos días desde el encontronazo en la playa. A pesar de ello, el rostro de mi compadre aún parecía estar acusando el cansancio de la lucha. Lucía además un golpe allá, un corte acullá, y sus ojos estaban vidriosos. El brazo de su siniestra le descansaba en cabestrillo.

Fue a hablar, pero yo me anticipé:

—Ni se os ocurra culparos por esto, Hernán —le advertí. A esas alturas ya lo conocía lo suficiente como para saber lo que le rondaba por el entendimiento.

—¡Esa granada tenía que haber sido para mí! —La frustración era patente en su voz.

—¡Por Dios, Hernán, dejad de decir sandeces!

—¡No tenía que haberos dejado sola!

—¡Si estoy aquí es precisamente gracias a vos!

Los ojos se le llenaron de lágrimas, las cuales morían en su barba, espesa y descuidada. Intenté pasar a otras cuestiones.

—No tenéis buen aspecto, compadre. —Una sonrisa triste acudió a mis labios. Seguido, hice un gesto hacia su brazo—. ¿Qué os ha pasado? —quise saber, pues que lo llevase en cabestrillo me parecía exagerado para el corte que yo recordaba que le asestó el Olonés.

—Me lo rompí al traeros de vuelta al Venator. ¡Pero no os alarméis, que no es la primera vez que me lo rompo! —agregó con premura al ver mi cara de espanto—. Además, el matasanos es un gran algebrista, doy fe, ya que apenas me duele —dijo riendo, mas en cuanto vio que yo no le acompañaba en la chanza se puso serio—. ¿Y vos, Carolina? ¿Cómo os encontráis vos?

Arrugué la nariz por segunda vez en lo que iba de día.

—Prefiero que me refiráis qué pasó en esa playa, Hernán.

Mi compadre pasó a narrarme que, en cuanto cesaron los cañonazos del Étoile, Luis y él siguieron mis pasos hasta la selva. Solo vieron varios árboles envueltos en llamas y a mí tendida entre ellos. Ambos cargaron conmigo hasta el bote y regresaron al Venator. También me confirmó la pérdida de Francisco y Daniel, que en la arena quedaron.

—Ni rastro del Olonés. Supongo que os dio por muerta y huyó —concluyó—. Si es cierto que esa isla es su refugio, la conocerá como la palma de su mano… Tendría ideada alguna vía de escape a través de la floresta.

—Fue una emboscada desde el principio —admití con pesadumbre.

Agaché la cabeza. Había sido engañada y humillada. Me sentía una estúpida. «Y he perdido a dos buenos hombres. Dos hombres que confiaban en mí…».

—¡Y caímos en ella como necios! —rugí apretando el puño sano con todas mis fuerzas—. ¡Maldita sierpe!

—Una vez más, Dios escribe derechito en renglones torcidos —asintió mi compadre bajando también la cabeza.

—¿Y qué derrota seguimos?

—Con vos convaleciente no sabía qué hacer, así que mandé poner rumbo a casa, Carolina, de vuelta a Maracaibo.

—¡No! ¡A Maracaibo, no!

—¿Por qué? —se extrañó.

—Porque… Porque he fracasado, Hernán… —gemí—. N-no estoy preparada para volver a casa, en donde todo me va a recordar a mis padres.

Cierto era que echaba en falta a la rolliza Chela, al silencioso Miguel y al viejo Pedro. También añoraba esos atardeceres a caballo por los campos de Maracaibo bajo un crepúsculo que parecía no tener fin. Pero los recuerdos familiares eran más poderosos y, por ende, dolorosos. Muy dolorosos.

—Pero, Carolina, ¿adónde queréis ir en vuestro estado? ¡Necesitáis curaros, pardiez! Y no habéis fracasado: estáis viva, y yo también. Y si así lo deseáis, volveremos a por ese hideputa. Ahora conocemos dónde hallarlo... Y no podrá engañarnos de nuevo. —Tras una pausa, intentó animarme—: ¿No os dais cuenta? ¡Esto no acaba aquí! Pero primero es necesario que os recobréis.

Oírle decir aquello hizo que mi vida fuese menos dura, aunque siguió pareciéndome igual de injusta y desoladora. Ciertamente habíamos perdido, mas no dejaba de ser una batalla; volveríamos a por ese malnacido. La única diferencia era que de ahí en adelante el Olonés tendría que pagar también por lo que me acababa de hacer y por las muertes de Francisco y Daniel.

—Gracias, Hernán —dije conmovida. Ahora era yo la que lloraba—. Por todo.

—Hago juramento al Creador de que, más tarde o más temprano, acabaremos con él, Carolina. Ya lo veréis.

Dejé escapar un suspiro resignado.

—Está bien, nos estableceremos un tiempo —accedí—. A todos nos vendrá bien descansar. Mas no me forcéis a hacerlo en Maracaibo.

Hernán, por toda respuesta, me sonrió. La sonrisa le salió tímida y desvaída, pero era una sonrisa, al fin y al cabo; una que auguraba esperanza. Se puso en pie.

—Le diré a Melchor que ya puede pasar.

—¿¡Qué!? ¡No, ni se os ocurra! —me sulfuré. No salía de sustos con ese hombre.

Mi compadre, sorprendido por mi reacción, me miró de hito en hito.

—No estoy preparada para que me vea así —confesé con un hilo de voz—. Ni siquiera sé si yo misma seré capaz de mirarme en el...

—Pero, Carolina, ¡si ya os ha visto! Cuando os subimos al Venator —aclaró—. Y entonces estabais mucho peor.

—¿¡Cómo!? —me espanté.

—En verdad que hasta que Lope no dijo en la misma cubierta que aún respirabais, pensé que os había perdido... Mas teníais que haber visto a Melchor; ¡él sí que estaba fuera de sí! A propósito, fue él quien nos sacó de aquella condenada playa.

Volví a agachar la cabeza en un intento de ocultar la oleada de sentimientos que me provocaron sus palabras. Hernán, sin esperar respuesta por mi parte, se allegó hasta la puerta arrastrando la pierna herida. Se volvió hacia mí una última vez.

—No sé si se traerá algo entre manos o no, pero a ese muchacho le importáis, Carolina, y mucho —me confió solemne antes de desaparecer.

Por suerte no llegó a ver el ramalazo de vergüenza que me subió por la mejilla de la diestra. Estaba rememorando el beso con Melchor cuando él en persona se precipitó en la estancia.

—¡Creí que no volvería a veros! —confesó tomando asiento frente a la cama.

A fe mía que esa banqueta se hallaba especialmente solicitada ese día. Y con tanto público desfilando por mi camarote di gracias por llevar la camisa.

El pelirrojo, nada más asentar sus posaderas, me tendió un cuenco de madera, como el de Lope. Sin embargo, este humeaba y no desprendía olor rancio alguno, sino todo lo contrario.

—Tened. De parte de Saturno —me indicó efusivo.

Parecía nervioso. «No sabe ni adónde mirar», pensé con tristeza.

Hasta que no aspiré el rico aroma del potaje no me apercibí de lo hambrienta que estaba. Agradecí en el alma sus atenciones para conmigo, y así se lo hice saber. Naturalmente, como solo disponía de una mano útil, Melchor tuvo que sostenerme el cuenco para que yo, con la mano buena, pudiese ir dando buena cuenta de él. Sin duda, hasta que me recuperase, requeriría de ayuda para muchas cosas.

Comí sin pausa hasta que me quedé ahíta. Después Melchor depositó el recipiente en el suelo, junto a la cama. Un silencio incómodo se instaló entre ambos. Estaba yo cavilando la manera de romperlo cuando lo hizo él:

—Lope dice que si el brazo os cicatriza bien no perderéis movilidad, y que podréis empuñar cualquier arma como hasta ahora.

Sin saber qué responder a eso, asentí. Ese dato indicaba que la quemadura no me afectaría en mi día a día, más allá de la cicatriz que surcaría de ahí en adelante gran parte de mi cuerpo. No obstante, de mis heridas era de lo último que me apetecía hablar en aquellos lúgubres momentos. Pero tampoco me venía al entendimiento qué otros temas podíamos tratar, así que continué en silencio.

—Pensáis enfrentaros a él de nuevo, ¿verdad? —indagó al poco.

Alcé la vista y le sostuve la mirada unos instantes.

—Sí —respondí con aplomo.

Él, abatido, dejó caer los hombros.

—¿Pretendes hacerme desistir? ¿Otra vez? —inquirí algo brusca.

Melchor levantó la barbilla para mirarme derechamente a los ojos.

—No, Carolina. Sé que necesitáis hacerlo como necesitáis

respirar. —Suspiró—. Por eso me gustaría pediros algo para cuando todo esto haya acabado.

Recordé de pronto nuestro acuerdo. En vista de que yo había faltado a mi palabra pues no le había conducido hasta su codiciado tesoro, él era libre de hacer lo que quisiese.

—Si lo que deseas es dejar de estar bajo mi mando, pued...

Melchor no me dejó terminar la frase:

—No, no se trata de eso. —Sacudió la cabeza con vehemencia—. Me gustaría pediros que os desposéis conmigo.

Por unos momentos me olvidé de respirar.

—¿C-cómo has dicho? —No estaba segura de haber oído bien.

Él me repitió la cuestión... y yo volví a escuchar lo mismo.

—¿E-estás...? ¿Estás seguro de... eso? —balbuceé—. Apenas me conoces y...

Un navío supone un espacio bastante reducido, de modo que pasar una jornada tras otra a bordo da para intimar mucho entre todos, ciertamente. Pero eso no cambiaba que tan solo nos conocíamos desde hacía dos meses.

—Sé que puede sonaros precipitado, mas cada vez que cierro los ojos os veo ahí tendida, en cubierta, dándoos por muerta... Y temo que... que...

—No, Melchor —le corté. No quería oír aquello que tuviese que decirme, pues sabía que solo haría más difícil la situación. Para ambos.

Dio un leve respingo. Luego pareció doblarse en dos, como si en vez de palabras le hubiese asestado puñaladas.

—¿Qué? —Sus ojos reflejaron estupefacción—. ¿Esa es vuestra respuesta? ¿«No»?

—¡Por Dios, Melchor, mírame! —me exasperé, señalándome la cara.

«No, Melchor». Pronunciar esas dos palabras tampoco había sido fácil para mí, aunque no fue nada comparado con el dolor que me causó ver su reacción. Ese daño, esa decepción… La garganta se me cerró. Pero ¿cómo alguien podía quererme tal y como estaba, con medio cuerpo en carne viva y lleno de ampollas? ¿Cómo alguien en su sano juicio podía querer matrimoniarse con una desfigurada?

Pese a que desde el primer momento tuve claro que sus sentimientos eran sinceros, no albergaba la duda de que, de casarnos, al poco comprendería que había sido una equivocación. «Una de la que se lamentaría el resto de sus días». Y por nada del mundo quería yo algo así. Ni para él ni para mí.

—Os veo a vos —repuso despacio.

—No, Melchor —repetí—. Desposarte conmigo no es lo que quieres.

Las palabras me supieron amargas en los labios. Más aún cuando vi reflejada en sus ojos cristalinos la herida de su corazón.

—¡Pero, Carolina…!

Al igual que sucedió aquel día en cubierta cuando observamos impotentes cómo unos filibusteros atacaban un navío español, supe que mis palabras le habían dolido, pero voto al cielo que más me dolió a mí el pronunciarlas.

Bajé la mirada. No quería ser testigo de la decepción que verían mis ojos en los suyos. Ni que viese cómo las lágrimas pujaban por escapárseme.

—Déjame sola, te lo ruego —repuse con voz queda.

Sin mediar más palabras, Melchor recogió el cuenco, se puso en pie y salió de mi cámara cerrando la puerta a su paso.

Aproveché la soledad para romper a llorar. Lloré por Melchor y por Hernán. Lloré por Francisco, por Daniel y el resto de vidas perdidas durante el camino. También lloré por mí. Sobre todo por mí, por lo desdichada y pueril que me sentía en aquellos momentos.

22

San Pedro ardía. El fuego lo devoraba todo: casas, animales, habitantes... A decir verdad, animales debían de quedar pocos, pues mis hombres se habían ocupado de eso a conciencia. En cuanto a los lugareños, un gran número había logrado huir durante la resistencia empecinada que nos brindaron los soldados españoles, pero los que no... De esos también se habían encargado mis hombres. Aun así, todavía se podía oír algún lamento entre el crepitar de las llamas.

Luego estaban los cuerpos, esparcidos por el suelo, inertes. El aire olía a sangre secándose y espesándose lentamente, a chamusquina y miseria. Inspiré con fuerza.

—¿Por qué? —quiso saber el soldado que yacía a mis pies. Estaba de lado, herido. Un corte en la sien y una tajadura en la mejilla le manchaban de rojo la cara.

«¿Por qué?», consideré en mi cabeza.

Cuando propuse en Santo Domingo a varios conocidos, todos ellos buenos filibusteros y corsarios al servicio de Su Majestad Luis el Grande, formar una pequeña flota para echarnos a la mar a cazar españoles y hacernos con el mayor botín jamás concebido, no imaginé que una semana más tarde tendría bajo mi mando a cinco duchos capitanes. Entre todos, *suponíamos más de seiscientos hombres repartidos en seis navíos. Con ese no tan pequeño ejército ataqué la costa de los Mosquitos y el golfo de las Higueras; este último en repetidas ocasiones. Sembré el terror en ambas tierras. Aunque mis ataques tenían como objetivo aquellas embarcaciones que luciesen el pabellón carmesí de España, también hundimos varias flautas holandesas, así como alguna que otra embarcación de Alfonso de Braganza cuando tenía la impertinencia de cruzarse en mi camino.*

Por desgracia, ni los capitanes amigos eran tan diestros como yo ni sus hombres tan feroces como los míos, por lo que a medida que atacábamos y segábamos vidas, mi modesta flota fue menguando; y junto al Étoile únicamente quedó el Rose Noire. Con él guardándome la popa, arrumbé al sur. A la altura de Puerto Cabello abordé un navío español. El galeón arbolaba tres palos y artillaba treinta cañones. Tomarlo hubiese sido una quimera de no haber contado con el apoyo de Olivier.

Fue una gran captura; la única que podía ser considerada tal, de hecho, durante los últimos meses. El barco español alegró mi dicha e hizo subir los ánimos entre mis hombres. Sin embargo, el botín no nos sería eterno, por lo que pronto tendría que buscar otra presa.

Pero esto último no iba a ser tarea sencilla, ya que de un tiempo a esa parte cada vez era mayor el número de naves españolas que viajaban en conserva y se pertrechaban mejor. Y Olivier también lo sabía. Por ello, tras el premio jugoso que había sido la conquista del galeón, decidió regresar a Santo Domingo.

Cuando se nos acabó lo saqueado a los españoles di orden de atacar la costa. Sin más apoyos que mis hombres y los doce cañones por banda del Étoile, era la mejor opción.

Apenas había villorrios del Imperio por esa zona, ya que

casi todos eran poblados de salvajes. Poco me importaba; al fin y al cabo, servían al rey español. Así que los atacamos. Destrozamos sus cabañas y hundimos sus embarcaciones, esas extrañas barcas largas, estrechas y sin quilla; requisamos su maíz y otras cosechas, así como todos los animales de granja que encontramos. Como los botines se me antojaban escasos, tras el saqueo a la primera aldea pasamos a la siguiente, y de esa a otra, y así hasta llegar a San Pedro, que sí contaba con presencia española. Anticipando una recompensa mayor, mandé a mis hombres marchar sobre ella.

Los españoles, cómo no, opusieron resistencia y los salvajes del lugar no tardaron en sumárseles. Con todo, los primeros no dejaban de ser unos estúpidos con mosquetes que a duras penas sabían formar, y en cuanto a los segundos..., ni siquiera sabían lo que eran unos pantalones. Perdí a cuatro buenos piratas en su toma.

Para desazón mía, resultó ser una aldehuela más. Con vegetación exuberante, pero sin oro ni plata. Por tener no tenía ni pólvora siquiera.

—Quemadlo todo —había ordenado al ver que allí no había nada de valor—. Reducidlo a cenizas.

Desde entonces, San Pedro ardía.

Bajé la vista hasta el soldado que tenía a mis pies. Tendría quince o dieciséis años a lo sumo. Salvo por los dos cortes de la cara, de los cuales manaba abundante sangre, oscura y pegajosa, parecía ileso. Aunque yo sabía bien que no era así. El ángulo antinatural de sus piernas revelaba que se las habían partido. Jamás volvería a caminar.

—Aquí solo había indios, cazadores de tortugas —gimió.

Volví a considerar su pregunta: «¿Por qué?». ¿Por el pillaje? ¿Por mis hombres? ¿Por el placer que me reportaba acabar con esos comeajos de los españoles? «No», esclarecí al fin.

Me agaché hasta ponerme a su altura. Las llamas se reflejaron en sus pupilas. Sonreí.

—Por mí —respondí en español.

Con un rápido movimiento, le clavé el puñal en el ojo izquierdo. Sentí un inmenso placer al oírle gritar tan cerca de mi oído. Extraje el cuchillo para clavárselo en el otro ojo. Aún seguía vivo cuando se lo clavé, por último, en el corazón.

—¡Henri! —grité a mi segundo cuando el cuerpo del soldado dejó de agitarse.

Este se separó del resto y se acercó.

—¿Capitán?

—Reagrúpalos —dije señalando con el mentón a los piratas que pululaban por el lugar—. Regresamos a la mar.

Durante las siguientes semanas bordeamos la costa del Yucatán. Navegar sin perder de vista la costa tenía una doble función: nos guardaba de las flotas imperiales a la vez que ponía a nuestra merced naos a las que atacar y saquear. Estas se dedicaban casi en su totalidad al mercadeo, por lo que poco importaba cuál se nos cruzase, pues todas llevaban sus bodegas a rebosar; y el exceso de carga además las hacía pesadas y lentas. Asimismo, eran navíos pequeños y sin apenas armamento a bordo. En definitiva, presas fáciles, se mirase por donde se mirase.

En esos días el Étoile capturó muchas naves. Todas fueron saqueadas y hundidas; y sus tripulantes, asesinados sin contemplaciones, en especial los de aquellas que osaban lucir el pendón carmesí del Imperio.

Un acontecimiento importante sucedió unos días después, cuando, frente a las costas de Campeche, en Nueva España, mis vigías avistaron al San Roque, un gran galeón.

Los galeones son embarcaciones majestuosas, robustas; pero ese era más grande de lo habitual. Calculé que sobrepasaría las cuarenta y ocho varas de eslora y que artillaría unos cuarenta cañones. Navegaba en solitario, lo que resultaba extraño para una nave no comercial. Mas tan bien armada, ¿qué podría temer?

Philippe, mi artillero principal, sacudió la cabeza.

—Imposible de tomar —expuso.

Frustrado, bajé el catalejo. El artillero estaba en lo cierto. Si no llega a ser por el Rose Noire, de mala manera hubiésemos podido hacernos con aquel navío de treinta cañones, y este artillaba más. De no ocurrírseme algo, y pronto, iba a tener que dejarlo pasar.

—Si va tan bien pertrechada, es que lleva plata —apuntó Henri.

—U oro —añadió otro de mis hombres con una sonrisilla que le hacía parecer bobalicón.

Yo veía difícil que el navío llevase cualquiera de esos dos metales. El oro y sobre todo la plata partían desde las Indias, y ese galeón mareaba hacia Nueva España. Además, como buen pirata que era, sabía de coro que la Flota de Indias, los galeones que cada año llevaban al monarca español las riquezas del Nuevo Mundo, únicamente tenían permitido partir en abril y agosto, los meses establecidos por la Corona. Por eso era imposible que el San Roque llevase a bordo oro o plata. Con todo, un galeón de tal envergadura, armado y mareando en solitario era extraño. «Extraño y una tentación difícil de ignorar».

Volví a examinar la nave con la lente y entonces divisé una vía en su amura de babor. El boquete estaba cerca de la línea de flotación y el oleaje lo ocultaba cada poco. Por eso no lo había apreciado en mi primer examen. Pero era bastante grande; sin duda le tenía que estar entrando mucha agua.

Una sonrisa aviesa me curvó los labios. «Eso lo cambia todo».

—*Caballeros, ceben sus pistolas y afilen sus cuchillos* —*dije.*

—*¡Nos hundirán, capitán!* —*se alarmó el artillero.*

Ignorándolo, llamé al piloto:

—*Jean, ¿qué ruta sigue?*

—*Sursudeste, capitán. Hacia Veracruz. Es posible que fondee ahí.*

Asentí sopesando su argumento.

—*El San Roque se hunde* —*confesé a mis hombres*—. *Dudo que Veracruz fuese su destino inicial, pero con semejante vía es su única oportunidad de no acabar en el fondo de estas aguas. Lo interceptaremos antes de que llegue.*

Dos podían ser las causas de que el galeón luciese un boquete así: una tempestad, pues estábamos en época de huracanes, o algún ataque pirata. «O ambos», consideré.

Poco me importaba, ya que las consecuencias eran las mismas: un galeón mermado y debilitado, lleno de hombres cansados y desmoralizados. Otra presa fácil, por tanto. Además, si bien descartaba la plata o el oro, tanta pólvora a bordo llevaba a pensar que el navío portaba algo de valor o interés.

—*¿Pero y si otros piratas han saqueado ya sus bodegas?* —*quiso saber el del rostro bobalicón.*

—*¡Imbécil!* —*le espetó Henri, propinándole un golpetazo en la cara*—. *Si hubiese sido saqueado, ¿crees que seguiría de una pieza?*

Atacamos al San Roque. Lo desarbolamos y le abrimos más vías, aunque no tan grandes como la que ya traía. Con todo, me aseguré de que siguiese a flote. ¿Qué íbamos a saquear si se hundía?

Henri estimó una dotación de ciento treinta hombres. Los matamos a todos. Al capitán y a sus oficiales los abrí en canal.

Me hubiese gustado ensañarme, reservarles una muerte más elaborada; pero al galeón le quedaba poco tiempo y aún teníamos que vaciar sus bodegas.

No me había equivocado: estaban a rebosar. Y tal como había supuesto, no había oro ni plata. Tampoco ningún botín; fue un cargamento de acero y papel lo que encontramos en su lugar. ¡Papel!

Tras la decepción del San Roque, puse rumbo a Tierra Firme. Ahí podríamos desembarcar. Un saqueo en tierra siempre ponía de buen humor a mis hombres. Mi tripulación estaba hambrienta, y esta vez no era precisamente de latrocinios. Hacía semanas que las bodegas del Étoile no veían fruta ni carne fresca, y ese hecho, sumado al ridículo que había supuesto el abordaje al galeón, comenzaba a pesar demasiado en la moral de los míos.

Para cuando vadeamos el golfo de las Higueras, la división se había acentuado entre la tripulación. Una facción quería seguir con el pillaje mientras que la otra pedía regresar a La Tortuga. Henri, temiendo un motín a bordo, me sugirió regresar al bastión pirata. Por una vez seguí su consejo. No habría más saqueos en las próximas semanas, pero sí fiestas, mujeres y alcohol. Eso también pondría de buen humor a mis hombres.

Aproveché mi estancia en la isla para preparar una incursión a Cuba. No había sufrido muchas bajas durante los últimos asaltos; sin embargo, entre los ataques a los salvajes, al Yucatán y al golfo de las Higueras, calculaba que había perdido cerca de una veintena de hombres. Así que, por lo pronto, razoné que necesitaría marinar la nave con dotación nueva. Esta vez precisaría de hombres que conociesen la isla de Cuba como la palma de su mano. Y gracias a esa zorra española que *había jugado a ser hombre ya no podía contar con Michel para eso.*

«Por fortuna, jamás volverá a interferir en mis planes. Hace meses que dejé a esa malparida pudriéndose al sol. A buen seguro, ni sus huesos quedan ya», pensé con regocijo.

Discurrí que en cuanto a marinar el Étoile, Bertrand d'Ogeron podría serme de utilidad. Como gobernador de La Tortuga —y antiguo corsario—, nada sucedía en la isla sin que él se enterase. Aunque yo apenas lo conocía de vista, no dudaba de que me ayudaría con mi nueva empresa. Tampoco él tenía en demasiada estima a los españoles.

No me equivoqué con D'Ogeron. Gracias a su apoyo, a Henri no le llevó más de cuatro días armar una nueva dotación.

El 20 de octubre, el Étoile partió de La Tortuga con la santabárbara repleta de la pólvora y la munición que usaríamos en el pillaje de Cuba.

Los muchachos creyeron que desembarcaríamos en Santiago de Cuba, al sudeste de la isla. La villa era de tamaño considerable, rica y con un importante puerto. En verdad era un buen objetivo. Además, solo sesenta leguas nos separaban de ella. Mas yo ambicionaba una conquista mayor, por lo que ordené continuar hasta San Cristóbal de La Habana, a más de doscientas leguas del punto en el que nos encontrábamos.

San Cristóbal tenía mucho en común con Santiago de Cuba. Ambas eran de las primeras villas que los españoles fundaron en la isla, y ambas se habían convertido en importantes centros comerciales. Sin embargo, la bahía que precedía a la primera había marcado la diferencia entre ambas ciudades, ya que suponía una protección adicional, no solo frente a los ataques sino también frente a las tempestades. Por ese motivo, el monarca español, Felipe II, había dispuesto que el puerto de San Cristóbal fuese el lugar de concentración de sus naves antes de emprender el tornaviaje a Sevilla. Ese hecho había llevado a que la villa se conociese como la «Salvaguarda de las Indias», propiciando que los distintos gobernadores fijasen en ella su residencia, y no en Santiago de Cuba.

Nos llevó ocho jornadas recorrer esas poco más de doscientas leguas. Lo primero que avistamos fueron las torres y los baluartes de las fortalezas que guardaban San Cristóbal. Eran tres y, con tal cantidad, más de uno podría pensar que atacar una villa tan protegida era una necedad. Pero los ataques y los saqueos a los que la ciudad había sido sometida de un tiempo a esa parte evidenciaban que no era más inexpugnable que Maracaibo o Cartagena de Indias.

Atacamos la villa sin apenas impedimentos. Conforme la santabárbara perdía su carga y nuestras manos se teñían de carmesí, las bodegas se fueron llenando de oro, plata y comida. Robamos ganado, hundimos algunas naves, estupramos mujeres de todas las edades y volamos e incendiamos muchas viviendas. Matamos, acosamos y torturamos también hasta hartarnos. Ahí me desquité de lo que no pude hacer en el San Roque. Nada como abrir en canal o sacarle los ojos o el corazón a esos comeajos hijos de mil padres. A pesar de la rapidez con la que mandé ejecutarlos —lo último que quería era dar tiempo al gobernador de la isla, Francisco Dávila Orejón y Gastón, para que saliese en pos nuestro—, los expolios fueron muchos y muy provechosos. Así que, en cuanto juzgué que ya habíamos acabado con bastantes españoles y que teníamos suficiente botín para vivir de manera holgada una temporada, ordené levar anclas y alejarnos a todo trapo de Cuba.

Del malnacido Dávila Orejón y Gastón no tuvimos noticias.

23

Unos días más tarde, cuando eran pocas ya las leguas que nos separaban de La Tortuga, tan pocas que hasta identificábamos su terreno escarpado recortado contra el firmamento, avistamos por babor una flota. Encabezando la escuadra iba la capitana, nave insignia a la que el resto debía obedecer y seguir. Después, a escasa distancia, navegaba el aviso, un patache cuya misión era llevar los avisos tanto dentro como fuera de la flota y guardar las entradas a puerto. Tras la nave ligera y maniobrera iban otras cinco. Las tres primeras viajaban en paralelo, lo que dejaba claro que se trataba de naves mercantes, por lo que las otras dos serían galeones armados. Por último, cerrando la comitiva iba la almiranta, otro galeón armado que tenía como fin proteger la retaguardia.

Ocho naves en total. No era una flota grande; había llegado a ver escuadras con el doble o el tripe de embarcaciones. No obstante, por pequeña que fuese, una flota siempre era sinónimo de muchos cañones y muchos soldados a bordo. Imposible de tomar si no era otra flota la que atacaba. Mas no todo estaba perdido para un navío filibustero que mareaba en solitario y avistaba una escuadra, pues cuanto más numerosa era una flota, más probabilidad había de que alguna de sus naves fuese más pesada y lenta que el resto, una nave a la que le fuese imposible seguir el ritmo de las otras. Eran esas, las rezagadas, las que todo pirata o corsario buscaba divisar cuando oteaba una escuadra. Eran botines fáciles y sustanciosos. No llevaban oro ni plata, ya que los «galeones de plata» iban bien protegidos, navegando en el mismo centro de la comitiva, pero en la mayoría de las ocasiones se trataba de naos comerciantes, con sus bodegas a rebosar de comida, bebida y productos con los que se podían obtener beneficios sustanciosos contrabandeando.

Empero, la de ese día era una flota pequeña y las naves mercantes iban en perfecta posición tras el aviso. Nada, por tanto, que pudiese hacer el Étoile.

—Españoles —masculló Henri, y lanzó un esputo por encima de la baranda.

No se lo rebatí. Esa manera de formar revelaba su patria a la legua.

—Nos superan en número y armamento —señalé—. Que pasen. Nos haremos a un lado... por esta vez.

Unos minutos después, mientras Jean mudaba el rumbo y la proa del Étoile comenzaba a inclinarse hacia estribor para esquivar la flota, los dos galeones que navegaban delante de la almiranta se escoraron hasta romper la formación.

—¡Están formando en línea! —se sobresaltó Henri, asomándose a la baranda.

Me había enfrentado a bastantes almirantes como para saber que solo posicionaban sus naves en línea por un motivo: el avistamiento de otro navío armado.

—Nos han visto —reconocí.

A ojos de los españoles, el Étoile era un navío armado y sospechoso de piratería. Y acertaban en los dos supuestos, pues a pesar de la munición usada en San Cristóbal de La

Habana, aún contábamos con pólvora suficiente como para hundir una embarcación o dos. «Pero no un galeón imperial. Y mucho menos una flota...».

—Albergaba la esperanza de que, siendo solo un navío, nos ignorasen —comentó mi segundo—. ¿Por qué no han pasado de largo?

—Yo también —admití no sin cierta pesadumbre—. Pero los españoles son condenadamente insistentes y tozudos para con todo, incluyendo su cruzada personal contra la piratería. Que fuercen velas, Henri. Trataremos de dejarlos atrás.

Al punto, los gritos de mi segundo llenaron la cubierta. Fue lo único que se oyó hasta que el cañonazo lo acalló. El tiro, lanzado de improviso, no hizo blanco, aunque pasó muy cerca de nuestra nave.

—¡Malditos! —profirió mi segundo.

Philippe se acercó a Henri y a mí.

—¿Han... fallado? —titubeó.

Sin apartar la vista de los dos galeones, sacudí la cabeza. Aunque comenzábamos a alejarnos de la escuadra, se aproximaban con el viento a su favor y cada vez estaban más cerca.

—Era una advertencia.

—Vamos a tener que responder —reparó Henri.

—Ordenaré zafarrancho de combate —informó el artillero, haciendo amago de irse.

Lo retuve con un ademán.

—Preparad las bolas rojas.

Philippe dudó y yo reprimí una sonrisa. Siempre reaccionaba de igual modo cuando le ordenaba recurrir a ellas. Al tratarse de munición incendiaria, lanzadas contra el enemigo podían suponer la diferencia entre la victoria y la derrota.

En el caso que nos ocupaba, ya anticipaba que la victoria no sería posible. «No ante una flota de ocho navíos». Pero sí que los mantendría ocupados el tiempo suficiente para escapar y salvar la vida.

Sin embargo, ese tipo de pelotas, aunque muy útiles, eran también muy peligrosas de manipular. Una de ellas bastaba para hacer que el Étoile acabase en el fondo del mar. De ahí la vacilación de Philippe y que yo restringiese su uso a situaciones límite.

El artillero fue a replicar, mas, como siempre, se lo pensó mejor y acabó por asentir. Justo en el momento en que se disponía a marcharse al segundo puente, el primero de los galeones, situado ya en paralelo a nosotros, comenzó a dispararnos andanadas. El Étoile se estremeció.

Pese al espíritu combativo de mis hombres, ante una agresión tan inesperada, la sorpresa y el pavor enseguida se apoderaron de sus ánimos. Los siguientes segundos estuvieron sembrados de desorden e incertidumbre.

—¡Fuego! —grité con fuerza.

—¡Fuego! ¡Fuego! —me secundaron.

Si bien todos a bordo sabíamos que era una lucha perdida de antemano, el Étoile comenzó a responder, rompiendo el fuego español con el nuestro. Al poco, a los proyectiles de hierro se les unieron los calentados al rojo vivo, los cuales reventaron al galeón enemigo por varios sitios. El humo y la pólvora, el ruido de los cañones y los gritos de mis hombres. Era un cuadro espantoso y, a su vez, glorioso.

Con todo, el navío español no cejó en su empeño por hundirnos y siguió disparando. Y mientras nos acosaba, advertí que el segundo galeón comenzaba a rodearnos. Henri también se percató de ello:

—¡Pretenden ponernos entre dos fueg...!

Un estruendo lo acalló cuando el mástil del trinquete, partido en dos, cayó sobre nosotros.

Un calor abrasador me hizo volver en mí. Abrí los ojos. Las llamas me rodeaban y la cubierta del Étoile ardía. Me puse en pie con rapidez, en un intento por alejarme del fuego que comenzaba a acariciarme las botas y los bajos de la casaca.

¿Qué había pasado? ¿Por qué mi navío era presa de las llamas? ¿Qué idiota había dejado caer su bola roja? Lo desollaría vivo en cuanto supiese quién había sido.

Mareado, trastabillé hasta la baranda. Apoyándome en ella, observé la cubierta. Era un caos. Los hombres corrían entre exclamaciones de un lado a otro tratando de sofocar el incendio. Uno pasó junto a mí como animal azogado. Lo intercepté asiéndole por las solapas del chaleco. Lo reconocí al instante. Era uno de mis grumetes, aunque ignoraba su nombre.

—¿¡Qué demonios ha pasado!? —bramé.

—L-los españoles. Ellos... —tartamudeó el muchacho—. La santabárbara...

Iba a escupirle que no me mintiese, que unos impactos en el polvorín no incendiaban una embarcación, no sin chispa, cuando caí en la cuenta de que no resonaban cañonazos; ni enemigos ni nuestros. Fui a preguntarle por ello, pero un grito me detuvo.

—¡Capitán!

Un apurado Henri vino hacia mí. Liberé al chico de un empujón.

—¿¡Por qué maldita razón no seguimos disparando, Henri!?

Mi segundo alzó el brazo, hacia la flota española.

—¡Los españoles! —dijo elevando la voz para hacerse oír entre el crepitar de las llamas y la barahúnda de la tripulación—. ¡Se retiran!

Me volví hacia nuestro enemigo. Lo último que recordaba

era que un galeón nos disparaba por babor mientras el otro maniobraba para encañonarnos por estribor; sin embargo, ahora las dos naves se alejaban de nosotros, de regreso a su formación.

«Un problema menos», pensé.

—Juzgué que con el fuego, si dejábamos de disparar, tal vez nos diesen por muertos. Además, precisaba de todos los hombres para sofocar...

Le hice callar con un gesto.

—Una idea astuta —reconocí. Por cosas como esa llevaba Henri a mi lado tantos años.

Volví a mirar los galeones, más empequeñecidos a cuenta de la distancia.

—Y parece que ha funcionado —observé.

Los españoles nos habían desarbolado el trinquete e incendiado la nave y, al parecer, esos dos estropicios habían bastado para que nos juzgasen condenados, dándoles la seguridad de que podían retirarse y proseguir rumbo con tranquilidad.

«Típico de los comeajos. Siempre dan todo por sentado y nunca se molestan en comprobar nada». Los españoles me odiaban y me temían, a la vez que ignoraban que gracias a ese error que tanto les gustaba cometer una y otra vez, me habían perdonado la vida en más de una ocasión...

Sonreí. «Inútiles».

El no tener a los españoles de por medio mejoraba nuestra situación. Con todo, esta continuaba siendo precaria. Si el fuego ya era peligroso en tierra, enmarados lo era en sumo grado: no solo peligraba el navío en sí mismo, sino también los tesoros que traíamos de Cuba, e incluso...

«Nuestras propias vidas», me lamenté.

Y el tiempo corría en nuestra contra. Si el Étoile se iba a pique, podía arriar el par de botes que la nave llevaba a bordo, *pero ni aun avistando La Tortuga en lontananza llegaríamos a ella, no sin agua dulce en leguas a la redonda. Por tanto, nuestra única oportunidad pasaba por sofocar el fuego y seguir rumbo hasta la isla filibustera.*

Me volví hacia Henri.

—Reorganízalos. Que dejen de llorar como plañideras y sigan cogiendo agua —dije con determinación—. Aún podemos salvar el Étoile.

Henri profirió un enérgico «Sí, capitán» antes de alejarse.

Yo dirigí una última mirada a la flota. Los dos galeones ya habían recuperado su posición inicial. Después, me quité la casaca, me hice con dos cubos de agua y me uní a la tripulación.

Terminamos de sofocar las llamas varias horas más tarde, cuando el sol comenzaba a teñir de cobre las aguas.

Según me confirmaron Henri y Philippe una vez pasado el peligro, no habían sido nuestras balas incendiarias las causantes del fuego, sino las españolas.

—El impacto de algunas tuvo que derivar en chispa —dedujo el artillero.

Por fortuna, nuestro paso por Cuba nos había dejado con una santabárbara más vacía de lo acostumbrado. De haberla llevado llena no hubiésemos tenido la menor oportunidad, y la nave al completo, trapos incluidos, hubiese saltado por los aires.

Sin trinquete, el tornaviaje a La Tortuga resultó largo y dificultoso. Con todo, el 13 de noviembre, casi cuatro días después de cruzarnos con la escuadra española, el Étoile echaba el ancla en La Tortuga.

24

Corría el día que hacía veintidós del mes de diciembre del año de 1668 y, tal y como acostumbraba a hacer bastantes tardes durante los últimos meses, abandoné el galeón para disfrutar de un paseo largo y sosegado por los prados de Santo Domingo. De esta villa de La Española es muy afamado su puerto. Aunque si uno se toma la molestia de atravesar la ciudad hasta sus confines, como hice yo a los pocos días de arribar, se descubren paisajes de gran belleza.

Si bien la mayoría de las veces hacía el recorrido a pie, algunas lo hacía a caballo, justo como aquel día de diciembre. El animal, una yegua baya, comencé en un principio alquilándoselo al señor Damián, vecino de la villa; sin embargo, como mi estancia de unas semanas en Tierra Grande se empezó a contar por meses, el hombre dejó de cobrarme por la cabalgadura.

—¡Habrase visto! ¡No sería buen cristiano si cobrase a mi vecina Carolina cada vez que viene a saludarme! —Esa era su respuesta cada vez que le ofrecía algunos maravedís por su yegua.

Y es que para él, al igual que para un puñado de amigos que había hecho en la isla, hacía tiempo que era una vecina más de Santo Domingo, importándoles un ardite que mi casa flotase en el fondeadero.

Manteniendo las riendas cortas llegué al familiar recodo, en el que a veces hacía un alto para recuperar el aliento antes de emprender el camino de vuelta. No obstante, como en esta ocasión llevaba conmigo al animal, decidí adentrarme en el sendero un poco más. El aire olía a frescor. Los campos semejaban un mar verdoso cada vez que se levantaba brisa. Las hierbas, altas, me rozaban las botas.

Al divisar el puerto en lontananza, mi mente viajó lejos, hasta nuestra llegada a la ciudad.

Si al principio fui reacia, pronto comprendí la importancia de las palabras de Hernán sobre volver a casa y establecernos un tiempo para recuperarnos. Con todo, como le hice saber a él entonces, me negué en redondo a que hiciésemos el tornaviaje a Maracaibo, y en cuanto me sentí un poco mejor y mis heridas me lo permitieron, me dispuse a trazar una nueva derrota.

Que aún no me sintiese preparada para regresar al hogar no implicaba que quisiera permanecer a un mar de distancia de él. Por eso manejé Santa Marta, Puerto Cabello o Tierra Grande como villas en las que establecernos. Fue esta última la decisión final, pues ya me era conocida de antes, de cuando acudimos en busca de Donoso Hermida, el encomendero, por consejo del joven Mateo. Además, guardaba un cálido recuerdo de Santo Domingo; el mareaje hasta ella había sido mi primera travesía como maestre.

En un par de ocasiones llegaron a la ciudad nuevas del Olonés: en la primera decían que el bellaco estaba atacando la costa del Yucatán, en donde se dedicaba a capturar naos españolas; en la segunda contaron que había hecho una incursión en la isla de Cuba. De ello que a su búsqueda, además del gobernador de Cartagena, que aún no había conseguido dar con él, se sumase también el de Cuba, quien, según dijeron, había partido a bordo del galeón Virgen del Rosario para detener sus saqueos.

A pesar del año transcurrido, ni Hernán ni yo olvidábamos ni por un instante que el Olonés tenía una cuenta pendiente para con nosotros. De hecho hacía casi dos meses, coincidiendo con las últimas noticias del pirata, que mi mente había comenzado a cavilar un plan contra ese hijo de mil padres.

Cierto día pensé distraídamente que lo que el muy malparido se merecía era que alguien le arrancase su pútrido corazón y se lo comiese delante de sus narices, como tanto gustaba él de hacer. Tal pensamiento fue al principio solo una reflexión para mí. Sin embargo, con el transcurrir de los días pasó a convertirse en una idea, idea que compartí con Hernán. Y cavilando ambos codo con codo, o mente con mente, mejor dicho, trazamos un plan que pasaba por tenderle al Olonés una trampa. Si bien nuestra primera idea consistía en ir en su busca a Guadalupe, con esta nueva estrategia sería él el que nos seguiría a nosotros, y lo haría hasta un lugar bien distinto… para allí sucumbir.

Armada la estrategia, lo único que nos faltaba para llevarla a cabo era conocer el paradero del filibustero, así que en Tierra Grande continuábamos, a la espera de que llegase alguna otra novedad de sus saqueos.

En cuanto a Hernán y a mí, hacía tiempo que estábamos repuestos de nuestras lesiones. El brazo quebrado de mi compadre, al igual que el resto de sus heridas, sanó sin percance alguno. Del mismo modo lo hicieron mis quemaduras. La carne supurante y las ampollas ya solo eran un mal recuerdo, uno que me había esforzado por relegar a un rincón de mi entendimiento. Un año después era una cicatriz larga y rosada lo que surcaba parte de mi cuerpo. Comenzaba en el dorso de la mano, ascendía desvergonzada por el brazo y el hombro, me acariciaba parte de la clavícula y el cuello y terminaba en la cara. Allí se dejaba ver desde el pómulo hasta la sien, en donde desaparecía. La oreja, milagrosamente, se había salvado de las salpicaduras de fuego.

Los primeros meses me avergonzó terriblemente la marca. Además, que Melchor abandonase el Venator nada más echar el amarre en Santo Domingo solo contribuyó a que me sintiese más miserable conmigo misma. Con todo, Hernán no se separó de mi lado ni un momento. De él aprendí a enorgullecerme de la cicatriz, y consiguió que jamás volviese a intentar ocultarla.

—Son nuestras cicatrices las que nos recuerdan los obstáculos que hemos superado, así como todo de lo que somos capaces —me aseguró, y seguido pasó a mostrarme sus marcas.

Conforme me enseñaba una, me relataba quién o en qué circunstancias se la había hecho. Me sorprendió descubrir que su cuerpo lucía un sinfín de cicatrices. Hasta la fecha ignoraba que una persona pudiese albergar tanto dolor en su piel. No obstante, mi compadre, como buen soldado que había sido, estaba orgulloso de todas y cada una de ellas.

Gracias a él ya no me espantaba cada vez que bajaba la vista y me contemplaba el brazo o cuando el pequeño espejo del camarote me devolvía mi reflejo. No como al principio, al menos.

Pero si bien aprendí a vivir con mis heridas, la pena por la marcha de Melchor no disminuyó.

Aún recuerdo cómo se me desgarró el alma en mil pedazos cuando nos comunicó en privado a Hernán y a mí sus intenciones de dejar de formar parte del Venator. Me dolió muchísimo, mas tampoco podía obligarle a quedarse, y él lo sabía.

Incluso mi compadre se sorprendió sobremanera de su decisión y le pidió que lo reconsiderase. Pero Melchor nos hizo ver que su resolución era definitiva. Así que al de Avilés no le quedó otra que, como a un marinero más, entregarle su correspondiente paga y verlo desembarcar... para siempre.

Pese a que nunca me he arrepentido ni un ápice de haber rechazado su propuesta de casamiento, desde el primer momento supe que su marcha fue por mí. Por mi culpa. «Si no hubiese sido tan brusca con él... Si no lo hubiese alejado de mí...», me repetía.

Para mayor desazón, Melchor acudía a mi mente de la forma y en los momentos más insospechados; y es que lo añoraba muchísimo. Desconocía su paradero, si seguía aún en La Española o estaría en Tierra Firme. Quién sabía; podría incluso haber llegado hasta Nueva España...

Aprovechaba esos momentos de sosiego y calma por los campos capitaleños para perderme en mis pensamientos. Pero esta vez me había perdido en demasía en ellos, pues comenzaba a atardecer y aún debía pasar por la casa de Damián a devolverle la montura, antes de recorrer a pie el trayecto restante hasta el puerto, en donde aguardaba el Venator.

Cuando el astro solitario iba a ponerse sobre el horizonte, grande y rojo, espoleé al animal para emprender el camino de vuelta.

—¡Maestre, maestre! —me gritó un impaciente Mateo en cuanto pisé la cubierta. El grumete vino hacia mí.

—¿A qué esos gritos, Mateo?

—Donoso Hermida os está esperando. En vuestra cámara.

—¿¡Que Donoso Hermida está aquí!? —Ahora era yo quien gritaba.

—El contramaestre ya está platicando con él.

Tal fue mi susto y mi sorpresa que, sin siquiera agradecerle al grumete la información, a zancadas me dirigí hacia mi camarote. ¿Qué motivo podía llevar al encomendero a allegarse hasta mi galeón? «Ninguno bueno», me contesté.

Entré o, por mejor decir, me precipité en la cámara. Hernán y Hermida, que hasta ese momento parecían conversar distraídamente, enmudecieron.

—¡Maestre! —me saludó mi compadre. Una sonrisa acudió a sus labios.

El encomendero, sentado de espaldas a mí, se volvió a mirarme. El mismo rostro pálido, con su barba plateada bien perfilada y su nariz aguileña, me contempló de nuevo un luengo año después. Incluso su atuendo se me antojó idéntico al de cuando nos conocimos: medias oscuras y casaca y birrete del mismo color.

—Vaya, vaya —comenzó al tiempo que se ponía en pie—. Así que los rumores son ciertos… Ponce el Berberisco es una…

—Una mujer, sí —terminé—. Me lo dicen mucho últimamente. —Sonreí, no sin cierto orgullo.

—¿Cuál es vuestro verdadero nombre?

Hernán también se levantó, ofreciéndome así mi silla.

—Carolina. Carolina Arroyuelo.

En cuanto hube tomado asiento, el encomendero hizo lo propio. A falta de más asientos, a mi compadre no le quedó otra que permanecer de pie, recostado contra la cómoda, a un lado de la robusta mesa.

—¿Y bien? —inquirí.

—Por lo general, soy reacio a compartir temas de tal índole delante de féminas, pues es bien sabido que no poseen el juicio suficiente para tales asuntos…

Ante semejante discurso tan pobre e infundado, gustosa lo hubiese echado a patadas del galeón. En su lugar, me limité a enarcar escéptica una ceja. No solo no me convenía enemistarme con el encomendero, sino que también estaba ansiosa por conocer los motivos que le habían llevado hasta mí.

—Mas sois vos quien disteis muerte al Vasco… Vos —recalcó—. Por quien no hubiese dado nada…, ni siquiera tomándoos por varón —admitió con una pequeña sonrisa—. Así que gustaría de ayudaros.

—Eso depende de lo que vaya a costarme vuestra ayuda —repliqué—. En estos momentos no dispongo de muchos dineros.

En verdad que así era. A Santo Domingo llegamos con algunas reservas en las bodegas, tales como vino, queso, almendras, sal, membrillo, sebo…, productos que pudimos vender con facilidad, lo que nos reportó buenos reales. No obstante, nuestra larga estancia en la isla, sumada al afretado y calafateado que habíamos llevado a cabo durante las últimas semanas, me habían dejado sin apenas caudales.

—Conoce dónde se halla el Olonés, Carolina —intervino mi compadre.

Estupefacta, me giré a mirarlo. Con el fin de confirmar lo que acababa de confesarme, asintió varias veces.

En contraposición, Hermida negó con la cabeza.

—No os pediré nada a cambio. Varón o no, habéis demostrado tener redaños, y esa es una cualidad encomiable. —Volvió a sonreír—. Por ello, como ya he dicho, gustaría de ayudaros.

—¿Y bien? —La paciencia nunca fue mi fuerte—. ¿Dónde está?

—Ha llegado hasta mis oídos que ancló en La Tortuga ha unas semanas, en donde se vio forzado a echar el amarre tras sufrir un revés con la Corona y su portentosa Armada —dijo riendo.

«Ya está. Es nuestro», pensé eufórica.

—Si ha sufrido un revés, sin duda pretenderá aprovisionarse de hombres en ese bastión pirata en el que se ha convertido la isla —afirmó mi compadre.

El procurador de indios se puso en pie.

—Sin duda —convino.

De pronto, se me ocurrió algo.

—Aguardad un momento, señor Hermida —comencé—. Valiéndoos de vuestra red de informadores, ¿podríais hacer que le llegase cierta información?

—¿Al Olonés? —Lo sopesó unos instantes, los cuales aprovechó para atusarse la plateada perilla española—. Sí, podría. —Y clavando en mí sus ojos inteligentes agregó—: Queréis delataros.

El plan concebido entre Hernán y yo pasaba por que fuese el filibustero quien nos persiguiese, y no al contrario. ¿Y qué mejor manera de lograrlo que intercediendo el encomendero por nosotros?

—Ciertamente, así es —reconocí.

—Buscamos que salga a nuestro encuentro —corroboró mi compadre, cruzándose de brazos.

—¿En qué punto lo queréis?

Como previamente había estado examinando las cartas de mi padre, decidir el lugar apenas me llevó unos instantes.

—Frente a la isla de Navaza, en el canal de Jamaica.

—Os prometo que tal información llegará a sus oídos… Lo que no puedo prometeros es que salga a por vos, claro está.

Tan dichosa me sentía por el avance formidable que habíamos logrado ese día que, a falta de otra manera con la que recompensar al encomendero por sus servicios, me ofrecí a compartir con él nuestra modesta cena.

—Os lo agradezco, mas tengo a varios indios apostados en los muelles aguardándome para regresar a la encomienda —declinó.

Hernán y yo lo acompañamos hasta cubierta.

—Mañana mandaré a los muchachos a por un buen cochino —anunció mi compadre mientras veíamos al procurador reunirse, ya en tierra, con sus indios.

Lo miré con reprobación; sabía de coro que apenas nos quedaban dineros.

—¡Carolina, noticias así merecen ser celebradas! —se lamentó ante mi gesto—. Además, pasado mañana es la Natividad —añadió con una mal fingida ofensa en la voz—. Y todo maestre que se precie querría que su tripulación participase de...

—¡Ay, Hernán! —le corté, algo hastiada de su reprimenda—. ¡Vos ganáis! ¡Que los muchachos traigan mañana el maldito cochino!

A pesar de la penumbra, por el costadillo del ojo vi que una sonrisa torcida le curvaba los labios.

Al día siguiente, domingo, mandé hacer la aguada con vistas a que pronto abandonaríamos Tierra Grande y partiríamos en busca del Olonés. La santabárbara y los pañoles con víveres y otros productos de necesidad, como cabos o velas de repuesto, ya se hallaban con la carga suficiente para hacer el que iba a ser el último viaje del Venator antes de regresar definitivamente a casa, a Maracaibo.

El lunes, que se contaban veinticuatro días del mes de diciembre, por ser la Natividad y porque el tiempo lo permitía, se montó en cubierta una larga mesa con la unión de otras más pequeñas. Puesto que a bordo las sillas eran insuficientes para todos los que éramos en el galeón, se colocaron toneles pequeños, los cuales fuimos sacando de allá y acullá. Con todo, seguían faltando asientos para los setenta hombres que conformaban mi tripulación, por lo que muchos tuvieron que permanecer de pie o conformarse con recostar sus posaderas contra algún cañón o cabo.

De esta guisa, sentados a la mesa corrida, Hernán, Lope, Mateo, Juan y yo, así como otros hombres del Venator como Gonzalo, Baltasar o Saturno, pudimos disfrutar del placer de comer carne fresca, todo un lujo en un navío, pues era poco común llevar carne a bordo y, de llevarla, era siempre en salazón.

Claro que el cochino tampoco dio para todos, pero Saturno supo valerse de sus recursos y elaboró una suculenta sopa de carne para el resto. Regamos la cena con vino y ron, y Guzmán nos deleitó con unas endechas.

La jornada sucesiva a la fiesta quería que fuese de descanso para la dotación, por lo que convine con Hernán partir de Santo Domingo la mañana del miércoles, la que se contarían veintiséis días.

A punto de zarpar, me hallaba en la toldilla mostrándole en las cartas a Gonzalo la derrota que seguiríamos cuando varios gritos se dejaron oír por cubierta.

—¡Melchor! ¡Es Melchor! —decían las voces—. ¡Melchor ha vuelto!

En ese preciso instante Gonzalo me estaba explicando alguna cuestión importante; algo sobre las maniobras que tendría que realizar para sacar el galeón del puerto, creo recordar. Sin embargo, al oír el nombre que jaleaban mis hombres, con presteza me olvidé del timonel, de sus maniobras y de todo lo que me rodeaba.

Alcé la vista con un anhelo en el pecho. A unos cuantos pasos más allá, a la altura del palo mayor y entre una docena de marinos dispuestos en corro, divisé una inconfundible mata de cabello rojizo y alborotado: Melchor.

El corazón me dio un vuelco. Hacía un año que no lo veía.

Le entregué las cartas a Gonzalo y encaminé mis pasos hacia el corrillo de hombres. Al acercarme, la tripulación se fue apartando despacio conforme yo avanzaba, dejándome así un caminito hasta el centro del círculo, en donde, además del recién llegado, se hallaban también Hernán y Lope. Por los gestos despreocupados y las sonrisas de los tres, debían de estar compartiendo alguna jocosa anécdota. No obstante, en cuanto los ojos de Melchor se posaron en mí, dejó de reír; mi compadre y el cirujano también enmudecieron.

—Maestre —me saludó el pelirrojo con cautela, a la par que hacía un amago de reverencia.

Había transcurrido un año largo, con sus noches y sus días, y Melchor lucía algunos cambios: se había dejado crecer el cabello y la barba, y su piel, tostada por el sol, ya no resaltaba tanto contra su pelo. Con todo, me pareció igual de apuesto que siempre.

«No. Recuerda que lo odias», me forcé a pensar.

En verdad, lejos estaba de odiarlo. Lo que sí estaba era dolida. Sí, puede que yo lo alejase de mí en el pasado, pero también él dejó claro que no quería seguir formando parte del Venator. ¿A santo de qué, pues, se presentaba al cabo de un año en mi galeón?

—No me llames así, pues ha tiempo que no formas parte de esta familia —le remarqué, no sin cierta acidez.

El recién llegado acusó el golpe fijando la vista en los tablones del suelo.

Lope dio un paso al frente.

—El joven quiere entrar de nuevo a vuestro servicio —intercedió.

Deseaba ver a Melchor de vuelta en el galeón, pero el orgullo me impedía aceptar su petición sin más. Y es que una parte de mí no podía evitar sentirse traicionada. Por abandonarnos. Por abandonarme… Pese a que la otra parte le había echado mucho en falta. Añoraba perderme en esos ojos del color de la mar y contemplar esa sonrisa pícara que alguna que otra vez me había alegrado una larga jornada de mareaje. Sí, sin Melchor, ese año en tierra se me había antojado luengo y tedioso, y acababa pensando en él más de lo que estaba dispuesta a admitir.

—Por favor —agregó el interesado en un susurro.

—¿Estás seguro de ello, muchacho? —intervino Hernán—. Zarpamos ya.

—Por eso estoy aquí. Oí en la taberna que partiríais hoy… —explicó él. Y mirándome, agregó—: Y nada me gustaría más.

La decisión ya la tenía tomada desde el mismo momento en que mis hombres corearon su nombre. No obstante, fue el verlo ahí, con los hombros caídos y suplicando por volver a formar parte de la tripulación, lo que hizo que mi enfado pasase a ser un recuerdo lejano. Aun así, dejé que transcurriesen unos segundos, haciendo creer a todos que estaba sopesando su petición. Después, sin dirigirme a nadie en particular, grité:

—¡Retirad las escalas! ¡Cortad los cabos!

—¡Ya habéis oído, haraganes! —me secundó Hernán—. ¡Levad anclas!

El corro se disolvió en un abrir y cerrar de ojos, ya que todos corrieron a sus puestos. Mi compadre y Lope hicieron lo propio. Solo Melchor y yo permanecimos en el sitio.

—Bienvenido —le dije cuando ya nadie nos oía.

Sus labios dibujaron una sonrisa tímida.

—Gracias, maestre.

Sentí unas ganas irrefrenables de abrazarlo, pero me contuve.

Frente a su tripulación, un maestre siempre debe afanarse por ocultar sus sentimientos y mostrar entereza ante cualquier eventualidad, ya fuese esta una tempestad, el ataque de un navío pirata o el regreso de alguien querido. Así que, por muy feliz que me sintiese por tenerlo de vuelta, durante las horas siguientes mostraría indiferencia. Por mis hombres.

Casi podía oír la voz de mi señor padre diciéndome desde allá donde estuviese: «Eso es lo que haría un buen capitán».

Por ello, intentando parecer impasible, le ordené:

—Ve con los demás a recoger la guindaleza.

Otra sonrisa se dibujó en su rostro, esta vez más ancha, justo antes de marchar a por uno de los tablones del cabrestante para recoger el cabo del ancla de proa.

Al poco, lejos de miradas indiscretas y mientras contemplaba desde la popa cómo iban empequeñeciéndose los tejados de Santo Domingo, me permití al fin sonreír.

25

Viendo lo provechoso que nos había resultado el ataque a San Cristóbal de La Habana, tenía en mente pasar una larga temporada en La Tortuga. Mas el ulterior encontronazo con la flota española me obligó a destinar hasta el último ducado requisado en Cuba a reparar el maltrecho Étoile, para gran desazón de mis hombres.

«Bien podía ser cierta esa invención de Michel de que en algún lugar dejado de la mano de Dios ocultábamos un trono de jacintos, rubíes y esmeraldas», me lamenté, ya que con un tesoro así podría reparar el navío, eliminar el descontento entre mi tripulación y aún me restaría para comprar una isla y vivir como un rey el resto de mis días. Lástima que no fuese más que una estratagema suya para distraer a nuestros enemigos.

Por suerte, dicho descontento no pasó de alguna que otra protesta, todas ellas murmuraciones escuetas, pronunciadas con miedo y vergüenza. Las protestas de verdad vinieron esa misma mañana, cinco semanas después de haber arribado al refugio pirata. Para entonces el navío ya estaba casi recompuesto, pero también la tripulación.

Aquel malestar lejos estaba de conformar un motín. Mas ya anticipaba que mis hombres, una vez descansados y con las *fuerzas recuperadas, como perros muertos de hambre, no tardarían en presentarse ante Henri —a mí me temían demasiado— para exigir su parte del saqueo cubano.*

Aunque la situación no me era desconocida, el propio Henri, leal como siempre, quiso advertirme de ello en cuanto captó las primeras disconformidades:

—Acabo de oírlos, capitán. Siguen esperando su parte. Y están inquietos. —Sacudió la cabeza y torció el gesto—. Con el fin de año tan próximo...

—Buscaré algo con lo que contentarlos —dije dando por cerrada la cuestión.

Pese a la angustia de mi segundo, yo no encontraba motivos para alterarme. Con el Étoile recompuesto, no me sería difícil ofrecer un nuevo saqueo a mi dotación.

Habían pasado horas desde mi conversación con Henri y la noche estaba avanzada; sin embargo, ahí seguía yo, en mi alcoba de La Vieja Áncora, sin más compañía que mis cartas, mi aguja y mis instrumentos de marear, a la luz de unas míseras velas..., «cuando podía estar yaciendo con alguna mujer de carnes generosas mientras un vino barato me regaba la garganta».

Pero quería tener algo antes de las primeras luces, algo que Henri pudiese ofrecer a la tripulación y acallar así sus protestas de una vez. Sopesando Cartagena de Indias o Santa Marta como buenas villas para ser atacadas, me dispuse a calcular las rutas.

En ello estaba cuando Charles Magné, apodado a sí mismo «el Magnífico», se precipitó en la habitación con un golpe seco. La puerta quedó abierta de par en par, por lo que la algarabía de la taberna llegó hasta mis oídos sin ningún impedimento.

—¡L'Olonnois, perro! —gritó eufórico desde el umbral el recién llegado, alzando la jarra que llevaba en su diestra.

Magné, con la mirada perdida, barrió la estancia buscándome. En cuanto me divisó sentado a la mesa, en un rincón, se acercó a mí. Los trompicones en sus andares y el color de sus mejillas rollizas evidenciaban que esa jarra no era la primera que se tomaba esa noche. «Ni la última».

Resignado, dejé el compás a un lado.

—Charles.

Magné no era más que un simple contrabandista de carne. Por muy sonado que fuese su nombre en La Tortuga, se pasaba los días tirado en la playa, tostando la carne que luego vendía. Le gustaba codearse con piratas y corsarios y compartir sus victorias, mas como bucanero no había pisado una embarcación en casi veinte años, desde que llegó a la isla. Y, por descontado, no era bienvenido en mi alcoba. Ni esa noche ni ninguna otra. Aunque ese era un detalle que, ebrio o no, siempre parecía ignorar.

—¿Hasta cuándo piensas burlar a la Parca? —me preguntó arrastrando las eses—. Oí que esta vez salvaste la vida haciéndote pasar por muerto. —Alzando la jarra de nuevo, agregó—: Muy audaz, amigo mío.

Ni me molesté en sacarle de sus errores. Ni éramos amigos ni acababa de salvar la vida haciéndome pasar por muerto. Cierto que, en una ocasión, escapé de la muerte embadurnándome con la sangre de mis hombres y ocultándome entre sus cadáveres. Los españoles de entonces, tal como había hecho la flota unas semanas atrás, ni se molestaron en comprobar si dejaban al líder enemigo con vida o no. «Necios».

En efecto, salvé la vida gracias a la astucia. Pero aquel hecho había ocurrido tiempo atrás, en el golfo de Nueva España, y no en mi cruce con la escuadra, tal como creía el Magnífico.

Me encogí de hombros.

—No creas —repuse—. Ya sabes que a los españoles se les engaña con cualquier memez.

La risotada que soltó Magné llenó la habitación, escupiendo en el camino gotas de vino y saliva que cayeron sobre la mesa y mancharon las cartas que había estado examinando. Deseé rajarle esa papada fofa y rosada ahí mismo. Por impertinencias menores se lo había hecho a otros. Además, tenía el puñal a mano, oculto en mi bota. Solo necesitaría un movimiento rápido y certero. Dado su estado, no se enteraría hasta que los borbotones de sangre le impidiesen respirar.

Eché mano a la caña de la bota. Sabía que D'Ogeron le tenía cierto aprecio, pero podría lidiar con eso. Ya tenía el cuchillo en la mano cuando me detuve en seco. El cuerpo pequeño de Henri acababa de aparecer por la puerta que el bucanero había dejado abierta de par en par. Parecía alterado.

«Otro problema con la tripulación», supuse.

Devolví el puñal a su lugar. «En otra ocasión», me juré.

—Traigo malas nuevas, capitán —dijo Henri.

Se acercó a la mesa y se colocó junto a Magné, quien parecía no tener intención de dejarnos a solas a mi segundo y a mí. Pues bien: si pretendía meterse en asuntos ajenos, se lo consentiría. Al fin y al cabo, era probable que no llegase vivo a mañana.

Me recosté en la silla.

—Habla.

—¡Está viva, capitán! —soltó con los ojos muy abiertos—. Esa mujer..., la de Guadalupe, ¡sobrevivió!

Me incorporé como si me hubiesen pinchado.

—¿Cómo has dicho? —pregunté despacio.

—Han visto su galeón cerca de Navaza y...

—Esa furcia... —Frustrado de pronto, estrellé los puños contra la mesa. Las tres velas que había sobre ella temblaron—. ¿Cómo osa esa... esa cucaracha a...?

Estaba furioso. Odiaba a esa mujer. La odiaba con todas mis fuerzas. Por haber logrado acabar con Michel. Por obligarme a rehacer mis planes. Por haberse interpuesto en mi camino… Pero, sobre todo, la odiaba por haber sobrevivido.

He apresado bergantines, pinazas y galeones. He derrotado a capitanes, almirantes y señores principales. He rendido fuertes, villas e incluso islas. «Y jamás he hecho prisioneros. ¡Todo el mundo lo sabe! ¡Todo el mundo sabe que ante François l'Olonnois nadie sobrevive! ¿¡Por qué esa majadera sí lo ha hecho!?».

—¡Le lancé una granada, maldita sea! ¡A su jeta de española! ¿¡Cómo es posible!? ¿¡Cómo!?

Henri agachó la cabeza para evitar mi mirada.

—No lo sé, capitán —murmuró.

Aunque bien mirado, al menos tenía una oportunidad de enmendar las cosas. Si era cierto que había sido vista en algún punto del mar Caribe, no me sería difícil encontrarla y acabar con ella. Nadie podía esconderse de mí, no en esas aguas. Y esta vez no fallaría. Esta vez me divertiría, y me aseguraría de que sufriese lo indecible.

Mientras cavilaba la mejor manera de subsanar mi error para con esa mujer, volví a tomar asiento. La risa tonta e infantil de Magné no tardó en dejarse oír, sacándome de mis pensamientos. Henri lo miró como si de una aparición se tratase.

—Vaya, l'Olonnois —comentó jocoso el bucanero—. Nunca pensé que fueses de los que tienen a una mujer como oponente. ¿Cómo te venció?

Entorné los ojos con fastidio, aunque permanecí callado.

Posé la vista en el trozo de cuerda que tenía sobre el camastro. No era ni larga ni gruesa, pues era la que había usado para anudar las cartas de navegación y los mapas. Pero serviría para lo que me proponía.

Me volví hacia Magné. Con la despreocupación típica de quienes son ajenos a cuanto les rodea, fue a dar otro sorbo a su jarra. Al encontrarla vacía, chascó la lengua con desagrado.

«Estúpido patán».

Pese a la ofensa que suponían sus palabras y lo mediocre que me resultaba toda su persona, le sonreí. Después miré a mi segundo y le ordené que cerrase la puerta.

Los ojos del Magnífico brillaron, anticipando que le contaría algún secreto inconfesable.

—¿Vas a revelármelo?

Mientras Henri hacía lo que le había mandado, yo abandoné la mesa, cogí la cuerda y me la enrosqué entre las manos.

—Verás, Charles —comencé en cuanto vi que Henri estaba de nuevo junto a mí—. Esa furcia ni es una oponente para mí ni mucho menos me venció.

Y sin darle tiempo a replicar, con un movimiento rápido rodeé su cuello rollizo con el cabo y apreté. Apreté y apreté hasta que sus mejillas cambiaron de color. Hasta que toda su cara, a decir verdad, mudó de color. Hasta que su cuerpo cayó como un trapo. Hasta que se le saltaron los ojos.

Henri asistió impasible a toda la escena.

—¿En qué punto están las reparaciones del Étoile? —pregunté en cuanto hube dejado a un lado el cuerpo del bucanero. El esfuerzo me hizo hablar entre jadeos.

Mi segundo pasó a enumerarme con detalle las tareas que aún quedaban por hacer a bordo. Eran bastantes, pero superficiales, sin apenas relevancia para el marinaje. Podíamos echarnos a la mar en cuestión de unas pocas horas.

—¿Y dónde has dicho que ha sido vista la nave de esa malnacida?

—En Navaza, capitán. Es un islote al...

—¿Leguas?

—Sin las cartas... Unas cincuenta. Puede que sesenta —calculó pasados unos segundos que a mí se me hicieron eternos.

«Dos días», calculé a mi vez. Dos días y esa cucaracha española estaría muerta y bien muerta. «Sí, un error muy fácil de subsanar...».

—Saldremos al alba.

—¿Hacia Navaza, capitán?

Asentí con un cabeceo.

—Iremos a su encuentro.

—La alcanzaremos en jornada y media. Quizá dos. —Henri sonrió—. Ni nos verá acercarnos.

Volví a asentir.

Observé una última vez a Magné. Ya no parecía tan magnífico ahí tirado, con el cuerpo flácido y los ojos colgando de sus cuencas.

—La sorprenderemos. Además, un galeón de más de doscientos toneles también es una buena presa —agregué, pensando en el descontento de mis hombres.

—Muy buena presa, capitán. Ahora mismo voy a...

Le hice enmudecer con un ademán marcial de mi brazo.

—Yo mismo se lo comunicaré a la tripulación. —Señalé con el mentón el cuerpo inerte del bucanero—. Tú saca eso de mi vista.

26

Una vez engolfados, avistamos en un par de ocasiones navíos sospechosos de piratería, pero como en ambos momentos las naves se hallaban bastante en lontananza, logramos bordearlas sin sufrir encontronazo alguno.

El día que se contaban treinta y uno, el último del año de 1668, divisamos a proa el islote de Navaza, entre la isla de Jamaica y La Española; y justo en ese punto mandé detenernos, pues ahí debíamos esperar hasta divisar al Étoile.

Si el encomendero cumplía su parte y su red de informadores era valedera —hasta la fecha lo había sido, como bien había visto con mis propios ojos—, la posición del Venator debería llegar a oídos del Olonés como de casualidad. Él, pensando que nos sorprendería, saldría a nuestro encuentro y, al hacerlo, le conduciríamos a una trampa. A una trampa mortal.

—Más nos vale que el plan surta efecto, pues cada día que pasemos aquí corremos el peligro de que nos ataque cualquier pirata de tres al cuarto —expresó mi compadre nada más quedar varados.

—Saldrá bien, Hernán —sentencié, con la vista perdida en el horizonte.

—¿En verdad creéis que vendrá a por vos? —quiso saber

Melchor, que ya estaba al tanto del plan que mi compadre y yo nos traíamos entre manos.

—No le viste los ojos en aquella playa, Melchor. Si los míos destilaban odio y venganza, los suyos no les iban a la zaga… Créeme, en cuanto sepa que me dejó con vida ansiará acabar conmigo.

El pelirrojo hizo un mohín al ver lo que implicaban mis palabras.

Por fin, cuando se contaban dos días del nuevo año de 1669, Miguel reconoció al Étoile acercándose por proa. Mandé enseguida soltar trapo y virar a babor para tomar rumbo sursudoeste, hacia las costas de Tierra Firme, donde se hallaba nuestro destino: el golfo de Darién.

Como le sacábamos varias leguas de ventaja y los vientos nos eran favorables, el Étoile no logró alcanzarnos, por lo que pudimos conducirle sin dificultad hasta el golfo, al cual llegamos al ocaso del séptimo día desde que avistásemos al navío en Navaza.

Que restasen pocos minutos para que el sol desapareciese por el horizonte fue una alegría, pues la noche propiciaría lo que nos proponíamos llevar a cabo.

Cuando el casco del Venator no pudo avanzar más por peligro a encallar, mandé echar nuevamente el ancla. Seguido, di orden de cerrar todas las portas, hasta entonces abiertas para el caso de que otra nave filibustera nos atacase, recoger velas y apagar cualquier farol que pudiese ser visto en lontananza. Para cuando el Olonés llegase, todo en el Venator debía aparentar que el navío se hallaba desierto. Mas como era difícil hacer creer que toda la dotación había abandonado el galeón sin causa aparente, al menos que pareciese que el capitán y gran parte de su tripulación habían bajado a tierra.

Ante todo, el Olonés tenía que pensar que Hernán y yo le

estábamos esperando entre la espesura de la selva, a unas cuantas varas de la orilla. Con ese fin mandé arriar el batel.

—Vamos, no hay tiempo que perder —me apremió mi compadre, portando varios hachones bajo los brazos.

El golfo de Darién, al igual que muchos otros lugares de Tierra Firme y Nueva España, está habitado por indios. Sin embargo, si habíamos guiado al hideputa del Olonés hasta esa playa en concreto fue debido a la particularidad de que la tribu del lugar era caníbal. Porque ¿qué mejor final para alguien que disfruta arrancando corazones humanos para ulteriormente comérselos que acabar él mismo devorado?

—¿Y cómo es que sabéis de esos salvajes? —me había preguntado Melchor en cuanto le pusimos al corriente del plan.

—Por las historias de Pedro, marinero de mi padre en el Esperanza y gran amigo mío —le expliqué apenada, pues recordé los buenos tiempos pasados en la urca—. Tras una larga jornada faenando, amenizaba nuestras noches así. La tripulación escuchaba embobada sus relatos..., y yo también —terminé en un susurro.

Suspiré. Añoraba las historias del viejo y echaba mucho en falta oír su voz rasposa.

—¿Y si el Olonés también sabe de ellos?

—Podría ser —admití—, mas es poco probable. No son tierras habitadas por españoles, y mucho menos por franceses, así que apenas marean naves por esa zona.

Una vez en el bote, con Hernán bogando a un lado y yo al otro, llegamos a la pequeña playa que daba acceso a la selva. Cuando llegamos a tierra firme, mientras él iba clavando en la arena los hachones, yo me aseguraba de dejar una generosa cantidad de huellas que condujesen a la vegetación, pisadas que hiciesen pensar al Olonés que un numeroso grupo de hombres había tomado esa dirección. Tras eso, desanduve mis pasos hasta el bote para hacerme con el último par de hachones, los cuales clavaría y prendería entre la espesura.

Los fuegos tenían una doble función: hacer creer al francés que me hallaba en la selva, con el fin de que él se internase en mi busca; y atraer hasta la playa a los salvajes.

Mientras Hernán sacaba del yesquero el pedernal para encender sus teas, distribuidas por la playa, yo fui con las mías hacia los primeros árboles.

—¡Cuidado, Carolina! ¡No os adentréis demasiado! —dijo con voz queda mi compadre unas varas más atrás.

Los temores de Hernán no eran baladíes. En caso de que nos topásemos con los habitantes del lugar, aparte de que toda la empresa se iría al traste, ni él ni yo saldríamos con vida de aquella playa, pues además de la inferioridad numérica apenas llevábamos encima un par de puñales entre ambos, ya que la vuelta al galeón tendríamos que hacerla a nado para que el Olonés viese nuestro bote en la orilla, otra señal de que el capitán del Venator se hallaba en tierra.

Estaba prendiendo los hachones del follaje cuando escuché algo a mi diestra. Un escalofrío me recorrió la espalda. Sin intención de comprobar qué había sido aquello, terminé de encender la segunda tea y regresé a la playa sin mirar atrás.

—¡Aprisa, Hernán! —le apremié al ver que aún le faltaba una por encender—. ¡El Olonés puede llegar de un momento a otro!

En cuanto logró prender su último fuego, corrimos a meternos en el agua y nadamos hasta el galeón. Nada más llegar a su casco, Melchor nos lanzó varios cabos. Al tener las ropas empapadas, nuestros cuerpos pesaban demasiado y subir a cubierta se nos antojó una tortura.

Una vez a bordo, ambos nos aprovisionamos de armas y ordenamos a la tripulación ponerse en posición: los que no debíamos aguardar en los puentes lo haríamos en cubierta, en donde permaneceríamos ocultos tras la baranda, agachados entre los cañones y la artillería menuda, y callados como muertos. A pesar de las portas cerradas, todo el galeón estaba artillado y listo para abrir fuego en caso de que algo se torciese.

Cuando la noche ya había caído y sentía las piernas entumecidas a cuenta de la postura incómoda en la que me hallaba, nos avisaron a Hernán y a mí de que el Étoile se acercaba por babor.

—Sus cañones nos apuntan, maestre —me advirtió Melchor, junto a mí.

Al oír aquello, los más próximos a nosotros se removieron nerviosos, por lo que, mediante gestos, tuve que pedir calma y silencio.

Al poco, entre la negrura de la noche, llegaron hasta nuestros oídos jerigonzas de la Francia. Después volvieron a avisarnos a mi compadre y a mí de que un grupo de hombres acababa de llegar a la orilla. De inmediato, tanto Hernán como yo, doblados por los ijares para no ser vistos desde el otro navío, nos dirigimos a proa —el mascarón del Venator apuntaba a tierra— para ver con nuestros propios ojos lo que sucedía en la playa.

A pesar de lo impaciente que me sentía por mirar, el primero en hacerse con el catalejo fue Hernán y no me quedó otra que aguardar mi turno. En ese momento, entre algún que otro pésete que vertí mentalmente sobre su persona, me dije que, si sobrevivíamos a aquella noche, además del bote que debería reponer, mandaría hacernos con una segunda lente.

—Acaban de descubrir las pisadas —me informó el de Avilés mientras me pasaba el catalejo tras lo que a mí me pareció una eternidad.

Presta fui a mirar por él. Dos botes acompañaban al nuestro en la orilla y una veintena de hombres se reunían frente a otros dos, uno alto y otro bajo. A juzgar por el movimiento de sus brazos, el más bajo daba órdenes al resto. Pese a que esas dos siluetas quedaban de espaldas a nosotros, no me costó reconocer en la de mayor estatura al Olonés; así que a lo más seguro el otro era su segundo de a bordo.

De improviso, el abyecto filibustero se giró a mirar al Venator. Por unos terribles segundos creí que nos había descubierto. Supe que no cuando lo vi volverse hacia sus hombres.

Dejé que el aire escapase de mis pulmones.

El Olonés y su segundo intercambiaron algunas palabras. Después, toda la comitiva, ellos dos incluidos, se internaron entre la espesura, guiados por mis pisadas y el destello titilante de las teas.

Una vez que la playa estuvo de nuevo desierta, le devolví a Hernán el catalejo y recosté la espalda contra la baranda, lo que me permitió extender las piernas entumecidas. Ahora solo restaba esperar a que los piratas regresasen o, si la fortuna obraba en nuestro favor, que no lo hiciesen jamás.

27

Los rumores no erraban. A la altura de Navaza mis vigías avistaron el galeón de esa española que había osado enfrentarse a mí.

Algunas voces a bordo, sin duda las más cobardes, comentaban que podría tratarse de una añagaza. Hablaban entre susurros, creyendo así que sus habladurías no llegarían hasta mis oídos. Pero llegaron. «Olvidan que se encuentran en mi nave, en donde nada sucede sin que yo lo sepa de antemano».

—Además de ineptos, cobardes —bufé para mí.

Porque en esos momentos precisaba del último par de brazos y el último par de piernas que se hallasen a bordo, que si no...

A cuenta de que ninguno había recibido su ansiada parte del botín cubano, ya que destiné hasta el último ducado a recomponer el Étoile, más de uno había decidido no seguirme esa vez y la nave había partido de La Tortuga con la dotación justa.

«Arrojaría a todos esos mequetrefes por la borda. Que fuesen pasto de los peces». Pese a que ganas no me faltaban, sabía que debía mantener la mente fría. Un buen soldado debía hacerlo. Y yo lo era: un soldado en una lucha eterna contra los españoles. No en vano me habían apodado el «Fléau des Es-

pagnols», la «Calamidad de los Españoles», a raíz de las rapiñas de Maracaibo y Gibraltar. Además, necesitaba a mis hombres. Sin embargo, eso no me impidió volver a mascullar:

—Cobardes.

Una añagaza… Yo no era de los que infravaloraba a mis enemigos, pero, por Dios, era de una mujer de quien estábamos hablando. Y española, además. Si ya la primera condición evidenciaba la falta de sesera de esa cucaracha, con la segunda se ponía de manifiesto que algo tan elaborado como una emboscada carecía de fundamento alguno.

Cuando tuve su galeón a escasa distancia, comencé a organizar a la tripulación para el ataque. Iba a dar la orden de levantar las portas para abrir fuego cuando me percaté de que los españoles viraban.

Sonreí. Los habíamos sorprendido. Eso probaba que estaba en lo cierto.

«No es una añagaza si tu adversario trata de escapar», razoné para mí.

Henri me miró de hito en hito, sin entender el porqué de mi dicha.

—Forzad velas. Veamos lo buen capitán que es esa ramera —agregué con sorna.

«Huye todo lo que quieras, que esta vez no vivirás para contarlo».

Los vientos le fueron favorables y, si bien no llegamos a alcanzarla, la seguimos de cerca hasta un golfo de Tierra Firme. Dado que el galeón parecía estar en penumbra, fue la luz tenue de la luna la que nos hizo divisarlo. Estaba varado cerca de la playa. Aunque a una distancia prudente, di orden de colocarnos a su altura. Así podría destrozarlo a cañonazos. Solo cuando ambas barandas quedaron paralelas di orden de echar el ancla.

Tanto Henri como yo observamos con el catalejo el galeón por espacio de varios minutos. Sopesé volarlo por los aires, pero eso me privaría de todo disfrute. Ansiaba acabar con la que se hacía llamar Ponce Baena, destrozarla con mis propias manos. Además, la nave estaba silenciosa y no se apreciaba ninguna luz. Parecía desierta, abandonada. Después vi los hachones distribuidos por la arena; y el batel, solitario en la orilla.

Para mí, los hechos estaban más que claros. Un buen hombre de mar siempre se rodea de gente de armas y se preocupa por aprovisionarse bien de munición, por lo que al identificar al Étoile en Navaza, cualquier capitán que se preciase hubiese presentado batalla. Pero esa malnacida española no era ni hombre ni capitán; era una simple mujer aburrida, tanto como para hacerse con una nave y salir a la mar a vivir aventuras, en lugar de casarse y criar tres o cuatro hijos. «Una majadera». Rica, eso sí, ya que no cualquiera podía permitirse semejante capricho como lo era un galeón de más de doscientos toneles, pero una majadera al fin y al cabo. Por eso había huido de mí a todo trapo en Navaza. Porque por mucho que aquel día en Guadalupe empuñase una espada, ella no sabía nada de la guerra. «Y mucho menos de la mar». Y al no hallar amparo alguno, viéndose perseguida y sin escapatoria, había echado el amarre en ese golfo, el primer sitio que su escaso juicio le había permitido vislumbrar, dejando a su suerte por el camino tanto su precioso antojo de tres palos como a su gente.

—¡Allí, capitán! —Henri me señaló un punto indeterminado en la selva. No necesité la lente para ver el par de fuegos que refulgían entre los árboles.

Todo apuntaba a que se había ocultado en la selva. Sin duda ahí tenía que estar. Acurrucada bajo un árbol, rezando por que no la encontrase. Desesperada.

—Vamos.

Me rodeé de los piratas más fieros y capaces que tenía y mandé arriar los botes. Al resto di orden de no apartar la vista del galeón.

—¡Philippe! —llamé al artillero—. Al más mínimo movimiento, abrid fuego. Cañones, culebrinas, arcabuces... Me da igual con qué, pero quiero ese galeón reducido a astillas —declaré antes de abandonar la nave.

En tierra, Henri y yo aguardamos junto a los bateles mientras mis hombres inspeccionaban la playa. Una vez que varias voces hubieron repetido el «Despejado, capitán», ordené avanzar. Al poco nos alertaron a mi segundo y a mí de las pisadas. Comenzaban en la playa y desaparecían tras la primera línea de árboles. Se contaban por decenas. Aunque no eran tantas como para suponer que la tripulación del Venator al completo había tomado esa dirección, eran demasiado numerosas como para ignorarlas.

Miré una vez más el galeón; continuaba igual de silencioso que antes. Desenfundé la primera de mis pistolas. Con ella en una mano y la antorcha en la otra, nos internamos en la espesura. Seguimos las pisadas hasta el par de hachones.

—Las huellas acaban aquí —sentenció Henri.

—¡Maldición! —Miré a mi alrededor. Más allá de los fuegos, la oscuridad era casi absoluta—. Separaos. La española no puede andar lejos.

En medio de esa negrura, una antorcha era un blanco fácil. Con mis hombres dispersados por la selva, dar con la mujer sería cuestión de minutos. Por otro lado, si justo para evitar ser detectada había abandonado esos fuegos ahí, era poco probable que se hubiese internado mucho más; no sin llevar luz. No, esa malnacida tenía que haber buscado refugio en algún punto cercano. Fuera como fuese, con los míos peinando el lugar, más pronto que tarde la sacaría de su escondrijo. «Como a una alimaña».

—Vosotros diez, continuad —decidí—. El resto, conmigo.

Unos minutos más tarde, cuando solo oíamos el eco de nuestros pasos, un grito desgarrador sacudió la noche.

—¿¡Qué ha sid...!? —comenzó Henri, a mi vera.

Unos disparos, aunque algo lejanos, le impidieron acabar la frase.

Nos volvimos hacia todas partes buscando la amenaza; pero a nuestro alrededor todo eran plantas y árboles. Nadie nos atacaba. No había enemigo contra el que combatir.

El silencio se hizo de pronto. Incapaz de librarme de la sensación insufrible de que alguien nos vigilaba, amartillé la pistola. Henri y algún otro me imitaron. Los demás desnudaron sus aceros y esgrimieron sus hachas.

Los disparos se repitieron. Aguardamos expectantes. Cuando cesaron, volvieron los gritos. Ahora eran más y habían ganado intensidad. Se superponían unos a otros.

Creí reconocer su procedencia.

—¡Regresad, vamos! —bramé—. ¡A los hachones!

A la carrera fuimos hacia el lugar en el que los españoles habían dejado el par de fuegos. Lo que vimos al llegar nos sorprendió a todos. Mis hombres luchaban por su vida, mas no contra Baena y los suyos, sino contra un grupo de salvajes. Los superaban en número y algunos de los míos yacían en el suelo. Ignoraba si muertos o inconscientes, aunque lo más probable era que fuese lo primero.

Estaba sopesando si sumarnos a la reyerta o regresar a la playa, pues aquello estaba tomando el cariz de una emboscada, cuando otro grupo de salvajes se nos echó encima desde atrás. Puesto que los hachones proporcionaban suficiente luz para la confrontación, arrojé mi tea al primero que vino a por *mí. Le destrocé la cara. Con la mano libre, desenfundé la otra pistola que llevaba encima.*

Nosotros portábamos armas de fuego, espadas largas y hachas de abordaje; ellos, salvo algún que otro cuchillo, empuñaban mazas y garrotes. Deberíamos haberlos vencido sin mayor problema, pero eran muchos. Una treintena, tal vez. «Demasiados».

Fue en ese momento cuanto reparé en que a la mayoría de los míos que yacían en el suelo les faltaba algún miembro. La sospecha quedó confirmada cuando me detuve a observar a los salvajes, transformados en sombras espectrales a la luz de los fuegos.

No nos estaban matando, sino que se limitaban a cercenar brazos y piernas. Para un hombre, contemplar esa atrocidad es mucho peor que la muerte. Bien sabía yo de eso. Como bien sabía también lo que ocurriría a continuación: la supervivencia se impondría a la disciplina. Por muy buenos piratas que fuesen y por muchos horrores que hubiesen cometido bajo mi mando, la posibilidad de sentir en sus propias carnes cómo les era amputado algún miembro les haría entrar en pánico y...

«Moriremos todos».

Gastados los tiros, desenvainé la espada.

—¡Replegaos! —troné lo más alto que pude para que mi orden no se perdiese entre el fragor de la batalla—. ¡Replegaos, malditos!

Tal como temía, no me obedecieron. Fuimos reducidos y diezmados. Cinco minutos más tarde pocos quedábamos ya en pie, y menos aún éramos los que no nos habíamos dejado llevar por el miedo o el horror.

Busqué a Henri con la mirada. No lo vi por ningún lado.

Detecté movimiento cerca de mí. Traté de esquivarlo, pero no fui lo bastante rápido y algo me golpeó en la cabeza.

Unas voces extrañas y que yo no comprendía me hicieron volver en mí. La boca me sabía a sangre y a derrota. Abrí los ojos. Tenía la casaca sucia y rasgada, y el blanco de la camisa estaba teñido de carmesí a la altura de la clavícula de mi siniestra. «El golpe», recordé.

Desorientado, alcé la vista. Ya no estaba en el follaje, sino en una jaula grande compuesta a base de palos y ramas y, al parecer, en mitad de la nada. «Pero una jaula, a fin de cuentas». El cielo seguía oscuro, así que no podían haber transcurrido más de dos o tres horas desde la emboscada. Y no estaba solo. Varios de los míos me acompañaban, Henri entre ellos. Contándonos a él y a mí, éramos siete en total; ni la mitad de los que habíamos desembarcado en la playa.

Fui a preguntarle a mi segundo dónde nos encontrábamos cuando tres salvajes como los que nos habían atacado, de piel morena, cabellos largos y enmarañados y sin apenas vestimenta, se precipitaron dentro de nuestra prisión y lo sacaron a rastras.

Intenté detenerlos, mas tenía las manos atadas al igual que el resto de los cautivos, y el simple empujón de uno de esos indios bastó para volver a sentarme en el sitio. Por su parte, Henri trató de zafarse; protestó, pataleó e incluso llegó a propinarle a uno varios codazos. Pero estaba herido y eran tres contra uno. Se lo llevaron sin problemas.

Una vez fuera, a través de los barrotes de caña vi cómo lo ataban a un poste, unos pasos más allá. El palo, alto y recio, me recordó al de las hogueras inquisitoriales, y por un momento temí que lo fuesen a quemar vivo. Sin embargo, en pocos minutos descubriría que su destino sería otro, uno mil veces peor.

De la nada aparecieron más salvajes y poco a poco se fueron congregando alrededor de Henri y de la gran fogata que había frente a él. Identifiqué a mujeres y niños entre ellos. A juzgar por su número, parecía un poblado entero. Conversaban. Parecían tranquilos, confiados, aunque expectantes ante algo o alguien. Su manera de comportarse indicaba que algún tipo de ceremonia iba a dar comienzo de un momento a otro.

Los murmullos cesaron cuando una figura masculina, con más adornos en su cuerpo que el resto, se distinguió entre la multitud. Con pasos cortos pero firmes se acercó a Henri. El filo de un cuchillo refulgió a la luz del fuego.

—¡Capitán! —clamó mi segundo, presa del terror y la desesperación—. ¡Señor!

Sin nada que poder hacer, me limité a observar la escena sin apartar los ojos.

El atroz espectáculo dio comienzo cuando empezaron a despedazarlo.

—¡Haga algo, capitán!—me suplicó Henri entre alaridos—. ¡Haga algo, por Dios!

Los gritos de algunos de mis hombres se unieron a los suyos, y los demás no gritaron porque estaban demasiado ocupados vaciando sus estómagos.

—¡¡¡François…!!! —Fue lo último que salió de la garganta de mi segundo.

Una vez troceado, desecharon sus huesos y alguna que otra víscera y trasladaron sus restos hasta la hoguera central.

—¿Qué… qué van a hacer? —preguntó alguien a mi espalda.

—Asarlo —respondí escuetamente.

—P-pero… ¿para qué?

«Para comérselo», pensé con convicción.

Como hombre que había desembarcado en muchos puertos, había oído historias de toda magnitud y calibre, entre ellas las de salvajes que comían carne humana. Siempre pensé que eran cuentos, como los que hablaban de esas criaturas mitad mujer y mitad pez. «Hasta ahora».

Miré a mis compañeros de celda. Nosotros seríamos los siguientes. Lo que desconocía era si moriríamos esa misma noche o nos reservarían para otro festín. Con todo, viendo la cantidad de salvajes que había allí, dudaba mucho de que uno solo de nosotros bastase para dejarlos ahítos. Una vez más, mis sospechas resultaron acertadas cuando otros tres captores —ignoraba si se trataba de los mismos que se habían llevado a Henri, pues se me antojaban todos iguales— abrieron la jaula para escoger su siguiente manjar.

Ni me sorprendí de que el elegido fuese yo.

28

Me debí de quedar dormida, pues lo siguiente que recuerdo es que la oscuridad había dado paso a la luz y el sol brillaba esplendoroso sobre nuestras cabezas.

Alarmada y un poco desorientada, miré en derredor mío temiendo el ataque del Olonés de un momento a otro, en vista de mi ineptitud para mantenerme despierta. Mas todo parecía estar en calma y la mayoría de mis hombres se hallaban también dormidos. A Melchor lo divisé frente a mí, al otro lado de la proa, con un mosquete en el regazo. Me saludó con un gesto de su barbilla pelirroja en cuanto nuestras miradas se encontraron. Mi compadre, por su parte, dormía a pierna suelta a mi lado. Sus ronquidos arañaban el silencio de esa clara mañana de enero.

Sin moverme del sitio y sin miramiento alguno, le arrebaté el catalejo, aún entre sus manos, y eché un vistazo al Étoile: no se había movido.

«Aunque sus cañones nos siguen apuntando...».

—Hernán, despertad —le dije a la par que le propinaba varios codazos.

—¿¡Qué pasa!? ¿¡Nos atacan!? —se sobresaltó.

—Chisss. Mirad. —Señalé el navío pirata mientras le tendía la lente.

—No se ha movido… —dijo para sí, con cierta sorpresa en la voz.

—Lo que quiere decir que…

—Que el Olonés no ha regresado en toda la noche —se me anticipó, y dejó escapar una sonrisa que casi no cabía en su rostro barbudo.

Doblándome por los ijares de nuevo, conseguí llegar hasta donde estaban agazapados Melchor y otros hombres, los cuales habían permanecido en vela toda la noche pues eran los encargados de vigilar la playa. Para gran dicha mía, me confirmaron que nadie había pisado la arena desde el día anterior.

Que el malnacido filibustero no hubiese vuelto al cabo de tantas horas era una buena señal; era una excelente señal, en verdad. Con todo, me negué a adelantarme a los acontecimientos, por mucho que lo desease. Por cautela, decidí que esperaríamos varias horas, hasta estar seguros.

—Quién sabe —dije a mi compadre en cuanto volví junto a él—. Aún hay posibilidades de que regrese. —Aunque lo cierto era que, a cada hora que pasaba, estas disminuían.

Un par de horas más tarde, cuando todos en cubierta estaban ya despiertos y a la espera de que algo ocurriese, ya fuese bueno o malo, nos llegó algún que otro grito proveniente de la otra nave. A las voces se añadió al poco el ruido de cabos y jarcias, así como el movimiento de algún andamiaje. De esta manera, los gritos sueltos se convirtieron prontamente en toda una batahola.

A través de la lente vi que varios piratas recorrían de proa a popa la cubierta mientras otros ascendían por los obenques. A diferencia de nosotros, a la tripulación del Olonés ya no le preocupaba mantenerse oculta.

Con temor, mi compadre y yo clavamos al unísono nuestros ojos en la playa. ¿El ajetreo del Étoile era debido a que acababan de avistar a su capitán? Pero el lugar, a excepción de los tres bateles y los hachones apagados desde hacía tiempo, seguía desierto.

Melchor se allegó hasta nosotros.

—¿Qué está pasando ahí? —preguntó refiriéndose a la nao filibustera.

—Comienzan a impacientarse —señaló Hernán.

—Aquí también —refunfuñó él—. ¿Cuánto tiempo más vamos a aguardar?

—El que sea necesario —contestó tajante mi compadre.

—Tenemos que asegurarnos —secundé cuando el apuesto pelirrojo clavó sus ojos en mí.

Poco después llegaron más gritos.

A pesar de la distancia existente entre la orilla y las naves, a cuenta de la quietud en la que estábamos sumidos, los alaridos llegaron hasta nuestros oídos sin impedimento de ningún tipo.

—*Morts, morts! Ils sont tous morts!*

Esta vez eran gritos desgarradores, impregnados de pavor y desesperanza.

Al ver que muchos de mis hombres hacían amago de incorporarse para ver qué sucedía, Hernán, raudo y severo, les instó a permanecer en sus puestos.

—¡Tú, rápido, tráeme al galeno! —ordené al hombre que tenía más cerca, justo antes de girarme a ver lo que sucedía en tierra—. ¡En el sollado! —le indiqué cuando ya encaminaba sus pasos hacia las escaleras.

Para Lope, por no ser hombre de armas, había dispuesto que en vez de permanecer en cubierta o en los puentes lo hiciese en dicho piso; ahí estaría más protegido en caso de que el *Venator* sufriese algún ataque. Asimismo, desde ahí el cirujano tampoco entorpecería en caso de una escaramuza.

De nuevo el catalejo estaba en manos de Hernán. Pero no precisé la lente para ver cómo una figura salida de entre la espesura se arrastraba a duras penas hasta la orilla. El carmesí salpicaba gran parte de sus ropas.

—Está ensangrentado por entero… —observó mi compadre, corroborando lo que ya intuía al ver las prendas del pirata.

—Maestre —me dijo por todo saludo Lope en cuanto llegó a mi altura.

—*Morts, morts! Ils sont tous morts!* —repitió el enloquecido hombre de la playa.

Con una mano agarré al galeno para atraerlo más hacia mí; con la otra señalé la playa.

—¿Qué dice? —inquirí.

Lope, según me había confesado en una ocasión, conocía algunas palabras de la Francia; sin embargo, aquel día parecía dudar.

—¿¡Qué dice, maldito!? —me impacienté.

—Dice que están muertos, maestre. Sí, «todos muertos».

—*Dévorés! Tous, tous!* —siguió aullando el pirata fuera de sí.

Volví a mirar a Lope. Con la mano libre le hice gestos para que lo tradujese.

—¿Qué? —le exhorté al ver que no decía nada.

El galeno negó con la cabeza. Esas últimas palabras del francés no me serían dadas; pero tampoco las necesitaba, a decir verdad. Ya tenía pruebas suficientes para saber de coro que para el Olonés los días habían tocado a su fin.

—Gracias, Lope. Vuelve abajo.

Tras una leve inclinación, enfiló sus pasos de vuelta a las escaleras.

—Ya está hecho —murmuré para mí.

Me puse en pie por primera vez. Muchos de mis hombres, al verme, me imitaron, entre ellos Hernán y Melchor.

Después de más de un año tras él, de sufrir un motín, de perder amigos en el camino, de estar al borde de la muerte en más de una ocasión…, después de todo eso, al fin había logrado cumplir venganza.

La muerte del infame Olonés no me devolvería a mis padres, mas sí que haría que pudiesen descansar en paz de una vez por todas allá donde estuviesen. Empero, me costaba aceptar que todo hubiese terminado, de ello que no me sintiese especialmente dichosa, tal como cabría esperar en alguien que acababa de cumplir sus objetivos.

Por otro lado, había otro asunto que me inquietaba: Hernán. Si bien nuestro plan había dado su fruto, François l'Olonnois no había muerto por nuestras propias manos. «Esa sí que hubiese sido una venganza más que gratificante», admití, pensamiento que sin duda también albergaría mi compadre.

Me giré hacia él.

—Lo lamento, Hernán —dije con pena—. Esta no es la venganza que ansiabais el día que me propusisteis partir en su busca. Vuestro hijo…

Él me miró con detenimiento. Había tristeza en sus ojos.

—¿Estáis en vos, Carolina? Sé que esto no me devolverá a mi hijo, pero también sé que con lo aquí obrado otros padres no verán morir a los suyos. —Sacudió la cabeza—. Si es cierto que ha muerto entre horribles tormentos, no se me ocurre mejor fin para ese asesino. Hoy se ha hecho justicia.

Asentí, deseando que sus palabras fuesen sinceras.

Lo que acabábamos de lograr estaba lejos de constituir un fracaso en términos de venganza, ya que habíamos derrotado al filibustero valiéndonos de la astucia y el engaño, y no de la fuerza bruta. Además, todo indicaba que el capitán francés había tenido una muerte dantesca. Por lo que sabía de la tribu que habitaba la región, esta prometía dolor y sufrimiento para aquellos que caían en sus manos. Y no era para menos: los caníbales gustaban de despellejar y desmembrar vivas a sus víctimas antes de cocinarlas.

«Hoy se ha hecho justicia».

Hernán me puso con afecto una de sus grandes manos sobre el hombro, devolviéndome con ello a la realidad.

—Mis felicitaciones, maestre —dijo sonriente, aunque todavía con los ojos vidriosos—. Lo habéis logrado.

—No. Lo hemos logrado.

—Vuestros padres estarían orgullosos de teneros por hija. Yo lo estoy.

Ante sus palabras me fue imposible evitar que las emociones acudiesen a mí en tropel y varias lágrimas me resbalaron por las mejillas. También a él se le escapó alguna que otra. Por primera vez en mucho tiempo eran la alegría y la felicidad las causantes, y no el dolor o la congoja.

Fui a abrazarlo, pero el mastuerzo de Melchor nos interrumpió:

—Bueno —dijo con despreocupación—, un hideputa menos hollando la tierra… ¿Levamos anclas, maestre?

Aún corríamos el peligro de que el Étoile abriese fuego contra nosotros, aunque esto era poco probable al haberse quedado el navío sin mando.

—Convendría esperar a que se marchen ellos primero. Así no tendrán oportunidad de dispararnos en cuanto les demos la popa —opinó mi segundo.

—No —objeté—. Quiero al Étoile en el fondo de estas aguas. Así nadie volverá a atacar con él población o navío alguno.

Y eso hicimos. Aprovechando que los piratas parecían atentos al hombre de la playa, les disparamos con toda nuestra artillería. Para cuando quisieron responder, nuestros cañones, falconetes y culebrinas ya habían destrozado buena parte de su casco de estribor y el agua comenzaba a entrarles a raudales.

Por causa del poco calado del lugar, el Étoile no llegó a hundirse del todo. Aun así, Hernán ordenó seguir disparando. Hasta que la nave filibustera no fue más que un mal recuerdo.

Melchor, con los codos en la baranda y la cara entre las manos, observó los destrozos que mis cañones de hierro y bronce acababan de ocasionar al navío pirata.

—Adiós a mi única oportunidad de ser rico en esta vida —murmuró con melancolía al ver cómo con la nao desaparecía la posibilidad de conocer el paradero de su ansiado trono de oro y piedras preciosas.

Hernán también clavó la vista en los míseros pecios que habían quedado esparcidos por allá y acullá.

—¿Qué obramos con el superviviente, Ponce? —quiso saber.

—Dejadlo.

No estaba de más que alguien sobreviviera para que, valiéndose de uno de los bateles que habían quedado en la playa, retornase a la civilización e informase a todos del fin del Olonés.

Sin nada más que hacer en esas aguas, levamos anclas y nos hicimos a la mar.

En cuanto el golfo de Darién quedó a nuestras espaldas, me volví hacia el de Avilés para decirle aquello que tanto tiempo llevaba queriendo yo decir y él escuchar:

—Ahora sí, Hernán. Volvamos a casa.

Para llegar a Maracaibo tan solo teníamos que seguir la costa hacia el este, y eso hicimos. Navegar de cabotaje, además, nos guardaría de los filibusteros como en otras ocasiones, pues estos sentían predilección por las naves engolfadas, esas a las que nadie podría brindarles un mínimo de ayuda en decenas de leguas a la redonda.

Se contaban trece días del mes de enero cuando distinguimos a lo lejos las luces del puerto de Santa Marta, villa que pasamos de largo para, tres días más tarde, internarnos en el golfo de Venezuela y echar el amarre en el puerto de Maracaibo: un año, tres meses y veintiún días después de que mi compadre y yo partiésemos rumbo a La Española.

He de decir que, aunque estaba ansiosa por regresar al hogar, esa última parte del trayecto la hice bajo cubierta, pues no quise ver los restos del Esperanza. De la urca de mi padre ya me había despedido aquella mañana que acudí con Pedro, y no tenía necesidad ni temple para volver a pasar por aquello; al divisarla en tan deplorable aspecto me sería imposible contener las lágrimas.

Solo cuando oí caer al agua el ancla de proa me aventuré a salir a cubierta. Me abalancé sobre la regala para contemplar mi ciudad. Me recreé en la silueta de cada torre, bóveda y tejado, formas todas ellas familiares para mí. Ansiaba transitarla de nuevo.

¿Qué habría sido de Chela y de Miguel? ¿Cómo se las habrían apañado todo este tiempo con la casa y los animales? Deseaba abrazar a la rolliza criada y contarle, sentadas frente a la chimenea, todo lo que había vivido ese largo año; y que luego ella me pusiese al día con los chismorreos de nuestros vecinos. También me sentía impaciente por enseñarle mi hogar a Melchor.

No obstante, como maestre del Venator todavía me quedaba alguna que otra labor por hacer para con mis hombres, como darles la paga, la última antes de disolver la tripulación. Con todo, como apenas me quedaban dineros, el reparto tendría que esperar a la jornada siguiente pues el cielo ya comenzaba a oscurecerse cuando fondeamos. Así que por el momento lo único que podía hacer era elaborar un hato con mis escasas pertenencias y marchar a la hacienda. Con las primeras luces del día volvería al galeón y, con la ayuda de Hernán y de Melchor, vendería todo lo que quedase en las bodegas, desde la munición hasta los bastimentos y repuestos; sufragaría las pagas con los reales que sacase de esas ventas.

Compartí la idea con Hernán, quien no puso objeción alguna.

La mayoría de mis hombres, entre los que se contaba Melchor, provenían de Santa Marta u otras poblaciones, por lo que no les quedó otra que permanecer a bordo una noche más antes de recibir su jornal y entrar al servicio de otra nao. Sin embargo, unos pocos, los que aún me quedaban de la dotación inicial tras el motín de Saldaña, por ser vecinos de Maracaibo podían reunirse esa misma noche con sus familias.

—Y cuando hayáis vendido todos los bastimentos, ¿qué obraréis con el galeón? —se interesó el pelirrojo.

Resignada, me encogí de hombros.

—Venderlo también, supongo —dije taciturna.

El Venator, el «cazador». En verdad me apenaba desprenderme de él; le había cogido cariño tras los buenos servicios que me había prestado a lo largo de ese año. Pero en Maracaibo no me iba a servir de nada. El cazador ya había cumplido su propósito: había dado caza a su presa.

La noche estaba avanzada cuando acabé de reunir mis pertenencias. Me despedí de mi grandiosa cama de doseles y colgaduras y, hato al hombro y toledana al cinto, abandoné mi cámara para toparme en cubierta con Lope, Melchor y Hernán. Mateo y Juan ya habían desembarcado para estar con los suyos.

—¿Volveré a veros algún día, maestre? —bromeó Melchor, dramatizando.

—Puedes estar seguro, pillastre. Mañana mismo me tienes aquí, voceando ante tu incompetencia —repuse con una sonrisa.

Él, por más, soltó una sonora carcajada que se elevó por toda la cubierta.

—¿Venís, Hernán?

—No, Carolina, gracias. Creo que esta noche la pasaré con los muchachos —contestó el interpelado acompañando sus palabras con una inclinación de cabeza hacia Melchor y el cirujano.

Sin nada más que añadir, acabé por despedirme del trío y descendí de la nave. Dejé atrás el puerto y me adentré en la calle principal de la villa. Varios fueron los pares de ojos que de cielo a tierra me observaron ladinos. «La cicatriz», pensé en un primer momento. Sin embargo, al poco algo me dijo que esa no era la causa de las miradas, sino el hecho de que una fémina luciese pantalones y espada. Yo, por supuesto, sostuve y devolví todas y cada una de esas miradas.

Me interné entre las callejuelas y emprendí el ascenso hacia la hacienda. Nada más doblar el recodo que daba acceso a mi calle, alcé la vista para contemplar desde lejos el frontal encalado de la casa. Mas no fue con eso con lo que se toparon mis ojos: allí solo había restos de vigas y maderos ennegrecidos, colocados sin orden ni concierto unos sobre otros…

De improviso, todo mi mundo comenzó a dar vueltas. Me recosté contra la vivienda de la esquina para evitar darme de bruces contra el empedrado del suelo. Boqueando, me quedé allí apoyada. Hasta que logré reunir la valentía suficiente para volver a contemplar lo que antaño había sido mi hogar.

Con paso trémulo me acerqué a los restos. Estiré el brazo para tocar uno de los maderos. La estampa no dejaba lugar a dudas: un incendio se había llevado lo último que me quedaba de mis padres en esta vida.

El corazón me dio un vuelco. «¡Chela! ¡Miguel! ¡Martina!». ¿Habrían perecido en el fuego?

Sin saber adónde ir o a quién acudir, me fue imposible retener las lágrimas y la vista se me nubló. Sí, tenía a Melchor, a Lope y a Hernán esperándome en el fondeadero; mas ellos no me podían ayudar con aquello. Me sentí sola y desamparada.

Entonces pensé en Pedro. Él era el único ser querido que me quedaba en Maracaibo; lo mejor sería ir en su busca y averiguar qué diantres había ocurrido allí.

29

Toda tarea, por ardua que sea, siempre resulta más fácil de llevar a cabo si se tienen objetivos. Y yo acababa de encontrar el mío. Con una nueva determinación, me enjugué las lágrimas en las mangas amplias de la camisa. Pedro moraba unas calles más abajo, por lo que, sin tiempo que perder, deshice a la carrera gran parte del trayecto que había hecho hasta la hacienda.

La casa de Pedro era bastante más pequeña y modesta que la mía, pero no me costó dar con ella. Di tres aldabonazos fuertes y sonoros y aguardé frente a la puerta. Un ramalazo de culpabilidad me recorrió el cuerpo. Tan obcecada había estado en la venganza que apenas le había dedicado al viejo un par de pensamientos en ese luengo año que había estado fuera.

Al ver que nadie acudía a la llamada, di otros tres golpes. Una mujer se asomó por la única ventana que tenía la vivienda, en el piso superior.

—¡Lárgate, gandul! —vociferó. Sin duda, por mis ropas y la penumbra me había tomado por varón—. ¡Seas quien seas, estas no son cristianas horas para…!

—¡Isabel! —la llamé.

—¿Ca-Carolina? —preguntó dubitativa unos instantes después.

Un vecino de la casa contigua se asomó a su vez por una de sus ventanas.

—¡Malditas mujeres! —gritó malhumorado—. ¡Estas no son horas para los chismorreos!

Lo ignoré, ya que asuntos más importantes que sus horas de sueño me apremiaban.

—¡Ábreme, por favor! ¡Necesito hablar con tu padre!

Al instante, Isabel desapareció del alféizar y unos minutos después escuché cómo se descorrían los cerrojos al otro lado del portón.

Mi antigua amiga, envuelta en un chal que se había echado por encima del camisón, me ofreció asiento junto a la chimenea, apagada en esos momentos. Ella se sentó en el taburete que estaba frente al mío. Hacía tiempo que no la veía, pero seguía siendo la viva imagen de su padre.

Era un par de años mayor que yo, mas eso no nos impidió ser grandes amigas durante la niñez. De hecho, la consideraba la única amiga que había tenido en Tierra Firme. Sin embargo, en cuanto crecimos un poco, ella enseguida vio la necesidad de desposarse, cosa que no tardó en hacer; y a partir de ahí nos fuimos distanciando. Con todo, su esposo murió de repente una clara mañana, sepultado por la misma carga que estaba embarcando; y a Isabel, sin ninguna renta y con dos hijos de no más de tres años, no le quedó otra que volver a la pequeña casa familiar.

Me miró como si fuese una aparición.

—¡Santo Dios, Carolina! ¡Tu cara...! —comenzó.

Cómo no, la cicatriz siempre atraía todas las miradas.

Cogí sus manos entre las mías. Los ojos se le abrieron todavía más al ver que la deformidad me alcanzaba también la siniestra.

—¿Qué te han hecho? —gimió.

Me miró expectante. Yo no sabía por dónde empezar, pero por nada del mundo pensaba detenerme aquella noche a relatarle mis desventuras.

Le apreté las manos. «Puede que en otra ocasión, Isabel», respondí en mi cabeza. Después le devolví la mirada y cogí aire:

—Isabel, necesito que despiertes a tu padre. Es import...

Me callé en cuanto vislumbré que alguien bajaba las escaleras y venía hacia nosotras. Vestía también de camisón y se frotaba, somnolienta, los ojos.

«Martina».

Corrí a abrazarla. Bien por el sueño, bien porque no me reconoció, la muchacha tardó en reaccionar. Había crecido y aparentaba ser ya toda una mujer.

—¿Se-señorita Carolina? —dudó.

Sonreí. Aun sin conocer lo que había ocurrido en la hacienda, Martina se había salvado. Así pues, ¿dónde estaba Chela? ¿Y Miguel?

Liberé a la joven para mirarla a los ojos.

—¿Qué le pasó a la hacienda, Martina? —Una sombra oscureció su mirada. Impaciente, me volví hacia Isabel—. ¿Dónde está tu padre?

—Está muerto, Carolina —me espetó.

—¿¡Qué!?

La nueva fue del todo inesperada. Perdida en mi mundo y en mis dificultades, no había caído en la cuenta de que algo así bien podía acontecer en cualquier momento, pues Pedro ya contaba con bastantes años a sus espaldas. Además, yo había estado fuera más de un año; era normal que ocurriesen sucesos como ese.

Con lentitud, como en un sueño, volví a tomar asiento.

Esperaba que Isabel me dijese que Pedro había muerto en su cama, tranquilo y feliz. Mas fue algo muy distinto lo que escuché:

—Murió en el incendio de tu casa.

—¿¡Cómo dices!? —No entendía qué tenía que ver su muerte con el incendio.

—Vio las llamas al pasar por tu calle… Tras lo del Esperanza, acostumbraba a pasar por delante de tu hacienda muchos días, ¿sabes? —Una sonrisa triste y cansada acudió a sus labios—. Y a veces se quedaba a esperar a Martina para regresar juntos a casa…

La mentada sollozó al revivir esos recuerdos.

Isabel continuó hablando, y a medida que fue avanzando en su relato sentí cómo la congoja se apoderaba de mi alma.

—Llegó a tiempo para sacar a Martina y a tu criada, mas él… —Sacudió la cabeza con lentitud—. Él ya no logró salir. —Sus últimas palabras fueron poco más que un susurro.

—¿¡Chela está viva!? —pregunté con brusquedad.

Si bien un sentimiento de angustia mezclado con algo de culpa me embargó por Pedro, no puede evitar alegrarme al saber que Chela había salvado la vida.

—La techumbre se le vino encima —concluyó.

—Isabel —insistí, pero ella parecía absorta en ese punto del relato—. ¿Dónde está Chela? ¿Y Miguel?

—Solo Chela y yo salimos de ahí, señorita —musitó Martina.

Asentí para mí varias veces, en un vano intento de enfrentarme a la realidad.

Si el techo se les cayó encima, sus muertes fueron rápidas; mucho mejor que morir abrasados. Bien sabía yo esto último, y eso que únicamente lo había experimentado en una parte del cuerpo. No quería ni pensar qué hubiese sido de Pedro y de Miguel si…

Para alejar de mí pensamientos tan funestos, me acerqué a las hermanas y les di mis piedades.

—Vuestro padre fue un gran hombre y un buen amigo. Tanto mi padre como yo le queríamos muchísimo —dije mientras apretaba las manos de ambas con las mías.

—Él también te tenía en gran estima —admitió Isabel con una sonrisa lánguida. En sus ojos se reveló un poso de añoranza.

Dejé que transcurriesen unos minutos antes de volver a hablar.

—¿Dónde puedo encontrar a Chela? ¿Sabéis en qué casa se halla?

Isabel volvió a sacudir la cabeza.

—En ninguna, Carolina. Dijeron que ella fue la causante del fuego, y el comisario en persona se la llevó presa.

¡El comisario! ¡El amigo íntimo de la familia Domínguez!

Una corazonada comenzó a rondarme.

—¿Cuándo tuvo lugar el incendio?

—Justo al día siguiente de que tu criada se presentase aquí. Dijo que venía a despedirse de nuestro padre en tu nombre. Mencionó que habías dejado la ciudad un par de días atrás y que... ¿Qué ocurre? Te has puesto pálida.

El casamiento estaba fijado para el 28 de septiembre, y partí con Hernán la noche del 26 al 27. Así que, por lo que me acababa de contar Isabel, Chela visitó a Pedro el mismo día del enlace. Y si el incendio tuvo lugar la jornada posterior a su visita quería decir que...

—¡Fue al día siguiente del maridaje! —cavilé.

Isabel me miró sin comprender.

—¿El qué?

—¡El fuego! —exclamé—. ¡Por supuesto!

Las piezas por fin me mostraban la imagen completa. Don

Alfonso había quemado mi casa y todo lo que en ella hubiese en represalia por haber rehuido la boda con su hijo. Por tanto, el noble no solo era culpable de haberme arrebatado mi hogar y lo que iba a ser mi futuro en Maracaibo, sino también de la muerte de Pedro y de Miguel… Y muy posiblemente de la de Chela, pues pocas son las almas que continúan con vida tras pasar un año en prisión.

Apreté los puños con fuerza. Por muy noble y principal de la villa que fuese, pagaría por todo el daño infligido. Por Dios que lo haría. Por Pedro y por Miguel. Por Isabel y por Martina. Por Chela y, por supuesto, por mí.

Me levanté de un brinco. Al hacerlo, volqué el taburete en el que había estado sentada.

—¡Tengo que ir a la cárcel! —dije con determinación.

—¿¡Qué!? ¿A buscar a tu criada? —se extrañó Isabel. También ella se levantó. Me miró como si hubiese perdido el juicio—. ¿¡A esa asesina!? ¡Santo Dios, Carolina!

—¡Ella no causó el fuego, Isabel! —me defendí. Miré en derredor mío buscando mis escasas pertenencias—. Tengo que…

Mi antigua amiga dudó unos instantes.

—Carolina, en caso de que llevases razón, ¡ha pasado un año! Nadie aguanta tanto tiempo en ese lugar. ¡A lo más seguro lleve meses muerta! —Contrariada, negó varias veces con la cabeza—. Mira, quédate aquí esta noche. Te prepararemos un jerg…

Deseché el ofrecimiento con un gesto de mano.

—Tengo que ir —insistí.

Recogí mi hato. Después pedí en préstamo a las hermanas unos pocos maravedís. Yo llevaba algunas monedas encima, pero si pretendía adentrarme en la prisión y salir de una pieza, más me valía llevar conmigo una cantidad mayor. Aunque abrió desmesuradamente los ojos, Isabel se alejó en busca de los dineros. A su vuelta, me entregó un saquito de cuero. Rauda, me lo anudé al tahalí y dirigí mis pasos hacia la puerta. Ella me siguió.

—Desiste, por Dios —me suplicó una última vez.

Pedro estaba muerto. Miguel estaba muerto. Salvo vengarlos, ya nada podía hacer por ellos. Pero por Chela... A ella tal vez pudiese salvarla.

—Debo intentarlo, Isabel —dije antes de poner los pies en la calle.

La cárcel de la villa estaba situada bajo los muros de San Carlos, la misma fortaleza que, aun contando con dieciséis cañones, poco o nada pudo hacer ante la inquina salvaje del Olonés y el Vasco cuando propiciaron el ataque a la ciudad hacía ya tres años.

Aunque conocía el lugar sobre el que se alzaba el fortín, jamás había estado allí. Por ese motivo, lo primero que me llamó la atención fue toparme a la entrada de los calabozos con un nutrido grupo de personas, todas sucias y harapientas. Vagaban cual ánimas en pena, ya que pululaban sin rumbo; mas no por el silencio, pues la algarabía era considerable.

—¿Vuesa merced busca a algún reo? —dijo alguien cerca de mí.

Bajé la vista y vi que quien me hablaba era un muchacho de piel azabache de no más de diez años. Vestía ropas raídas y sucias y no llevaba zapatos.

Me proponía rechazar su ayuda cuando me lo pensé mejor.

—Busco a una mujer. Es negra y responde al nombre de Chela —le hice saber mientras me sacaba una moneda de la faltriquera que me había dado Isabel. La agité varias veces delante de sus chatas narices.

El chico, con los ojos como platos, siguió el recorrido de mi mano mientras asentía.

—Se-seguidme.

En vez de encaminarse hacia lo que yo creí que sería la entrada a los calabozos, donde se aglomeraba tanta gente, lo hizo hacia un lateral de San Carlos. Allí, para mí sorpresa, sus muros recios daban paso a otra entrada.

—Aquí es donde tienen a las prisioneras —me explicó en cuanto el nutrido grupo desapareció de nuestros ojos y su algazara de nuestros oídos.

Traspasó el umbral. Una oscuridad espesa se lo tragó. Antes de ir tras él, miré nerviosa a ambos lados. Me extrañaba e inquietaba que ningún corchete o soldado guardase la entrada.

Ante nosotros se abrió un corredor largo y estrecho. Varios hachones mantenían en penumbra el pasillo y las celdas que había a ambos lados.

—Seguidme. Es por aquí —me apremió el chico.

En un momento dado, se paró en seco. El lugar, además de húmedo y cubierto por la mugre, hedía a orines.

—¿Hemos llegado? —Miré tras los hierros a diestra y siniestra. No reconocí a mi criada en ninguno de los bultos inertes que contemplé.

—¿Vuestra amiga es manceba?

—No.

—Entonces debemos continuar —dijo reanudando el paso.

Yo lo seguí. Justo antes de que el corredor tocase a su fin, vi lo que juzgué que sería la autoridad del lugar: un hombre de carnes magras, vestido de negro y con una gorra de la que sobresalía una pluma. Estaba sentado a una mesa que había en un rincón y escribía con desesperación.

—Por aquí —me indicó mi joven guía, y desapareció por unas escaleras que parecían descender a las tinieblas.

Bajé tras él. Lejos de reaccionar, el hombre ni siquiera alzó la vista cuando pasamos por su lado.

En el piso inferior el olor era más fuerte y penetrante. El estómago se me revolvió y la boca me supo a hiel. En cuanto me hube recuperado, hice un esfuerzo por fijarme en lo que tenía a mi alrededor. No había ningún corredor. Ni celdas. Tan solo un espacio diáfano, ocupado por más bultos inertes.

El chico se apartó a un lado y yo me interné entre los cuerpos yacentes.

—¡Chela! —grité.

Alguien soltó una retahíla de reniegos y juramentos. Otro tosió.

—¡Chela! —insistí haciendo caso omiso a las protestas.

—¿Se-señorita? —musitó alguien.

Era una voz vacilante y temerosa, pero reconocí en ella la de mi criada.

Uno de los cuerpos se puso en pie a duras penas y vino hacia mí. La luz del hachón bañó su figura. Las carnes se le marcaban enfermizamente en los pómulos, los hombros y los brazos, allí donde los jirones de sus ropas dejaban ver piel.

¡Era ella! ¡Y estaba viva! Muy desmejorada, eso sí, pero viva.

—¡Señorita! —gimoteó.

—¡Chela!

Nos fundimos en un abrazo.

—¿Sois una aparición que viene a mortificarme?

—¡Nooo! —respondí entre lágrimas y sonrisas. La cogí de una mano—. ¡Vamos, te sacaré de aquí!

Chela me señaló la gruesa cadena de hierro que unía su tobillo a la no menos gruesa argolla de la pared.

—¿¡Cómo puedo liberarte!? —rogué, presa de la impotencia.

—Con dineros todo es posible en este mundo —intervino mi guía encogiéndose de hombros y de paso recordándome su presencia—. El alguacil es el que habéis visto arriba.

A mí me había parecido más un secretario que un oficial, pero no me paré a replicar, ya que no veía cómo podía sacar a Chela de aquella inmunda prisión, pues dineros era lo único que no tenía. Tan solo llevaba encima los escasos maravedís de Isabel, cantidad ridícula si pretendía comprar la libertad de un reo.

—Escuchadme, señorita —me pidió Chela con desesperación.

De boca de mi criada supe todo lo que ya conocía por Isabel y Martina, además de otros detalles del suceso, como que había sido el corregidor en persona quien incendió la hacienda. Ella misma vio con sus propios ojos cómo atrancaba la puerta por fuera con unos tablones antes de prender el fuego. Asimismo, me relató la hazaña de Pedro y las muertes de este y de Miguel, de cuyos fines se sentía responsable por el hecho de haberse entretenido.

—¿Y en qué te entretuviste? —quise saber.

Chela, abriendo más sus ojos oscuros, me miró muy digna.

—En poner a buen recaudo vuestros caudales, por supuesto.

En vez de caer presa del pánico al ver las primeras llamas devorando las paredes y el techo, Chela corrió a enterrar los dineros de mis padres en el parterre de la casa, en donde aún debían de estar, pues nadie más que ella sabía de su escondite, según me declaró.

A nadie descubro nada si afirmo que es el maldito dinero lo que mueve este mundo. No obstante, este hecho, casi siempre desgraciado, en este caso podría beneficiarme, ya que buena parte de mis problemas se arreglaban con reales, como sacar a mi criada de ese lugar nauseabundo. Y quién sabía, quizá incluso podía conservar el Venator…, ahora que ya no disponía de un hogar al que regresar. Por todo ello, mi corazón no podía estar más dichoso en aquellos tristes momentos. Volví a estrujar a mi maltrecha criada entre los brazos, eternamente agradecida por ese gesto que podría salvarnos a las dos.

—Aguanta un poco más, Chela. Pronto estarás fuera de estos muros —le prometí.

Pisándole los talones al muchacho negro, salí de nuevo a cielo abierto. Lo primero que hice fue respirar hondo; no recordaba que mis pulmones hubiesen ansiado nunca con tanto ahínco el aire fresco de la noche.

Después me dirigí al chico:

—Dentro de un rato acudirá un hombre alto y barbudo preguntando por mi amiga —principié a explicarle—. Se llama Hernán. ¿Lo guiarás hasta ella como me has guiado a mí? Te pagaré.

—Claro, señora —accedió de buen grado—. Por estos dos ojos que en la cara tengo os prometo que aquí lo espero.

—Quedas liberado, pues, de tus servicios hasta entonces —dije con amabilidad, y deposité dos monedas en su mano sucia y menuda—. Hernán te dará más si cumples.

Tras eso, lanzándome de nuevo a la carrera, me adentré por las calles solitarias y silenciosas de Maracaibo, pero con la diferencia de que esa vez mi destino no era la hacienda sino el puerto. Esos caudales pesarían lo suyo, así que con toda probabilidad necesitaría ayuda.

En verdad esa noche iba a ser larga, muy larga.

30

Para fortuna mía, a mi compadre lo hallé en cubierta, donde lo había dejado un par de horas antes. Me ahorraba así tener que buscarlo por la nave o sacarlo del catre si ya se había acostado. Estaba solo, recostado contra la baranda del castillo de popa. Los fanales le bañaban el rostro. Parecía meditabundo.

Mis pasos lo sobresaltaron. Pero se relajó al reconocerme, y me saludó con una sonrisa.

—¿Tan pronto de vuelta? ¿Acaso la cama de la hacienda se os antoja ahora demasiado pequeña e incóm…? —calló en cuanto me allegué hasta él. Sin duda mi cara no propiciaba las chanzas.

Sin ambages le relaté todo lo que me había sucedido y había averiguado desde que mis botas pisasen Maracaibo. Los ojos de mi compadre se fueron abriendo más y más conforme le iba describiendo los acontecimientos, hasta el punto de que creí que, de seguir así, se le acabarían saliendo de las cuencas.

—Contad conmigo, Carolina —accedió con voz grave en cuanto terminé de hablar—. Decidme en qué puedo ayudaros.

—¿Dónde está Melchor?

—Ha rato que se ha ido a dormir.

—Despertadlo, hacedme la merced. Os necesitaré a ambos.

—Por supuesto —asintió.

—Os espero en tierra.

Minutos después, con Hernán y Melchor a la zaga, volví a dirigir mis pasos hacia lo que había sido mi hogar. Una vez allí, hice de tripas corazón y me adentré entre los restos carbonizados.

—¿Esta era vuestra casa? —se interesó Melchor.

No respondí.

Sin pretenderlo, la vista se me fue hacia el lugar que ocupaba la vasta mesa, aquella en la que Pedro me dio las malas nuevas del Esperanza. Ya no quedaba nada del mueble, tan solo unos maderos sueltos y oscurecidos. Seguí avanzando. Traspasé la cocina sin detenerme y llegué hasta el patio.

Contemplar a la luz de la luna el parterre de mi madre, otrora tan lleno de vida y color, fue lo que más me atenazó el alma. Para no caer en el pozo de angustia y desesperación que sentía crecer en mi interior a cada segundo que pasaba observando el jardín baldío, sacudí la cabeza y me arrodillé allí donde Chela me había indicado que ocultó los caudales.

—Aquí es —les indiqué.

Junto a mí reconocí los cuerpos calcinados de algunos animales; los establos quedaban justo enfrente del parterre.

Con seis manos trabajando al unísono no nos fue preciso escarbar demasiado, y prontamente tuvimos con nosotros dos alforjas de cuero.

Los tres desconocíamos el precio de la libertad de un reo, de ello que, tras un corto debate, apartásemos una más que considerable cantidad, la cual se guardó mi compadre; así estaríamos seguros de que el alguacil, aun encontrándose en su peor día, no nos negaría la liberación de Chela. El resto lo llevaría Melchor a bordo del Venator.

—¿Y qué haréis vos? —quiso saber el pelirrojo cuando ya cargaba con su parte de los dineros.

—Yo tengo una cuenta pendiente con cierto noble de la villa…

En verdad que el autor de la quema de mi casa había sido el corregidor. No obstante, no se me escapaba que tan solo fue la mano ejecutora, que las órdenes venían de alguien con más poder e influencias. Y bien sabía yo de quién procedían: de don Alfonso Domínguez padre, por supuesto.

Los labios de Melchor fueron a despegarse, seguramente porque mi respuesta le pareció desconcertante; pero Hernán, que sí estaba al tanto de los acontecimientos que rodeaban la destrucción de la hacienda, se lo impidió:

—Vamos, Melchor. Hay trabajo que hacer.

Cuando todo aquello hubiese acabado, yo misma le relataría por extenso todo al pelirrojo. Pero antes, tal como acababa de indicar mi compadre, teníamos trabajo que hacer.

Previo a que cada uno tomase su propio rumbo —Hernán hacia San Carlos a liberar a Chela, Melchor de regreso al galeón con el resto de mis caudales y yo a por don Alfonso—, quedamos en que, antes de que la noche tocase a su fin, nos encontraríamos en el Venator.

A esas desacertadas horas de la noche, Alfonso Domínguez sin duda se hallaría en su casa, por lo que con paso firme me allegué hasta allí. Por ser hombre principal de Maracaibo, su residencia era bien conocida por muchos en la villa, yo entre ellos.

No pude pasar de la verja de hierro forjado que rodeaba la vivienda. Los dos guardias que el noble tenía apostados a la entrada me lo impidieron.

—¡Abridme paso! —me encaré—. ¡Quiero hablar con vuestro señor!

—Don Alfonso no recibe a la plebe —me soltó con desprecio uno de ellos.

—Conque «plebe», ¿eh? —Solté una risa sarcástica—. Pues bien desesperado que estaba hace un año por desposarme con el asesino que tiene por hijo —escupí.

—Solo puedes ser recibida si concertaste audiencia —repuso el otro, más educado.

—¡Dejadme pasar, malnacidos! —repetí intentando avanzar.

De nuevo me cerraron el paso.

Me detuve a observar el edificio que había unas varas más allá de la reja, una mansión de dos plantas, con columnas blancas y esbeltas abajo y un amplio balcón con ménsulas arriba. Una luz en uno de los cuartos del piso superior era el único indicio de que la familia se hallaba en casa.

—¡Domínguez! —voceé ayudándome de las manos—. ¡Soy Carolina, Carolina Arroyuelo! ¡Salid aquí, bellaco, si es que tenéis redaños!

Cuando me disponía a repetir la bravata otra luz se encendió, esta vez en la planta baja. Al poco, una silueta franqueaba la puerta principal. Con paso sereno pero firme tomó el camino que llevaba hasta la verja. Al ver su barriga prominente reconocí en la figura a don Alfonso padre.

—¿Quién osa...? —Fue lo primero que dijo, colérico, en cuanto llegó. Llevaba capa y espada al cinto, mas no sombrero. Los ojos se le agrandaron al reconocerme—. ¡Tú! ¡Insolente ingrata! ¡¿Cómo osas presentarte en mi casa e insultarme!? —bramó, y con todo el desprecio que fue capaz de imprimir a sus palabras añadió—: ¡Debiste morir en aquel incendio!

Teniendo muy presentes los sabios consejos de Hernán, no permití que me arrastrase en sus provocaciones.

—No veo dónde está el problema —repuse con voz tranquila—. Si no me falla la memoria, vuesa merced se presentó antaño ante mi puerta, acompañado además de su amigo el corregidor y, juntos, me insultaron con sus artimañas. Insultaron incluso la memoria de mis padres.

—Puedo hacer que te encarcelen por esto. Lo he hecho por menos.

—Vengo a concederos ese duelo que una vez me pedisteis, don Alfonso —le anuncié pasando por alto sus amenazas—, mas que vuesa merced misma rechazó por ser yo una dama.

—¡Tú no eres una dama! —rugió desde el otro lado de los hierros.

Sonreí.

—Pues justamente por eso, porque no soy una dama, podemos celebrar ese duelo.

—Está bien. Te daré tu merecido —bufó—. Aunque por lo que se ve alguien se me ha adelantado —terminó jocoso, señalando con el mentón la cicatriz de mi rostro. Se giró hacia los guardias—. ¡Dejadla pasar!

Una vez que traspasé la reja, el noble me condujo hasta un lateral de la casa, allí donde se abría el jardín que rodeaba la mansión por los cuatro costados. Se detuvo en un descampado de hierba.

—Aquí.

Lancé miradas recelosas a los árboles que nos circundaban. Por precaución, no aparté ni un segundo la mano del puño de la ropera.

Antes de ponernos frente a frente, él se quitó el herreruelo. Sus ojos mezquinos contemplaron los míos.

—Acudir a un duelo sin padrino… O eres una necia o una loca. ¿Eres consciente de que vas a morir, así como de que no pienso darte cristiana sepultura?

No respondí. Me limité a devolverle la mirada.

—Ten la certeza de que pienso echar tu cadáver a mis perros; o puede que a los puercos —agregó a la vez que desenvainaba.

Yo lo imité. De nuevo, pasé por alto sus provocaciones. Si pretendía salvar la vida a base de enfurecerme, lo iba a tener difícil conmigo.

—Podía haberse quedado todo en una vil treta por vuestra parte para endosarme a vuestro hijo —comencé con calma—. Pero no supisteis perder y tuvisteis que quemar mi casa y dejar a mi criada pudriéndose en la cárcel…, llevándoos la vida de Pedro y de Miguel por el camino. No sois más que un asesino, como vuestro hijo —ladré—. De tal palo, tal astilla, ¿no es cierto?

Hecho una furia, avanzó hacia mí dispuesto a atravesarme el pecho de parte a parte con su espada. Yo, prevenida como estaba, paré el embate. Acto seguido comencé a atacar.

—Seguirá entrando aire en vuestros ilustres pulmones, don Alfonso, mas saberos ya hombre muerto.

Gané terreno. Sin embargo, al poco tuve que empezar a retroceder. Para mi sorpresa, don Alfonso, que no era un hombre precisamente fuerte, esa noche demostró ser todo un espadachín. A duras penas logré ir parándole los golpes.

Si no llega a ser por el tronco tras el que me amparé en un momento dado, su estoque me hubiese cercenado limpiamente la cabeza. Aún tuve que esquivar otras dos acometidas terribles antes de ver la oportunidad de contraatacar.

Varios lances más se sucedieron hasta que me percaté de que, por afanarse en cubrirse el pecho, dejaba la cabeza y parte del hombro desprotegidos. Aprovechando esa circunstancia, le ataqué desde arriba. Mi blanca, abriendo un tajo en el hombro de su diestra, logró hacer la primera sangre de la noche. Pero aquello no era un combate a primera sangre sino a muerte, por lo que el duelo no había terminado.

A partir de ese momento, la lucha se recrudeció y yo volví

a retroceder. Mientras lo hacía, bregaba con desesperación por hallar otro punto flaco en el que hincarle la ropera.

Cuando empezaba a asumir que me hallaba en situación desfavorable, observé que don Alfonso ya no me atacaba con la fiereza del inicio. En vez de fijar mis ojos en la punta de su espada, los fijé en su cara. En el jardín nos encontrábamos lejos del alcance de los faroles y las lámparas de la casa, mas vi que tenía el rostro enrojecido y perlado de sudor. Además, respiraba fatigosamente. Yo también me sentía exhausta; aun así, mi respiración era más acompasada. Sin duda, por muy magnífico espadachín que hubiese sido en su juventud, sus años eran una desventaja contra mi lozanía. Supe entonces que esa noche no sería yo la que perecería en ese duelo. Armada con más valor y renovadas fuerzas, pasé al ataque. «Este será vuestro fin».

Ante mi embestida imprevista, boqueó y trató de detener mis estoques a la desesperada. Paró cuatro con éxito. Al quinto llegó un segundo tarde, tiempo suficiente para ensartarle con la toledana. Mi espada se abrió paso, ligera y silenciosa, hasta su mismísimo y mísero corazón.

Sus ojos fulguraron y amagó con pronunciar algo, pero se quedó en un intento fútil. Tras eso, se dejó caer de rodillas para, seguido, quedar tendido sobre la hierba de su bello jardín. Con calma infinita, extraje la hoja de su pecho y la limpié con su camisa.

Si del Olonés no pude oír sus últimos estertores, al menos sí que pude disfrutar de los de Alfonso Domínguez padre.

—¡Nooo!

Un grito desgarrador rasgó la quietud de la noche unos pasos más allá, a mi espalda. Me volví a tiempo de ver cómo una mujer atravesaba a la carrera la hierba y caía sobre el noble. Su cabellera azabache se desparramó libre sobre el cuerpo de su esposo. Llevaba por toda vestimenta un camisón.

Me quedé unos instantes contemplando cómo se le agitaban los hombros al llorar sin consuelo. Lamenté que por el daño infligido por unas personas, otras tuviesen que sufrir, de un modo u otro, también las consecuencias.

Iba a retirarme cuando la mujer alzó la cabeza para mirarme. Por el reflejo que me devolvieron los faroles de la casa vi que tenía el rostro anegado en lágrimas.

—¿Seré yo la siguiente? —logró pronunciar entre sollozos.

—No tengo nada contra vuesa merced —contesté antes de apartarme.

Los dos guardias, que habían traspasado la verja para observar mejor el duelo, me miraron con recelo cuando me acerqué. Yo aún llevaba la toledana en la mano, ya que esperaba que acudiesen a detenerme; mas, en vez de eso, se hicieron a un lado. Así fue como franqueé la salida y me alejé del lugar sin incidentes.

Terriblemente agotada y perdida en el mar turbulento que eran mis sentimientos en aquellos momentos, me encaminé con paso lento hacia el fondeadero.

Rayaba el alba cuando divisé el casco de mi portentoso galeón inglés. Y las campanas de la iglesia tañeron en el mismo momento en que pisaba la cubierta del Venator. Maracaibo comenzaba a despertar.

Melchor vino a todo correr hacia mí. Juan el Mayor y Mateo, que habían pasado la noche con sus respectivas familias y ya estaban de vuelta, también se acercaron.

Ni a Hernán ni a Chela los vi por lado alguno, y eso me inquietó.

—¡Carolina! —me recibió con alivio el pelirrojo.

Me atrajo hacia sí y me envolvió entre sus brazos, firmes y

cálidos. El gesto hizo que los grumetes se quedasen mirándonos como pasmarotes. Ignorándolos a los dos, devolví a Melchor el abrazo, disfrutando de su calor y advirtiendo que llevaba tiempo deseando aquel contacto.

—¿Estáis herida? —me preguntó al separarnos.

—No, no… —Me llevé una mano a la sien.

—No tenéis buen aspecto…

—Pues deberías ver cómo dejé al otro. —Sonreí mordaz, aunque la verdad era que me sentía desfallecer por momentos.

Hice amago de dirigirme a mi cámara, pero las fuerzas acabaron por abandonarme y me fallaron las piernas. Menos mal que junto a mí tenía a Melchor, quien me asió por la cintura, salvándome de darme de bruces contra los tablones.

—Necesitáis descansar —me susurró.

—¿Y Hernán? ¿Y Chela? —urgí.

—Ambos han llegado bien, Carolina. Perded cuidado.

—Están en la enfermería con Lope, maestre —agregó Juan.

Creo recordar que Mateo también dijo algo, pero eso ya no llegó hasta mis oídos. Y todo se tornó negro.

Epílogo

Que los hombres de don Alfonso no me apresasen entonces no quería decir que mis actos fuesen a quedar impunes. De hecho, unas horas más tarde, dos corchetes se allegaron hasta el navío dispuestos a prenderme, según me contaron después Melchor y Hernán. Y es que yo, desvanecida como estaba en mi cama, ni me enteré de la misa la media de estos sucesos.

Cómo me relacionaron con el navío lo desconozco; supongo que preguntando entre las gentes. Alguien debió de reconocerme entre mis idas y venidas varias al galeón. No obstante, como eran únicamente dos soldados, a mis hombres no les costó repelerlos y, tal cual se hallaban las bodegas de la nave, levamos anclas y escapamos a todo trapo de Maracaibo antes de que el corregidor enviase refuerzos.

En pleno corazón del mar Caribe nos encontrábamos ya cuando me pusieron al tanto de todo lo que había sucedido durante las últimas horas.

Mandé arrumbar hacia Puerto Cabello. Me parecía una villa tranquila; el lugar idóneo para, quién sabía, instalarnos Melchor y yo con Hernán, Lope y Chela. Pero al llegar, para gran desconcierto de todos, descubrimos que el maestre del

Venator era buscado por la mismísima Corona en todo el Nuevo Mundo.

—Han debido de mandar avisos a todos los puertos de Tierra Firme y Nueva España —conjeturó mi compadre.

Que se hubiese implicado a la justicia del Rey se debía, cavilamos, al hecho de que don Alfonso Domínguez, además de miembro de la nobleza, era hombre principal de Maracaibo. Fuera como fuese, quedaba demostrado una vez más que las nuevas en verdad vuelan por las Indias.

Ante ese panorama desafortunado y en vista de que en ningún lugar de esas aguas mi ánima estaría ya segura, como bien advirtió Melchor, Chela nos habló de Porto Santo, isla perteneciente al archipiélago de La Madera, en África, conocida por ella de oídas. Al parecer, era allí donde se refugiaban muchos huidos de la justicia.

—El tratado que firmó la Corona con Portugal el año pasado dejó a nuestro rey sin potestad sobre esas tierras —reconoció mi compadre, más versado en acuerdos y diplomacia que el resto—. Podría ser un buen destino para unos prófugos del Imperio como nosotros —concluyó con esa sonrisa suya.

Dado que solo me buscaban a mí, y no era mi intención arrastrar a nadie conmigo, aproveché que habíamos echado el amarre en Puerto Cabello para ofrecerle tanto a Hernán como al resto la oportunidad de desembarcar. Pero ni él ni Melchor ni Lope ni Chela quisieron dejarme.

—Os seguiremos hasta donde haga falta, maestre —me aseguró el pelirrojo.

Y eso mismo, seguirme, hizo mi tripulación al completo. Ni siquiera Mateo y Juan, ambos con familia en Tierra Firme, se plantearon desembarcar.

No hubo más que hablar. Tras hacer la aguada de rigor y aprovisionarnos de alimentos, pólvora y otros bastimentos dejamos Puerto Cabello, dispuestos a cruzar los mares hasta Porto Santo.

Pese a que la isla africana era pequeña y tranquila, tanto su lengua como sus costumbres eran otras, por lo que al principio se me antojó un lugar extraño. Y a Lope y a mí nos costó adaptarnos. No fue así, sin embargo, para Hernán y Melchor. Ellos, gracias a su don de gentes, enseguida se integraron. De hecho, mi compadre no tardó en quedar prendado de una portuguesa.

—Esta gente habla en bisbiseos, Carolina —me dijo en una ocasión, muy ofuscado porque no entendía ni la mitad de lo que le decía su enamorada—. Pero por Dios que me siento como en casa.

Por su parte, Chela, si bien tampoco comprendía apenas nada de cuanto decían los lugareños, se sintió feliz desde el primer instante en que pisamos la ínsula; era lo más cerca que había estado de su tierra en lustros.

Y en Porto Santo acabamos por instalarnos. También fue en dicha isla donde Melchor y yo nos desposamos un caluroso día de marzo del año de 1670.

FINIS